16	3	2	13
5	10	11	8
9	6	7	12
4	15	14	1

Horácio

ODES

Edição bilíngue
Tradução, introdução e notas de Pedro Braga Falcão
Inclui o *Cântico Secular*

editora■34

EDITORA 34

Editora 34 Ltda.
Rua Hungria, 592 Jardim Europa CEP 01455-000
São Paulo - SP Brasil Tel/Fax (11) 3811-6777 www.editora34.com.br

Copyright © Editora 34 Ltda. (edição brasileira), 2021
Tradução, introdução e notas © Pedro Braga Falcão, 2008/2021

A FOTOCÓPIA DE QUALQUER FOLHA DESTE LIVRO É ILEGAL E CONFIGURA UMA
APROPRIAÇÃO INDEVIDA DOS DIREITOS INTELECTUAIS E PATRIMONIAIS DO AUTOR.

Esta tradução foi publicada originalmente pela editora Cotovia, de Lisboa,
em 2008, e foi revista por seu autor especialmente para esta edição.

Edição conforme o novo Acordo Ortográfico da Língua Portuguesa.

Título original:
Carmina

Capa, projeto gráfico e editoração eletrônica:
Franciosi & Malta Produção Gráfica

Revisão:
Alexandre Hasegawa
Beatriz de Freitas Moreira

1ª Edição - 2021

CIP - Brasil. Catalogação-na-Fonte
(Sindicato Nacional dos Editores de Livros, RJ, Brasil)

Horácio (Quintus Horatius Flaccus), 65-8 a.C.
H819o   Odes / Horácio; edição bilíngue; tradução,
introdução e notas de Pedro Braga Falcão —
São Paulo: Editora 34, 2021 (1ª Edição).
616 p.

Tradução de: Carmina
Texto bilíngue, português e latim

ISBN 978-65-5525-078-7

1. Poesia latina. 2. Filosofia epicurista.
I. Falcão, Pedro Braga. II. Título.

CDD - 871

ODES

Introdução, *Pedro Braga Falcão* 7
Sobre a tradução 35
Sobre o texto 38
Roteiro para uma leitura temática das *Odes* 39
Os metros das *Odes* 44
Bibliografia 46

ODES

Livro I 53
Livro II 229
Livro III 327
Livro IV 489

CÂNTICO SECULAR 579

Índice de nomes 589
Índice das *Odes* 603
Vida de Horácio, *Suetônio* 609
Sobre o autor 613
Sobre o tradutor 615

Introdução

Pedro Braga Falcão

Autorrepresentações

Talvez poucos autores da Antiguidade nos tenham deixado tantas indicações biográficas como Quinto Horácio Flaco. O próprio poeta nos diz que nasceu no consulado de Mânlio, ou seja, em 65 a.C. (cf. ode III, 21), e até o mês do seu nascimento, dezembro, conhecemos a partir da sua epístola I, 20, 26-7. Também sabemos que nasceu na Venúsia (cf. sátira II, 1, 34-5), bem ao sul da Itália, na fronteira entre a Lucânia e a Apúlia. Quanto à sua infância, pela sátira I, 6 (45-89) ficamos a saber que é filho de um liberto, isto é, de um ex-escravo. É provável que o pai tenha caído na escravatura na sequência da Guerra Social que, entre 91 e 88 a.C., colocou os revoltosos aliados (*socii*) de Roma contra a cidade capital do império, e é também plausível que tenha sido liberto pouco tempo depois. Devemos, contudo, ler com cautela todo este manancial de informação autobiográfica que o poeta nos legou. É, com certeza, uma tentação quase irreprimível ler Horácio a partir da sua voz biográfica: como dissemos, é uma das personalidades do mundo antigo que melhor conhecemos, e arriscamo-nos a dizer que talvez seja o poeta clássico sobre cuja vida menos temos necessidade (ou vontade) de especular. Deste autor chegaram-nos mesmo testemunhos extraliterários, coisa pouco usual no que respeita a um homem vindo do mundo da literatura; de fato, ainda hoje uma inscrição, contemporânea do poeta, testemunha o seu nome gravado em pedra: "Quinto Horácio Flaco compôs o cântico", como se lê nas *Actas* dos Jogos Seculares (17 a.C.), celebrações a que aludiremos um pouco mais à frente. Com efeito, é mais habitual que sejam aqueles que exerceram poder político ou militar os imortalizados pela epigrafia monumental ou "oficial": é raro vermos cinzelado na pedra o nome de um poeta — uma tal memória costuma estar reservada para a tradição manuscrita. Mas essa "vertigem" autobiográfica e tentação histórica não nos devem fazer deixar de abordar a personalidade literária de Horácio precisamente como tal: uma *persona*, uma máscara atrás da qual também o mundo da crítica literária horaciana se foi constituindo, de forma a criar também ela uma voz própria e idiossincrasias muito particulares, a começar pelo próprio nome com que as suas obras ficaram conhecidas, como veremos em breve. Tratando-se de um autor antigo, porém, e talvez ainda mais por isso, temos de ser criteriosos na forma como lemos toda esta informação que — consciente e inconscientemente — Horácio nos foi deixando na sua variada obra, integralmente escrita em verso.

Um bom exemplo desta "ficção autobiográfica" poderá ser as origens humildes do poeta, um tópico recorrente na sua obra, que são tanto um elemento biográfico como um tema literário *per se*. De fato, é extraordinário que, numa sociedade em que a posição social e o berço tinham tanta importância, Horácio — o homem e não o autor — tenha conseguido subir de uma posição social e econômica tão pouco auspiciosa até o convívio com os homens mais poderosos de Roma. É quase tão extraordinário como inverossímil: quando na sátira I, 6 o poeta refere que o seu pai tinha poucos recursos, considerando-o um ex-escravo "pobre, senhor de apenas um pedaço de terra" (v. 71), é muito difícil entender, antes de mais, como pôde então o seu filho ter acesso a uma educação; esta, de fato, era por si só um privilégio no mundo antigo: estima-se que talvez apenas vinte a trinta por cento de literacia se tenha alcançado na população, e isto apenas nas cidades helenísticas — uma percentagem que seria provavelmente bem mais modesta na terra natal de Horácio. Fato ainda mais estranho, perante os supostos parcos recursos do pai, é ter o poeta evitado a sua rústica escola local, "para onde iam rapazes enormes, nascidos de enormes centuriões,/ carregando no ombro esquerdo uma sacola e uma ardósia,/ e pagando as suas oito moedinhas a meio de cada mês" (vv. 73-5); pelo contrário, o pai teve meios suficientes para enviar o filho para Roma, com um séquito de escravos (vv. 79-80), cidade em que a criança teve acesso à educação que qualquer filho de senador teria. Seria o pai, pois, assim tão pobre? Provavelmente não, e também é verdade que Horácio não esconde o fato de o seu progenitor ter sido leiloeiro e *coactor*, uma espécie de agente intermediário que concederia crédito ao comprador (cf. Fraenkel, 1957, pp. 4-5), atividades que seguramente recompensariam financeiramente e o deixariam numa posição de algum desafogo econômico, de tal forma que o filho, quando mais tarde quis ir para Atenas, como qualquer romano culto, para "procurar a verdade no meio dos bosques da Academia" (epístola II, 2, 45), teve possibilidades econômicas para o fazer. Mas, como quase tudo na voz deste poeta, este tipo de informação autobiográfica — como esta acerca da sua infância — deve ser lida no enquadramento de um projeto pessoal e literário bem mais lato e ambicioso: a narrativa de um *self-made man*, de um pioneiro no mundo da literatura, de alguém cujo sucesso se justifica quase exclusivamente pelo seu talento inato e inspiração quase divina (a humildade não é, de todo, uma das virtudes deste poeta). Por outras palavras, a ideia de ter nascido do "sangue de pobres pais" (ode II, 20, 5-6) apenas engrandece o seu "monumento mais duradouro que o bronze" (ode III, 30, 1), edificado com o orgulho "que o mérito conquistou" (v. 14).

Ainda assim, um tal percurso deve ter sido com certeza penoso de trilhar, especialmente tendo em conta um grave erro de cálculo cometido por Horácio, ainda na sua tenra juventude. É que, já em Atenas, caiu nas boas graças de Marco Júnio Bruto, o ilustre aristocrata romano envolvido na conspiração que levou ao assassinato de Júlio César, depois de este se autoproclamar ditador vitalício. Bruto reunia nessa altura na cidade grega um exército para combater Marco Antônio e Otaviano (ou Otávio), para ele inimigos da *Res publica Romana*. De fato, juntamente com Cássio, Bruto era um dos últimos bastiões do regime político que levara uma pequena cidade do Lácio à posição de superpotência mediterrânea: um regime, porém, que sofria uma lenta agonia há bastante tempo. Mas Horácio estava do lado dos derrotados: nas fileiras do contingente republicano, exercendo o cargo de tribuno de legião, um posto de alguma relevância que poderá ter feito dele cavaleiro (*eques*), assistiu à derrota do seu exército em Filipos (Macedônia) em 42 a.C. — uma derrota convenientemente parodiada na ode II, 7, com um distanciamento propositadamente afetado. Marco Antônio e Otaviano triunfaram, praticamente destruindo qualquer sonho de Roma voltar a ser uma República. Desde esse momento, aquilo que poderia ter sido uma carreira ascendente sem percalços — o fato de um jovem rústico ter sido promovido tão rapidamente entre os poderosos de Roma poderia indicá-lo — poderá ter-se tornado menos evidente: ainda que tenha sido anistiado (*Vida de Horácio*, l. 7), o poeta acabou por perder todo o seu patrimônio na Venúsia — o tal do seu "pobre pai".

É por volta desta altura, e talvez movido pela necessidade (epístola II, 2, 50-2), que se inicia o seu percurso pela poesia e que o seu nome começa a ser conhecido nos meios literários: o primeiro livro das *Sátiras* deve ter sido publicado por volta de 35-34, e cinco anos depois o segundo livro; em 30 a.C. surgem os *Epodos*. Por esta altura a sua carreira deveria estar bem encaminhada: sabemos (*Vida de Horácio*, 8) que se tornou o encarregado dos registros do *aerarium* (o tesouro público de Roma, situado no templo de Saturno), uma posição social relevante, provavelmente crucial para ter entrado em contato com o famoso poeta Virgílio que, juntamente com Vário, o apresentou a uma personagem central na vida e obra de Horácio: o cavaleiro Gaio Cílnio Mecenas, homem da confiança de Otaviano (que viria a ficar conhecido na história como César Augusto) e um dos seus primeiros apoiadores. A presença de Mecenas é fundamental no mundo da literatura do chamado "século de Augusto", de tal forma que o seu nome se encontra entre nós consagrado na expressão "mecenato": sem ele, provavelmente Horácio não teria tido a disponibilidade mental e financeira para se dedicar à escrita — particularmente depois de o amigo lhe ter ofertado uma propriedade na Sabina, cujo rendimento era suficiente para o sustentar. A partir desse momento, talvez o poeta tenha podido descansar um pouco daquela muitas vezes frustrante dinâmica social que marcava as relações entre clientes e patronos no mundo romano, cheia dos seus rituais próprios, intrigas, pequenas humilhações, e continuamente sujeitas aos caprichos da fortuna. Esta é uma liberdade largamente celebrada por Horácio na sua obra posterior, também ela cantada naquele registro autobiográfico calculado e algo ficcionado, para cujos riscos de interpretação já alertamos no início.

É neste contexto, pois, que surgem os três primeiros livros de odes, completados provavelmente em 23 a.C., gênero que discutiremos em breve. Ao contrário do que seria de esperar, porém, não foi esta a obra que o celebrizou em vida; o poeta queixa-se, numa epístola (I, 19, 35-6), da frieza com que foi recebido no mundo literário (pelos chamados "gramáticos"), justificada pelo fato de não lhe interessar a bajulação a que alguns escritores coevos se dedicavam em busca do necessário favor da crítica. A desilusão foi de tal ordem que, na sua obra seguinte, o primeiro livro das *Epístolas*, cuja composição se deve ter iniciado logo após a publicação das odes (cf. a epístola I, 13), o poeta confessa ter desistido da poesia (cf. epístola I, 1, 10), desejando agora dedicar-se exclusivamente à filosofia, com a ironia de produzir tais afirmações em verso, num gênero epistolar poético que ele próprio praticamente se encarregou de inaugurar.

Pertencer, porém, ao ciclo de amigos de Mecenas trazia consigo um enorme privilégio: ter acesso ao homem mais importante de Roma, Otaviano (César Augusto). Esta personagem é também ela central na obra de Horácio, e todos os encômios que o poeta lhe dirige radicam não só numa questão de etiqueta social (uma contradição, quem sabe, para um poeta que tantas vezes se gaba da sua independência), mas talvez também num genuíno respeito e admiração pelo autocrata, que veio pôr fim a quase um século de sangrentas lutas intestinas. Sabemos, aliás, a partir de um biografia abreviada da vida do poeta, feita provavelmente a partir de Suetônio (a chamada *Vida de Horácio*), que ele se correspondia e privava com o *princeps* de Roma, e que até gozava de um certo grau de intimidade com um homem de quem era tão arriscado quanto vantajoso ser amigo. Ora, é essa relação — certamente aliada ao seu mérito artístico — que levou Augusto a convidar o seu dedicado poeta para escrever um hino religioso que serviria como clímax luminoso das celebrações dos tais Jogos Seculares a que aludimos atrás. Este talvez seja o momento central da carreira poética de Horácio, que o terá consagrado ainda em vida: a composição do *Cântico Secular*, estreado em 17 a.C. Os jogos em que este cântico se inseria foram, de fato, bem mais do que os ritos expiatórios que caracterizaram o passado, celebrados em intervalos temporais de cem ou de cento e dez anos, em que se imprecava aos deuses infernais a sobrevivência e o poderio eterno de Roma. Na época de Augusto o objetivo foi claramente outro: comemorar a entrada da cidade e do Império Romano numa nova era, num novo *saeculum*. De fato, quase todo o século I a.C. tinha sido palco de uma enorme instabilidade política. Facções opostas, lideradas por homens de grande carisma político ou militar como Mário e Sula, Pompeu e Júlio César, Marco Antônio e Otaviano, travaram sangrentas guerras entre si; para além disso, esta época tinha igualmente sido caracterizada por inesperadas revoltas internas — como a Guerra Social (91-88 a.C.) e a revolta dos escravos, liderada por Espártaco (73-71 a.C.) — e por desastres militares contra inimigos externos, como o de Carras em 53 a.C., uma terrível derrota perante os Partos que assombraria o imaginário coletivo romano ainda no tempo de Horácio. Aliás, para compreendermos bem a obra deste poeta, é preciso ter em conta que ele conheceu com certeza de perto antigos combatentes em quase todos estes conflitos (o pai poderá ter sido feito escravo num deles, como vimos), participou em alguns desses embates (como em Filipos), e é muito provável que tenha estado presente na batalha que pôs fim a toda esta pavorosa era: a batalha de Áccio, em 31 a.C., em que Otaviano derrotou Marco Antônio e Cleópatra e se tornou praticamente o senhor incontestado do Império Romano. Aliás, apenas dois anos antes destes Jogos Seculares, Augusto recuperou as insígnias e estandartes romanos perdidos em Carras, uma vitória diplomática de grande significado para a propaganda augustana, pouco tempo antes de Agripa ter submetido os Cântabros, finalmente estabelecendo e pacificando os limites ocidentais e orientais do império. Por isso têm estes jogos uma grande importância simbólica, coroando seguramente de glória o poeta que escreveu o cântico para o evento, e são fundamentais para compreender a forma como Horácio interpretou o seu papel também histórico nos acontecimentos do seu século.

A carreira do poeta, porém, não terminou aqui. Motivado talvez por este novo fôlego, ou talvez porque Augusto lhe encomendou dois poemas (*Vida de Horácio*, 36-9) que celebrassem a vitória dos seus enteados Tibério e Druso sobre os Vindélicos (povo do norte dos Alpes), o poeta compõe um quarto livro de odes, onde a figura de Augusto ocupa um lugar de ainda maior proeminência, e em que Mecenas surge apenas de passagem (IV, 11, 18-20): aliás, Horácio já não menciona a propriedade ofertada pelo seu amigo, pois provavelmente passou a viver numa casa menos modesta em Tíbur (*Vida de Horácio*, 62). Embora a questão seja polêmica, é provável que o seu segundo livro de *Epístolas* e a famosa *Arte poética* tenham sido escritos depois desta última coletânea de poesia lírica; o poeta viria a morrer em 8 a.C., pouco depois da morte de Mecenas, e os seus restos mortais foram depositados no monte Esquilino, perto do sepulcro do seu celebrado patrono.

AS ODES COMO GÊNERO: UMA RELEITURA DO PATRIMÔNIO LÍRICO GREGO

"Ode" não é uma palavra latina, e Horácio nunca a usou nos seus poemas. Quando o poeta se refere, no contexto da sua obra, a este estilo de composição particular que cultivou ao longo da sua vida (como na epístola II, 2, 91), utiliza um termo bem latino: *carmen*, uma palavra que sugere tanto "canção" como "poema". Catulo, por exemplo, nascido apenas duas décadas antes de Horácio, também compôs um livro de *carmina*; ninguém, porém, o conhece pelas suas "odes", e isto apesar de dois do seus poemas (11 e 51) terem sido compostos no esquema sáfico, e de serem, pelo menos no sentido horaciano do termo, também eles "odes".

Por que falamos, então, das "odes" de Horácio? À pergunta não é assim tão fácil de responder. Comecemos por sublinhar que o termo vem do grego *ôdê* (ᾠδή), nome relacionado com o verbo *aeidô* (ἀείδω), "cantar", e este fato está muito longe de ser um mero pormenor. Na verdade, a sua forma latinizada, *ode*, não surge em nenhum texto que nos tenha chegado da época de Horácio. Um dos primeiros autores a usá-la de forma sistemática foi aparentemente Pompônio Porfírio, um escoliasta do início do século III d.C. que comentou a obra de Horácio, provavelmente para uso escolar, algo que nos sugere que não só o autor por esta altura já se tinha tornado canônico entre os gramáticos, como também que nunca foi uma tarefa isenta de dificuldades ler o poeta romano. Seja como for, a familiaridade com que o estudioso utilizou o termo grego parece-nos indicar que, já nesta época, um *carmen* de Horácio estava bem a caminho de se tornar uma "ode". Mas por que um termo grego e não latino? O que é exatamente uma "ode"?

Este tipo de interrogações força-nos a entrar no labiríntico mundo da literatura greco-romana, certamente distante, mas não o suficiente para que não o reconheçamos como nosso, o que nos poderá dar uma falsa sensação de conforto. O simples fato de confiarmos em termos como "livro", "autor", "publicação", ou mesmo "gênero literário", poderá apresentar-se facilmente como uma fonte de equívocos, pois um homem do século I a.C. reconheceria as expressões, mas teria delas um entendimento intrinsecamente diferente daquele que hoje temos. Aliás, é com alguma dose de humor que podemos observar que Horácio, um dos autores clássicos com a obra mais bem conservada da história da literatura antiga, teria dificuldade em reconhecer, numa biblioteca moderna europeia, pelos menos a partir do título, as suas obras. Por exemplo, as *Sátiras* seriam para o poeta simplesmente as suas *Conversas* (*Sermones*). Já os *Epodos* seriam o seu livro de *Iambos*. Talvez as *Epístolas* constituíssem o único volume que o poeta romano pudesse reconhecer como seu, isto se conseguisse ignorar o estranho fato de os seus poemas originalmente compostos em rolos de papiro terem sido esquartejados em folhas de um material insólito, com uma lombada que anunciaria o seu autor. Talvez estranhasse ainda mais que alguém pudesse ler os seus poemas em silêncio, e não os declamasse, recitasse ou cantasse.

Que tem isto a ver com o termo "ode"? É que o termo é menos uma referência a um gênero literário específico da Antiguidade do que um juízo de valor que a posteridade fez acerca da obra de Horácio. Esse juízo é fundamentalmente metaliterário, e talvez mais não seja do que uma tomada de posição da crítica literária ocidental acerca de uma das grandes aspirações do poeta romano, tal como surge expressa no seu primeiro *carmen* (I, 1, 35-6):

> e se me contares, pois, entre os vates líricos,
> de cabeça erguida tocarei as estrelas.

Há vários níveis de leitura num texto que tenha sobrevivido da Antiguidade, ainda para mais no registro poético. Uma primeira leitura aprecia os versos e lê-os na mundividência de cada leitor irrepetível — na Itália do Renascimento, na Inglaterra vitoriana, na Prússia do século XVIII, no mundo lusófono do século XXI. Talvez essa releitura seja a grande responsável por alguns destes textos terem atravessado milênios de tradição manuscrita. Mas imaginemo-nos no século I a.C., a ouvir os versos finais deste *carmen* pela primeira vez. O sentimento geral talvez fosse o de perplexidade, misturado com uma certa noção de escândalo. De fato, o que seria isto de um poeta tocar as estrelas? Ainda por cima de "cabeça erguida"? Estaria mesmo a sugerir este homem que ambicionava tornar-se tão grande como os inatingíveis poetas gregos do passado, nascidos há mais de seis séculos? Estaria mesmo este romano, este filho de um ex-escravo, a comparar-se com Píndaro, Alceu, Safo, e outros tantos nomes sagrados da literatura grega? E por que usou o termo "vate", e não o mais simples "poeta"? Estará mesmo a sugerir que se vê como uma espécie de sacerdote da palavra? Este mesmo homenzinho, gordinho e baixinho (cf. sátira II, 3, 309)? Este mesmo indivíduo que ainda agora andava a bater à porta dos poderosos, tentando redimir-se do seu comprometedor passado político? E que palavra estranha é essa, "lírico", que ninguém mais parece ter usado em latim antes deste poema?

Este versos têm, de fato, o seu quê de escabroso. Embora hoje, numa época pós-romântica, a questão da originalidade seja um dos principais critérios para avaliar o "gênio" de um determinado autor, a verdade é que na Antiguidade um tal juízo absoluto seria bastante impossível — para não dizer inútil. Isto é: um autor só poderia ser "original" se assumisse de forma patente uma filiação, um modelo, um patrimônio literário: só nesse espaço habitado pela herança do passado poderia reivindicar algum tipo de criatividade, pois esta estaria indelevelmente ligada à qualidade da "imitação", no sentido antigo do termo. Horácio, apesar de algumas vezes se revoltar contra esta espécie de sacralização do passado (cf. a epístola II, 1, 71 ss.), acaba por ser um inevitável seguidor da prática — aliás, não haveria outra forma de ser "autor" no século I a.C. Talvez a "originalidade" de Horácio, e o fato de ainda hoje ser tão lido e estudado, tenha a ver não só com a qualidade literária dos poemas, mas também com quem ele decidiu imitar, ou pelo menos com quem ele assumiu como modelo explícito dos seus *carmina*, e a forma ambiciosa — quase herética — como ele se colocou perante esse patrimônio.

Voltemos ao termo "ode", e ao fato de este ser uma palavra grega e não latina. Embora haja muitas influências e tradições literárias na obra de Horácio, há um conjunto de nomes que pontifica explicitamente na obra horaciana. Um deles, talvez o principal, podemos inferi-lo da leitura de algumas das suas odes (cf. I, 1, 34; I, 26, 12; I, 32, 5; cf. ainda a epístola I, 19, 29): trata-se de Alceu, um poeta lírico grego que nasceu por volta de 625-620 a.C. Estamos muito longe de conhecer a obra completa deste autor: a sua obra chegou-nos apenas em estado fragmentário, e Horácio conhecê-lo-ia bem melhor do que nós — um fato que muitos estudiosos são forçados a admitir, antes de o poderem ignorar quase por completo. Mas mesmo perante o pouco que conhecemos de Alceu, é difícil não concluir algo a partir do fato de, por exemplo, o início da ode I, 18 de Horácio ser uma tradução quase literal do lírico: "não plantes nenhuma outra árvore antes da videira" (342 LP). No contexto da poesia clássica, esta é uma clara assunção de um modelo literário. Muitos versos do poeta grego, aliás, servem como "mote" para a ode horaciana, e os seus temas, particularmente a sua atitude de cidadão-poeta, e a sua "assertividade masculina" (como a apelidam Nisbet e Hubbard, 1970, p. xii), ressoam em muitos dos versos do poeta romano.

A influência, porém, não é somente temática; pelo contrário, é em grande parte formal. Os poetas líricos gregos compunham poemas que tinham uma performance musical, acompanhados muitas vezes pela lira — o instrumento que dá origem ao nome do gênero. Música e palavra entrecruzavam-se do ponto de vista técnico, e a métrica dos textos servia não só a musicalidade da palavra dita, como da melodia cantada. Estes padrões rítmicos, que se prendem com a própria dinâmica fonética do grego antigo — com a alternância entre sílabas longas e breves —, pautavam a ideia de um poema "lírico", isto é, uma "canção" com acompanhamento instrumental. Embora saibamos muito sobre a teoria musical grega e sobre os contextos da sua performance, lamentavelmente perdemos praticamente todas as melodias originais destes textos — seria um pouco como hoje conhecer apenas as poesias de Leonard Cohen ou Chico Buarque sem lhes conhecermos as melodias originais. Uma coisa é certa, porém, em relação a Alceu: este tinha um estilo musical próprio, que ficou conhecido entre nós como "estrofe alcaica"; não podendo entrar em muito pormenor, podemos dizer de forma muito sucinta que esta consiste em dois versos de onze sílabas (hendecassílabo alcaico, com um ritmo característico), a que se seguem dois outros tipos de versos com um ritmo contrastante entre si (respectivamente um eneassílabo e um decassílabo). Ora, este padrão estrófico forma precisamente um terço da obra lírica de Horácio, o que diz muito do seu projeto literário: ser o primeiro poeta romano a escrever consistentemente a partir de modelos líricos e musicais com mais de seis séculos de história.

Saber se as odes de Horácio foram ou não interpretadas melodicamente é uma questão insolúvel, pois seria o mesmo que demonstrar, daqui a dois milênios, perdida a melodia original e sobrevivendo apenas os textos, que os poemas de Jacques Brel ou Zeca Afonso foram concebidos para ser cantados. A posição de Lyons (2010) parece-nos sólida: as referências intertextuais de Horácio a termos que sugerem uma prática musical, em particular ao nível da menção de instrumentos e de termos técnicos conotados com a teoria musical, conjugadas com as muitas evidências de uma prática musical constante na época de Horácio, parecem sugerir que seria o próprio compositor a cantar os seus poemas no contexto, por exemplo, dos diversos banquetes organizados por Mecenas, provavelmente no seu auditório, desenterrado em 1874. Outro argumento parece-nos convincente: não é plausível que o músico convidado para compor o hino com que se finalizaram os *Ludi Saeculares*, um momento central, como já vimos, na história do principado augustano, fosse um amador inexperiente, um curioso sem qualquer tipo de técnica musical. Seria o mesmo do que se, em 1685, o rei inglês James II tivesse encomendado a um compositor inexperto, que nunca tivesse composto uma peça de música na vida, o hino que celebrou a sua coroação, ao invés de o pedir a um dos mais famosos e importantes músicos ingleses da altura: Henry Purcell. É claro que podemos argumentar, como muitos fazem, que a referência aos instrumentos e à linguagem musical cumpre apenas um propósito retórico, em que Horácio se pretende colocar ao mesmo nível musical que certamente tiveram Píndaro, Alceu, Arquíloco ou Safo, juntamente com o argumento histórico, em que avulta uma idade alexandrina na qual a poesia deixou de ter uma face musical tão evidente. Mas a verdade é que, até ser possível viajar no tempo, nunca poderemos saber se as odes de Horácio foram cantadas ou não.

Seja como for, uma coisa julgamos ser lícito afirmar: há uma inegável qualidade musical e performativa numa ode horaciana, e talvez seja esta a chave para percebermos o que é exatamente uma ode. Talvez hoje, à sensibilidade contemporânea, moldada por uma prática poética que sacrifica o espartilho da métrica ao ritmo sincero da palavra e do verso, seja pouco relevante a questão formal, mas para entendermos Horácio — talvez mais do que nenhum outro poeta latino — teremos que ter em conta que mais do que um simples poeta, este foi um compositor de versos. E talvez por isso o conheçamos não pelos seus "poemas", mas pelo termo grego "ode", algo que é uma constatação implícita, como dizíamos, que a posteridade fez acerca da sua obra: que a qualidade lírica e musical das suas composições, mesmo numa apreciação meramente métrica da sua técnica de escrita, é uma reminiscência da época arcaica grega, e por consequência das próprias origens da poesia ocidental, em que música e palavra eram indissociáveis. Não por acaso, o outro grande autor de "odes" do passado clássico é precisamente Píndaro, figura central na poesia antiga. Por outro lado, e numa outra leitura, podemos mesmo argumentar que a ode horaciana tem algo nela intrínseco: uma performance, uma presença da voz ouvida (independentemente de uma melodia), que faz das suas odes monumentos para escutar — e não somente para ler. Aliás, já Heinze, num dos textos mais importantes na história da crítica horaciana, "Die horazische Ode" (1923), enfatizara uma ideia: a própria *mise en scène* da ode horaciana exige uma performance. Isto dada a própria natureza dialógica das suas odes, por oposição, por exemplo, à tendência monológica da lírica moderna: de fato, praticamente todas as suas composições, em mais de uma centena, exigem um destinatário formal, que pressupõe que este esteja presente, nem que seja em termos retóricos.

Mas voltemos ao modelo lírico grego de Horácio. Alceu, naturalmente, não é o único paradigma "musical" de Horácio: muitos outros poetas do passado lírico grego surgem na obra do poeta venusino. Safo, por exemplo, a grande poetisa grega, nascida na segunda metade do século VII a.C., é uma importante influência na obra horaciana, pelo menos a julgar pelo fato de vinte e cinco odes (a que se junta o *Cântico Secular*) terem sido escritos no seu registro musical: a ode sáfica, constituída por três hendecassílabos sáficos seguidos por um verso adônio. Talvez a nível temático — e não devemos deixar de sublinhar, uma vez mais, que estamos muito longe de conhecer de forma integral os poetas líricos gregos da época arcaica — a sua presença não seja tão visível na obra horaciana, embora poemas como a ode IV, 1 (talvez uma das mais bem-sucedidas de Horácio) contenham claras reminiscências da obra de Safo (no caso, o fr. 31), e o poeta romano refira em diversos momentos da sua obra a sua dívida e admiração pela obra da poetisa (como na ode IV, 9, 10-2).

De uma forma ou de outra, aliás, praticamente todos os grandes poetas líricos que a época alexandrina canonizou vão estar presentes na técnica ou na temática horacianas. Além de Alceu ou Safo, é difícil não olhar para a ode I, 27 como uma releitura em ambiência romana de Anacreonte (nascido por volta de 570 a.C.), famoso pelos seus poemas amatórios no contexto do banquete, poeta que Horácio refere implicitamente na ode I, 17, 17 e explicitamente na ode IV, 9, 10. Estesícoro (poeta da primeira metade do século VI a.C.) e o seu canto de retratação (*palinódia*) é claramente o foco da imitação de I, 16 e as suas "solenes camenas" são referidas em IV, 9, 8. Baquílides (*c.* 520-450 a.C.) é provavelmente imitado em I, 15 (embora não nos tenham chegado elementos suficientes para aprofundar esta relação) e o pensamento de pendor gnômico e filosófico de Simônides (nascido por volta de 556 a.C.) está presente em vários passos das odes, como na ode III, 2 (vv. 14 e 25 ss.). Central na lírica horaciana é também, sem dúvida, Píndaro (nascido provavelmente em 518 a.C.), por quem Horácio expressa abertamente a sua admiração na ode IV, 2 e na epístola I, 3, 10. A sua influência, desta feita, recai não tanto na questão métrica: a liberdade e a variedade dos ritmos empregados por Píndaro em grande parte das suas odes (os tais ritmos "libertos de grilhões" descritos em IV, 2, 12) tornariam praticamente impossível uma transposição num registro métrico latino. O conteúdo e a forma poéticas de muitas odes horacianas têm, porém, uma clara relação com o poeta grego: para além dos motes pindáricos que usa em algumas das suas odes (cf. o início de I, 12), muitos dos temas e técnicas caros a Píndaro vão estar presentes em Horácio: o gosto por sinuosas e complexas introduções (cf. I, 1 ou I, 7), as suas máximas, as suas abruptas transições, os episódios e discursos mitológicos cuja relação com o conteúdo é de complexo discernimento, assim como temas típicos da lírica pindárica, como o poder da poesia para imortalizar os homens (cf. as odes IV, 8 e IV, 9), são apenas alguns exemplos da intrincada relação entre os dois poetas.

Este quadro de referências é, pois, fundamental para entender o que é uma ode horaciana — um gênero composicional que tem tanto a ver com o conteúdo como com a forma. Mas por mais que Horácio se esforce em fazer-se incluir num gênero literário que não tinha tradição em Roma, a verdade é que o poeta acabou por criar, ele próprio, um tipo de estética que lhe é muito particular, acabando por inaugurar uma longa tradição poética que lhe sobreviveu. Para este sucesso contribuiu, em grande parte, o fato de o seu estro poético não se ter limitado a um exercício talvez infrutífero — o de "traduzir" ritmos e temáticas gregas, com mais de seis séculos, para o latim de um romano do século I a.C. Se o fizesse, teria sido como se um músico contemporâneo se esforçasse, ainda hoje, por compor fugas ao estilo de J. S. Bach: por mais que o exercício fosse agradável aos ouvidos, faltar-lhe-ia talvez aquele eco de modernidade que parece caracterizar algumas das grandes obras de arte da humanidade. Ora, esse tal eco tem muito a ver com aqueles gêneros ou autores cujos nomes Horácio não quis revelar na sua obra — talvez porque ao fazê-lo tornaria menos evidente o seu projeto lírico.

A elegia romana, por exemplo, com nomes como Cornélio Galo, Propércio ou Tibulo, é um quadro de referências importante para compreender não só a forma como algumas odes reagem negativamente ao sentimento elegíaco intimista (cf. I, 33 ou II, 9), mas para perceber como alguns lugares-comuns da elegia latina (certamente também ela credora da poesia helenística) são igualmente explorados por Horácio: citemos apenas o exemplo do *paraklausithyron*, uma espécie de serenata à porta da mulher amada, que se recusa a receber o amante: este tópico prevalente na elegia romana é explorado por Horácio em odes como a I, 25 ou a III, 10.

Por outro lado, num nível mais fino de leitura, é no contraste com a tradição elegíaca que podemos encontrar a razão para algumas das decisões literárias de Horácio, como, por exemplo, o extraordinário número de amantes que surge ao longo das suas odes. O fato de serem nomes aparentemente fictícios não seria novidade, e soariam ao ouvido romano com os mais diferentes ecos, explorados por Horácio de acordo com a temática de cada ode. Tomemos o exemplo de Lídia, nome imortalizado pelo poeta romano e retomado por Ricardo Reis (Fernando Pessoa), personagem feminina que acaba por encontrar um corpo em *O ano da morte de Ricardo Reis*, de José Saramago. Ao ouvir o seu nome, o pensamento de um romano do século I a.C. talvez fugisse para o território da Ásia Menor chamado Lídia, e lhe sugerisse a volúpia e a sensualidade típicas de um mundo longínquo e exótico, coerente com a caracterização que se faz desta mulher nos vários poemas em que a personagem surge (I, 8; I, 13; I, 25; III, 9). Mas esta prática ficcionada não era, como dissemos, uma novidade; o recurso era também usado pelos poetas elegíacos, que escondiam o nome da sua verdadeira amada sob um pseudônimo — segundo Apuleio, a Délia do Livro I de Tibulo seria uma mulher chamada Plânia, e mesmo antes desta geração elegíaca é difícil não pensar na famosa Lésbia de Catulo, que a tradição associou a Clódia, a mulher de Quinto Metelo Célere. O fato de Horácio não ter, porém, uma só musa, mas desfilarem sensualmente pelas suas odes uma miríade de mulheres e rapazes, poderá não ter uma leitura exclusivamente autobiográfica, e poderá com bastante verossimilhança prender-se com uma questão de diálogo metaliterário: assumir um só amor seria seguir uma prática elegíaca, para além de um atropelo ao universo lírico grego, hétero e homoerótico, pouco dado à exclusividade amorosa.

Mas para além de todo este patrimônio está também bem estabelecida a relação das odes com a poesia grega da época helenística: ao lermos a *Antologia Palatina* é muito difícil não nos apercebermos da influência profunda que os gêneros e autores aí representados tiveram sobre a ode horaciana. Tomemos, como exemplo, a reflexão sobre a precariedade da vida e a onipotência da morte e como estes são lugares-

-comuns na *Antologia*, como alguns epigramas gregos são influências decisivas nas odes simposíacas de Horácio, e como Leônidas, por outro lado, é uma fonte de inspiração para as odes sobre a primavera (I, 4; IV, 7; IV, 12). Outro nome que Horácio nunca cita nas suas odes (e somente de passagem na epístola II, 2, 100) é fundamental para entender a lírica horaciana: trata-se de Calímaco, poeta que floresceu no século III a.C., central na estética da poética helenística. A sua visão da poesia como algo que pertence não ao vulgo, mas a um conjunto seleto de poetas capazes de a entender é a mesma atitude que Horácio cultiva nas suas odes (cf., *e.g.*, o início da ode III, 1), e tópicos como a *recusatio*, em que o autor se confessa incapaz de desenvolver um determinado projeto literário, como o encômio político ou um gênero maior como a epopeia, são também claras influências da poesia de Calímaco. Talvez também possamos dizer que o cultivo de uma forma literária dificilmente compreensível pelo "comum dos mortais" — como era, de certa forma, a lírica grega arcaica — é também, se não uma leitura direta do poeta de Cirene, pelo menos uma consequência do peso e da influência decisiva de Calímaco sobre a poesia helenística que lhe sucedeu, e por consequência sobre Horácio.

Como se vê, esta miríade de influxos formais e temáticos torna muito difícil definir o que é ao certo uma ode horaciana. A acrescentar a esta dificuldade temos o fato de, ao contrário da poesia arcaica grega, a temática das odes ser credora não só do mundo dos versos, mas também do da prosa filosófica. O próprio Horácio confessa, no início da sua primeira epístola (vv. 10 ss.), o seu desprezo pelos versos "e outras pilhérias" a que se tinha dedicado toda a sua vida, confessando-se naquele momento inteiramente consagrado à filosofia — sem que se saiba, ao certo, que resultados produziu esse estudo, senão a escrita de mais poesia. Este suposto menosprezo pelos versos pode bem ser apenas mais uma das ficções da *persona* horaciana, que temos vindo a sublinhar, mas é inegável que uma das grandes fontes de inspiração do poeta para as suas odes foram sem dúvida as concepções que diferentes escolas filosóficas da Antiguidade foram produzindo, em particular em temas como a moral e a ética. Muito se tem discutido sobre se será Horácio mais epicurista do que estoico, mais um hedonista do que um aspirante a sábio, mas a verdade é que o próprio poeta confessa, nessa primeira epístola, que não está obrigado "a prestar juramento a nenhum mestre:/ para onde me roubar a tempestade, como um hóspede serei levado" (vv. 14-5). Este caráter volúvel, mais do que desculpável — e até previsível — num poeta, é discernível em muitas odes de Horácio. A ideia, por exemplo, de que é melhor não conhecer o futuro, o alicerce filosófico da famosa ode I, 11 (v. 3), lembra o pensamento de Epicuro sobre o assunto (cf. Nisbet e Hubbard, 1970, *ad loc.*), e mesmo a sobriedade da expressão *carpe diem* pode ser lida no contexto de uma proposta epicuriana (cf. Epicuro, *epist.* 3.126); aliás esta ideia de que devemos apreciar cada momento do nosso dia sem nos preocuparmos com o que o amanhã trará, presente em muitas odes de Horácio (cf., *e.g.*, III, 29, 41 ss.), é central na reflexão de Epicuro: como o próprio filósofo diz, "aquele que menos necessidade tem do amanhã, o amanhã com prazer encara" (fr. 490 Usener). Já a idealização acerca daquilo que deve ser o homem sábio, a caracterização da sua integridade moral, tal como a vemos cantada na ode I, 22, é uma ideia notoriamente estoica, mesmo tendo em conta o efeito algo cômico presente no contraste entre o solene preâmbulo filosófico e o desenvolvimento da ode nos versos seguintes, em que um lobo foge do poeta enquanto este canta. Bem mais séria, a ode III, 3 exalta a virtude que deve guiar o homem justo, e toda a linguagem das primeiras estrofes tem uma clara inspiração estoica: de fato, a ideia de que o homem sábio não se deve deixar perturbar nem pelos desmandos da fortuna, nem pela violência do mundo natural, mantendo sempre a sua equanimidade, é credora desta escola de pensamento. Por outro lado, esta perspectiva nunca demasiado dogmática sobre qual a natureza humana e a melhor forma de procurar a felicidade, e os claros momentos de ironia de muitas das suas odes em relação à própria busca filosófica, de que é exemplo a enigmática ode I, 34, lembra uma outra escola filosófica da Antiguidade, a Nova Academia, herdeira em nome da de Platão, mas cujos ensinamentos se foram distanciando cada vez mais do seu fundador até se constituir numa filosofia de clara tendência cética, atitude que acaba por ser consentânea com o posicionamento do poeta romano em muitas das suas odes, e quem sabe até aproximável a alguma prosa filosófica de Cícero.

A TEMÁTICA DAS ODES

Posto tudo isto, o que é, então, exatamente uma "ode", essa tal palavra que Horácio nunca usou? Uma primeira aproximação, tendo em conta tudo o que se disse, talvez possa ser esta: uma "ode", enquanto gênero literário cultivado — e quem sabe inaugurado — por Horácio, confunde-se com as várias temáticas e modos composicionais que o poeta experimentou nos seus livros, bem como com o patrimônio musical da lírica grega, filtrado pela ambiência estética da Roma do século I a.C. Esta não é, obviamente, uma tentativa de definição; seria talvez desastrada demais. É sim um alerta para o fato de uma ode horaciana ser um gênero por natureza fluido, definível mais facilmente a partir da sua forma (o metro lírico empregado), do que propriamente do seu conteúdo, embora os dois elementos — forma e conteúdo — vivam de tal forma simbiótica que é por vezes um exercício artificial tentar separá-los. De fato, não é por um poeta cantar a implacabilidade da morte ou a necessidade de saborear cada dia que estaremos perante uma "ode", nem por alguém explorar um sistema métrico semelhante a uma estrofe sáfica. Esta indissociabilidade é, aliás, uma das razões da sua sobrevivência: um dos fascínios em estudar a extraordinária fortuna deste poeta ao longo dos tempos tem muito a ver com isso: cada autor, cada época diz muito de si na forma como lê e escolhe o "seu" Horácio, que passa por uma interpretação — propositada ou inadvertida — sobre o que é, de fato, uma ode. Assim, uma "ode" horaciana é uma forma composicional que se desenvolve num registro métrico lírico que pressupõe uma performance, e é caracterizada por um nível elevado e por vezes artificial de linguagem, eivada de estruturas sintáticas complexas e uma panóplia de recursos estilísticos e retóricos quase infindável, cerzida numa estrutura estrófica quase invariável (divisível quase sempre em grupos de quatro versos — a chamada lei de Meineke), com uma lógica interna implacável, ainda que não seja aparente numa primeira leitura. Toda esta "tecnologia", porém, serve um conjunto bastante alargado, ainda que não infinito, de temáticas e fórmulas. Uma outra aproximação possível à "ode" poderá ter como ponto de partida uma perspectiva semelhante à das ciências musicais, procurando estudá-la como estudaríamos o contraponto renascentista, a fuga barroca, a sinfonia clássica ou o *Lied* romântico: abordando o modo como uma estrutura ainda assim flexível e variada uniformiza e organiza os diversos temas, clichês e fórmulas que vão surgindo da pena do compositor, num todo harmônico e num universo acústico inconfundível.

Mas quais são exatamente os temas prevalentes em Horácio? Embora tenhamos referido um ou outro a propósito dos modelos literários seguidos pelo poeta, faremos aqui uma breve descrição dos mais frequentemente explorados pelo poeta, pois estes, como já dissemos, são fundamentais também para entendermos o que é uma ode horaciana e o modo como o conteúdo serve a forma, e a forma o conteúdo.

Comecemos pela temática metapoética das odes, característica evidente de várias composições horacianas que, num gesto em larga medida credor de Píndaro, acabam por cantar a própria poesia, o ofício poético e as ambições do poeta Horácio em particular (como vimos a respeito de I, 1). A inspiração divina do poeta, a imortalidade dos seus versos, o poder destes sobre a morte são temas recorrentes, assim como o próprio processo literário em si e a recusa de outras formas como a elegia ou a epopeia, procurando um espaço próprio para uma linguagem lírica. Outras odes agrupam-se tendo em conta, como vimos, a sua mensagem francamente filosófica, em que se critica a temerária ambição humana, que prefere se expor ao perigo a refrear os seus instintos mais básicos. Aos luxos, ao desregramento, à fome pelas riquezas e pelo ouro, Horácio apresenta a sua própria proposta ética e estética, e uma alternativa a esta inquietação permanente: a simplicidade de uma vida frugal, a própria vivência e fruição da poesia, numa atitude moderada que aconselha o homem o contentar-se com o que tem, sem aquela constante procura de um "não sei quê" que sempre lhe escapa. São nestas odes que surgem termos que a história da literatura e a cultura popular consagraram, como o já referido *carpe diem* da ode I, 11, 8 ou mesmo a expressão *aurea mediocritas*, da ode II, 10, 5, "a áurea justa medida" que convida o homem a viver uma certa equanimidade, sem ficar demasiado exuberante perante uma fortuna sorridente, nem demasiado prostrado perante a adversa. Mas há, ao longo das odes, um "ruído de fundo" nesta proposta filosófica: é que mesmo que o homem encontre esta tal ataraxia, a paz e o equilíbrio da mente, uma sombra pesa sobre todos nós — a da morte e da sua inexorabilidade. Seja este um motivo do epigrama grego ou não, os muitos poemas que cantam a frágil condição humana são centrais na estética horaciana e representam mais uma das idiossincráticas incoerências de Horácio: como o mesmo poeta que propõe um caminho quase certo para a felicidade, admite, ainda assim, que todos esses esforços são inglórios perante a "pálida morte", que "com imparcial pé bate à porta das cabanas dos pobres/ e dos palácios dos reis" (I, 4, 13-4), e perante os caprichos da Fortuna, a deusa que pontifica nas odes I, 34 e I, 35.

Outro grande grupo de odes tem uma temática amorosa. Bem distante, como dissemos, do sentimento intimista elegíaco, e procurando uma estética amorosa bem particular, talvez mais coerente com o universo lírico grego, neste tipo de odes surge um poeta tantas vezes irônico e desprendido, como ciumento e apaixonado, como ainda rancoroso e vingativo. Nas odes escritas na primeira pessoa, Horácio tanto assegura que nunca mais procurará o amor (III, 26) como se confessa completamente tomado por um sublime Ligurino (IV, 1), e numa mesma ode tanto canta a felicidade dos amores eternos como descreve a forma como o ciúme — provavelmente passageiro — por uma inconstante Lídia lhe abrasa o coração (I, 13). Muitos estudiosos têm sublinhado que estas odes têm o seu quê de cínico, um amor calculado e algo frio; talvez seja verdade, quando comparado com alguma tradição lírica grega ou elegíaca latina, mas é difícil não olhar para algumas das odes mais intimistas, como a ode IV, 10, e ver como a questão do amor está delicadamente entretecida com a questão da mortalidade humana, e como muitas vezes a paixão e o erotismo é palco para uma penosa encenação: a da decadência do corpo, tal como é cruelmente exposta na ode em que se ataca uma Lide outrora gloriosa, e que agora se tornou uma sombra decadente e ridícula do que outrora foi (IV, 13). Mas é inegável que existe um posicionamento de alguma frieza e ironia na forma como Horácio trata a temática amorosa, em particular quando o poeta não é o sujeito sintático da ode e aborda, com distância, as relações amorosas dos outros; nestas odes, o amor é apresentado como um jogo, uma diversão explorada por jovens, mulheres ou homens, que vão caindo nas suas armadilhas — risco para o qual o poeta vai alertando num tom algo condescendente.

Relacionado com estes temas está o da amizade e do banquete, fulcral não só para compreender a *mise en scène* performativa da ode horaciana, a que já nos referimos, mas também para entender a sua "sociologia", à falta de melhor termo. Embora, uma vez mais, a questão do modelo seja fundamental — em particular a longa tradição simposiática característica da poesia grega —, a verdade é que muitas odes são elaborados convites para um banquete, compostos de forma socialmente calculada. Personagens como Mecenas (I, 20), Númida (I, 36), Élio (III, 17) e Virgílio (IV, 12) são alguns dos destinatários de poemas que encenam um banquete vindouro, e onde temas como o elogio do vinho (recorrente em Horácio), a simplicidade da refeição, os amores fugazes, a beleza das cortesãs ou a alegria da ocasião se entrecruzam com a própria proposta moral de outras odes, bem como com aquela ficção autobiográfica do *self-made man* a que já nos referimos, e com um ou outro recado político que se pode ler nas entrelinhas.

Um outro grande grupo de odes — muito longe, ainda assim, de se constituir como maioria — versa temáticas religiosas e políticas. Em relação à religião, é inegável que grande parte dos hinos ou invocações feitas aos deuses do extenso panteão romano tem uma leitura, mais uma vez, intertextual: são imitações do estilo grego e daqueles hinos religiosos que fazem parte do patrimônio lírico arcaico e também helenístico. Ainda assim, há relações estabelecidas entre o poeta e determinados deuses que podem suscitar relações mais finas e denunciar algumas "afinidades eletivas": não por acaso o poeta compõe uma ode em honra de Mercúrio (I, 10), o mesmo deus que o poeta assegura que o salvou na batalha de Filipos (II, 7, 13-4). A interpretação que disso possamos fazer é delicada; será que o motivo é apenas paródico, ou um gesto de imitação da poesia de Arquíloco, ou corresponderá ainda a um outro tipo de sentimento, em que o deus que deu a palavra ao homem e o civilizou interveio para salvar um poeta da carnificina da guerra? Provavelmente nenhuma das hipóteses é mutuamente exclusiva, e faz-nos uma vez mais ponderar esse fascinante labirinto hermenêutico que caracteriza a obra de Horácio. É natural que possamos fazer leituras políticas de algumas odes de caráter religioso — é impossível ler o hino a Apolo e Diana (I, 21), o *Cântico Secular*, ou o hino a Apolo de IV, 6 sem ter em conta o papel que este último deus teve no principado augustano: a ele, por exemplo, Otaviano atribuiu a vitória em Áccio. Ainda assim, as inúmeras referências religiosas de Horácio ao longo da sua obra fazem dele um homem que parece ter vivido a religião como qualquer outro homem do seu tempo — uma relação necessariamente diferente da experiência religiosa cristã, alicerçada não numa questão de crença ou fé, mas numa atitude eminentemente prática: as múltiplas referências a rituais, sacrifícios e gestos religiosos que abundam nas suas odes assim o atestam.

E terminamos este pequeno périplo pela temática das odes na questão política, que já afloramos há pouco. Como já referido, a esmagadora maioria das composições tem um destinatário específico; ora, muitas vezes esse recipiente é também uma personagem da vida pública romana. Tomemos as primeiras nove odes do Livro I, por vezes referidas como as "odes de desfile" (*parade odes*, em inglês), em que o poeta explora nove sistemas métricos distintos, herdados da tradição grega, "pavoneando" toda a sua mestria composicional logo na abertura do livro. Se não é evidente, ou pelo menos consensual, que as odes tenham relações temáticas e estruturais entre si (e o mesmo pode ser dito acerca da macroestrutura que alguns estudiosos tentam encontrar nos três primeiros livros de odes, com a óbvia exceção das chamadas "Odes Romanas", III, 1-6), o fato de todas estas composições se dirigirem a um "tu" explícito, amiúde no vocativo, é um recurso que unifica a aparente dispersão temática. Ademais, apenas três desses nove destinatários caberiam naquela dúbia nomenclatura de "personagem fictícia" (Pirra em I, 5; Lídia em I, 8; e Taliarco em I, 9); de resto, todos os outros seis destinatários são personagens proeminentes na paisagem social romana, e algumas delas são mesmo nomes centrais na vida política, social e literária do tempo de Horácio. De fato, as quatro primeiras odes são dirigidas, respectivamente, a Mecenas (I, 1), figura distinta, como já vimos, da sociedade romana; a Júlio César Otaviano (I, 2), sobre quem basta dizer que foi o primeiro "imperador" de Roma; a Virgílio (I, 3), figura cimeira da história da literatura não só latina mas ocidental; e, finalmente, a Lúcio Séstio (I, 4), o primeiro cônsul nomeado após Otaviano ter abdicado do consulado, marcando, em 23 a.C., a restauração *in nomine* da "República" Romana. Figura crucial na história romana é também o general que travou e venceu praticamente todas as batalhas de (e por) Augusto: Marco Vipsânio Agripa, a quem Horácio dedica a ode I, 6, e o homem que propôs o título de "Augusto" para o até então *princeps* Gaio Júlio César Otaviano foi precisamente Lúcio Munácio Planco, o destinatário da ode I, 7. Fazendo parte daquela construção autobiográfica já referida, o fato de Horácio privar com estes nomes atesta a sua posição social evidentemente privilegiada, a despeito das más-línguas daqueles inimigos invejosos de quem tantas vezes ele se queixa nas suas odes (cf. II, 20, 4 e IV, 3, 16). Mas a grande narrativa política do poeta não é esta. Horácio, ou pelo menos a sua *persona*, é um franco admirador daquilo que Augusto representou para a história de Roma. Para chegar a esse lugar de encômio, porém, as odes apresentam um percurso que não é linear: nos três primeiros livros ainda estão presentes as muitas feridas abertas da guerra civil, e há ainda algum "ruído de fundo", como o fato de a morte de Cleópatra ser celebrada em termos algo invulgares (a ode I, 37, de fato, pode ser lida como um estranho panegírico). César Augusto vai sendo apresentado progressivamente como o cumprimento de um voto coletivo, o único homem capaz de trazer Roma dessa barbárie em que quase se autodestruía para uma paz tão ansiada. No último livro de odes Augusto surge num lugar de ainda maior proeminência; já não é só uma promessa cumprida, mas um verdadeiro pai da pátria, um homem com características que quase roçam o divino (cf. IV, 5, 29-40), atitude que aliás prefigura ou traduz, em larga medida, o culto imperial que começa ainda no seu tempo de vida, e que lhe haveria de sobreviver.

Não temos elementos suficientes para entender até que ponto foi sincera a adesão de Horácio ao novo regime, em especial tendo em conta que, na sua juventude, lutou pelo lado daqueles que tentavam impedir que Roma se tornasse um império liderado por um só homem, aspecto biográfico que fez questão de deixar explícito nas suas odes, ainda que de forma algo *blasé* (II, 7). A forma como nos colocamos perante a questão diz mais respeito à época que lê Horácio, do que à sua realidade histórica. Um exemplo extremo será a apropriação que a Itália fascista fez do poeta no bimilenário da sua morte; num discurso no Capitólio, um dos mais eminentes classicistas da academia italiana da altura, Ettore Romagnoli, defendeu que o "verdadeiro Horácio" estava não nas odes amorosas ou filosóficas, mas nas odes civis, isto é, naquelas em que se exaltava a virtude e os "verdadeiros" valores romanos — como nas chamadas "Odes Romanas", as primeiras seis odes do Livro III (Edmunds, 2010, p. 341). Por outro lado, a sensibilidade democrática moderna vê com bastante desconforto esta subserviência a uma instituição autocrática, com alguns momentos de pura bajulação: talvez por isso Horácio não seja uma figura tão sedutora como outros vultos da poesia antiga, e a sua obra esteja muitas vezes reduzida, no meio crítico moderno, a uma referência a quatro ou cinco poemas mais inócuos do ponto de vista político. Seja sob que prisma optarmos por estudar as odes políticas de Horácio, porém, há algo inegável: a *persona* que aí habita tem uma relação traumática com o passado recente de Roma, e vê com algum saudosismo os valores antigos, as virtudes romanas encarnadas em homens como Régulo (III, 5), representante do costume dos antepassados (*mos maiorum*), tão venerado entre os Romanos. Há, sem dúvida, uma adesão em algumas odes ao projeto moral de Augusto, à sua legislação sobre a própria vida privada dos Romanos, e propõe-se nesse espaço uma restauração de uma vivência patriótica, idealizada e exposta de uma forma claramente "nacionalista", diríamos nós hoje; como diz o próprio poeta: "doce e belo é morrer pela pátria" (III, 2, 13), um confesso amor por Roma que encontra uma expressão máxima nos famosos versos do *Cântico Secular*: "[Sol,] possas tu/ nada maior ver do que a urbe de Roma" (11-2).

A SOBREVIVÊNCIA DAS ODES

Restam-nos apenas algumas breves palavras sobre a sobrevivência deste poeta na cultura europeia. É importante sublinhar, primeiro que tudo, que as suas odes foram sendo lidas ao longo dos tempos fundamentalmente no contexto escolar. De certa forma, este fato sempre condicionou a leitura deste poeta: até talvez o século passado, é essencialmente uma elite culta que o leu, quase sempre num contexto acadêmico. Foi assim, por exemplo, que toda a Antiguidade tardia o foi conhecendo, e foi também assim que o próprio Fernando Pessoa o começou por ler. Horácio, de fato, fazia parte do currículo da Durban High School, onde o poeta português estudou na África do Sul, e era um exercício comumente proposto pelo Headmaster Nicholas traduzir metricamente para o inglês a ode I, 5. Ironicamente, e apesar dos receios de Horácio de que o seu primeiro livro de *Epístolas* (e por inerência, toda a sua obra) acabasse por se tornar um texto usado apenas para "ensinar as crianças a ler numa remota aldeia" (epístola I, 20, 17-8), a verdade é que a sobrevivência das suas odes em muito ficou a dever ao fato de ter sido largamente usado nas escolas ao longo dos séculos, precisamente por ser um ótimo recurso para estudar e aprender a dominar a burilada técnica e os infindáveis recursos retóricos e figuras estilísticas que caracterizavam a poesia clássica.

A história, porém, da recepção da obra de Horácio é mais complexa do que isso e entrecruza-se com a própria história da literatura ocidental. A fértil tradição manuscrita que se manteve desde a Antiguidade até à Idade Média, com as suas glosas e comentários que iam fazendo escola na forma como as odes eram lidas, foi uma prática que continuou bem adentro da época da imprensa, o que fez com que tenhamos chegado ao século XVI com mais de 850 manuscritos de várias obras de Horácio, fazendo deste poeta, a par com Virgílio, um dos autores latinos da época clássica mais continuamente lidos na Europa. Entre estes leitores estão autores fundamentais na história da literatura como Petrarca (1304-1374), que foi um confesso admirador da obra de Horácio, tendo-lhe dedicado uma carta em verso sob a forma de ode horaciana e imitado as suas *Epístolas* em versos latinos da sua autoria, para além de haver claras influências e empréstimos horacianos no seu *Canzoniere*, obra lírica fundamental para compreender o próprio rumo da poesia europeia. É impossível nesta introdução referir de forma sequer breve a imensa fortuna que Horácio teve ao longo dos tempos, um pouco por toda a Europa. Demos apenas como exemplos Pierre de Ronsard (1524-1585), que a França epitetou como "o príncipe dos poetas", e como os seus quatro livros de odes se oferecem como um ensaio para uma transposição francesa da ambiência lírica horaciana, ou a forma como o inglês Ben Jonson (1572-1637) se identificou com Horácio a tal ponto que o transformou num *alter ego* na sua peça *Poetaster*, ou como alguns poemas de Victor Hugo (1802-1885) como o "À Lydie" de 1817 têm uma clara inspiração horaciana, ou ainda a confessa admiração de Bertolt Brecht (1898-1956) pelo poeta romano. O assunto é, aliás, matéria exclusiva para um terceiro volume da monumental *Enciclopedia Oraziana* (ed. Mariotti, 1996-1998), que dedica mais de setecentas páginas ao tema, e tem sido tratado sob as mais diversas perspectivas, isso já para não falar na extensa e quase infindável história da tradução das odes de Horácio, em praticamente todas as línguas europeias.

O universo da literatura portuguesa não é exceção neste fascínio que o autor romano sempre exerceu no Ocidente. Grandes nomes da nossa poesia, como Sá de Miranda (1481-1558), Camões (*c.* 1524-1580), António Ferreira (1528-1569), a Marquesa de Alorna (1750-1839), Fernando Pessoa (1888-1935), ou outros talvez menos conhecidos como André Falcão de Resende (1527-1599), Filinto Elísio (pseudônimo de Francisco do Nascimento, 1734-1819), Elpino Duriense (pseudônimo de António Ribeiro dos Santos, 1745-1818) e José Agostinho de Macedo (1761-1831), foram leitores assíduos das odes de Horácio e regressaram a elas várias vezes. A forma, porém, como as abordaram ou recordaram nas suas obras é, como seria de esperar, imensamente distinta, e tem tanto a ver com a sensibilidade pessoal de cada autor, como com a época literária em que viveu. Camões, por exemplo, na sua ode IX ("Fogem as neves frias"), opta por uma variação "musical" sobre as odes I, 4 e IV, 7: muita da temática dessa ode parafraseia ou reorganiza o material imitado, e a fluência poética lembra o tal universo quase indefinível de uma ode horaciana; a leitura é, porém, filtrada por uma métrica vernácula, procurando na variação entre o hexassílabo e o decassílabo alguma daquela variedade rítmica, dentro da mesma estrofe, que Horácio cultivou. Mas a experiência camoniana é, ainda assim, credora do poeta italiano Bernardo Tasso (1493-1569), um dos autores pioneiros a buscar nas línguas românicas uma métrica compatível com o espírito da ode horaciana.

Não havendo aqui oportunidade para explorar todo o rico patrimônio da recepção do poeta romano na literatura portuguesa, remetemos o leitor para a bibliografia complementar que acompanha esta introdução (em particular os estudos de Achcar, Bélkior e Rocha Pereira), não sem antes abordarmos sucintamente dois autores que, no nosso entender, são paradigmáticos na forma como abordaram e reinterpretaram a ode horaciana: referimo-nos a António Ferreira e a Fernando Pessoa (Ricardo Reis). Comecemos pelo primeiro destes, um poeta talvez mais conhecido pela sua *Castro*, representante máximo da tragédia de inspiração clássica escrita em língua portuguesa. Somando ao fato de ter feito das *Epístolas* o modelo formal para os seus dois livros de *Cartas* em verso, os dois livros de odes de António Ferreira são, para além da sua intrínseca qualidade literária, uma reinterpretação do espírito lírico horaciano e do tal "tom" das suas odes, reencarnado numa cultura cristã e numa língua que tecnicamente não oferecia os mesmos recursos do latim. Ao contrário de Camões na sua ode IX, Ferreira não se centrou nas tentativas de Tasso, e teve uma leitura da ode horaciana no que ela tem de mais característico: a sua *varietas*, isto é, a forma quase instintiva como o poeta romano procurou a variedade nos seus poemas. Do ponto de vista métrico, as odes de Ferreira podem ficar a dever algo a Petrarca, mas as diferentes combinações em estâncias são típicas de um autor em constante experimentação, procurando uma sonoridade nova para a sua poesia, tal como Horácio procurara fazer: de fato, das treze odes que escreve, Ferreira utiliza onze esquemas estróficos e rimáticos contrastantes, bastante distintos de outros modelos seguidos na sua restante obra.

Como já sugerimos, porém, o processo de releitura da ode horaciana revela-nos também muito do temperamento de cada autor. Ferreira não imita tudo em Horácio, há uma leitura — e uma censura — própria do poeta português que se prende com o ambiente intelectual em que vive, e com o seu próprio projeto literário. Por exemplo, o autor dos *Poemas lusitanos* apenas escolheu as odes horacianas com temas mais sérios e filosóficos, não imitando temáticas como o amor, o hedonismo ou o vinho, temas que tanto seduziram outros leitores do poeta romano. São fundamentalmente as grandes reflexões horacianas que lhe interessam, filtradas por uma estética cristã em que apenas ficam aqueles deuses ou personagens mitológicas que poderiam ter uma leitura alegórica — como Apolo ou as Musas. Por outro lado, a ênfase dada não ao ofício poético em geral, mas ao autor específico dos versos — atitude comum em Horácio, que em muitas odes procura sublinhar a importância do seu estro particular para a eternidade da sua obra —, é substituída em António Ferreira por uma visão mais humilde do papel do próprio poeta, que se coloca a serviço de uma comunidade de "espritos", grupo restrito de indivíduos capazes de apreciar a poesia (aqui talvez a atitude seja de novo horaciana). Alguns elementos, porém, do contexto social de António Ferreira coincidem com a época de Horácio, e tornam o exercício da imitação no campo político mais abordável pelo poeta português, que retoma quase instintivamente nas suas odes o gesto dialógico da ode horaciana — de fato, grande parte das suas odes tem destinatários específicos, quase sempre nomes importantes da aristocracia portuguesa do século XVI e do seu mundo literário, e contém em si um projeto político de restauração das grandes virtudes lusitanas do passado — um tema que poderemos facilmente aproximar da estética horaciana.

Como forma de concluirmos esta introdução, poderá ser também interessante colocar em contraste com este poeta renascentista outro dos maiores vultos da língua portuguesa, Fernando Pessoa, como forma de exemplificarmos o modo por vezes coincidente, outras irreconciliável, como Horácio foi sendo reinterpretado nas diversas vozes da literatura ocidental. Referimo-nos mais concretamente a Ricardo Reis, o heterônimo pessoano "latinista por educação alheia, e um semi-helenista por educação própria" (tal como Pessoa o define numa carta a Adolfo Casais Monteiro, de 13 de janeiro de 1935). Nas suas odes — conscientemente assim apelidadas pelo seu autor — o poeta simula algo semelhante a uma "estrofe alcaica" e uma "estrofe sáfica" (tal como Álvaro de Campos as descreve), tentando recriar em português a sonoridade de uma ode horaciana, experimentando e variando tanto ou mais quanto o próprio António Ferreira tinha feito, desta feita já sem o espartilho da rima. Este experimentalismo é como que um manifesto artístico em alguém que estudou de forma atenta o latim métrico de Horácio, tal como podemos atestar num rascunho de um tratado que se intitularia *Nova Métrica* (cf. Lemos, 1993): é a procura da tal *varietas* tão querida ao poeta romano. Mas a aproximação formal é apenas uma das diversas perspectivas com que podemos estudar a lírica ricardiana: ao nível da temática, aquilo que Reis decide ou não imitar diz muito da sua personalidade literária. Ao contrário de Ferreira, como seria de esperar, ao heterônimo pessoano pouco ou nada interessa a face mais política ou social das odes horacianas, nem a sua essência dialógica (quase não há dedicatórias nas odes de Reis, e grande parte não tem destinatário definido). Mesmo o discurso metapoético, ainda que aflorado em odes como "Quero versos que sejam como joias" (ode 55 na edição de Parreira da Silva, 2007), poema onde aliás o nome de Horácio é explicitamente referido, não é central em Reis. Para além do formalismo da ode, da sua estrutura rítmica diversa, e daquele tal tom solene e rebuscado, típico da ode latina, são os poemas de Horácio sobre a natureza humana que mais parecem interessar ao heterônimo pessoano: a busca de uma simplicidade que escapa continuamente ao homem, o motivo do *carpe diem* e da inexorabilidade da morte, a onipotência da fortuna, a efemeridade da alegria e do prazer, posta no contexto da imagética do banquete e do elogio do vinho, tão cara à estética horaciana. Mesmo na temática amorosa, temos de ter algum cuidado nas eventuais aproximações que possamos fazer. O nome de Lídia, obviamente, é uma vênia ao poeta romano, mas toda a sexualidade e erotismo típicos do autor latino são como que expurgados numa presença feminina que parece habitar nos poemas pessoanos não no corpo de uma mulher, mas num espírito algo descarnado. De fato, os nomes das amadas de Horácio são interpeladas nas odes de Reis apenas como isso: simples nomes, sem nenhuma daquela carga sexual com que o romano as encena nas suas odes, isto para além do fato de o amor homoerótico, comum na lírica de Horácio, estar de todo ausente das odes de Reis.

A forma, porém, como interpretamos esses silêncios horacianos na obra de um determinado poeta dependerá muito da nossa própria sensibilidade como leitores, e força-nos a refletir sobre um mundo ainda mais difícil de estudar na longa história da recepção das odes, mas igualmente fascinante: aqueles criadores que reagiram negativamente ao tom engenhoso e artificial da lírica horaciana, e que tiveram um exemplo no poeta romano daquilo que não queriam na sua própria estética. E como bem sabemos, muitas vezes a história da literatura desenrola-se em movimentos de aproximação e reação a determinadas estéticas do passado, e mesmo que ignoradas, essas propostas acabam por ser fundamentais para moldar a vivência artística de cada criador. A esse propósito, citemos o longo poema de Lord Byron, *Childe Harold's Pilgrimage* (publicado entre 1812 e 1818), um dos primeiros sucessos literários do poeta inglês. Nas suas errâncias, bem ao gosto romântico, um pouco por toda a Europa (incluindo Portugal e Grécia), o protagonista deste longo poema em quatro cantos, um jovem Harold — ficção provavelmente autobiográfica do próprio Byron —, vem dar a Itália, já no canto IV. Quando avista o monte Soracte, solitário e imponente monumento natural no meio do vale do Tibre, a norte de Roma, seria impossível Harold não se lembrar de uma das mais belas odes de Horácio, que se inicia precisamente com o verso "vês como se eleva e reluz o Soracte com a densa neve" (I, 9, 1). As palavras que dirige ao poeta romano, contudo, não são de elogio; num misto de admiração e desprezo, e talvez de uma falsa afetação de modéstia, o jovem deixa escapar estes versos: "Adeus, então, Horácio, que eu tanto odeio/ não por tuas faltas, mas por minhas; é uma maldição/ entender, mas não sentir a tua fluência lírica/ compreender, mas nunca amar os teus versos" (canto IV, estrofe 77). Muitos poetas do passado e mesmo contemporâneos se identificarão com este sentimento de Byron. Uma coisa é certa, porém: se conhecem Horácio, dificilmente lhe poderão ser indiferentes, não só pela sua óbvia qualidade literária, mas porque as suas odes são fundamentais para reviver a experiência poética do Ocidente, por muito que queiram fugir dessa tradição milenar.

Sobre a tradução

Dado aquilo que dissemos sobre a essência musical das *Odes*, é preciso começar por admitir que o "monumento acústico" do latim de Horácio é irreproduzível em português, a começar pelo simples fato de não termos oposição entre sílabas longas e breves. O nosso sistema métrico baseia-se no número de sílabas, na sua acentuação e, possivelmente, no ritmo conferido pela rima. Ainda assim, o exercício de tradução do poeta romano para o português foi terreno fértil para exploração ao longo dos séculos; só para se ter uma simples ideia deste espólio, o *Dicionário de Literatura Latina*, de Maria Helena Ureña Prieto (2006), elenca quase uma centena de traduções portuguesas da obra de Horácio (não só das odes, e também não só traduções integrais), desde o início do século XVI até o final do século XX.

É nessa longa tradição que a presente tradução se insere, e se alguma virtude tem, é ser credora do trabalho incansável da crítica textual moderna, em que pontifica a obra de Robin Nisbet e Margaret Hubbard (1970 e 1978), e mais recentemente de Robin Nisbet e Niall Rudd (2004), não esquecendo os comentários de Paolo Fedeli e Irma Ciccarelli (2008), Richard F. Thomas (2011), David West (1995a, 1998 e 2002) ou mesmo de Elisa Romano (1991). As palavras de todos estes autores ecoam em grande parte das decisões hermenêuticas da tradução e nas notas que acompanham o texto, e as fraquezas na argumentação de um ou outro aspecto são imputáveis somente ao engenho do tradutor. Optamos, por uma questão de fidelidade ao texto original, pelo verso branco, mantendo a estrutura estrófica do original latino; ainda assim, a presente tradução foi pensada para ser declamada, procurando uma certa dicção poética a partir do ritmo sincero das palavras, tendo até em conta a estética da poesia portuguesa contemporânea e a prática poética do autor desta tradução, seguindo aliás a tradição dos anteriores tradutores portugueses, que adaptaram ao seu contexto literário o registro poético das suas transposições. A leitura das *Odes*, porém, não é uma leitura isenta de dificuldades: como já referimos, até para um romano contemporâneo de Horácio seria bastante difícil compreender, numa primeira escuta ou leitura, todo o texto das odes. Assim, dada a inextrincável rede de referências mitológicas, sociais e políticas do texto, optamos por dotar o texto de notas, muitas vezes com um caráter quase de comentário. Normalmente a primeira ocorrência de um nome mitológico, histórico ou toponímico é objeto de nota no texto, pelo que o leitor pode usar o índice remissivo presente no final deste volume como um glossário indireto.

A presente tradução é o resultado de um já longo trabalho sobre toda a obra lírica horaciana, que se iniciou há quase vinte anos ainda no contexto acadêmico, com um mestrado e um doutorado dedicados ao autor romano, passando pela publicação em 2008 na extinta editora Cotovia de uma primeira edição das *Odes*, a que se sucederam as *Epístolas* em 2017. Como tal, tenho uma dívida de gratidão para com todos aqueles que me foram lendo, a começar, naturalmente, pela professora Maria Cristina de Sousa Pimentel, a quem devo quase tudo em termos acadêmicos, a minha querida e eterna professora que sempre me foi guiando com a paciência, amizade e sabedoria de uma verdadeira mãe. Devo também agradecer ao professor Frederico Lourenço, que recomendou a publicação de uma primeira versão das *Odes* ao saudoso André Jorge, o editor da Cotovia que tanto fez pela edição das obras clássicas em Portugal. Segue-se uma palavra de gratidão também para com o professor Carlos Ascenso André e para com o professor Luís Cerqueira, que acompanharam com interesse estes meus esforços ainda na altura do mestrado.

Para a presente edição brasileira, tenho muito, mas mesmo muito a agradecer ao incansável trabalho do professor Alexandre Hasegawa; as suas sugestões de melhoramento da tradução e de enriquecimento das notas foram feitos com um tal esmero, seriedade e espírito de solidariedade que me fazem apenas recear que o meu texto não corresponda aos seus elevados padrões. Foi o primeiro contato que tive diretamente com a academia brasileira; embora suspeitasse, fiquei convencido de que o estudo dos clássicos goza de um fulgor absolutamente inspirador neste país. Espero que esta minha tradução possa contribuir para isso.

Quero dedicar esta nova edição das *Odes* à minha Joana e ao nosso Gabriel, e a toda a nossa família que entretanto foi crescendo ao longo destes anos: é com a paciência do vosso amor que continuo a escrever e a traduzir poesia, um mau hábito que sem dúvida não recomendo a ninguém.

Sobre o texto

O texto utilizado foi o de E. C. Wickham revisto por H. W. Garrod (1912); apesar de existirem edições mais recentes, nomeadamente a de Shackleton Bailey (1985, 2001ʳ), este continua a ser entre os estudiosos um dos textos mais utilizados (repare-se em David West, nos seus comentários de 1995-2002, e na tradução de Niall Rudd em 2004). Embora tentemos seguir sempre o texto original de Wickham, há momentos em que nos vimos forçados a seguir outra lição; apresentamos esses passos aqui:

I, 2, 39 — *Mauri > Marsi*
I, 5, 16 — *deo > deae*
I, 7, 27 — *auspice: Teucri > auspice Teucro*
I, 8, 2 — *hoc deos vere > te deos oro*
I, 11, 1 — *, scire nefas, > (scire nefas)*
I, 12, 20-1 — *Pallas honores. / Proeliis audax, > Pallas honores, / proeliis audax;*
I, 12, 31 — *quia > quod*
I, 13, 6 — *manent > manet*
I, 15, 5-36 — *Nereus fata: mala ducis [...] domos > Nereus fata: "Mala ducis [...] domos"*
I, 17, 9 — *Haediliae > haediliae*
I, 17, 14 — *copia > Copia*
I, 25, 20 — *Hebro > Euro*
I, 26, 9 — *Piplei > Piplea*
I, 31, 9 — *Calenam > Calena*
I, 32, 1 — *Poscimur. si > Poscimus si*
I, 32, 15 — *mihi cumque > medicumque*
I, 34, 5 — *relictos > relectos*
I, 35, 17 — *serva > saeva*
II, 1, 21 — *audire > videre*
II, 5, 16 — *petit > petet*
II, 11, 23 — *in comptum > incomptam*
III, 3, 12 — *bibit > bibet*
III, 4, 46 — *urbes > umbras*
III, 17, 5 — *ducis > ducit*
III, 24, 60 — *consortem socium > consortem et socium*
III, 26, 7 — *et arcus > securesque*
IV, 2, 49 — *terque > tuque*
IV, 4, 17 — *Raeti > Raetis*
IV, 4, 34 — *roborant > roborat*
IV, 9, 31 — *sileri > silebo*

Roteiro para uma leitura temática das *Odes*

Se o leitor optar por fazer uma leitura selecionada e temática das *Odes*, deixamos aqui um roteiro que pode servir de guia nessa tarefa. Em numeração romana encontra-se o número do livro, ao que se segue, em numeração árabe, o número da ode, e, se necessário, os números dos versos.

I. SOBRE O POETA

O ofício do poeta
I, 1 — Dos muitos ofícios possíveis, o poeta escolhe a arte das Musas.
I, 16 — A impudência do jovem poeta num canto de retratação.
I, 22 — O canto substitui as armas.
I, 32 — Invocação à lira.
III, 4 (1-36) — Um prenúncio do destino do poeta.
III, 25 — O poeta possuído por Baco cantará algo de novo.
IV, 2 — Qualquer poeta é pequeno perante o grande Píndaro.
IV, 3 — Agradecimento à Musa pela fama conquistada.
IV, 6 — O vate inspirado por Apolo.

O poder da poesia
I, 26 — O poeta amigo das Musas. Só a poesia imortaliza o homem.
II, 20 — O poeta transforma-se em ave e escapa à morte.
III, 30 — O poeta erigiu um monumento mais perene que o bronze.
IV, 8 — Sem a poesia, nenhum herói seria imortal.
IV, 9 — A imortalidade do poeta e de quem ele canta.

A recusa em cantar temas sérios
I, 6 — Que Vário celebre os feitos de Agripa. A lira do poeta não o pode fazer.
I, 19 — O amor de Glícera impede o poeta de falar sobre os Citas.
II, 1 (37-40) — O poeta envereda por temas sérios, mas logo se arrepende.
II, 12 — À lira não convém grandes temas. O amor é mais adequado.
III, 3 (69-72) — De novo o poeta se arrepende de cantar temas sérios.
IV, 15 (1-4) — Sempre que quis cantar temas sérios, Apolo repreendeu o poeta.

II. SOBRE A NATUREZA HUMANA

A ganância do homem e a simplicidade do poeta
I, 3 — A ambição desmedida do homem, que não recua perante os perigos do mar.
I, 31 — O poeta só precisa da sua cítara. Votos para a velhice.
I, 38 — O luxo dos Persas não interessa ao poeta.
II, 2 — Domando a ganância será o homem mais rico.
II, 15 — As construções do homem já não deixam espaço para a agricultura.
II, 16 — A riqueza e a ambição não trazem paz. Só a simplicidade.
II, 18 — A simplicidade do poeta, por oposição à ganância do homem.
III, 1 — Quanto mais ambicioso, mais inquieto. Elogio da simplicidade.
III, 4 (49-80) — Exemplos mitológicos de como a ambição desmedida leva à perdição.
III, 16 — A fome pelo ouro leva à desgraça. A recusa do poeta em querer mais.
III, 29 (1-28) — A fastidiosa riqueza por oposição à simplicidade do presente.

"Carpe diem" e a justa medida
I, 4 — A primavera chegou, aproveita-a enquanto é tempo.
I, 9 — O inverno chegou; aquece-te com o vinho e confia o resto aos deuses.
I, 11 — Não queiras saber o futuro; colhe cada dia.
II, 3 — Abstém-te dos excessos da alegria e aproveita o presente.
II, 10 — A áurea justa medida.
II, 11 — Não te angusties com a vida, que tão pouco pede.
III, 29 (29-64) — A serenidade daquele que sabe apreciar a hora presente.
IV, 7 — Nada esperes de imortal, aconselha-te a própria natureza.

A Morte
I, 4 (13-20) — A imparcial e pálida Morte.
I, 24 — A morte de Quintílio, um amigo chegado. Ninguém escapa ao Hades.
I, 28 — Nem o sábio Arquitas escapou à morte. Ameaças de um marinheiro morto.
II, 3 (13-28) — Somos todos vítimas do Orco.
II, 13 — Uma árvore quase mata o poeta. A imprevisibilidade da morte.
II, 14 — Todos teremos de morrer. Ninguém foge ao tempo.

A Fortuna
I, 34 — O poder da Fortuna, simbolizado no raio.
I, 35 — Até os reis temem a Fortuna e o seu séquito.

III. SOBRE O AMOR

O amor na primeira pessoa
I, 13 — O ciúme por Lídia assola o poeta. A felicidade dos amantes eternos.
I, 19 — Reacende-se o amor por Glícera, que o impede de cantar temas sérios.
I, 22 — O amor de Lálage protege o poeta.

I, 23 — O poeta adverte Cloe de que já está madura para um homem.

I, 25 — O poeta adverte Lídia de que em breve será velha.

III, 9 — Diálogo de amor entre o poeta e Lídia.

III, 10 — Lice não se comove com o canto do poeta, prostrado à sua porta.

III, 11 — O poeta invoca Mercúrio e o mito das Danaides para chamar a atenção de Lide.

III, 26 — Renúncia ao amor. O poeta termina a sua campanha e desiste de Cloe.

IV, 1 — De novo a renúncia ao amor. Mais eis que Ligurino surge.

IV, 10 — Em breve o tempo surpreenderá a crueldade de Ligurino.

IV, 11 — Convite a Fílis, o último dos amores.

IV, 13 — O horror do poeta perante a velhice de Lice, outrora tão amada.

O amor na terceira pessoa

I, 5 — Um jovem incauto cai nas redes da volúvel Pirra.

I, 8 — Lídia afasta Síbaris das atividades militares.

I, 27 — O poeta acalma os ânimos num banquete, e lamenta a sorte do irmão de Megila.

I, 33 — Que Álbio não sofra demais por Glícera. O jogo de Vênus.

II, 4 — Que Xântias não se envergonhe por amar uma escrava.

II, 5 — Lálage é demasiado nova para ti. Sê paciente.

II, 8 — Os falsos juramentos de Barine inspiram o riso de Vênus.

II, 9 — Válgio, deixa de chorar esse teu Mistes.

III, 7 — Astéria, não chores. O teu fiel Giges regressará.

III, 12 — Os encantos de Hebro afastam Neobule dos seus lavores.

III, 15 — Imprecação contra Clóris, uma velha licensiosa.

III, 20 — O desprezo de Nearco pela luta que travam por si.

IV. SOBRE ROMA E AUGUSTO

O passado recente de Roma

I, 2 — O passado traumático de Roma.

I, 14 — Alegoria do estado recente de Roma.

I, 35 (29-40) — O crime da guerra civil.

I, 37 — A morte de Cleópatra.

II, 1 — De novo o crime da guerra civil.

III, 24 — Que alguém ponha um freio à devassidão e à ganância do povo romano.

Augusto e o grandioso destino de Roma

I, 2 (25-52) — Invocação ainda tímida de Augusto.

I, 12 — Augusto surge no séquito dos heróis romanos.

III, 14 — Celebração do regresso de Augusto, que volta da Hispânia.

IV, 2 (33-60) — Celebração do regresso de Augusto, que volta da Gália.

IV, 4 — Celebração das vitórias dos Neros sobre os Vindélicos. A força de Roma.

IV, 5 — Súplica pelo regresso do ausente Augusto. A Paz Augustana.

IV, 14 — Louvor de Augusto, temido ao longe e ao largo.
IV, 15 — A glória do século de Augusto.

Odes Romanas (III, 1-6)
III, 1 — A ambição desmedida do homem.
III, 2 — As virtudes romanas. É doce morrer pela pátria.
III, 3 — O destino mítico de Roma.
III, 4 — As Musas reconfortam Augusto depois dos seus trabalhos.
III, 5 — O desastre de Carras. O exemplo de Régulo.
III, 6 — A desgraça da guerra civil. Os transviados costumes.

V. HINOS OU INVOCAÇÕES

I, 10 — A Mercúrio.
I, 21 — A Apolo e Diana.
I, 30 — A Vênus.
I, 35 — À Fortuna.
II, 19 — A Baco.
III, 13 — À fonte da Bandúsia.
III, 18 — A Fauno.
III, 22 — A Diana.
III, 23 — Invocação dos Penates.
IV, 6 — A Apolo.
Cântico Secular.

VI. CELEBRAÇÕES

O vinho
I, 7 (15-32) — Que o vinho ponha um fim aos teus cuidados, Planco.
I, 18 — Só o vinho desvanece as preocupações. Baco castiga, porém, os excessos.
III, 19 — O poeta ébrio. A doce loucura de Baco.
III, 21 — As virtudes de Baco. Invocação de uma ânfora.

O banquete e os festejos
I, 20 — Convite para um banquete, dirigido a Mecenas.
I, 36 — Um banquete em honra de Númida.
I, 37 — Festejos sobre a morte de Cleópatra.
II, 7 — Banquete em honra do regresso de Pompeu.
III, 8 — Banquete em honra do poeta que sobreviveu à queda de uma árvore.
III, 14 — Festejos sobre o regresso de Augusto.
III, 17 — Que o amigo Élio festeje bem o dia livre que a chuva trará.
III, 28 — Festejos em honra de Netuno.
IV, 11 — Convite a Fílis por ocasião do aniversário de Mecenas.
IV, 12 — Convite a Virgílio para um banquete em honra da primavera.

VII. TEMAS MITOLÓGICOS

I, 15 — Presságio de Nereu quando Páris parte com Helena.
III, 11 (25-52) — O mito das Danaides.
III, 27 (25-76) — O mito de Europa.

VIII. ELOGIOS DO CAMPO

I, 7 (1-14) — Nenhuma terra deleita mais o poeta do que Tíbur.
I, 17 — A calma da propriedade do poeta na Sabina, que convida à poesia.
II, 6 — De novo um elogio a Tíbur. Que se espalhem aqui as cinzas do poeta.

IX. TEMAS VÁRIOS

I, 29 — Ício troca os estudos filosóficos pela guerra. O poeta lamenta.
II, 17 — Quando Mecenas morrer, o poeta segui-lo-á.

Os metros das *Odes*

Apresentamos aqui um esquema simplificado dos metros utilizados por Horácio, para que se tenha uma ideia aproximada do esquema métrico original. Uma sílaba longa é marcada pelo símbolo "–", a breve por "u". O sinal "u" marca uma sílaba que tanto pode ser breve como longa e o "uu" marca uma longa que pode ser substituída por duas breves. Ao longo de cada verso podem surgir as cesuras (pausas), marcadas com o sinal "/". Este esquema baseia-se no conspecto de Shackleton Bailey (1985).

I. PRIMEIRO ASCLEPIADEU — I, 1; III, 30; IV, 8

– – – u u – / – u u – u u
– – – u u – / – u u – u u
– – – u u – / – u u – u u
– – – u u – / – u u – u u

II. SEGUNDO ASCLEPIADEU — I, 6; I, 15; I, 24; I, 33; II, 12; III, 10; III, 16; IV, 5; IV, 12

– – – u u – / – u u – u u
– – – u u – / – u u – u u
– – – u u – / – u u – u u
– – – u u – u u

III. TERCEIRO ASCLEPIADEU — I, 5; I, 14; I, 21; I, 23; III, 7; III, 13; IV, 13

– – – u u – / – u u – u u
– – – u u – / – u u – u u
– – – u u – –
– – – u u – u u

IV. QUARTO ASCLEPIADEU — I, 3; I, 13; I, 19; I, 36; III, 9; III, 15; III, 19; III, 24; III, 25; III, 28; IV, 1; IV, 3

– – – u u – u u
– – – u u – / – u u – u u
– – – u u – u u
– – – u u – / – u u – u u

V. QUINTO ASCLEPIADEU — I, 11; I, 18; IV, 10

– – – u u – / – u u – / – u u – u u
– – – u u – / – u u – / – u u – u u
– – – u u – / – u u – / – u u – u u
– – – u u – / – u u – / – u u – u u

VI. ESTROFE SÁFICA — I, 2; I, 10; I, 12; I, 20; I, 22; I, 25; I, 30; I, 32; I, 38; II, 2; II, 4; II, 6; II, 8; II, 10; II, 16; III, 8; III, 11; III, 14; III, 18; III, 20; III, 22; III, 27; IV, 2; IV, 6; IV, 11; C.S.

– u – – – / u u – u – u
– u – – – / u u – u – u
– u – – – / u u – u – u
  – u u – u

VII. ESTROFE SÁFICA MAIOR — I, 8

  – u u – u – –
– u – – – / u u – / – u u – u – –
  – u u – u – u
– u – – – / u u – / – u u – u – u

VIII. ESTROFE ALCAICA — I, 9; I, 16; I, 17; I, 26; I, 27; I, 29; I, 31; I, 34; I, 35; I, 37; II, 1; II, 3; II, 5; II, 7; II, 9; II, 11; II, 13; II, 14; II, 15; II, 17; II, 19; II, 20; III, 1-6; III, 17; III, 21; III, 23; III, 26; III, 29; IV, 4; IV, 9; IV, 14; IV, 15

u – u – – / – u u – u u
u – u – – / – u u – u u
  u – u – – – u – u
  – u u – u u – u – u

IX. PRIMEIRO ARQUILÓQUIO — I, 7; I, 28

– u u – u u – / u u – u u – u u – u
  – u u – u u – u u – u
– u u – u u – / u u – u u – u u – u
  – u u – u u – u u – u

X. SEGUNDO ARQUILÓQUIO — IV, 7

– u u – u u – / u u – u u – u u – u
  – u u – u u u
– u u – u u – / u u – u u – u u – u
  – u u – u u u

XI. TERCEIRO ARQUILÓQUIO — I, 4

– uu – uu – / uu – u u / – u – u – –
  u – u – – / – u – u – –
– uu – uu – / uu – u u / – u – u – –
  u – u – – / – u – u – –

XII. HIPONACTEU — II, 18

  – u – u – u u
u – u – u / – u – u – u
  – u – u – u u
u – u – u / – u – u – u

XIII. JÔNICO — III, 12
Consiste em metros jônicos contínuos (u u – –)

Bibliografia

I. EDIÇÕES DE TEXTO

SHACKLETON BAILEY, David Roy (1985). *Horatius: Opera*. Leipzig: Teubner.

WICKHAM, Edward Charles; GARROD, H. W. (1912[2]). *Q. Horati Flacci Opera*. Oxford: Clarendon Press.

II. COMENTÁRIOS ANTIGOS

KELLER, Otto (ed.) (1967[r]). *Pseudoacronis Scholia in Horatium Vetustiora*. 2 vols. Stuttgart: Teubner (1ª ed. 1902).

HOLDER, Alfred (ed.) (1967[r]). *Pomponi Porfyrionis commentum in Horatium Flaccum*. Hildesheim: Olms (1ª ed. 1894).

III. COMENTÁRIOS MODERNOS

FEDELI, Paolo; CICCARELLI, Irma (2008). *Q. Horatii Flacci Carmina. Liber IV*. Florença: Le Monnier.

KIESSLING, Adolf; HEINZE, Richard (1958[9]). *Q. Horatius Flaccus, Oden und Epoden*. Mit einem Nachwort und bibliographischen Nachträgen von Erich Burck. Berlim: Weidmannsche Verlagsbuchhandlung.

NISBET, Robin G. M.; HUBBARD, Margaret (1970). *A Commentary on Horace: Odes, Book I*. Oxford: Clarendon Press.

_____ (1978). *A Commentary on Horace: Odes, Book II*. Oxford: Clarendon Press.

NISBET, Robin G. M.; RUDD, Niall (2004). *A Commentary on Horace: Odes, Book III*. Oxford: Oxford University Press.

ROMANO, Elisa (1991). *Q. Orazio Flacco, Le opere, I: Le Odi; il Carme secolare; gli Epodi*. Tomo secondo. Commento di Romano Elisa. Roma: Istituto Poligrafico e Zecca dello Stato.

SYNDIKUS, Hans Peter (2001[3]). *Die Lyrik des Horaz: Eine Interpretation der Oden*. 2 vols. Darmstadt: Wissenschaftliche Buchgesellschaft.

THOMAS, Richard F. (2011). *Horace: Odes Book IV and Carmen Saeculare*. Cambridge: Cambridge University Press.

Wickham, Edward Charles (1912[8]). *Horace: The Odes, Carmen Saeculare and Epodes*. Oxford: Clarendon Press (1ª ed. 1896).

West, David (1995a). *Horace: Odes I: Carpe Diem*. Oxford: Clarendon Press.

_____ (1998). *Horace: Odes II: Vatis Amici*. Oxford: Oxford University Press.

_____ (2002). *Horace: Odes III: Dulce Periculum*. Oxford: Oxford University Press.

IV. TRADUÇÕES CONSULTADAS

Horace: Odes and Epodes (2004), trad. Niall Rudd. Cambridge, MA: Loeb Classical Library.

Horace: The Complete Odes and Epodes (1997), trad. David West. Oxford: Oxford University Press.

Horace: The Complete Odes and Epodes (1984), trad. William G. Shepherd. Harmondsworth: Penguin Classics.

Horace: Tome I, Odes et Épodes (1934), trad. François Villeneuve. Paris: Les Belles Lettres.

Horacio: Odas, Canto Secular, Epodos (2007), trad. José Luis Moralejo. Madri: Editorial Gredos.

Orazio Flacco, Le Opere: I Le Odi; Il Carme Secolare, Gli Epodi (1991), trad. Luca Canali. Roma: Istituto Poligrafico e Zecca dello Stato.

The Complete Odes and Satires of Horace (1990), trad. Sidney Alexander. Princeton: Princeton University Press.

V. ALGUNS ESTUDOS RECOMENDADOS SOBRE HORÁCIO OU CITADOS NA INTRODUÇÃO

Achcar, Francisco (1994). *Lírica e lugar-comum: alguns temas de Horácio e sua presença em português*. São Paulo: Editora da Universidade de São Paulo.

Ancona, Ronnie (1994). *Time and the Erotic in Horace's Odes*. Durham, NC: Duke University Press.

Bélkior, Silva (1982). *Horácio e Fernando Pessoa: o amor, as mulheres e os poemas eróticos censurados*. Rio de Janeiro: CBAG.

Bowditch, Phebe Lowell (2001). *Horace and the Gift Economy of Patronage*. Berkeley: University of California Press.

Breuer, Johannes (2008). *Der Mythos in den Oden des Horaz: Praetexte, Formen, Funktionen*. Göttingen: Vandenhoeck & Ruprecht.

Cavarzere, Alberto (1996). *Sul limitare: il "motto" e la poesia di Orazio*. Bolonha: Pàtron.

Collinge, N. E. (1961). *The Structure of Horace's Odes*. Londres: Oxford University Press.

Commager, Steele (1962). *The Odes of Horace: a Critical Study*. New Haven: Yale University Press.

Connor, Peter James (1987). *Horace's Lyric Poetry: the Force of Humour*. Victoria: Aureal Publications.

Davis, Gregson (1991). *Polyhymnia: the Rhetoric of Horatian Lyric Discourse*. Berkeley: University of California Press.

_____ (ed.) (2010). *A Companion to Horace*. Oxford: Wiley-Blackwell.

Delignon, Bénédicte (2019). *La morale de l'Amour dans les Odes d'Horace: poésie, philosophie et politique*. Paris: Sorbonne Université Presses.

Dettmer, Helena (1983). *Horace: A Study in Structure*. Hildesheim: Olms-Weidmann.

Edmunds, Lowell (2010). "The Reception of Horace's Odes", in Gregson Davis (ed.), *A Companion to Horace*. Oxford: Wiley-Blackwell.

Ferreira, António (2008²). *Poemas lusitanos*. Edição, tradução e comentário de Thomas Earle. Lisboa: Fundação Calouste Gulbenkian.

Fraenkel, Eduard (1957). *Horace*. Oxford: Clarendon Press.

Heinze, Richard (1923). "Die horazische Ode". *Neue Jahrbücher für das klassische Altertum*, 51: 153-68.

Johnson, Timothy S. (2004). *A Symposion of Praise: Horace Returns to Lyric in Odes IV*. Madison: University of Wisconsin Press.

Lemos, Fernando (1993). *Fernando Pessoa e a Nova Métrica: a imitação de formas e metros líricos greco-romanos em Ricardo Reis*. Mem Martins: Inquérito.

Lowrie, Michèle (1997). *Horace's Narrative Odes*. Oxford/Nova York: Oxford University Press.

Lyne, Richard O. A. M. (1980). *The Latin Love Poets: From Catullus to Horace*. Oxford: Clarendon Press.

_____ (1995). *Horace: Behind the Public Poetry*. New Haven: Yale University Press.

Lyons, Stuart (2010). *Music in the Odes of Horace*. Oxford: Aris & Phillips.

Mariotti, Scevola (ed.) (1996-1998). *Orazio: Enciclopedia Oraziana*. 3 vols. Roma: Istituto della Enciclopedia Italiana.

Oliensis, Ellen Sarah (1998). *Horace and the Rhetoric of Authority*. Cambridge/Nova York: Cambridge University Press.

Pasquali, Giorgio (1964²). *Orazio lírico*. Ristampa xerografica con introduzione, indici ed appendice di aggiornamento bibliografico a cura di A. La Penna. Florença: Le Monnier.

Prieto, Maria Helena Ureña (2006). *Dicionário de Literatura Latina*. Lisboa/São Paulo: Editorial Verbo.

Putnam, Michael C. J. (1986). *Artifices of Eternity: Horace's Fourth Book of Odes*. Ithaca: Cornell University Press.

_____ (2006). *Poetic Interplay: Catullus and Horace*. Princeton: Princeton University Press.

Pöschl, Viktor (1991²). *Horazische Lyrik: Interpretationen*. Heidelberg: Carl Winter Universitätsverlag.

REIS, Ricardo (2007²). *Poesia*. Edição de Manuela Parreira da Silva. Lisboa: Assírio & Alvim.

ROCHA PEREIRA, Maria Helena da (1988). *Novos ensaios sobre temas clássicos na poesia portuguesa*. Lisboa: INCM.

_____ (2008²). *Temas clássicos na poesia portuguesa*. Lisboa: Verbo.

SANTINI, Carlo (2001). *Heinze e il suo saggio sull'ode oraziana*. Napoli: Edizioni Scientifiche Italiane.

SANTIROCCO, Matthew S. (1986). *Unity and Design in Horace's Odes*. Chapel Hill: University of North Carolina Press.

ODES*

* Texto em latim a partir de Q. *Horati Flacci Opera*, E. C. Wickham e H. W. Garrod (eds.), Oxford, Clarendon Press, 1912 (com alterações: cf. p. 38 deste volume). Nos versos mais longos a numeração está assinalada somente no texto em latim. As sinopses (em itálico), assim como as notas do tradutor, estão posicionadas ao final de cada poema, com remissão pelo número do verso.

LIBER PRIMVS

LIVRO I

I, 1

Maecenas atavis edite regibus,
o et praesidium et dulce decus meum,
sunt quos curriculo pulverem Olympicum
collegisse iuvat, metaque fervidis

evitata rotis palmaque nobilis   5
terrarum dominos evehit ad deos;
hunc, si mobilium turba Quiritium
certat tergeminis tollere honoribus;

illum, si proprio condidit horreo
quidquid de Libycis verritur areis.   10
Gaudentem patrios findere sarculo
agros Attalicis condicionibus

numquam dimoveas ut trabe Cypria
Myrtoum pavidus nauta secet mare.
Luctantem Icariis fluctibus Africum   15
mercator metuens otium et oppidi

laudat rura sui; mox reficit ratis
quassas, indocilis pauperiem pati.
Est qui nec veteris pocula Massici
nec partem solido demere de die   20

spernit, nunc viridi membra sub arbuto
stratus, nunc ad aquae lene caput sacrae.
Multos castra iuvant et lituo tubae
permixtus sonitus bellaque matribus

I, 1

Mecenas, descendente de reis ancestrais,
meu amparo, minha doce glória:
a alguns agrada acumular em seu carro
o pó de Olimpo, evitando a meta do circo

com as rodas ardentes: a nobre palma eleva   5
os senhores da terra aos deuses.
Um deleita-se se a multidão dos volúveis Romanos
luta para o erguer às três grandes honras,

outro, se guardou no próprio celeiro
tudo quanto se varreu das eiras líbias.   10
Àquele que se alegra em fender os campos pátrios
com a enxada, nunca, nem com riquezas de Átalo

o poderás convencer a, temeroso nauta,
em barco cipriota o mar de Mirto atravessar.
O mercador, receando o Áfrico,   15
que com as ondas de Ícaro luta, louva a calma

e os campos da sua terra; mas logo desfeitos
os navios conserta, não sabendo suportar a pobreza.
Há quem não recuse beber um velho Mássico,
nem despreze ao seu dia retirar uma parte,   20

ora espreguiçando-se sob um verde medronheiro,
ora junto à suave nascente de uma fonte sacra.
A muitos apraz o campo militar, o som da tuba
que se mistura com o lítuo, as guerras pelas mães odiadas.

detestata. Manet sub Iove frigido 25
venator tenerae coniugis immemor,
seu visa est catulis cerva fidelibus,
seu rupit teretes Marsus aper plagas.

Me doctarum hederae praemia frontium
dis miscent superis, me gelidum nemus 30
nympharumque leves cum Satyris chori
secernunt populo, si neque tibias

Euterpe cohibet nec Polyhymnia
Lesboum refugit tendere barbiton.
Quodsi me lyricis vatibus inseres, 35
sublimi feriam sidera vertice.

Se os fiéis cães um veado avistaram,   25
ou se um javali marso as finas redes rompeu,
permanece o caçador sob o frio céu de Júpiter,
esquecido da terna e jovem mulher.

A mim a hera, prêmio das sages frontes,
aos supernos deuses me une,   30
a mim a fria mata e os ligeiros coros
das Ninfas e dos Sátiros me apartam do povo,

desde que Euterpe não afaste de mim suas tíbias,
nem Polímnia se recuse afinar o bárbito de Lesbos;
e se me contares, pois, entre os vates líricos,   35
de cabeça erguida tocarei as estrelas.

1-10. *Mecenas, há várias formas de procurar a fama: a uns agrada ser atleta, outros procuram uma carreira política, outros ainda acumular riquezas. 11-8. Nenhuma riqueza do mundo, porém, poderá convencer um agricultor a tornar-se mercador, nem vice-versa. 19-28. Há quem passe os dias num agradável ócio, há quem aprecie a vida militar, e há quem goste de caçar. 29-36. Quanto a mim, porém, coube-me ser poeta, e com a inspiração dos deuses ainda hei de ser considerado um dos grandes poetas líricos.*

1   *Mecenas*: Gaio Cílnio Mecenas, descendente de uma família etrusca de Arretium (atualmente Arezzo), era um cavaleiro romano de grande fortuna. Era proverbial o luxo da sua casa, bem como os seus escravos e libertos, os seus vinhos, os seus banquetes, os seus escandalosos amores. Mas é como patrono das artes que o seu nome se imortalizou; as *Geórgicas* de Virgílio são-lhe dedicadas, Horácio dedica-lhe as *Sátiras*, os *Epodos*, as *Odes* (I-III) e as *Epístolas* (I). Horácio foi-lhe apresentado em 39 a.C., pelos seus amigos Virgílio e Vário, e tornou-se um amigo íntimo de Mecenas, como atestam alguns fragmentos de poemas do próprio *eques* dedicados ao nosso poeta. A este círculo literário, além de Horácio e Virgílio, pertenciam também nomes importantes como P. Tuca, Vário Rufo e Domício Marso. Em 33 a.C., Mecenas deu a Horácio uma propriedade na Sabina, situada a cerca de 40 km a nordeste de Roma, o que permitiu ao poeta romano dedicar-se exclusivamente ao estudo e à literatura. Em termos políticos, foi um dos primeiros apoiantes de Otaviano, e foi sempre um seu aliado, sendo até seu conselheiro pessoal, servindo de ponte entre o *princeps* e os poetas coevos.

4   *Evitando a meta do circo*: quanto mais próximo o condutor passava com seu carro da meta do circo (grupo de três colunas de forma cônica, sobre uma base elevada, colocada no fim do percurso), sem tocar nela, maior era a sua perícia. Daí que as rodas aquecessem (*rodas ardentes*) sob o efeito de curva tão apertada.

8   *Três grandes honras*: as três magistraturas representadas pelo edil, o pretor e o cônsul.

12   *Riquezas de Átalo*: Átalo III de Pérgamo legou aos Romanos, em 133 a.C., todo o seu império, a capital, e a sua enorme riqueza, na esperança de que assim pudesse ser conservado o seu reino. Cedo se tornou conhecido na Antiguidade como um exemplo de proverbial riqueza.

14   *Mar de Mirto*: nome usado pelos geógrafos e pelos poetas antigos para designar o mar entre o Peloponeso e as Cíclades. Este mar é para Horácio um dos mais agitados e perigosos (cf. I, 14, 20).

15   *Áfrico*: vento do Sudoeste.

16   *Ondas de Ícaro*: o mar onde Ícaro caiu, entre Samos e Míconos, no Mar Egeu. Para o mito, cf. nota a II, 20, 13-4.

19   *Velho Mássico*: vinho do monte Mássico, na Campânia, de grande qualidade.

23-4   *Tuba e lítuo*: decidimo-nos por traduzir com rigor os instrumentos musicais citados por Horácio, não os adaptando ao atual panorama organológico, como faz a grande maioria dos tradutores (*tuba*-trompete, *tibia*-flauta, etc.), pois consideramos que, ao fazê-lo, estamos a cometer um anacronismo que não se justifica. A tuba romana (não confundir com a atual tuba, instrumento mais grave da família dos metais) é um instrumento romano similar ao trompete, embora tenha um timbre e um corpo totalmente diferentes. É o instrumento mais importante da família dos metais em Roma. Consiste num cilindro direito de bronze ou ferro, com cerca de 1,2 até 1,5 metro de comprimento com um pavilhão no fim. Era capaz de produzir seis tons da escala natural, o que o torna um instrumento menos versátil do que outros da sua família, tendo um som mais estridente do que o moderno trompete. Foi adaptado dos Etruscos, e era fundamentalmente usado para procissões solenes, cerimônias religiosas e no contexto militar. O *lituus* (que decidimos adaptar para o português lítuo) é também um instrumento de metal, e consiste num longo tubo dando voltas sobre si próprio no fim, produzindo assim a forma da letra J. Provavelmente tinha uma grande boquilha que se podia tirar. É um instrumento tipicamente etrusco e romano, que não conhece nenhum semelhante entre os Gregos. Tal como a tuba, foi associado à atividade militar.

33-4 *Tíbias... bárbito*: a tíbia é um instrumento de sopro identificado com o *aulos* grego. O som da tíbia era produzido através de uma palheta dupla, à semelhança do que acontece com o nosso oboé. É errado traduzir *tibia* por flauta, como é costumeiro, pois os dois instrumentos são completamente distintos, quer pela forma como o som é produzido, quer pelo timbre. A tíbia desempenhava um papel fundamental na atividade musical etrusca e romana, nos templos, nos jogos, nos ritos funerários, como atesta não só a literatura como muita iconografia romana. Euterpe é a Musa normalmente associada a este instrumento. O bárbito é um instrumento grego semelhante à lira. Organalogistas defendem que apareceu por volta do século VI a.C., tornou-se bastante conhecido durante o século V a.C., tendo posteriormente caído em desuso. É fundamentalmente associado a Dioniso e seus seguidores, e difere da lira apenas pelos braços maiores (o que produzia um som mais grave do que a lira) e pela forma como as cordas se fixam no braço do instrumento. Polímnia, a Musa normalmente associada à pantomima, aparece inusitadamente associada a este instrumento. Para mais informações sobre os instrumentos musicais citados nas *Odes*, cf. respectivas rubricas em *The New Grove Dictionary of Music and Musicians*, S. Sadie (org.), Londres, 1980.

35 *Vates líricos*: Horácio expressa assim o desejo de ser inserido no cânon dos poetas líricos, que no seu tempo incluía nomes como Píndaro, Safo ou Alceu; os nomes destes dois últimos estão implícitos na referência a Lesbos do v. 34, pois esta era a ilha de onde ambos eram originários. Para o significado religioso do termo "vate" e de "poeta", cf. nota a IV, 6, 44.

I, 2

Iam satis terris nivis atque dirae
grandinis misit Pater et rubente
dextera sacras iaculatus arces
    terruit urbem,

terruit gentis, grave ne rediret   5
saeculum Pyrrhae nova monstra questae,
omne cum Proteus pecus egit altos
    visere montis,

piscium et summa genus haesit ulmo
nota quae sedes fuerat columbis,   10
et superiecto pavidae natarunt
    aequore dammae.

Vidimus flavum Tiberim retortis
litore Etrusco violenter undis
ire deiectum monumenta regis   15
    templaque Vestae,

Iliae dum se nimium querenti
iactat ultorem, vagus et sinistra
labitur ripa Iove non probante u-
    xorius amnis.   20

Audiet civis acuisse ferrum,
quo graves Persae melius perirent,
audiet pugnas vitio parentum
    rara iuventus.

I, 2

Já assaz enviou o Pai sobre a terra a neve
e o funesto granizo e, lançando-se sobre as sagradas
colinas com sua rubra destra, aterrorizou
    a nossa cidade,

e inspirou nos povos o terror de que voltasse   5
a terrível idade de Pirra, queixosa de novos portentos,
quando Proteu levou todo o seu gado a contemplar
    os montes elevados,

e todo o gênero de peixes ficou preso no topo do olmo,
que fora outrora a morada das pombas,   10
e amedrontadas as corças nadaram
    assim que o mar galgou a terra.

Vimos o flavo Tibre avançar, as ondas
pela costa etrusca com fúria repelidas,
vimo-lo precipitar-se sobre os monumentos do rei,   15
    sobre os templos de Vesta:

lança-se em vingança do imenso pranto de Ília,
sem o consentimento de Júpiter,
dimanando errante sobre a margem esquerda
    o rio devoto a sua esposa.   20

A juventude, por vício paterno enrarecida,
ouvirá que os cidadãos afiaram a espada
sobre a qual melhor teriam os terríveis Persas perecido,
    e ouvirá o relato de outras guerras.

Quem vocet divum populus ruentis
imperi rebus? Prece qua fatigent
virgines sanctae minus audientem
    carmina Vestam?

25

Cui dabit partis scelus expiandi
Iuppiter? Tandem venias precamur
nube candentis umeros amictus,
    augur Apollo;

30

sive tu mavis, Erycina ridens,
quam Iocus circum volat et Cupido;
sive neglectum genus et nepotes
    respicis auctor,

35

heu nimis longo satiate ludo,
quem iuvat clamor galeaeque leves
acer et Marsi peditis cruentum
    vultus in hostem;

40

sive mutata iuvenem figura
ales in terris imitaris almae
filius Maiae patiens vocari
    Caesaris ultor:

serus in caelum redeas diuque
laetus intersis populo Quirini,
neve te nostris vitiis iniquum
    ocior aura

45

tollat; hic magnos potius triumphos,
hic ames dici pater atque princeps,
neu sinas Medos equitare inultos
    te duce, Caesar.

50

Por qual dos deuses poderá clamar o povo   25
perante a ruína do nosso império? Com que prece
poderão as sagradas Virgens importunar Vesta,
	que seus cânticos pouco escuta?

A quem dará Júpiter o papel de expiar tal crime?
Vem, áugure Apolo, imploramos-te,   30
envolvendo teus refulgentes ombros
	numa nuvem,

ou tu, se preferires, ridente deusa do Érice,
à volta da qual voam a Folia e Cupido,
ou tu, nosso criador, se nesta raça abandonada   35
	atentares, e na tua descendência.

Sacia-te e para, ah, com este jogo que se arrasta demais,
tu, a quem agrada o clamor, os elmos polidos,
o cruel semblante do soldado marso
	diante do sanguinolento inimigo, 40

ou tu, alado filho da alma Maia,
se, mudando a tua figura, em terra assumires
o gesto de um jovem que aceite ser chamado
	o vingador de César:

e tarde retornes ao céu, por muito tempo   45
permaneças feliz entre o povo de Quirino,
e que nenhuma prematura brisa te leve a ti,
	hostil para as nossas faltas.

Que antes possas aqui apreciar grandes triunfos,
aqui ser chamado de pai e soberano,   50
e que não permitas aos Medos cavalgarem sem vingança,
	sendo tu chefe, César.

1-24. Júpiter já nos enviou maus presságios e desgraças suficientes: granizo, tempestades, dilúvios, as inundações no Tibre, a calamidade da guerra civil... 25-40. Que Deus poderemos invocar? Por quem as vestais clamarão? Quem nos há de expiar? Apolo? Vênus? Ou, tu Marte, se já estiveres saciado de tanta guerra? 41-52. Ou será que vais ser tu, Mercúrio, tomando a forma de César? Que este permaneça muitos anos entre nós, e que possa apreciar grandes triunfos, subjugando os nossos verdadeiros inimigos, os Partos.

3   *Rubra destra*: a mão direita de Júpiter (o Pai) está vermelha devido à chama que deflagra do seu trovão.

6   *Idade de Pirra*: esposa de Deucalião, filho de Prometeu. Ela e seu cônjuge sobreviveram numa arca a um grande dilúvio, enviado por Zeus, irritado com as constantes prevaricações da humanidade. Depois do dilúvio, este casal recriou a humanidade a partir de pedras.

7   *Proteu*: Proteu era o responsável por apascentar as focas (*o gado*) de Posêidon. Tinha o dom da metamorfose, podendo tomar a figura que desejasse.

13   *Flavo Tibre*: o epíteto "flavo", normalmente associado ao rio que banha Roma (em italiano *Tevere*), terá a ver com a coloração "dourada" que a lama lhe dá depois das chuvas, que turva as suas águas (cf. Romano, *ad loc.*).

15   *Monumentos do rei*: Horácio refere-se aqui ao templo redondo de Vesta no Fórum, ao *Atrium Vestae* e à *Regia*. Todos estes monumentos foram atribuídos ao segundo rei de Roma, Numa Pompílio.

17   *Ília*: outro nome para Reia Sílvia. Depois de ter tido Rômulo e Remo, a vestal foi castigada pelo rei Amúlio, seu tio, que a lançou ao rio Tibre. Segundo a presente versão do mito, o Tibre toma Ília por esposa. Quando César foi assassinado, houve uma grande inundação no Tibre, entre outros fenômenos (cf. Virgílio, *Geórgicas*, I, 466 ss.), o que foi considerado um castigo dos deuses, tal como tinha acontecido após o assassínio de Remo.

22   *Os cidadãos afiaram a espada*: referência implícita às guerras civis consecutivas que assolaram o Império Romano até à data da batalha de Áccio (31 a.C.), particularmente a de César-Pompeu e a de Otaviano-Antônio; o poema aliás parece ter sido escrito um ano ou dois depois da batalha de Áccio. Horácio critica aqui o fato de Roma se ter envolvido em sucessivas guerras civis de grande mortandade (daí a "juventude enrarecida por culpa dos pais"), quando os Partos (ou Medos) representavam uma ameaça constante ao poderio romano, como atesta a catástrofe sofrida em Carras pelo exército de Crasso (cf. nota a III, 5, 5): em junho de 53 a.C., um contingente importante do exército romano comandado por Crasso, na ânsia de controlar as rotas comerciais com o Extremo Oriente, foi completamente dizimado pelo exército parto em Carras. Daqui resultou a morte de 20 mil soldados, entre eles o procônsul, 10 mil prisioneiros, e a perda das insígnias do exército, só recuperadas diplomaticamente no tempo de Augusto. Esta foi uma humilhação de que os Romanos nunca mais se esqueceriam, uma desgraça da dimensão de Canas (cf. nota a I, 12, 37). Além deste desastre de Carras,

temos outros exemplos do perigo medo para a hegemonia romana, como foi a conquista parta da Síria e da Sicília (41-39 a.C.).

23   *Persas*: Horácio adota aqui um nome mais grandioso para os supracitados Medos. Mais tarde (v. 51), haverá outra referência a este povo, o *leitmotiv* do pensamento político-militar não só de Horácio como do coevo imaginário romano.

27   *Vesta*: deusa romana de origem arcaica, cujo culto era celebrado em Roma pelas suas sacerdotisas, as Vestais. Estas Virgens tinham a função de zelar e de rogar pela incolumidade da *Vrbs*.

33   *Ridente deusa do Érice*: Vênus tinha um local de culto no topo do Érice (atualmente San Giuliano), uma montanha na costa ocidental da Sicília. É frequentemente acompanhada pelo seu filho (Cupido, o jovem deus do Amor) e pelo *Iocus* (jogo, folguedo, folia).

35   *Nosso criador*: Marte, pai de Rômulo e deus da guerra. A *gens Iulia*, de onde descendia Augusto, tomou-o como um dos seus deuses protetores.

43-4   *Um jovem... vingador de César*: Horácio procura aqui identificar Mercúrio (*o filho da alma Maia*) com Otaviano (não nos esqueçamos de que a *iuventus*, a juventude, entre os Romanos, vai dos 17 aos 45 anos, e Otaviano nasceu em 63 a.C.). A partir deste verso o texto vai sutilmente dirigindo a sua voz para o salvador de Roma, o futuro Augusto. Só depois das execuções das personagens envolvidas no assassinato de César, pelo menos daquelas que sobreviveram à guerra ou que não se suicidaram, é que se pôs um ponto final no caso. Tais execuções foram ordenadas por Otaviano no momento em que subiu ao poder, após a batalha de Áccio — daí ele ser o "vingador de César".

46   *Quirino*: antigo deus Romano, fazia parte de uma primitiva tríade composta por ele, Júpiter e Marte; os mitos sobre este deus são raros, servindo mais para designar Roma e o seu povo (os Quirites).

50   *Soberano*: "príncipe" não traduz, em português, o exato sentido de *princeps*, isto é, "aquele que toma o primeiro lugar", comandante supremo, soberano, detentor de todo o *imperium*. A figura do *princeps senatus* (algo como "o primeiro do senado") estava já consagrada pela República Romana (pelo próprio Cícero), o que atesta bem da habilidade política de Augusto de se fazer valer das instituições antigas para legitimar o seu poder.

I, 3

Sic te diva potens Cypri,
sic fratres Helenae, lucida sidera,
   ventorumque regat pater
obstrictis aliis praeter Iapyga,

   navis, quae tibi creditum   5
debes Vergilium, finibus Atticis
   reddas incolumem precor,
et serves animae dimidium meae.

   Illi robur et aes triplex
circa pectus erat, qui fragilem truci   10
   commisit pelago ratem
primus, nec timuit praecipitem Africum

   decertantem Aquilonibus
nec tristis Hyadas nec rabiem Noti,
   quo non arbiter Hadriae   15
maior, tollere seu ponere vult freta.

   Quem mortis timuit gradum,
qui siccis oculis monstra natantia,
   qui vidit mare turbidum et
infamis scopulos Acroceraunia?   20

   Nequiquam deus abscidit
prudens Oceano dissociabili
   terras, si tamen impiae
non tangenda rates transiliunt vada.

I, 3

Assim a diva rainha do Chipre,
assim os irmãos de Helena, luzentes estrelas,
    assim o pai dos ventos,
apresando todos exceto o Iápix,

te conduzam, navio, tu que a ti próprio   5
Virgílio deves em empréstimo, suplico,
    que o devolvas, incólume, às fronteiras da Ática,
e que preserves a minha alma metade.

Carvalho e triplo bronze tinha
em seu peito aquele que primeiro arremeteu   10
    frágil seu barco ao cruel pélago,
não receando nem o impetuoso Áfrico,

que com os ventos de Áquilo peleja,
nem as tristes Híades, nem a fúria de Noto:
    maior juiz não há no Adriático,   15
a seu bel-prazer as ondas elevando ou amainando.

Temeu os inexoráveis passos da morte
aquele que de olhos enxutos monstros viu a nadar,
    e o mar encapelado,
e os mal afamados rochedos de Acroceráunios?   20

Em vão o previdente deus
a terra do incompossível oceano separou,
    se ainda assim ímpios os navios
sulcam os mares que jamais deveriam ser tocados!

Audax omnia perpeti   25
gens humana ruit per vetitum nefas.
    Audax Iapeti genus
ignem fraude mala gentibus intulit.

    Post ignem aetheria domo
subductum macies et nova febrium   30
    terris incubuit cohors,
semotique prius tarda necessitas

    leti corripuit gradum.
Expertus vacuum Daedalus aera
    pennis non homini datis: 35
perrupit Acheronta Herculeus labor.

    Nil mortalibus ardui est:
caelum ipsum petimus stultitia neque
    per nostrum patimur scelus
iracunda Iovem ponere fulmina.   40

        A humanidade, temerária   25
até no sofrimento, precipita-se no erro proibido.
        Temerário o filho de Jápeto
o fogo aos homens, com funesta perfídia, trouxe,

        e depois de o ter furtado
de sua celeste morada, sobre a terra se estendeu   30
        a fome e um exército novo de febres,
e a necessidade da morte, outrora tão vagarosa

        e remota, o seu passo aligeirou.
Aventurou-se pelo ar vazio Dédalo
        com asas ao homem não concedidas: 35
foi empresa de Hércules no Aqueronte irromper.

        Para os mortais nada há de difícil:
estultos o próprio céu reclamamos,
        nem permitimos, por nosso crime,
Júpiter iracundos depor seus raios.   40

1-8. *Tenhas uma boa viagem, meu amigo Virgílio! 9-24. Bem temerário foi aquele que primeiro cruzou os mares, desafiando as tempestades com o seu frágil barco: não receou a morte, nem os monstros marinhos, nem o mar traiçoeiro! Não serviu, pois, de nada o deus ter separado a terra do mar. 25-40. A humanidade tem uma compulsão doentia em ir contra a vontade divina. Prometeu, por exemplo, roubou o fogo aos deuses e trouxe a desgraça ao homem. Dédalo e Hércules são outros exemplos. Os nossos crimes não deixam Júpiter descansar.*

1   *Rainha do Chipre*: Vênus. Segundo algumas versões do mito, os órgãos sexuais de Urano, cortados por Crono, caíram ao mar e criaram Afrodite, que depois foi levada pelos ventos para a ilha de Citera, e depois para Chipre.

2   *Irmãos de Helena*: os Dióscuros, Castor e Pólux.

4   *Iápix*: vento do Noroeste, que auxilia a navegação das embarcações que seguiam de Brundísio para a Grécia.

6   *Virgílio*: esta ode insere-se no gênero do poema προπεμπτικόν (*propemptikon*), um poema votivo de boa viagem. Nesta ocasião o poeta deseja boa viagem ao seu amigo Virgílio, na altura já considerado o maior poeta do seu tempo, e que apresentou Horácio a Mecenas (cf. *Sátiras*, I, 6, 54-5; I, 5, 31 ss.; e I, 10, 81).

12-4   *Áfrico... Áquilo... Noto*: o Áfrico é o vento do Sudoeste. O Áquilo ou Aquilão é o vento do Norte. O Noto é o vento do Sul.

14   *Híades*: conjunto de estrelas da constelação do Touro; estavam associadas às chuvas que surgem em outubro e novembro.

20   *Acroceráunios*: cordilheira com muitos rochedos situada no Epiro, cujo nome sugere que era frequentemente fustigado por trovoadas.

26   *Erro proibido*: é quase impossível traduzir em português a expressão *nefas*. Embora o termo tenha sem dúvida um sentido religioso, traduzir por "pecado" teria uma conotação cristã que dificilmente o contexto faria esquecer (cf. I, 11, 1).

27   *Filho de Jápeto*: Prometeu, que roubou o fogo aos deuses para o dar aos humanos. Um dos castigos de Júpiter impostos ao homem por causa deste roubo foi enviar Pandora à terra com uma caixa cheia de infortúnios e doenças (daí "*exército de febres*").

36   *Hércules*: referência aos Doze Trabalhos de Hércules, especialmente ao último, o rapto de Cérbero do Hades.

40   *Depor seus raios*: ou seja, os nossos crimes impedem Júpiter de descansar, pois o deus tem continuamente de castigar as prevaricações dos homens com a sua arma por excelência, o raio.

I, 4

Solvitur acris hiems grata vice veris et Favoni,
    trahuntque siccas machinae carinas,
ac neque iam stabulis gaudet pecus aut arator igni,
    nec prata canis albicant pruinis.

Iam Cytherea choros ducit Venus imminente Luna,   5
    iunctaeque Nymphis Gratiae decentes
alterno terram quatiunt pede, dum gravis Cyclopum
    Vulcanus ardens visit officinas.

Nunc decet aut viridi nitidum caput impedire myrto
    aut flore terrae quem ferunt solutae;   10
nunc et in umbrosis Fauno decet immolare lucis,
    seu poscat agna sive malit haedo.

Pallida Mors aequo pulsat pede pauperum tabernas
    regumque turris. O beate Sesti,
vitae summa brevis spem nos vetat incohare longam.   15
    Iam te premet nox fabulaeque Manes

et domus exilis Plutonia; quo simul mearis,
    nec regna vini sortiere talis,
nec tenerum Lycidan mirabere, quo calet iuventus
    nunc omnis et mox virgines tepebunt.   20

I, 4

Dissolve-se o áspero inverno dando a bem-vinda vez à primavera e ao Favônio,
    as máquinas arrastam secas as quilhas,
e não mais se alegra o gado nos estábulos, nem o lavrador junto ao fogo,
    nem os campos alvejam com a ebúrnea geada.

Já Vênus Citereia seus coros conduz sob a lua que alteia,
    e as formosas Graças, junto com as Ninfas,
tocam na terra ora num pé, ora noutro, enquanto o refulgente Vulcano
    as imponentes forjas dos Ciclopes visita.

Agora é tempo de cingir a luzidia testa com o verde mirto,
    ou com a flor que a terra livre trouxe;
é hora de oferecer nos umbrosos bosques a Fauno sacrifícios,
    quer exija uma cordeira, quer prefira um cabrito.

A pálida Morte com imparcial pé bate à porta das cabanas dos pobres
    e dos palácios dos reis. Ó Séstio feliz,
a breve duração da vida impede-nos de encetar duradouras esperanças.
    Em breve te oprimirá a noite, e os Manes da lenda,

e a esquálida casa de Plutão; e assim que por lá vagares
    não mais te sairá nos dados a presidência do vinho,
nem admirarás o delicado Lícidas, por quem agora toda a juventude arde,
    e por quem em breve as virgens hão-de corar.

1-4. Já o inverno acaba, dando a vez à primavera; a atividade humana volta à terra e ao mar. 5-8. Já Vênus, as Graças e as Ninfas dançam, enquanto Vulcano trabalha. 9-12. É tempo de enfeitarmos a cabeça com grinaldas e de oferecer sacrifícios a Fauno. 13-20. É que a pálida Morte espera por nós todos, Séstio: a breve duração da vida não nos permite ter esperanças demasiado longas. Também a ti te oprimirá a noite eterna dos Infernos, e uma vez morto já não poderás apreciar o delicado Lícidas num banquete.

1 *Favônio*: o Zéfiro, vento do Oeste que na Itália anuncia a primavera.

2 *As máquinas*: durante o inverno, os barcos do Mediterrâneo eram mantidos alguns metros acima do nível do mar para os proteger da intempérie (daí *"secas quilhas"*). Os barcos eram manobrados para cima de um trenó e equilibrados com o auxílio de blocos. Os trenós eram equipados algumas vezes com rodas, outras assentavam sobre cilindros de madeira, e eram postos em movimento por meio de uma roldana ou de um guincho.

5 *Vênus Citereia*: Citera, ilha na costa sul do Peloponeso, foi o primeiro sítio onde Afrodite foi dar depois do seu nascimento.

6 *Graças*: as três Graças (as gregas Cárites), Eufrósina, Talia e Aglaia, são divindades ligadas à beleza e à alegria da natureza. Fazem parte do séquito de Apolo e frequentemente participam em coros com as Musas.

8 *Ciclopes*: normalmente tidos como os fabricantes das armas dos deuses, em especial dos raios de Zeus, especialmente usados numa altura como a primavera. As suas oficinas (forjas) estão localizadas, segundo algumas versões, nas ilhas Eólicas ou então na Sicília, no Etna.

14 *Séstio*: Lúcio Séstio, filho de Públio Séstio, tribuno em 57 a.C., *proquaestor* por Bruto na Macedônia. Em 23 a.C. foi nomeado cônsul sufecto por Augusto, precisamente no primeiro ano em que Augusto abdicou do consulado, mantido desde 31 a.C., simbolizando assim o regresso à república. Serviu junto com Horácio na batalha de Filipos, nas fileiras do exército de Bruto, e foi igualmente no seu consulado que Horácio publicou os Livros I-III das suas odes.

16 *Manes*: as almas dos mortos, objeto de culto em Roma.

18 *Presidência do vinho*: decidia-se a pessoa que iria presidir ao banquete (a chamada ἀρχιποσία, *archiposia*) recorrendo ao lançamento dos *tali*, dados de quatro faces feitos a partir de ossos de animais. Quem fizesse o melhor lançamento era indigitado como o συμποσίαρχος (*symposiarchos*), o "chefe do banquete", e tinha entre várias incumbências a de servir o vinho. Em Roma existia também a figura do *magister bibendi* ou *rex bibendi* (o *mestre* ou o *rei do beber*), responsável por determinar a proporção de água e vinho que se ingeria, por propor os brindes, entre outras funções.

19 *Lícidas*: Virgílio fala também num Lícidas (cf. *Éclogas*, 7, 67), de quem Tírsis gaba a beleza. Para o tema da homossexualidade na Antiguidade, cf. T. K. Hubbard, *Homosexuality in Greece and Rome: A Sourcebook of Basic Documents*, Berkeley, University of California Press, 2003.

I, 5

Quis multa gracilis te puer in rosa
perfusus liquidis urget odoribus
    grato, Pyrrha, sub antro?
        cui flavam religas comam,

simplex munditiis? Heu quotiens fidem   5
mutatosque deos flebit et aspera
    nigris aequora ventis
        emirabitur insolens,

qui nunc te fruitur credulus aurea,
qui semper vacuam, semper amabilem   10
    sperat, nescius aurae
        fallacis! Miseri, quibus

intemptata nites. Me tabula sacer
votiva paries indicat uvida
    suspendisse potenti   15
        vestimenta maris deae.

I, 5

Que grácil rapaz banhado em perfumes
sobre um leito de rosas te abraça, Pirra,
    dentro de uma gruta amorosa?
        Para quem prendes teus louros cabelos,

tão simples na tua elegância? Ah, quantas vezes chorará   5
a tua inconstante fidelidade e a dos deuses,
    e, não habituado, o tomará de assombro
        o mar pelos negros ventos fustigado!

Ele que agora, crédulo, desfruta de ti, áurea,
ele que te espera sempre livre, sempre amável,   10
    não conhecendo tua dolosa aura!
        Infelizes aqueles para quem tu,

insondada, brilhas. Quanto a mim, uma parede
sagrada, com uma placa votiva, testemunha que pendurei
    minhas úmidas vestes   15
        à deusa rainha do mar.

1-5. Que rapaz te abraça nessa cama de rosas, Pirra? Para quem te enfeitas? 5-12. Pobre rapaz, quantas vezes há de chorar a tua inconstância, ele que agora pensa que serás sempre amável! 12-6. Infelizes os que se deixam apaixonar por ti. Quanto a mim, a custo sobrevivi a um tal naufrágio!

2   *Pirra*: o nome vem do adjetivo grego πυρρός (*pyrros*, "ruivo", e sugere alguém de cabelo ruivo ou de um amarelo-avermelhado, da cor do fogo, *pyr*).

13-4 *Parede sagrada... placa votiva*: punha-se uma tábua na parede de um templo (amiúde pintada, explicando a situação) sempre que se sobrevivia a uma tempestade, ou qualquer outro perigo do gênero.

15   *Úmidas vestes*: os marinheiros (daí vestes "*úmidas*") que se salvavam de algum perigo marítimo tinham por costume pendurar as suas vestes na parede do templo, consagrando-as assim aos deuses (cf. Virgílio, *Eneida*, XII, 768-9).

I, 6

Scriberis Vario fortis et hostium
victor Maeonii carminis alite,
quam rem cumque ferox navibus aut equis
    miles te duce gesserit:

nos, Agrippa, neque haec dicere nec gravem   5
Pelidae stomachum cedere nescii
nec cursus duplicis per mare Vlixei
    nec saevam Pelopis domum

conamur, tenues grandia, dum pudor
imbellisque lyrae Musa potens vetat   10
laudes egregii Caesaris et tuas
    culpa deterere ingeni.

Quis Martem tunica tectum adamantina
digne scripserit aut pulvere Troico
nigrum Merionen aut ope Palladis   15
    Tydiden superis parem?

Nos convivia, nos proelia virginum
sectis in iuvenes unguibus acrium
cantamus vacui, sive quid urimur
    non praeter solitum leves.   20

I, 6

Celebrar-te-á Vário, o cisne da poesia homérica,
a ti, de teus inimigos denodado vencedor,
o que quer que o intrépido soldado tenha logrado,
    de barco ou a cavalo, sob o teu comando.

Nós, Agripa, não intentamos cantar tais coisas,   5
nem a funesta cólera do indomável filho de Peleu,
nem as marítimas viagens do ardiloso Ulisses,
    nem a cruel casa de Pélops:

somos pequenos para tão grandes temas; a modéstia
e a Musa, rainha da pacífica lira, impedem-me   10
de diminuir os louvores do egrégio César, ou de ti,
    por culpa do meu engenho.

Quem dignamente escreverá sobre Marte,
envolto em sua adamantina túnica, ou sobre Meríones,
negro com o pó de Troia, ou sobre o filho de Tideu,   15
    com o arrimo de Palas, um igual entre os deuses?

Os banquetes, as batalhas entre as fogosas virgens
de unhas bem afiadas para os jovens, eis o que cantamos,
de coração livre, ou ardendo em alguma paixão,
    inconstantes, como sempre.   20

1-12. *Varo celebrará os teus feitos militares, Agripa; eu não tenho inspiração para tais temas, e receio que o meu fraco engenho diminua a importância das tuas façanhas. 13-6. Só um outro Homero seria capaz de escrever sobre os feitos de Diomedes! 17-20. Quanto a mim, sou um mero poeta do amor, ainda para mais inconstante.*

1   *Vário*: Lúcio Vário Rufo, poeta épico e trágico coevo a Virgílio. Foi ele quem também apresentou Horácio a Mecenas, e por volta de 35 a.C. era já o mais importante poeta épico do momento. Conheceu especial fama a sua tragédia *Tiestes*, considerada na altura a obra-prima do teatro latino, e o seu *Panegírico de Augusto*. Infelizmente só nos chegaram fragmentos da sua obra (cf. W. Morel, *Fragmenta Poetarum Latinorum*, Leipzig, Teubner, 1963, pp. 100 ss.). É particularmente interessante que tenha sido a este escritor, juntamente com Tuca, e não a Horácio, que Virgílio confiou a sua *Eneida*.

1   *Cisne... poesia homérica*: embora o termo escolhido por Horácio seja na verdade *ales*, simplesmente "pássaro", "ave", aproveitamos a identificação proposta pela maioria dos comentadores com o cisne. Em relação à expressão "poesia homérica", o latim refere-se mais precisamente à Meônia, nome homérico para a Lídia; de fato, Esmirna, cidade desta região, era tida como um dos locais lendários para o nascimento de Homero.

5   *Agripa*: Marco Vipsânio Agripa, de berço humilde, lugar-tenente de Octávio, vitorioso tanto em batalhas "terrestres" (na guerra contra Perúsia, em 40 a.C., ou contra os Aquitanos em 38) como em navais (em Náulocos, em 36, e em Áccio, contra Antônio, em 31). A sua terceira mulher foi Júlia, a filha de Augusto, que depositava nos filhos desta relação (Gaio e Lúcio César) as esperanças da sua sucessão. No entanto, ambos morreram, respectivamente, em 4 e 2 d.C.

8   *Casa de Pélops*: referência à maldição de Mírtilo. Mírtilo é o cocheiro do rei Enómao, que possuía invencíveis cavalos divinos. Este rei prometeu a mão de sua filha Hipodamia a quem o vencesse numa corrida, o que era virtualmente impossível. Pélops, porém, encontrou um modo de o derrotar: subornou Mírtilo, de modo a que este sabotasse o carro de Enómao. Venceu assim a corrida e tomou a mão de Hipodamia; para que ninguém suspeitasse da sua artimanha, matou Mírtilo que, ao morrer, lançou uma maldição sobre a casa de Pélops. De Pélops nasceu Atreu e Tiestes. Sobre Atreu, narra-se o seguinte mito: despeitado com o fato de Tiestes ter seduzido sua mulher Aérope, matou os três filhos do irmão e deu-os de comer ao próprio pai. Atreu é também conhecido por ser o rei de Micenas, reino esse que deixou aos dois filhos, Agamêmnon e Menelau, os chefes da expedição grega a Troia, que juntos padeceram os males da guerra (Agamêmnon quando voltou foi mesmo assassinado pela própria mulher, Clitemnestra).

14   *Meríones*: o escudeiro de Idomeneu, que Horácio (cf. I, 15, 26 ss.), seguindo uma tradição seguramente não homérica, associa a Diomedes.

15   *O filho de Tideu*: Diomedes. Horácio tem em mente o Canto V da *Ilíada*, no qual Diomedes atinge o clímax da sua excelência heroica, chegando mesmo a ferir o deus Ares (V, 855 ss.) e a deusa Afrodite (V, 335 ss.), no calor da batalha, auxiliado por Palas Atena (V, 828).

I, 7

Laudabunt alii claram Rhodon aut Mytilenen
    aut Epheson bimarisve Corinthi
moenia vel Baccho Thebas vel Apolline Delphos
    insignis aut Thessala Tempe:

sunt quibus unum opus est intactae Palladis urbem   5
    carmine perpetuo celebrare et
undique decerptam fronti praeponere olivam:
    plurimus in Iunonis honorem

aptum dicet equis Argos ditisque Mycenas:
    me nec tam patiens Lacedaemon   10
nec tam Larisae percussit campus opimae,
    quam domus Albuneae resonantis

et praeceps Anio ac Tiburni lucus et uda
    mobilibus pomaria rivis.
Albus ut obscuro deterget nubila caelo   15
    saepe Notus neque parturit imbris

perpetuo, sic tu sapiens finire memento
    tristitiam vitaeque labores
molli, Plance, mero, seu te fulgentia signis
    castra tenent seu densa tenebit   20

Tiburis umbra tui. Teucer Salamina patremque
    cum fugeret, tamen uda Lyaeo
tempora populea fertur vinxisse corona,
    sic tristis adfatus amicos:

I, 7

Outros louvarão a ilustre cidade de Rodes, ou Mitilene,
    ou Éfeso, ou as muralhas de Corinto
banhada por dois mares, ou Tebas célebre por Baco,
    ou Delfos por Apolo, ou a tessália Tempe.

Alguns há cujo único ofício é, em perpétua canção,   5
    celebrar a cidade da virgem Palas,
coroando-se com o ramo de oliveira algures colhido;
    muitos cantarão, em honra de Juno,

Argos, boa para criar cavalos, ou a opulenta Micenas:
    quanto a mim, nem a Lacedemônia que tudo suporta   10
nem a planície da fértil Larissa me comoveram tanto
    como a casa da ressonante Albúnea,

o Anião que cai em cascatas, o bosque de Tiburno,
    os pomares regados pelos riachos que ligeiros fluem.
Assim como o alvo Noto tantas vezes do negro céu   15
    as nuvens aclara, pois nem sempre traz chuva,

assim tu, Planco, sê sensato e lembra-te, com o doce vinho,
    de pôr um fim à tristeza da vida e aos seus trabalhos,
quer te encontres no acampamento fúlgido de insígnias,
    quer, um dia, sob a cerrada sombra do teu Tíbur.   20

Também Teucro, fugindo da Salamina e de seu pai,
    cingiu, diz-se, com uma coroa de choupo
sua cabeça que Lieu, o deus do vinho, umedecera,
    assim falando aos chorosos amigos:

"Quo nos cumque feret melior fortuna parente,
  ibimus, o socii comitesque.
Nil desperandum Teucro duce et auspice Teucro
  certus enim promisit Apollo

ambiguam tellure nova Salamina futuram.
  O fortes peioraque passi
mecum saepe viri, nunc vino pellite curas;
  cras ingens iterabimus aequor."

"Aonde quer que nos leve a fortuna, mais amável que meu pai,
   nós iremos, amigos e companheiros!
Não desespereis. É Teucro o guia, Teucro o áugure:
   prometeu o infalível Apolo

que assomará em nova terra uma segunda Salamina.
   Bravos heróis, que comigo males bem piores   30
tantas vezes sofrestes, afastai por ora com o vinho as mágoas.
   Amanhã, sulcaremos de novo ingente o mar."

1-14. *Outros louvarão as cidades da Ásia e da Grécia; quanto a mim, é Tíbur e a sua beleza natural que me comove.* 15-21. *Lembra-te, Planco, de que as agruras da vida podem ser esquecidas com um copo de vinho, quer te encontres no campo militar, quer de novo em Tíbur.* 21-32. *Foi assim que Teucro animou os seus companheiros desesperados, quando fugiam de Salamina: "Tende esperança, companheiros! Confiai em mim. Apolo prometeu-me uma segunda Salamina. Mas, por enquanto, bebamos e esqueçamos os nossos problemas. Amanhã far-nos-emos de novo ao mar".*

4   *Tempe*: o vale do Tempe (de τέμπη, *tempê* — "os vales"), na Tessália, objeto de admiração tanto dos poetas gregos, como romanos.

11   *Larissa*: a cidade mais importante da Tessália.

12   *Albúnea*: nome da Sibila Albúnea, que tinha um templo (provavelmente uma gruta) em Tíbur, região que Horácio celebra aqui. Tíbur é um vila vizinha de Roma, atual Tivoli.

15   *Noto*: vento do Sul.

17   *Planco*: Lúcio Munácio Planco, nascido em Tíbur (daí as várias referências à paisagem desta região), foi legado de Júlio César na Gália em 54 e na guerra civil; depois de este morrer, manteve uma forte relação política com Cícero. No entanto, acaba por apoiar Marco Antônio, para depois apoiar Otaviano em 32 a.C. Esta constante troca de posições políticas valeu-lhe o pouco simpático epíteto de *morbo proditor*, "traidor por doença"; assim o intitula Veleio Patérculo (2, 83, I). Todavia, logrou uma carreira invejável, sendo cônsul em 42 e em 41, e censor em 22; em 27 a.C. foi ele quem sugeriu o título de *Augustus* para Otaviano.

19   *Insígnias*: a águia imperial das insígnias militares romanas era normalmente feita de prata, daí que o acampamento militar brilhe com a luz das insígnias.

21   *Teucro*: filho de Télamon, meio-irmão de Ájax. Participou valorosamente na guerra de Troia, do lado dos Aqueus, embora fosse sobrinho de Príamo. Quando voltou a Salamina foi acusado pelo pai de não ter ajudado a defender a honra de seu irmão Ájax, que se suicidou, e por ter perdido na viagem de regresso o barco onde seguia o seu sobrinho Eurísaces. Na sequência destas acusações, foi expulso de Salamina pelo pai, não sem antes ter discursado para os seus amigos, na baía de Freátis, defendendo-se das acusações paternas. Mais tarde, depois de algumas tribulações, acabou por se fixar no Chipre, onde fundou uma nova Salamina, segundo um oráculo de Apolo. Estes versos finais vão servir de inspiração ao poema de Álvaro de Campos: "O mesmo *Teucro duce et auspice Teucro*/ é sempre *cras* — amanhã — que nos faremos ao mar" (*Poesia*, ed. Rita Lopes, Lisboa, Assírio & Alvim, 2020, p. 430).

22   *Coroa de choupo*: a coroa de choupo é frequentemente associada a Hércules, nesta caso na sua qualidade de protetor dos aventureiros e dos exploradores.

I, 8

Lydia, dic, per omnis
te deos oro, Sybarin cur properes amando
    perdere, cur apricum
oderit campum, patiens pulveris atque solis,

    cur neque militaris   5
inter aequalis equitet, Gallica nec lupatis
    temperet ora frenis?
Cur timet flavum Tiberim tangere? Cur olivum

    sanguine viperino
cautius vitat neque iam livida gestat armis   10
    bracchia, saepe disco,
saepe trans finem iaculo nobilis expedito?

    Quid latet, ut marinae
filium dicunt Thetidis sub lacrimosa Troiae
    funera, ne virilis   15
cultus in caedem et Lycias proriperet catervas?

I, 8

Diz-me, Lídia, rogo-te
por todos os deuses, por que amando te apressas
    em destruir Síbaris? Por que odeia
o Campo ensolarado, o sol já não suportando e a poeira?

    Por que já não monta,
entre os colegas de armas, o cavalo gaulês, a sua boca domando
    com freios lupinos?
Por que teme sequer tocar no flavo Tibre? Por que evita o óleo dos atletas,

    com mais cautela
do que o sangue da víbora? Por que não mostra os braços pisados pelas armas,
    ele, conhecido
por tantas e tantas vezes lançar para além da marca o disco ou o dardo?

    Por que se esconde ele
como o filho — dizem — da marinha Tétis, antes da plangente ruína de Troia,
    para que as vestes masculinas
o não arrastassem contra as lícias hostes, para uma terrível chacina?

1-3. Lídia, por que atormentas esse pobre rapaz, Síbaris? 3-12. Por que se afasta do Campo de Marte e das atividades próprias de um homem? 13-6. Por que se esconde da guerra, como Aquiles antes da Guerra de Troia?

1   *Lídia*: a personagem feminina mais famosa de Horácio, imortalizada também por Ricardo Reis. O seu nome sugere aos ouvidos de um romano exotismo e volúpia, dada a referência geográfica à Lídia.

3   *Síbaris*: nome derivado da cidade homônima, no golfo de Tarento, conhecida pela sua vida de luxúria e de ócio.

4   *Campo*: Campo de Marte (*Campus Martius*), campo de ginástica e de desporto, num local sem outras edificações, junto ao Tibre. Estrabão (V, 236) descreve-o no tempo de Augusto.

7   *Freios lupinos*: em latim *lupatis frenis*, freios com picos bastante aguçados (semelhantes a dentes de lobo, daí o nome), usados para ferir o cavalo na língua e no palato.

8   *Flavo Tibre*: para o epíteto habitual deste rio, cf. nota a I, 2, 13.

8   *Óleo*: as unções de óleo (azeite) eram usadas tanto no banho como nos exercícios de ginástica. Aqui trata-se particularmente daquilo que os Gregos designavam por meio do verbo ξηραλοιφεῖν (*xêraloiphein*), unção com óleo para a prática da ginástica.

14   *Filho... da marinha Tétis*: segundo algumas versões do mito, Peleu (ou Tétis), avisado por um oráculo de que Aquiles morreria na sequência da guerra de Troia, enviou o filho para Ciros, onde permaneceria disfarçado com trajes femininos na corte do rei Licomedes. Contudo, passados nove anos, Ulisses, avisado de que a guerra de Troia só poderia ser ganha com a participação de Aquiles, descobre o guerreiro aqueu da seguinte forma: veio a Ciros disfarçado de vendedor, e pousou sobre o chão pedras preciosas e outros utensílios femininos, juntamente com escudos, espadas e outros objetos bélicos. De entre todas as jovens, Aquiles foi naturalmente o único a mostrar interesse pela armas, pelo que deu a revelar a Ulisses a sua vera identidade (cf. Ovídio, *Metamorfoses*, 13, 162 ss.).

16   *Lícias hostes*: os Lícios (a que pertenciam Sarpédon ou Glauco) eram os aliados dos Troianos, e habitavam uma zona no sudoeste da Ásia Menor (Lícia). Aqui, por sinédoque, representam todo o povo troiano.

I, 9

Vides ut alta stet nive candidum
Soracte, nec iam sustineant onus
    silvae laborantes, geluque
        flumina constiterint acuto?

Dissolve frigus ligna super foco   5
large reponens atque benignius
    deprome quadrimum Sabina,
        o Thaliarche, merum diota:

permitte divis cetera, qui simul
stravere ventos aequore fervido   10
    deproeliantis, nec cupressi
        nec veteres agitantur orni.

Quid sit futurum cras fuge quaerere et
quem Fors dierum cumque dabit lucro
    appone, nec dulcis amores   15
        sperne puer neque tu choreas,

donec virenti canities abest
morosa. Nunc et campus et areae
    lenesque sub noctem susurri
        composita repetantur hora,   20

nunc et latentis proditor intimo
gratus puellae risus ab angulo
    pignusque dereptum lacertis
        aut digito male pertinaci.

I, 9

Vês como se eleva e reluz o Soracte com a densa neve,
e como as florestas, vergando, já não sustêm tal peso,
    e como os rios de cortante gelo
        foram esculpidos?

Afasta o frio, repondo sem parcimônia na lareira   5
a lenha, e ainda mais generosamente retira,
    ó Taliarco, da sabina ânfora
        o vinho de quatro anos:

confia o resto aos deuses, pois mal eles acalmem
os ventos que no impetuoso mar pelejam   10
    nem os ciprestes se agitarão
        nem os velhos freixos.

Esquiva-te a perguntar o que amanhã sobrevirá,
e considera um lucro cada dia que te der a Fortuna, nem rejeites,
    enquanto és jovem, os doces amores, nem as danças,   15
        enquanto da tua verde idade

os teimosos cabelos brancos se afastarem.
Por agora, procure-se o Campo, os pátios,
    os melífluos sussurros,
        sob a noite, à hora marcada,   20

por agora, o denunciante riso alegre da jovem
que se esconde numa íntima esquina,
    o penhor arrancado dos braços,
        ou do dedo que não oferece resistência.

1-8. Os montes e as florestas cobrem-se com neve, os rios gelam. É hora de te aqueceres na lareira e tomares um copo de vinho, Taliarco! 9-24. Deixa o resto aos deuses, nem perguntes o que o amanhã te reserva. Aproveita a juventude, e não deixes de gozar os prazeres do amor!

1   *Soracte*: o monte Soracte, do país dos Faliscos, associado ao deus Apolo (atual monte Soratte, a cerca de 43 km de Roma). Os primeiros versos desta ode imitam Alceu (fr. 338 LP): "Zeus chove, e dos céus/ surge uma intempérie; as correntes de água gelam [...]". A imitação é particularmente relevante uma vez que é a primeira vez que Horácio usa na sua coletânea a estrofe alcaica.

7   *Taliarco*: do grego Ταλίαρχος (*Taliarchos*, "rei do banquete" — cf. nota a I, 4, 18).

13   *Esquiva-te a...*: introduz-se aqui uma das temáticas mais caras a Horácio, de inspiração provavelmente epicurista: o aproveitar do dia presente; a expressão *carpe diem* de I, 11, 8 é aquela que acaba por melhor sintetizar a ideia.

18   *Campo*: para o Campo de Marte, cf. I, 8, 4.

23   *Penhor*: como sinal de amor, o amante tirava um bracelete ou um anel da sua jovem amada, e conservava-o como um metafórico penhor (cf. Ovídio, *Amores*, 2, 15).

I, 10

Mercuri, facunde nepos Atlantis,
qui feros cultus hominum recentum
voce formasti catus et decorae
    more palaestrae,

te canam, magni Iovis et deorum   5
nuntium curvaeque lyrae parentem,
callidum quidquid placuit iocoso
    condere furto.

Te, boves olim nisi reddidisses
per dolum amotas, puerum minaci   10
voce dum terret, viduus pharetra
    risit Apollo.

Quin et Atridas duce te superbos
Ilio dives Priamus relicto
Thessalosque ignis et iniqua Troiae   15
    castra fefellit.

Tu pias laetis animas reponis
sedibus virgaque levem coerces
aurea turbam, superis deorum
    gratus et imis.   20

I, 10

A ti, Mercúrio, facundo neto de Atlas,
tu que astuto os feros hábitos dos primeiros homens
com a palavra modelaste, e com o uso
    da bela palestra,

a ti cantarei, mensageiro do magno Júpiter   5
e dos deuses, pai da recurva lira,
hábil em esconder o que quer que te agrade
    em jocosa artimanha.

Outrora, criança, enquanto te ameaçava
Apolo com torva voz, para que lhe devolvesses   10
as vacas por astúcia roubadas, riu-se ao ver-se
    privado da aljava.

Ou mais: foi escoltado por ti que o abastado Príamo,
deixando Ílion, enganar conseguiu os altivos Atridas,
e o fogo das tessálias sentinelas, e o acampamento   15
    inimigo de Troia.

Tu restituis as devotas almas às suas felizes moradas,
e ajuntas com tua áurea vara a incorpórea turba,
tu, estimado pelos deuses de cima
    e também pelos de baixo.   20

1-4. *Canto-te a ti, Mercúrio, deus da palavra e da prática atlética.* 5-8. *A ti, o criador da lira e deus dos gracejos.* 9-12. *Foste tu quem roubaste o gado e o arco de Apolo.* 13-6. *Foste tu quem fez entrar Príamo no acampamento dos Gregos.* 17-20. *E és tu quem escolta as almas nos Infernos.*

1   *Mercúrio*: esta ode é um hino ao deus Mercúrio, e como tal apresenta algumas das convenções típicas do gênero, de ambiência grega (o vocativo inicial, com uma descrição dos atributos do deus, a sua filiação, o relato das suas virtudes, bem como de algumas das suas "peripécias mitológicas"). O fato de o primeiro hino da coletânea ser dedicado a Mercúrio poderá ajudar a argumentar a favor de uma predileção horaciana por esse deus, tendo em conta que na ode II, 17, 30 o poeta se assume como "um homem de Mercúrio", e que em II, 7, 14 o deus o salva da morte iminente (cf. ainda *Sátiras*, 2, 6, 5 ss.).

4   *Palestra*: a παλαίστρα (*palaistra*) era o local onde se praticavam exercícios de ginástica e de luta.

6   *Recurva lira*: Hermes, no dia do seu nascimento, fez uma lira a partir da casca de uma tartaruga (a caixa de ressonância) e das tripas de vaca (com que fez as cordas). Cf. I, 21, 12.

7   *Hábil em esconder*: referência a Mercúrio como deus dos ladrões, um dos seus diversos aspectos aqui citados. Uma provável motivação para a composição desta ode será o hino a Hermes de Alceu (fr. 308 LP), um poema que tinha alguma proeminência na edição alexandrina do poeta lírico, embora a inspiração para a ode tenha muitas outras proveniências, como o hino homérico ao mesmo deus (cf. Nisbet e Hubbard, 1970). Nestas composições, tal como neste texto, estão focadas as principais características do deus: ele é λόγιος (*logios*) pois concedeu ao homem o dom da fala (*a palavra*), ἀγώνιος (*agônios*), pois deu ao homem os jogos e a ginástica (*palestra*), μουσικός (*musikos*), porque inventou a lira (*recurva lira*, que depois ofereceu a Apolo), κλέπτης (*kleptês*), porque desde novo se dedicou aos furtos e às artimanhas (*astúcia roubadas*), διάκτορος (*diaktoros*), porque guia os homens em empresas difíceis (*escoltado por ti*), ψυχαγωγός (*psychagôgos*), pois é ele quem escolta os mortos no submundo (*tu restituis...*).

9   *Outrora, criança*: referência ao episódio em que Mercúrio, ainda criança, rouba doze vacas, cem novilhas e um touro do gado imortal de Apolo, escondendo-os numa gruta em Cilene. Apolo, furioso, esforça-se por fazer com que Mercúrio confesse a sua mãe Maia o roubo, o que ele se recusa a fazer. Ansioso por puni-lo, descobre que, entretanto, a criança já lhe tinha roubado a aljava e o arco.

13   *Príamo*: Hermes (cf. *Ilíada*, XXIV, 332 ss.) ajuda Príamo a passar pelas hostes aqueias e a introduzir-se na tenda de Aquiles, a fim de o convencer a restituir o corpo de Heitor. Príamo traz consigo imensas riquezas, contando com isso convencer o terrível filho de Peleu.

18   *Áurea vara*: a "áurea vara" não é ainda o famoso caduceu de Hermes. Trata-se pois de uma vara mágica, comparada aqui a um cajado utilizado para juntar, como um rebanho, as almas insubstanciais dos mortos, na supracitada qualidade de *psychagôgos*.

I, 11

Tu ne quaesieris (scire nefas) quem mihi, quem tibi
finem di dederint, Leuconoe, nec Babylonios
temptaris numeros. Ut melius, quidquid erit, pati,
seu pluris hiemes seu tribuit Iuppiter ultimam,

quae nunc oppositis debilitat pumicibus mare   5
Tyrrhenum: sapias, vina liques, et spatio brevi
spem longam reseces. Dum loquimur, fugerit invida
aetas: carpe diem, quam minimum credula postero.

I, 11

Tu não perguntes (é-nos proibido pelos deuses saber) que fim a mim, a ti,
os deuses deram, Leucônoe, nem ensaies cálculos babilônicos.
Como é melhor suportar o que quer que o futuro reserve,
quer Júpiter muitos invernos nos tenha concedido, quer um último,

este que agora o tirreno mar quebranta ante os rochedos que se lhe opõem.
Sê sensata, decanta o vinho, e faz de uma longa esperança
um breve momento. Enquanto falamos, já invejoso terá fugido o tempo:
colhe cada dia, confiando o menos possível no amanhã.

1-3. *Não procures conhecer o futuro, Leocónoe: como melhor é aceitar o que quer que venha.* 4-8. *Quer a tua vida seja longa ou breve, aprecia o vinho e colhe cada dia.*

1   *É-nos proibido...*: o termo *nefas* (*é-nos proibido pelos deuses*), praticamente intraduzível em português, implica uma proibição de origem divina, de tal forma forte e rigorosa que o seu desrespeito sugere algo como uma violação à própria ordem do mundo, ao próprio cosmos.

2   *Leucônoe*: o nome só surge nesta ode. Nisbet e Hubbard (*ad loc.*) aproximam o nome de *nous* (νοῦς, "conhecimento") e *noein* (νοεῖν, "conhecer"); quanto ao elemento *leuko-* (λευκο-, "claro, branco"), talvez sugira simplicidade ou inocência. Não há, porém, consenso sobre a relação do nome com o conteúdo do texto.

2   *Cálculos babilônicos*: referência à arte da astrologia, desenvolvida na Babilônia, primeiro na Caldeia, zona ao sul da Mesopotâmia, difundida depois por todo o seu território. Os Romanos, ao início relutantes, acabaram por se tornar apreciadores desta ciência. Entre os seus "crentes" contavam-se homens tão ilustres como Mecenas, Ovídio, Vitrúvio, Propércio e até imperadores como os Júlios--Cláudios e os Flávios (cf. F. Cumont, *Astrology and Religion Among the Greeks and Romans*, Nova York, Dover, 1912 — em especial o capítulo III, "Babylonia and Greece", pp. 22-41).

8   *Colhe cada dia*: traduzimos o famoso *carpe diem*: "colhe cada dia", ou "colhe cada fruto do dia" (não esqueçamos o grego καρπός — *karpos*, fruto — etimologicamente ligado ao verbo latino). Esta composição foi uma fonte de inspiração para inúmeros poetas, como Robert Herrick, Andrew Marvell, Pierre de Ronsard, Baudelaire, entre tantos outros; também muitos poetas de língua portuguesa exploraram a ode e o tema, como André de Resende, Filinto Elísio, José Agostinho de Macedo, Elpino Duriense ou a Marquesa de Alorna (sobre o tema, cf. Francisco Achcar, *Lírica e lugar-comum*, São Paulo, Edusp, 1994, pp. 87-126). No século XX, talvez o exemplo mais evidente seja mesmo o de Ricardo Reis (Fernando Pessoa) que, em versos como "[...] no mesmo hausto/ Em que vivemos, morremos. Colhe/ O dia, porque és ele" (Ricardo Reis, *Poesia*, ed. Parreira da Silva, Lisboa, Assírio & Alvim, 2000, p. 220), deixa transparecer até que ponto algumas odes de Horácio lhe serviram de modelo formal e temático.

I, 12

Quem virum aut heroa lyra vel acri
tibia sumis celebrare, Clio?
Quem deum? Cuius recinet iocosa
    nomen imago

aut in umbrosis Heliconis oris   5
aut super Pindo gelidove in Haemo,
unde vocalem temere insecutae
    Orphea silvae

arte materna rapidos morantem
fluminum lapsus celerisque ventos,   10
blandum et auritas fidibus canoris
    ducere quercus?

Quid prius dicam solitis parentis
laudibus, qui res hominum ac deorum,
qui mare et terras variisque mundum   15
    temperat horis?

Unde nil maius generatur ipso,
nec viget quicquam simile aut secundum:
proximos illi tamen occupavit
    Pallas honores,   20

proeliis audax; neque te silebo,
Liber, et saevis inimica Virgo
beluis, nec te, metuende certa
    Phoebe sagitta.

I, 12

Que varão ou herói escolhes tu celebrar,
Clio, com lira ou aguda tíbia?
Que deus? De quem o nome que o jocoso eco
    ressoar fará

nas umbrosas encostas de Hélicon,   5
ou no topo do Pindo, ou sobre o gélido Hemo,
de onde temerárias as árvores seguiram
    o canoro Orfeu,

ele que, com a arte materna, fez cessar dos rios
as céleres correntes e os ventos velozes,   10
com melodiosa lira sedutoramente conduzindo
    os atentos carvalhos?

Que cantarei primeiro em costumado louvor do Pai,
ele que os assuntos dos homens e dos deuses,
ele que o mar, e a terra e o céu com as diversas   15
    estações governa?

Nenhum dos seus filhos foi melhor do que ele,
nem ninguém tem uma força semelhante ou próxima;
vizinhas honras detém, todavia, Palas,
    corajosa na batalha.   20

Nem guardarei silêncio sobre ti, Líbero,
nem sobre a Virgem das feras inimiga,
nem sobre ti, Febo, tu temível
    com tuas certeiras flechas.

Dicam et Alciden puerosque Ledae, 25
hunc equis, illum superare pugnis
nobilem; quorum simul alba nautis
    stella refulsit,

defluit saxis agitatus umor,
concidunt venti fugiuntque nubes, 30
et minax, quod sic voluere, ponto
    unda recumbit.

Romulum post hos prius an quietum
Pompili regnum memorem an superbos
Tarquini fascis, dubito, an Catonis 35
    nobile letum.

Regulum et Scauros animaeque magnae
prodigum Paulum superante Poeno
gratus insigni referam Camena
    Fabriciumque. 40

Hunc et incomptis Curium capillis
utilem bello tulit et Camillum
saeva paupertas et avitus apto
    cum lare fundus.

Crescit occulto velut arbor aevo 45
fama Marcelli; micat inter omnis
Iulium sidus velut inter ignis
    luna minores.

Gentis humanae pater atque custos,
orte Saturno, tibi cura magni 50
Caesaris fatis data: tu secundo
    Caesare regnes.

Ille seu Parthos Latio imminentis
egerit iusto domitos triumpho,
sive subiectos Orientis orae 55
    Seras et Indos,

Cantarei também Alcides e os filhos de Leda,   25
conhecido um pelas suas vitórias nos cavalos, o outro
no pugilato; assim que a sua alva estrela refulge
    aos marinheiros,

o mar agitado deflui dos rochedos,
sossegam os ventos, fogem as nuvens,   30
e a ameaçadora onda, assim eles o desejem,
    recosta-se sobre o mar alto.

Depois destes, hesito em primeiro recordar
Rômulo, ou o pacífico reinado de Pompílio,
ou os altivos fasces de Tarquínio,   35
    ou a nobre morte de Catão.

Régulo e os Escauros e Paulo, pródigo
para com sua grande alma, quando o Púnico o venceu,
a todos de bom grado cantarei com a gloriosa Camena;
    Fabrício também: 40

como a ele, também a Cúrio dos revoltos cabelos,
e a Camilo, a dura pobreza e a terra dos avós,
com o seu lar ancestral, os tornaram capazes
    para a guerra.

Como a árvore cresce a fama de Marcelo   45
ao oculto passar do tempo; e entre todos
cintila a júlia estrela, como a lua
    entre as luzes mais pequenas.

Pai e Guardião da espécie humana,
ó filho de Saturno, os fados te deram a missão   50
de proteger o grande César; que reines tu,
    e César em segundo lugar.

E quer persiga ele os Partos, que ameaçam o Lácio,
vencendo-os num justo triunfo,
ou os Seres, ou os Indos, vizinhos   55
    das fronteiras do Oriente,

te minor laetum reget aequus orbem;
tu gravi curru quaties Olympum,
tu parum castis inimica mittes
    fulmina lucis.   60

inferior somente a ti reinará com justiça
o ledo mundo; tu que sacudirás o Olimpo
com teu pesado carro, tu que lançarás hostis teus raios
sobre os bosques profanados. 60

1-12. Que homem hei de cantar? Que deus? O seu nome ressoará nas montanhas onde moram as Musas e onde viveu Orfeu. 13-24. Cantarei Júpiter, que governa os deuses e os homens, a sua filha Palas Atena, Líbero, Diana e Febo Apolo. 25-36. Cantarei também os heróis Hércules e os Dióscoros, protetores dos marinheiros. Depois recordarei Rômulo, o reinado de Numa, a arrogância de Tarquínio e a nobre morte de Catão. 37-46. Cantarei também heróis romanos: Régulo, os Escauros, Emílio Paulo, e igualmente Fabrício, Cúrio e Camilo, representantes da ancestral austeridade romana. Também Marcelo não será esquecido. 46-60. Entre todos cintila, porém, Gaio César! Júpiter, estarás sempre ao seu lado, ele que reinará sobre o mundo com justiça, e perseguirá os nossos inimigos nos confins do Oriente!

2   *Clio... tíbia*: Clio é a Musa da História. Muitos comentadores justificam a invocação desta divindade por Horácio baseados na aparente semelhança que existe entre este nome e o verbo grego κλείειν (*kleiein*), "celebrar". A invocação desta Musa parece contudo definir desde logo o referente histórico e político desta ode, cujos primeiros versos são uma glosa de Píndaro (*Olímpica*, II, 1-3). Para a tíbia, cf. nota a I, 1, 33-4.

5-6   *Hélicon, Pindo, Hemo*: Hélicon, famosa por ter sido neste local que Hesíodo recebeu a sua inspiração das Musas (cf. *Teogonia*, 22 ss.), é uma montanha na Beócia. Pindo é outra montanha entre a Tessália e o Epiro, também conhecida na Antiguidade por ser uma das moradas das Musas. O monte Hemo fica situado na Trácia, e como tal foi associado ao poeta Orfeu, que daí era natural.

8   *Orfeu*: segundo a versão mais divulgada do mito, Orfeu era filho de Calíope, uma das noves Musas, comumente associada à poesia no universo lírico arcaico (cf., *e.g.*, Estesícoro, fr. 240 e 275), e só mais tarde associada à poesia épica, numa época em que as Musas receberam "disciplinas" específicas.

21   *Líbero*: segundo uma antiga tradição autóctone romana, Líbero, e sua irmã Líbera, são os filhos de Ceres e representam os dons da natureza, em especial o vinho. Mais tarde Líbero foi assimilado ao deus grego Dioniso, filho de Sêmele, como é o caso do presente texto.

23   *Febo*: "O Brilhante", epíteto de Apolo.

25   *Alcides*: o descendente de Alceu, Hércules.

25   *Filhos de Leda*: os Dióscoros, Castor e Pólux. Aqui são invocados na sua qualidade de protetores dos marinheiros, depois de terem sido transformados numa constelação.

34   *Rômulo*: o primeiro rei de Roma, e fundador da cidade.

35   *Tarquínio*: o último rei de Roma. Seu reinado tirânico levou à sua deposição.

36   *Catão*: Marco Pórcio Catão, Catão de Útica, o símbolo máximo da virtude entre os Romanos (cf. nota a II, 1, 24).

37   *Régulo*: cf. nota a III, 5, 13.

37   *Escauros*: Marco Emílio Escauro, cônsul em 115 e censor em 109 a.C., *princeps senatus*, admirado por Cícero (*Em defesa de Fonteio*, 24; *Bruto*, 111) pela sua integridade, ou Marco Aurélio Escauro, cônsul em 108 a.C. Não há consenso sobre qual destes dois teria em mente Horácio; a hipótese mais viável é que seja mesmo o primeiro, e o plural majestático.

37   *Paulo*: Emílio Paulo, cônsul com Varrão, morreu (daí ser pródigo em relação à sua própria vida) no desastre de Canas em 216, subjugado pelo poderio do exército de Aníbal (o Púnico, outra designação latina para "Cartaginês"). Foi das mais terríveis derrotas romanas; em 2 de agosto de 216 a.C., de 80 mil soldados romanos, 45 mil foram mortos, 20 mil foram feitos prisioneiros, e só 15 mil regressaram a Roma. Entre os regressados estava o cônsul Varrão, que mais do que Emílio Paulo (que se tornou um modelo de heroísmo — cf. Cícero, *Da natureza dos deuses*, III, 80), foi responsabilizado por esta negra página na história de Roma.

39   *Camena*: divindade autóctone romana, cedo assimilada às Musas gregas; era primitivamente a ninfa das fontes.

40-1   *Fabrício* e *Cúrio*: quando em 282 a.C. os romanos dobraram o cabo Lacínio, à revelia dos tratados celebrados, os Tarentinos decidiram pedir a ajuda do grande rei do helenismo, Pirro, que prontamente respondeu em 281. Ao início, o rei do Epiro infligiu graves derrotas aos Romanos, especialmente nas batalhas de Heracleia (280) e de Ásculo (em 279). No entanto, em 275, sofreu a sua primeira grande derrota em Benevento, às mãos de Marco Cúrio Dentato, já na altura celebrado general, cônsul em 290, 284, 275 e 274, censor em 272. Gaio Fabrício Lúscino, cônsul em 282 e 278, censor em 275, tornou-se conhecido por conduzir as negociações com Pirro, embora sem resultado. Em 278 ganhou a Pirro alguns dos territórios que estavam em seu poder.

42   *Camilo*: censor em 403 a.C., famoso pela sua vitória em Veios, na Etrúria; teve um papel preponderante na reorganização de Roma depois das invasões gaulesas em *c.* 390.

45   *Marcelo*: Gaio Cláudio Marcelo, grande homem da guerra, cônsul em 222, 215, 214, 210, 208, resistiu aos Cartagineses em Nola, em 214, e expulsou-os da Sicília, ao tomar Siracusa, em 212. Alguns comentadores veem aqui uma referência sutil, em forma de encômio escondido, ao sobrinho de Augusto, Marco Cláudio Marcelo, filho de Octávia e de Gaio Marcelo.

51   *César*: trata-se naturalmente não de Júlio César, mas de César Augusto, em louvor de quem todo o poema é construído.

53   *Partos*: para o povo, cf. nota a I, 2, 22 e 23. Na verdade, os Partos nunca chegaram a constituir uma verdadeira ameaça ao Lácio, trata-se de um exagero de Horácio para engrandecer uma eventual derrota deste povo às mãos de Augusto, o que não aconteceu (só com Trajano, e mesmo assim não foi uma vitória total). Alguns editores consideram *Latio* como sinédoque de todo o Império Romano, esse sim ameaçado pelos Partos. Consideramos a primeira hipótese mais aceitável, em virtude do constante exagero dado por Horácio à questão dos Partos, quer no engrandecimento da recuperação das insígnias (que foi diplomática e não militar), quer na hipérbole do seu real perigo.

55   *Seres... Indos*: temos notícia de uma embaixada dos povos da atual Índia a Augusto nas *Res gestae* (31), texto que o próprio imperador deixou escrito sobre os seus feitos políticos e militares, assim como outra feita pelos Seres (Σῆρες), o nome que os Gregos davam aos povos que habitavam a atual zona da China. Tal como no supracitado poema de Horácio, a referência a estes povos serve para hiperbolicamente dilatar no espaço as eventuais conquistas de Augusto.

I, 13

Cum tu, Lydia, Telephi
cervicem roseam, cerea Telephi
    laudas bracchia, vae meum
fervens difficili bile tumet iecur.

Tum nec mens mihi nec color   5
certa sede manet, umor et in genas
    furtim labitur, arguens
quam lentis penitus macerer ignibus.

Uror, seu tibi candidos
turparunt umeros immodicae mero   10
    rixae, sive puer furens
impressit memorem dente labris notam.

Non, si me satis audias,
speres perpetuum dulcia barbare
    laedentem oscula quae Venus   15
quinta parte sui nectaris imbuit.

Felices ter et amplius
quos irrupta tenet copula nec malis
    divulsus querimoniis
suprema citius solvet amor die.   20

I, 13

Quando tu, Lídia, louvas
a rósea nuca de Télefo, os braços de cera de Télefo
      ai!, o meu fígado,
fervendo, intumesce numa difícil bílis:

pois nem minha mente nem cor   5
se queda em certo estado, e as lágrimas, furtivas,
      deslizam por minha face, denunciando
o quão profundamente por lentos fogos sou fustigado.

Ardo, se, com o vinho,
as devassas rixas mancham teus cândidos ombros,   10
      ou se um jovem, enlouquecido,
deixa, com os dentes, em teus lábios indelével marca.

Não, se me ouvires, não esperes
que ele seja constante, ele que, barbaramente,
      fere tua pequena e doce boca que Vênus   15
com uma quinta parte de seu néctar impregnou.

Três vezes felizes, ou mais,
aqueles a quem um indissolúvel laço une,
      e a quem o amor, não despedaçado
por funestas querelas, não separar antes do dia derradeiro.   20

1-8. *Quando tu, Lídia, louvas a beleza de Télefo, ardo em ciúmes, e as lágrimas denunciam-me. 9-12. Fico furioso ao imaginar as marcas da paixão no teu corpo. 13-6. Mas não esperes que ele seja constante... 17-20. Felizes aqueles a quem Vênus uniu num amor indissolúvel!*

1   *Lídia*: para o nome, cf. nota a I, 8, 1.

2   *Télefo*: poderá vir do grego τῆλε (*têle*, ao longe), e φῶς (*phôs*, luz), sugerindo alguém que brilha (cf. III, 19, 25-6, "*nitidum... Telephe*") ao longe.

5   *Pois nem minha mente nem cor*: os sintomas do amor e do ciúme eram um tópico comum entre os poetas da Antiguidade, como é exemplo o famoso poema 31 de Safo (imitado por Catulo, 51). Cf. igualmente nota a IV, 1, 33.

16   *Quinta parte*: seguimos a leitura de Nisbet e Hubbard (*ad loc.*). Algumas interpretações associam esta quinta parte à teoria da *quinta essentia* de Aristóteles. Dado, porém, o anacronismo da expressão latina (que só surge na época medieval), é mais correto falar-se numa quinta parte do néctar de Vênus. É que tal néctar, ainda que diluído, era extremamente doce (cf. Íbico, 325).

I, 14

O navis, referent in mare te novi
fluctus! O quid agis? Fortiter occupa
    portum! Nonne vides ut
        nudum remigio latus,

et malus celeri saucius Africo,   5
antennaeque gemant, ac sine funibus
    vix durare carinae
        possint imperiosius

aequor? Non tibi sunt integra lintea,
non di quos iterum pressa voces malo.   10
    Quamvis Pontica pinus,
        silvae filia nobilis,

iactes et genus et nomen inutile,
nil pictis timidus navita puppibus
    fidit. Tu, nisi ventis   15
        debes ludibrium, cave.

Nuper sollicitum quae mihi taedium,
nunc desiderium curaque non levis,
    interfusa nitentis
        vites aequora Cycladas.   20

I, 14

Ó navio, novas ondas para o mar te levarão!
Oh, que fazes? Ocupa resoluto o teu porto!
    Não vês como teu flanco
      de remos está despido,

não vês o teu mastro ferido pelo célere Áfrico,   5
e como as antenas gemem, e, sem amarras,
    as quilhas mal podem suportar
      o mar despótico demasiado?

Tuas velas não estão intactas, nem as figuras dos deuses
por quem clamas de novo oprimido pela desdita.   10
    Embora feito de pinheiro do Ponto,
      filho de nobre floresta,

te vanglories de tua origem e inútil nome,
não confia o medroso nauta nas pinturas de tua popa.
    Tu, se não te queres tornar   15
      um joguete dos ventos, tem cuidado!

Eras para mim inquieta aflição,
agora desejo e não leve cuidado:
    evites tu as águas que fluem
      entre as Cíclades luzentes.   20

1-2. *Navio, volta para o porto!* 3-10. *Ficaste sem remos, e a tempestade quase te destruiu o mastro, antenas e quilhas... Nem as tuas velas estão intactas, nem as imagens dos deuses.* 11-4. *Não vale a pena gabares-te das tuas origens: o teu berço não te salvará.* 15-20. *Tem cuidado! Tu, que eras para mim uma fonte de inquietação, e agora de afeto, evita os mares perigosos...*

1   *Navio*: Quintiliano (*Instituição oratória*, 8, 6, 44) apresenta este poema como o exemplo da alegoria. Diz ele que o navio representa o estado, as ondas e as tempestades a guerra civil, e o porto a paz e a concórdia. Quanto àquilo que representa um novo perigo para a integridade do navio (*novas ondas*, v. 1; *de novo*, v. 10), há diversas hipóteses. Ou se trata da campanha de Filipos (outubro de 42), que opôs os republicanos a Octávio e Antônio, tendo terminado com uma decisiva batalha em Filipos (entre a Macedônia e a Trácia), ou, por outro lado, poderá tratar-se da guerra que opôs Octávio e Antônio a Sexto Pompeu (38-36); este último tinha em seu poder, desde 39, a Sicília, a Sardenha, a Córsega e a Acaia, tendo causado diversos dissabores ao exército do triunvirato. Em 36 a.C., porém, Agripa tomou a Sicília e Sexto Pompeu fugiu para Oriente, depois da tomada de Messina. Uma terceira hipótese aponta para um momento a seguir a esta última guerra, e é esta a mais provável. A hipótese da guerra do Áccio está posta de parte. Esta ode evoca uma vez mais a obra de Alceu, em particular o fr. 326 LP, em que também há um paralelismo entre a atividade política e a tempestade marítima: "Não entendo a discórdia dos ventos./ Aqui se enrola uma onda/ outra ali. E nós, no meio,/ somos levados com a negra nau/ desgastados duramente por uma enorme tempestade [...]" (tradução nossa).

5   *Áfrico*: vento do Sudoeste.

6   *Amarras*: os antigos usavam cordas para reforçar a construção do navio. É difícil precisar de que modo o faziam; pelo contexto, depreende-se que eram usadas para manter as duas partes da quilha unidas.

9   *Figuras dos deuses*: em latim surge unicamente "deuses"; porém, a palavra neste contexto sugere as estatuetas de deuses normalmente colocadas na popa do navio.

11   *Ponto*: zona afamada pela construção de navios, numa área florestal no sudoeste do Mar Negro (conhecido pelos antigos como Ponto Euxino).

20   *Cíclades luzentes*: ilhas que formam um anel no Mar Egeu, conhecidas na Antiguidade pelo seu mar perigoso. O epíteto "luzente" (ou "fulgente", cf. III, 28, 14) diz respeito às inúmeras grutas de mármore que estas ilhas possuíam, que brilhavam sob o efeito do sol.

I, 15

Pastor cum traheret per freta navibus
Idaeis Helenen perfidus hospitam,
ingrato celeris obruit otio
    ventos, ut caneret fera

Nereus fata: "Mala ducis avi domum,   5
quam multo repetet Graecia milite,
coniurata tuas rumpere nuptias
    et regnum Priami vetus.

Heu heu, quantus equis, quantus adest viris
sudor! Quanta moves funera Dardanae   10
genti! Iam galeam Pallas et aegida
    currusque et rabiem parat.

Nequiquam Veneris praesidio ferox
pectes caesariem grataque feminis
imbelli cithara carmina divides,   15
    nequiquam thalamo gravis

hastas et calami spicula Gnosii
vitabis strepitumque et celerem sequi
Aiacem; tamen, heu serus adulteros
    cultus pulvere collines.   20

Non Laertiaden, exitium tuae
gentis, non Pylium Nestora respicis?
Urgent impavidi te Salaminius
    Teucer, te Sthenelus sciens

I, 15

Como o infiel pastor pelos mares arrastasse
a anfitriã Helena nas naus troianas,
numa inoportuna calma os rápidos ventos
    mergulhou Nereu, para profetizar

terríveis fados: "Sob um mau preságio   5
para casa levas aquela que, com muitos soldados,
Grécia reclamará, conjurada em destruir tuas núpcias
    e o velho reino de Príamo.

Ah, ah, quanto e quanto suor espera cavalos
e homens! Quantos funerais ao povo dárdano   10
trazes! Já Palas prepara a gálea e a égide,
    e o carro, e a fúria.

Em vão, ufano do arrimo de Vênus,
pentearás teus cabelos, e distribuirás com imbele cítara
tuas canções gratas às mulheres;   15
    em vão, no leito conjugal,

as pesadas lanças e as setas da cana de Creta
evitarás, ou o clamor da batalha, ou Ájax,
rápido perseguidor: tuas vestes adúlteras de pó cobrirás,
    sim, ah, mas já tarde.   20

Não vês o filho de Laertes,
ruína do teu povo, ou Nestor de Pilos?
Intrépidos te acossam Teucro de Salamina,
    e Estênelo, conhecedor do combate,

pugnae, sive opus est imperitare equis,   25
non auriga piger. Merionen quoque
nosces. Ecce furit te reperire atrox
    Tydides melior patre,

quem tu, cervus uti vallis in altera
visum parte lupum graminis immemor,   30
sublimi fugies mollis anhelitu,
    non hoc pollicitus tuae.

Iracunda diem proferet Ilio
matronisque Phrygum classis Achillei;
post certas hiemes uret Achaicus   35
    ignis Iliacas domos."

e não indolente auriga, se necessário for 25
comandar os cavalos. Conhecerás também Meríones.
E eis o terrível filho de Tideu, melhor que o pai,
    que arde por te descobrir.

Assim como o cervo se esquece do pasto
ao ver do outro lado do vale o lobo, 30
assim tu, fraco, ofegante fugirás dele —
    tal não prometeste à tua amada.

A cólera da armada de Aquiles uns dias mais dará
a Ílion e às mães dos Frígios; contudo,
depois de um certo número de invernos, o fogo aqueu 35
    as casas troianas há-de incendiar."

1-4. Enquanto Páris levava Helena para Troia, Nereu profetizou: 5-8. "Tenho maus presságios para ti: a Grécia lutará para recuperar Helena e tentará destruir Troia. 9-12. Quanta desgraça trazes! Já Atena se prepara para a guerra. 13-20. Todos os teus encantos e beleza, Páris, de nada te servirão contra as setas dos Gregos, ou contra Ájax. 21-6. Não vês como Ulisses e Nestor já se aproximam? Já te acossam Teucro, Estênelo e Meríones. 27-32. Quanto a Diomedes, fugirás dele como um cervo foge do lobo. 33-6. A cólera de Aquiles adiará por um pouco a destruição de Troia, mas ela acabará por acontecer."

1   *O infiel pastor*: Páris. Depois de um sonho premonitório de Hécuba, Príamo recebeu a notícia de que o filho que deles nasceria (Páris) seria a ruína de Troia. Decidiu então expô-lo no Ida, onde foi encontrado e protegido por pastores, até mais tarde recuperar o seu lugar na corte de Príamo. Porfírio atesta que esta composição imita uma ode de Baquílides; o poema grego, porém, não sobreviveu.

10   *Dárdano*: outra designação usada para os habitantes de Troia, a partir de Dárdano, o mítico rei desta cidade.

17   *Cana de Creta*: Creta era convencionalmente tida como terra de bons archeiros, ideia que se difundiu pela Antiguidade.

18   *Ájax*: não se trata aqui do protagonista do *Ájax* de Sófocles, o filho de Télamon, mas de Ájax, o filho de Oileu. Os comentadores chegam a esta conclusão comparando o semelhante epíteto homérico "o rápido" (cf. por exemplo *Ilíada*, XIV, 521).

21   *Filho de Laertes*: Ulisses.

23   *Teucro*: cf. I, 7, 21.

24   *Estênelo*: o filho de Capaneu, que participou na guerra de Troia na condição de pretendente de Helena. No combate, distinguiu-se como escudeiro de Diomedes, de quem já era amigo dos tempos da tomada de Tebas, em que participou.

26   *Meríones*: cf. I, 6, 14.

27   *Filho de Tideu*: Diomedes (cf. I, 6, 15). Há aqui na expressão "melhor do que o pai" uma referência à *Ilíada* (IV, 399-410), passo em que Agamêmnon insinua que Diomedes é bem mais fraco na batalha do que o seu pai Tideu; o herói não responde por respeito, mas o seu companheiro Estênelo é peremptório "Atrida, não profiras mentiras, quando sabes dizer a verdade./ Nós declaramo-nos de longe melhores que os nossos pais" (IV, 409-410, trad. Frederico Lourenço): enquanto ele e Diomedes conquistaram Tebas, os seus pais padeceram e morreram "devido à sua própria loucura" (409).

33   *Armada de Aquiles*: aqui Horácio estende a cólera (μῆνις, *mênis*) de Aquiles, o tema principal da *Ilíada*, aos próprios Mirmidões, o povo de quem ele era chefe. De fato, sem o envolvimento do seu chefe na guerra, os Mirmidões cessaram também a sua participação na guerra de Troia, o que veio a adiar, segundo a interpretação deste poema, a destruição da cidadela.

I, 16

O matre pulchra filia pulchrior,
quem criminosis cumque voles modum
    pones iambis, sive flamma
        sive mari libet Hadriano.

Non Dindymene, non adytis quatit   5
mentem sacerdotum incola Pythius,
    non Liber aeque, non acuta
        sic geminant Corybantes aera,

tristes ut irae, quas neque Noricus
deterret ensis nec mare naufragum   10
    nec saevus ignis nec tremendo
        Iuppiter ipse ruens tumultu.

Fertur Prometheus addere principi
limo coactus particulam undique
    desectam et insani leonis   15
        vim stomacho apposuisse nostro.

Irae Thyesten exitio gravi
stravere et altis urbibus ultimae
    stetere causae cur perirent
        funditus imprimeretque muris   20

hostile aratrum exercitus insolens.
Compesce mentem: me quoque pectoris
    temptavit in dulci iuventa
        fervor et in celeres iambos

I, 16

Ah, filha mais bela ainda do que a bela mãe,
colocarás o fim que desejares a meus infames iambos,
    quer com o fogo, se te agrada,
        quer lançando-os ao Mar Adriático.

Nem Dindimene, nem o habitante de Delfos   5
de modo igual nos santuários a mente dos sacerdotes agita,
    nem Líbero, nem as Coribantes de modo igual
        os címbalos agudos fazem ressoar

como a sombria ira, que nem a nórica espada
detém, nem o naufragoso mar, nem o atroz fogo,   10
    nem o próprio Júpiter, quando se precipita
        em tremendo estrondo.

Diz-se que Prometeu, forçado a acrescentar
ao barro primevo uma parte cortada de cada animal,
    colocou no nosso estômago a violência   15
        do furioso leão.

A ira derrubou Tiestes numa terrível desgraça,
e foi a causa primeira da total destruição
    de altaneiras cidades:
        sobre os seus muros   20

passou o hostil arado do jactante exército.
Reprime o teu feitio: a mim também me seduziu,
    na deleitosa juventude, a fúria do coração,
        e me lançou, enlouquecido,

misit furentem: nunc ego mitibus 25
mutare quaero tristia, dum mihi
    fias recantatis amica
        opprobriis animumque reddas.

nos ligeiros iambos. Agora, procuro tornar doce   25
o que era sombrio, conquanto te tornes
    minha amiga, retratados meus insultos,
        e me dês de novo a tua afeição.

1-4. *Ó filha ainda mais bela do que a mãe, deitarás ao fogo ou ao mar os versos irados que te escrevi!* 5-12. *A ira é uma força terrível, mais poderosa do que o frenesi que toma conta das Coribantes e dos sacerdotes de Apolo, mais poderosa do que Baco. Ninguém a detém: nem a espada, nem o fogo, nem a tempestade.* 13-6. *Prometeu, quando criou o homem, pôs-nos no estômago a violência do leão.* 17-21. *A ira foi a causa da destruição de Tiestes e de muitas cidades.* 22-8. *Também eu, quando era jovem, me entregava a esse sentimento nos meus iambos; agora, porém, estou mais meigo, e procuro o teu perdão e afeto.*

1 *Filha mais bela*: este poema parece ser uma *imitatio* de uma palinódia (canto de retratação) de Estesícoro. Conta-se que este poeta, depois de ter escrito um poema no qual insultava Helena (talvez "a bela filha"), ficou cego. Após ter escrito versos de reconciliação (παλινῳδία, *palinôdia*) em que se retratava de seus insultos, recuperou a vista. Não há consenso acerca de quem será o recipiente desta ode; talvez se trate de Tíndaris, a mulher do próximo poema, visto que Helena era filha de Tíndaro. Mas a hipótese é apenas conjectural.

5 *Dindimene*: a deusa do monte Díndimo, Cíbele. Este monte na Frígia era o principal local de culto desta deusa.

7 *Coribantes*: sacerdotes de Cíbele. Os rituais executados neste tipo de cultos orgíacos provocavam, por meio da dança e da música, um estado de êxtase místico nos seus praticantes; na referência a Apolo (o habitante de Delfos) a referência é análoga: de fato, a Pitonisa pronunciava os seus oráculos num estado de possessão divina. Quanto a Líbero, o deus do vinho, cf. nota a I, 12, 21. O argumento dos vv. 5-9 pode-se resumir desta forma: a força da ira é ainda mais violenta do que a do êxtase religioso.

8 *Címbalos*: *aes* designa qualquer objeto de bronze. Aqui, pelo contexto mitológico, deduz-se que se trata dos címbalos. Este instrumento está, na Grécia, associado aos ritos orgiásticos de Cíbele e de Dioniso. Entre os Gregos antigos, é constituído por dois pratos de bronze (geralmente em forma de copo) que se percutem um contra o outro; nas ruínas de Pompeia foram encontrados alguns címbalos, o maior dos quais media 41 cm. Esta descoberta entusiasmou de tal forma compositores como Berlioz, Debussy ou Ravel, que acrescentaram em algumas das suas obras uma parte para *cymbales antiques*.

9 *Nórica espada*: o Nórico era uma região dos Alpes (atualmente a região do Tirol) afamada pelo seu ferro.

11 *Quando se precipita*: referência ao trovão, arma de Júpiter (cf. I, 2, 3).

13 *Prometeu*: segundo algumas versões do mito (não a de Hesíodo), Prometeu criou o homem a partir do barro.

25 *Iambos*: referência ao livro dos *Epodos*, publicado antes das *Odes*. Este livro foi composto em torno do iambo, caracterizado por uma sílaba breve seguida de uma longa, ritmo espontâneo e veloz na língua grega (daí o termo "ligeiro" com que Horácio o caracteriza; cf. também *Arte poética*, vv. 251-2). A poesia iâmbica, de forma geral, era caracterizada pela invectiva pessoal de censura (ψόγος, *psogos*) e por uma linguagem obscena (αἰσχρολογία, *aischrologia*).

I, 17

Velox amoenum saepe Lucretilem
mutat Lycaeo Faunus et igneam
    defendit aestatem capellis
        usque meis pluviosque ventos.

Impune tutum per nemus arbutos   5
quaerunt latentis et thyma deviae
    olentis uxores mariti,
        nec viridis metuunt colubras

nec Martialis haediliae lupos,
utcumque dulci, Tyndari, fistula   10
    valles et Vsticae cubantis
        levia personuere saxa.

Di me tuentur, dis pietas mea
et musa cordi est. Hic tibi Copia
    manabit ad plenum benigno   15
        ruris honorum opulenta cornu:

hic in reducta valle Caniculae
vitabis aestus et fide Teia
    dices laborantis in uno
        Penelopen vitreamque Circen: 20

hic innocentis pocula Lesbii
duces sub umbra, nec Semeleius
    cum Marte confundet Thyoneus
        proelia, nec metues protervum

I, 17

Muitas vezes troca o ligeiro Fauno
o Liceu pelo ameno Lucrétilis, afastando incansável
     de minhas pequenas cabras o adusto verão
          e os ventos pluviosos.

Sem perigo as fêmeas de um fétido esposo   5
vagando procuram, pelos resguardados bosques,
     os escondidos medronheiros e o tomilho;
          e os cabritos não temem

nem as verdes serpentes, nem os lobos de Marte,
sempre que, Tíndaris, a melodiosa siringe   10
     nos vales ressoa, e nos polidos rochedos
          da Ustica que cai em declives.

Os deuses protegem-me: a minha devoção, a minha musa
ao coração dos deuses são gratas. Aqui, a opulenta Abundância
     dos esplendores do campo para ti prodigamente jorrará,   15
          como de uma benigna cornucópia.

Aqui, no vale retirado, evitarás o ardente calor
da Canícula, e cantarás, com a lira de Teos,
     Penélope e a misteriosa Circe, que padeceram
          por um mesmo homem.   20

Aqui, sob a sombra, copos do inerme vinho de Lesbos beberás,
e com a ajuda de Marte, Tioneu, filho de Sêmele,
     a confusão não há-de instalar nas rixas,
          nem, suspeitando de ti,

135   Ode I, 17

suspecta Cyrum, ne male dispari 25
incontinentis iniciat manus
    et scindat haerentem coronam
        crinibus immeritamque vestem.

o impudente Ciro recearás, nem temerás que ele levante   25
suas incontinentes mãos sobre ti, adversária tão desigual,
    e que rasgue a coroa que te cinge os cabelos,
        ou tuas vestes que o não merecem.

1-12. *Fauno troca muitas vezes a Arcádia pela Sabina, onde fica a minha casa, protegendo o gado e tocando a sua siringe.* 13-20. *Os deuses protegem-me: aqui a terra é fértil e o clima ameno, a inspiração ideal para escrever poesia lírica.* 21-8. *Aqui, minha cara Tíndaris, poderás apreciar um bom copo de vinho, evitando aquelas zaragatas que se instalam nos banquetes, e a violência do teu amante ciumento.*

2   *Liceu*: monte na Arcádia; era tido como o local de nascimento de Pã, que nele tinha um templo.

2   *Lucrétilis*: há muitas dúvidas sobre a localização deste monte. A hipótese que mais consenso colhe é a de que se trate de um monte na Sabina, em cujo sopé ficaria situada a casa de campo de Horácio.

5   *Fétido esposo*: o bode.

9   *Lobos de Marte*: o lobo era um animal consagrado a Marte, até porque foi uma loba quem amamentou os filhos do deus, Rômulo e Remo.

10   *Tíndaris*: nome de mulher, de gosto helênico e talvez associado à poesia bucólica.

10   *Siringe*: *fistula* traduz aqui o grego σῦριγξ (*syrinx*), a flauta de Pã. Este instrumento é, entre os Gregos, construído a partir de tubos de cana, colocados em forma de retângulo uns ao lado dos outros, sendo o som produzido com uma técnica semelhante à da nossa flauta transversal. A diferença de alturas era feita normalmente introduzindo cera nos tubos; foram os Romanos que deram à siringe a aparência que ainda hoje tem, cortando os tubos consoante o som que queriam produzir. Cf. "Panpipe" e "Syrinx" em *The New Grove Dictionary of Music and Musicians*, S. Sadie (org.), Londres, 1980.

12   *Ustica*: provavelmente um monte perto da Sabina, onde ficava a casa de campo de Horácio.

14   *Abundância*: tendo em conta a Epístola I, 12, 29 e o *Cântico Secular*, 59, vemos aqui uma referência ao conceito divinizado, algo comum na mundividência religiosa romana.

18   *Canícula*: a estrela mais brilhante (também conhecida por Sírio) da constelação de Cão Maior, que marca a altura mais quente do ano no hemisfério norte, quando está em conjunção com o sol (cf. também notas a III, 13, 10 e III, 29, 17).

18   *Lira de Teos*: referência a Anacreonte, o poeta lírico de Teos, famoso pelos seus poemas de amor e de vinho. Horácio parece sugerir a Tíndaris que cante em versos anacreônticos.

19   *Misteriosa*: os comentadores têm muita dificuldade em explicar o epíteto "vítrea" para Circe. No nosso entender, pode-se tomar o adjetivo *vitrea* à letra, ou seja, "com a aparência do vidro", já que o vidro, no tempo do poeta, tinha um aspecto fosco e misterioso, o que condiz com a personagem de Circe. O homem por quem Penélope e Circe padeceram é Ulisses.

22   *Tioneu, filho de Sêmele*: segundo algumas versões do mito, a mãe de Dioniso, Sêmele, antes de ter sido imortalizada teria o nome de Tione (de onde Tioneu, patronímico, filho de Tione).

25   *Ciro*: nome aproveitado da poesia lírica grega, provavelmente associado à poesia erótica (cf. I, 33, 5).

I, 18

Nullam, Vare, sacra vite prius severis arborem
circa mite solum Tiburis et moenia Catili.
Siccis omnia nam dura deus proposuit, neque
mordaces aliter diffugiunt sollicitudines.

Quis post vina gravem militiam aut pauperiem crepat?   5
Quis non te potius, Bacche pater, teque, decens Venus?
Ac ne quis modici transiliat munera Liberi,
Centaurea monet cum Lapithis rixa super mero

debellata, monet Sithoniis non levis Euhius,
cum fas atque nefas exiguo fine libidinum   10
discernunt avidi. Non ego te, candide Bassareu,
invitum quatiam, nec variis obsita frondibus

sub divum rapiam. Saeva tene cum Berecyntio
cornu tympana, quae subsequitur caecus Amor sui
et tollens vacuum plus nimio Gloria verticem   15
arcanique Fides prodiga, perlucidior vitro.

I, 18

Não plantes, Varo, árvore alguma antes da sagrada videira
no fértil solo de Tíbur e em torno das muralhas de Cátilo,
pois aos sóbrios o deus determinou que tudo fosse penoso,
não havendo outro modo de desvanecer os mordentes cuidados.

Quem, depois de beber vinho, tagarela sobre a cruel guerra ou a pobreza,
quem, em vez de falar sobre ti, pai Baco, ou sobre ti, bela Vênus?
Mas que ninguém descure os ritos do regrado Líbero
lembra-nos a vinolenta rixa entre Centauros e Lápitas,

selada em guerra; lembra-nos o flagelo dos Sitônios, Évio,
sempre que estes, ávidos de luxúria, com débil linha
o bem do mal separam. Não, eu não te agitarei, cândido Bassareu,
contra a tua vontade, nem à força trarei para o céu aberto

teus emblemas cobertos de várias folhas. Retém teus feros tímpanos,
e a tíbia frígia de Berecinto, seguidos de perto pelo cego amor-próprio,
e pela vanglória, erguendo sobeja sua vã cabeça,
e a fé traída dos segredos revelados, mais transparente do que o vidro.

1-2. Não plantes, Varo, na tua propriedade de Tíbur, nenhuma outra árvore antes da videira. 3-6. O vinho torna tudo mais leve: depois de beber, ninguém fala sobre a guerra ou a pobreza. 7-11. Mas cuidado: o excesso também pode levar a grandes desgraças, como nos lembra a história dos Centauros e a dos Sitônios. 11-6. Quanto a mim, respeitarei os teus objetos e o teu culto, deus Baco, e peço-te que não me deixes cair nos excessos do vinho, que nos levam ao amor-próprio excessivo, ao orgulho e à indiscrição.

1   *Não plantes*: a ode evoca um poema de Alceu (342 LP), do qual só nos resta o verso inicial: "não plantes nenhuma outra árvore antes da videira".

1   *Varo*: provavelmente Públio Alfeno Varo, cônsul sufecto em 39 a.C. e jurista, e não Quintílio (cf. I, 24), como referem alguns manuscritos.

2   *Cátilo*: herói mítico ligado à fundação de Tíbur. Seguimos aqui a acentuação usada por Horácio.

8   *Centauros*: narra o mito que Pirítoo, o rei dos Lápitas, convidou os Centauros para o seu casamento com Hipodamia. No entanto, embriagado, um dos Centauros (Êurito) tentou violar a noiva de Pirítoo durante a festa. Aquilo que começou por ser uma simples querela motivada pelo vinho (*rixa*), rapidamente degenerou numa guerra de grande mortandade, vencida pelos Lápitas, a chamada Centauromaquia.

9   *Sitônios*: a Sitônia é a península mais central do Quersoneso, na Trácia, e costuma designar, em geral, os Trácios. Não se sabe bem a que alude Horácio neste passo, provavelmente, como nos explicam Nisbet e Hubbard (*ad loc.*), trata-se de uma história paralela à dos Centauros.

9   *Évio*: outro nome para Baco, de Εὐοῖ, "Evoé", o grito das bacantes (cf. Eurípides, *Bacantes*, vv. 566 e 579).

11   *Não te agitarei*: não sabemos muito bem a que particularidade do rito dionisíaco se refere Horácio neste passo. Provavelmente trata-se de uma alusão ao tirso, freneticamente agitado durante os mistérios.

11   *Bassareu*: mais outro nome para Baco, desta feita de βασσάρα (*bassara*), pele de raposa com que as bacantes se cobriam.

13   *Teus emblemas*: em latim *obsita*, à letra, "coisas encobertas"; trata-se dos emblemas sagrados (*orgia*) de Dioniso, utilizados durante os mistérios. Era proibido revelar tais objetos a quem não fosse iniciado nos mistérios.

13   *Tímpanos*: o tímpano antigo (τύμπανον, *tympanon*) é bastante diferente do nosso instrumento homônimo. É um instrumento de percussão portátil, construído com um aro de metal ou madeira onde se esticava uma membrana de pele; tinha dimensões relativamente pequenas, raramente excedendo os 30 cm de diâmetro, e era percutido com os dedos. Este instrumento, tal como os címbalos (cf. nota a I, 16, 8), foi desde cedo associado ao culto de Cíbele e de Dioniso.

14   *Tíbia frígia*: a maioria dos comentadores decidiu associar este instrumento, pela referência a Berecinto (nome do território ocupado pelos Berecintos, uma tribo da região da Frígia), à tíbia frígia; este instrumento, cuja extremidade inferior

termina em forma de corno (daí o latim *cornu*), soava numa tessitura um pouco mais grave do que o *aulos* tradicional (cf. nota a I, 1, 33-4), à semelhança do membro mais grave da família dos oboés, a que precisamente chamamos corne-inglês. A tíbia, tal como os tímpanos, estava também associada ao culto de Cíbele e de Dioniso.

I, 19

Mater saeva Cupidinum
Thebanaeque iubet me Semelae puer
  et lasciva Licentia
finitis animum reddere amoribus.

Urit me Glycerae nitor   5
splendentis Pario marmore purius:
  urit grata protervitas
et vultus nimium lubricus aspici.

In me tota ruens Venus
Cyprum deseruit, nec patitur Scythas 10
  et versis animosum equis
Parthum dicere nec quae nihil attinent.

Hic vivum mihi caespitem, hic
verbenas, pueri, ponite turaque
  bimi cum patera meri: 15
mactata veniet lenior hostia.

I, 19

Desapiedada mãe dos Desejos:
ordena-me o rebento da tebana Sêmele,
   e a licenciosa Devassidão,
que reentregue minha alma a já findados amores.

Inflama-me o esplendor de Glícera,   5
a sua luz mais pura do que o mármore de Paros:
   inflama-me a sua grata petulância,
o seu rosto tão perigoso de contemplar.

Vênus, caindo inteira sobre mim,
abandonou Chipre, e não permite que cante os Citas,   10
   nem os cavaleiros partos,
corajosos mesmo em fuga, nem nada que não lhe interesse.

Ponde-me aqui, rapazes,
relva fresca, aqui, ervas para um sacrifício, e incenso,
   com uma pátera de vinho puro de dois anos: 15
é que, imolada a vítima, mais dócil ela virá.

1-4. *Vênus e a sua companhia fazem-me amar de novo. 5-8. Desta vez, é a bela e petulante Glícera quem me inflama. 9-12. A deusa do amor não me deixa, pois, cantar temas épicos e nobres. 13-6. Prepararei um sacrifício para que venhas mais docilmente, Vênus.*

2   *Rebento da tebana Sêmele*: Dioniso.

5   *Glícera*: do grego γλυκερός (*glykeros*), "de sabor doce", "adocicado". Nome repetido em I, 30; I, 33; III, 19.

6   *Paros*: para os poetas líricos gregos, o mármore de Paros, uma das ilhas das Cíclades, era o mármore mais branco e puro de todo o mundo antigo, ideia que passou para os poetas latinos.

10   *Citas*: designa um conjunto variado de povos nômades que viviam ao norte e a leste do Mar Negro, que juntamente com os Partos eram tidos como uma das maiores ameaças ao Império Romano. No tempo de Horácio, é relevante uma embaixada enviada pelos Citas provavelmente em 25 a.C. (cf. Augusto, *Res gestae*, 31), aproveitada politicamente por Horácio no seu *Cântico Secular*.

11   *Cavaleiros partos*: os cavaleiros medos, ameaça constante ao poderio de Roma (cf. nota a I, 2, 22), eram conhecidos por, em fuga, conseguirem ainda assim lançar setas sobre o inimigo, surpreendendo-o. O que se diz neste passo mais precisamente (num oximoro intraduzível) é que os cavaleiros partos eram corajosos mesmo quando os cavalos se viravam (para fugir).

14   *Ervas para um sacrifício*: traduzimos *verbenae* (existe o termo em português, "verbena", mas tem uma acepção técnica conotada com a botânica), mistura de ervas de várias espécies que se colocavam sobre o altar. Neste passo, Horácio sugere um sacrifício para aplacar a fúria da deusa do amor; para tal precisa de um altar improvisado, normalmente feito com tufos de erva fresca, das tais *verbenae*, de incenso, de vinho não misturado (*merum*), de uma pátera (taça usada para as libações) e, claro, da vítima (*hostia*).

I, 20

Vile potabis modicis Sabinum
cantharis, Graeca quod ego ipse testa
conditum levi, datus in theatro
    cum tibi plausus,

care Maecenas eques, ut paterni 5
fluminis ripae simul et iocosa
redderet laudes tibi Vaticani
    montis imago.

Caecubum et prelo domitam Caleno
tu bibes uvam: mea nec Falernae 10
temperant vites neque Formiani
    pocula colles.

I, 20

Beberás em simples taças do modesto Sabino,
vinho que eu mesmo guardei e selei
numa ânfora grega, no dia em que,
    caro cavaleiro Mecenas,

no teatro de tal modo aplaudido foste,   5
que as margens do teu rio paterno,
e o jocoso eco do monte Vaticano
    juntos te devolveram a ovação.

Noutro sítio beberás o teu Cécubo,
ou a uva domada pela prensa de Cales: 10
aqui, nem a vinha de Falerno, nem as colinas de Fórmias
    temperam os meus copos.

1-8. *Aqui em minha casa, Mecenas, beberás um vinho modesto, que eu guardei para ti no dia em que foste ovacionado no teatro, após a tua longa ausência.* 9-12. *Noutros sítios poderás apreciar vinhos melhores: aqui só há mesmo este.*

1   *Modesto Sabino*: vinho de qualidade média-baixa, suave, mencionado também em I, 9, 7-8, bastante inferior aos quatro vinhos citados no final da ode. Não nos devemos esquecer de que foi Mecenas quem ofereceu a Horácio a sua propriedade na Sabina, e esta é uma sutil forma de agradecimento.

4   *Cavaleiro*: apesar de ser um dos homens mais ricos e poderosos de Roma, Mecenas manteve sempre o seu estatuto de *eques* (cavaleiro), algo inusitado que contribuiu para o seu lugar ímpar na sociedade romana da altura. Horácio refere-se aqui ao entusiástico acolhimento feito a Mecenas pelo público no Teatro de Pompeu, em 30 a.C., que marcou o seu reaparecimento na cena social romana depois de uma longa e grave doença (cf. II, 17, 24). É a segunda vez no Livro I que Horácio dedica um poema a Mecenas; ambas as composições estão numa posição central: no início e sensivelmente a meio do livro.

6   *Rio paterno*: o Tibre nasce na Etrúria, local dos antepassados de Mecenas.

9-11   *Cécubo... Cales... Falerno... Fórmias*: os mais afamados vinhos romanos. O tema do vinho é recorrente em Horácio (cf. I, 7, 15-32; I, 18; III, 19; III, 21), e deve ser lido no contexto de uma cultura (quer grega, quer latina) em que o banquete tinha um papel estruturante nas relações sociais e de amizade, e em que a poesia, cantada ou recitada, ocupava amiúde um lugar importante no convívio; para além disso, na poética horaciana, o vinho simboliza por excelência os simples prazeres da vida. Quanto aos vinhos aqui referidos, o Cécubo (também referido em I, 37, 6; II, 14, 25; III, 28, 3 e no Epodo 9, 1) e o Fórmias (cf. III, 17, 7) vinham da região do Lácio. Já o Cales (cf. I, 31, 9 e IV, 12, 15) e o Falerno vinham da Campânia; este último é o mais vezes referido por Horácio (cf. I, 20, 11; I, 27, 10; II, 3, 8; II, 6, 20; II, 11, 19; III, 1, 43).

I, 21

Dianam tenerae dicite virgines,
intonsum, pueri, dicite Cynthium
    Latonamque supremo
        dilectam penitus Iovi.

Vos laetam fluviis et nemorum coma,   5
quaecumque aut gelido prominet Algido
    nigris aut Erymanthi
        silvis aut viridis Cragi.

Vos Tempe totidem tollite laudibus
natalemque, mares, Delon Apollinis,   10
    insignemque pharetra
        fraternaque umerum lyra.

Hic bellum lacrimosum, hic miseram famem
pestemque a populo et principe Caesare in
    Persas atque Britannos   15
        vestra motus aget prece.

I, 21

Cantai, jovens virgens, Diana,
Cantai, rapazes, o Cíntio dos longos cabelos,
    e Latona, por Júpiter supremo
        profundamente amada.

Vós, cantai aquela que com os rios se deleita   5
e com a fronde dos bosques que se sobreleva
    no gélido Álgido, ou nas negras florestas
        de Erimanto, ou nas do verde Crago.

E vós, mancebos, celebrai em outros tantos louvores
Tempe e Delos, terra natal de Apolo,   10
    o seu ombro ornado com a aljava
        e com a lira do irmão.

Ele, movido por vossa prece, a guerra lacrimosa,
a mísera fome e a peste do nosso povo levará,
    e do soberano César,   15
        para os Persas e os Bretões.

1-4. *Raparigas, cantai Diana, e vós, rapazes, Apolo e Latona. 5-8. Raparigas, cantai a deusa dos rios e dos bosques. 9-16. Vós, rapazes, cantai Tempe, Delos, e a lira e o arco de Apolo. Movido por vossa prece, ele desviará a guerra, a fome e a peste contra os nossos inimigos, os Persas e os Bretões.*

1   *Cantai...*: este poema tem como ponto de partida, para além dos diversos hinos cultuais do patrimônio grego, fundamentais para o culto religioso, Catulo, 34: "A Diana somos nós caros,/ raparigas e rapazes castos./ Diana nós, rapazes castos/ e raparigas, cantamos" (Catulo, *Carmina*, trad. J. P. Moreira e A. Simões, Lisboa, Cotovia, 2012).

2   *O Cíntio*: Apolo. O epíteto diz respeito à homônima colina de Delos, onde Apolo e Diana nasceram.

3   *Latona*: mãe de Apolo e Diana.

7-8   *Álgido... Erimanto... Crago*: são todas montanhas consagradas a Diana. O Álgido fica no Lácio, onde se pensa que existiu um santuário de Diana. O Erimanto é a montanha mais sinuosa da Arcádia, e era o local habitual das caçadas de Ártemis. O Crago é uma zona montanhosa na Lícia, consagrada normalmente ao deus Apolo, embora também, mais raramente, a Ártemis.

10   *Tempe*: cf. nota a I, 7, 4.

12   *Lira do irmão*: Mercúrio (irmão de Apolo) foi o inventor da lira, construída a partir de uma casca de tartaruga que encontrou à entrada da gruta em Cilene, ainda muito novo, e dos intestinos dos dois animais que sacrificou (com que fez as cordas). Posteriormente ofereceu-a a Apolo, em troca das vacas que lhe roubou (para este episódio, cf. I, 10, 9 ss.).

15   *Soberano*: em latim lê-se *princeps* (cf. nota a I, 2, 50).

16   *Bretões*: em 34, 27 e 26 a.C., segundo Díon Cássio (49, 38, 2; 53, 22, 5; 53, 25, 2), Augusto projetava invadir a Britânia. Alguns comentadores relacionam este fato e usam-no para datar esta ode; outros, como E. Romano (1991), preferem ler neste verso uma referência mais generalizante: tal como os Partos (os Persas) representam o perigo da fronteira oriental, os Bretões representam o perigo da fronteira do ocidente.

I, 22

Integer vitae scelerisque purus
non eget Mauris iaculis neque arcu
nec venenatis gravida sagittis,
    Fusce, pharetra,

sive per Syrtis iter aestuosas   5
sive facturus per inhospitalem
Caucasum vel quae loca fabulosus
    lambit Hydaspes.

Namque me silva lupus in Sabina,
dum meam canto Lalagen et ultra   10
terminum curis vagor expeditis,
    fugit inermem,

quale portentum neque militaris
Daunias latis alit aesculetis
nec Iubae tellus generat, leonum   15
    arida nutrix.

Pone me pigris ubi nulla campis
arbor aestiva recreatur aura,
quod latus mundi nebulae malusque
    Iuppiter urget;   20

pone sub curru nimium propinqui
solis in terra domibus negata:
dulce ridentem Lalagen amabo,
    dulce loquentem.

I, 22

Quem na sua vida é íntegro e inocente,
de mouros dardos e arco não precisa,
Fusco, nem de uma aljava cheia
  de setas envenenadas,

quer se prepare para viajar pelas ardentes Sirtes,   5
quer pelo inospitaleiro Cáucaso,
quer pelos locais banhados
  pelo lendário Hidaspes.

Pois enquanto eu num bosque sabino
a minha Lálage cantava, vagueando   10
em sossego já longe de minha casa,
  de mim, desarmado, fugiu um lobo:

um monstro tal como nunca a belígera Dáunia
nos seus vastos carvalhais alimentou,
como nunca a terra de Juba engendrou,   15
  árida nutriz de leões.

Põe-me numa sáfara planície,
onde a brisa estival nenhuma árvore revigora,
numa região do mundo oprimida
  pelas nuvens e por um funesto Júpiter,   20

põe-me sob o carro do sol, onde ele rasante voa,
ou numa terra que se recusa a ser habitada,
ainda assim Lálage amarei, a que docemente ri,
  a que docemente fala.

1-8. Um homem íntegro não precisa de armas, por mais hostil que seja o sítio que atravesse. 9-16. Pois enquanto eu cantava a minha amada Lálage, de mim fugiu um lobo, mais feroz e terrível do que qualquer fera nascida em terras longínquas! 17-24. Põe-me num qualquer sítio exótico e distante: ainda assim hei de cantar a minha amada.

3   *Fusco*: Arístio Fusco, bom amigo de Horácio (cf. *Sátiras*, I, 9, 61 ss.), autor de comédias e provavelmente também gramático.

5   *Sirtes*: nome de dois golfos (*Syrtis maior* e *Syrtis minor*) da Líbia, zona repleta de animais selvagens.

6   *Cáucaso*: também conhecido pelos seus animais selvagens, em especial os tigres.

8   *Hidaspes*: rio afluente do Indo, em cujas margens Alexandre Magno teve uma grande vitória em 326 a.C.

10   *Lálage*: nome pouco usado pelos poetas líricos latinos; encontra-se aqui e em II, 5, 15, e em Propércio (4, 7, 45); do grego λαλαγή (*lalagê*), "tagarela", um termo afetuoso (*pequena tagarela*).

13   *Dáunia*: nome dado à parte norte da Apúlia, de Dauno (o rei que ofereceu a mão de sua filha a Diomedes), onde também vagueavam lobos; esta região enchia as fileiras do exército romano (daí *belígera*), tal como toda a zona rural de Itália.

15   *Juba*: Juba II da Numídia, filho de Juba I (opositor de César que se suicidou depois da batalha de Tapso, em 46 a.C.). Lutou ao lado de Otaviano em Áccio.

20   *Funesto Júpiter*: os latinos associavam Júpiter ao céu, e portanto ao estado do tempo.

21   *O carro do sol*: alusão ao mito de Faetonte, o filho do Sol, que só na adolescência descobriu quem era seu pai. Exigiu então que o pai lhe deixasse conduzir o seu carro, com o qual o Sol faz o seu percurso diário a iluminar a Terra. O pai condescendeu, mas Faetonte, assustado com a altura, perdeu o controle do carro e aproximou-se demasiado da Terra, queimando parte dela (a África) e parte dos céus. Zeus, para o não deixar continuar o seu caminho destrutivo, fulminou-o com um raio.

I, 23

Vitas inuleo me similis, Chloe,
quaerenti pavidam montibus aviis
    matrem non sine vano
        aurarum et siluae metu.

Nam seu mobilibus veris inhorruit   5
adventus foliis seu virides rubum
    dimovere lacertae,
        et corde et genibus tremit.

Atqui non ego te tigris ut aspera
Gaetulusve leo frangere persequor: 10
    tandem desine matrem
        tempestiva sequi viro.

I, 23

Tu evitas-me, Cloe, como um jovem cervo
que a mãe aflita nas ínvias montanhas procura,
    não sem um inútil medo
        da floresta e do mais ligeiro vento:

se a chegada da primavera se arrepia   5
nas flores que dançam, ou se os verdes lagartos
    afastam uma silva,
        seu coração e joelhos tremem.

E, contudo, como a cruel tigresa ou getúlico leão,
para te fazer em pedaços não te persigo eu.   10
    Deixa, enfim, de andar atrás da mãe:
        já estás madura para um homem.

1-8. Tu evitas-me, Cloe, como um jovem cervo perdido da sua mãe na montanha, tremendo de medo ao mínimo som. 9-12. E, contudo, eu não te procuro para te fazer em pedaços! Deixa lá a tua mãe, já és crescida...

1   *Tu evitas-me, Cloe...*: esta ode evoca a poesia de Anacreonte (sobre o poeta, cf. nota a I, 17, 18), em particular o fr. 408 PMG: "docemente, à semelhança de um jovem cervo,/ ainda de leite, que no bosque, por se ter perdido da sua mãe/ e dos seus chifres, se enche de medo" (tradução nossa), e o fr. 417 PMG: "Poldra da Trácia, por que razão/ me olhas de soslaio e teimosamente foges de mim? [...]" (*Poesia grega*, trad. Frederico Lourenço, Lisboa, Cotovia, 2006).

1   *Cloe*: nome usado por Horácio em III, 7, 10; III, 9, 6; III, 26, 12. Vem do grego χλόη (*chloê*), "verdura fresca": parece sugerir uma pessoa jovem e imatura.

9   *Getúlico leão*: a Getúlia, zona ao sul da Numídia, era conhecida pelos seus animais ferozes, em particular os seus leões. Sobre uma outra leoa da Getúlia, cf. nota a III, 20, 2.

I, 24

Quis desiderio sit pudor aut modus
tam cari capitis? Praecipe lugubris
cantus, Melpomene, cui liquidam pater
    vocem cum cithara dedit.

Ergo Quintilium perpetuus sopor   5
urget! Cui Pudor et Iustitiae soror,
incorrupta Fides, nudaque Veritas
    quando ullum inveniet parem?

Multis ille bonis flebilis occidit,
nulli flebilior quam tibi, Vergili.   10
Tu frustra pius heu non ita creditum
    poscis Quintilium deos.

Quid si Threicio blandius Orpheo
auditam moderere arboribus fidem,
num vanae redeat sanguis imagini,   15
    quam virga semel horrida,

non lenis precibus fata recludere,
nigro compulerit Mercurius gregi?
Durum: sed levius fit patientia
    quidquid corrigere est nefas.   20

I, 24

Poderá o luto por um tão querido rosto
conhecer vergonha ou limite? Lúgubres cantos,
Melpômene, ensina, tu a quem o Pai,
    com a cítara, límpida voz deu.

E assim sobre Quintílio um sono perpétuo pesa.   5
Poderá alguma vez o Pudor, e a incorrupta Lealdade,
irmã da Justiça, e a nua Verdade,
    encontrar um homem igual?

Morreu, chorado por muitas boas almas,
e ninguém mais do que tu o chorou, Virgílio.   10
Tu Quintílio aos deuses em vão devoto reclamas:
    a eles o confiaste, mas não nestes termos.

E se mais docemente do que o trácio Orfeu tocasses a lira
que até as árvores ouviram? Voltaria o sangue a esse inane espectro
que Mercúrio, com seu sinistro cajado, duma vez e para sempre,
    ao seu negro rebanho ajuntou?

Ele não se comove com quem lhe suplica
que reabra as portas do destino.
É duro. Torna a paciência contudo mais leve
    aquilo que pelos deuses é proibido corrigir.   20

1-4. Poderá a dor do luto conhecer limite, Musa Melpômene? 5-8. Quintílio morreu, um homem sem par, um homem de tantas virtudes! 9-12. Muitos o choraram, mas ninguém mais do que tu, Virgílio. As tuas preces, porém, não foram ouvidas pelos deuses. 13-20. Nem se fosses Orfeu o poderias reclamar do mundo dos mortos! Mercúrio não se deixa comover por súplicas: só nos resta ter paciência perante uma tal desgraça.

1   *Luto*: poderá dizer-se que esta ode pertence ao gênero do epicédio (ἐπικήδειον, *epikêdeion*), um tipo de composição cantada nas cerimônias fúnebres, e que se tornou uma pequena fórmula literária na época helenística, com fortuna também em Roma (cf., *e.g.*, Catulo, 101; Propércio, 3, 7; Ovídio, *Amores*, 3, 9). Para além deste antecedente, a ode recupera também alguns dos lugares-comuns de um gênero mais específico da prosa, a *consolatio* (cf. a paradigmática carta de Sérvio Sulpício Rufo escrita a Cícero quando da morte da filha do filósofo, preservada em Cícero, *Fam.*, 4, 5).

3   *Melpômene*: tradicionalmente a Musa da tragédia (cf. III, 30, 16; IV, 3, 1). A referência a esta Musa em particular poderá prender-se mais com a sonoridade do nome em grego, associado a μολπή (*molpê*, dança ou movimento rítmico acompanhado por uma canção), derivada do verbo μέλπω (*melpô*, celebrar com canção e dança). Poderá também acontecer que Horácio esteja a dar um uso mais genérico à Musa, não individualizado, como é típico dos poetas arcaicos gregos, uma vez que essa especialização só ocorreu na época clássica e helenística.

5   *Quintílio*: Quintílio Varo, amigo pessoal de Virgílio e Horácio. Na *Arte poética* (438 ss.), Horácio elogia a sua excelente capacidade de criticar e de auxiliar os poetas no burilar de seus poemas.

6   *Lealdade*: "lealdade" ou "fé" em português não traduzem exatamente o termo *Fides*, cujo significado se reveste de um matiz tão peculiar, que nenhuma expressão portuguesa a pode traduzir. Trata-se da personificação da honra pela palavra ou juramento dado, do foro divino, cujo desrespeito implicaria uma ofensa aos próprios deuses. Segundo Cícero (*Da natureza dos deuses*, II, 61), teria sido mesmo consagrado à *Fides* um templo no Capitólio por Emílio Escauro e, ainda antes, por Atílio Calatino.

10 *Virgílio*: cf. nota a I, 3, 6.

12 *Não nestes termos*: Horácio sugere que Virgílio fez um voto, em que confiava aos deuses o seu amigo Quintílio (segundo algumas conjecturas, porque partiria em viagem); nunca pensou, porém, que a proteção dos deuses viesse sob esta forma inexorável.

14 *Espectro*: *imago* (espectro) é a tradução latina do famoso εἴδωλον (*eidôlon*) homérico (cf., por exemplo, *Ilíada*, XXIII, 104), termo que designa o espectro insubstancial em que se transforma o homem no Hades.

15 *Cajado*: cf. nota a I, 10, 18; para o caráter de "condutor de almas" de Hermes (Mercúrio), cf. nota a I, 10, 7.

20 *Pelos deuses é proibido*: na tradução tentamos salvaguardar o contexto profundamente religioso da intraduzível expressão *nefas* (cf. nota a I, 11, 1).

I, 25

Parcius iunctas quatiunt fenestras
iactibus crebris iuvenes protervi,
nec tibi somnos adimunt, amatque
    ianua limen,

quae prius multum facilis movebat   5
cardines; audis minus et minus iam
"Me tuo longas pereunte noctes,
    Lydia, dormis?"

Invicem moechos anus arrogantis
flebis in solo levis angiportu,   10
Thracio bacchante magis sub inter-
    lunia vento,

cum tibi flagrans amor et libido,
quae solet matres furiare equorum,
saeviet circa iecur ulcerosum,   15
    non sine questu

laeta quod pubes hedera virenti
gaudeat pulla magis atque myrto,
aridas frondis hiemis sodali
    dedicet Euro.   20

I, 25

Mais raramente os protervos jovens
às tuas janelas lançam insistentes pedras,
arrancando-te do sono,
    e a tua porta,

que antes tão fácil os gonzos movia,   5
ama o umbral. Já menos e menos ouves,
"Enquanto eu longas noites por ti morro,
    tu dormes, Lídia?"

Em troca chorarás, velha e vulgar,
num beco estreito e só, a insolência dos devassos,   10
enquanto o vento trácio sob o interlúnio delira,
    numa orgia cada vez maior,

quando, cercando o teu coração ferido,
contigo se enfurecer o ardente amor e a lascívia,
que as mães dos cavalos costuma enlouquecer,   15
    não sem te queixares

de que a leda juventude mais se alegra
com a verde hera do que com o escuro mirto,
dedicando as folhas secas ao vento Euro,
    do inverno companheiro.   20

1-8. Cada vez menos te chamam à janela, Lídia. Cada vez menos ouves os amantes lamentarem a tua crueldade à tua porta. 9-15. Pagarás, porém, pela tua arrogância: já velha chorarás a indiferença dos clientes, num beco qualquer, sujeita à fúria dos elementos, sem poderes satisfazer o teu desejo. 16-20. Queixar-te-ás, então, de que a juventude prefere uma planta jovem e viçosa a uma já velha e seca.

2   *Lançam insistentes pedras*: estamos perante um tópico comum do παρακλαυσί-θυρον (*paraklausithyron*, o lamento diante da porta), canção de lamento do jovem desprezado perante a porta ou janela fechada daquela que conquistou o seu coração. Este tópico, já presente na poesia lírica grega (cf. Alceu, fr. 374 LP), foi amplamente explorado pela elegia (cf., entre inúmeros exemplos, Propércio, III, 25, 9 ss.), gênero com o qual Horácio parece dialogar nesta ode. O texto parece sugerir que o jovem amante atira pedras às persianas fechadas, visto as janelas não terem vidros.

8   *Lídia*: para o nome, cf. nota a I, 8, 1. Sobre "as canções do despeito", cf. nota a IV, 13, 1.

11   *Vento trácio*: trata-se do Bóreas (o vento do Norte, Áquilo entre os Romanos), particularmente associado à Trácia, zona da Grécia considerada a fronteira do mundo "civilizado".

19   *Vento Euro*: vento que sopra do Leste.

I, 26

Musis amicus tristitiam et metus
tradam protervis in mare Creticum
    portare ventis, quis sub Arcto
        rex gelidae metuatur orae,

quid Tiridaten terreat, unice   5
securus. O quae fontibus integris
    gaudes, apricos necte flores,
        necte meo Lamiae coronam,

Piplea dulcis! Nil sine te mei
prosunt honores: hunc fidibus novis,   10
    hunc Lesbio sacrare plectro
        teque tuasque decet sorores.

I, 26

Amigo das Musas, a tristeza e os medos
aos revoltos ventos entregarei,
    para que eles os levem para o mar de Creta.
      É-me por demais indiferente,

que rei de uma glacial região do norte é temido   5
ou o que assusta Tiridates. Tu que entre puras fontes
    te alegras, entrelaça soalheiras flores,
      entrelaça uma grinalda para o meu caro Lâmia,

doce senhora de Pipleia! Sem ti, de nada servem
as honras por mim concedidas; fica-vos bem imortalizá-lo,   10
    a ti e a tuas irmãs, a ele com nova lira,
      a ele com lésbio plectro.

1-6. Sou amigo das Musas, e por isso vivo sem me preocupar com as peripécias políticas de outros povos. 6-12. Cara Musa, coroa o meu amigo Lâmia com uma grinalda de flores! E entoa uma ode nunca antes ouvida, tendo como inspiração Safo e Alceu.

6   *Tiridates*: uma "marionete" política nas mãos de Augusto, de forma a desequilibrar a estabilidade política dos Partos: Tiridates liderou duas rebeliões falhadas contra Fraates IV, rei dos Medos. A primeira resultou no seu exílio na Síria, em 29 a.C., sob a proteção de Augusto; a segunda, em 26 a.C., à qual se juntou o filho de Fraates, resultou no pedido de guarida a Augusto em Roma, de que nos falam as suas *Res gestae*, 32. As preocupações que o assolam serão com certeza como vencer o seu arquirrival.

8   *Lâmia*: não se sabe bem a que membro dos *Aelii Lamiae* se refere Horácio neste contexto. É uma *gens* próspera e de grande importância, originária de Fórmias, ao sul do Lácio. Horácio dirige-se seguramente a um destes dois: ou Lúcio Élio Lâmia, cônsul em 3 d.C. (provavelmente a quem Horácio dedica III, 17), ou Quinto Élio Lâmia, que morreu precocemente. Ambos são filhos de Lúcio Élio Lâmia, amigo de Cícero, edil em 45 e pretor em 42 a.C.

9   *Pipleia*: vila e montanha da Piéria, terra associada às Musas já desde Hesíodo (cf. *Os trabalhos e os dias*, 1; *Teogonia*, 53).

11   *Nova lira*: isto é, com novos temas e fulgor líricos.

12   *Lésbio plectro*: o plectro na Antiguidade era uma palheta normalmente de marfim com que se tangiam as cordas da lira. A ilha de Lesbos é evocada pois dela eram originários Safo e Alceu, modelos para a lírica horaciana (cf. nota a I, 1, 35).

I, 27

Natis in usum laetitiae scyphis
pugnare Thracum est: tollite barbarum
    morem, verecundumque Bacchum
        sanguineis prohibete rixis.

Vino et lucernis Medus acinaces   5
immane quantum discrepat: impium
    lenite clamorem, sodales,
        et cubito remanete presso.

Vultis severi me quoque sumere
partem Falerni? Dicat Opuntiae   10
    frater Megillae, quo beatus
        vulnere, qua pereat sagitta.

Cessat voluntas? Non alia bibam
mercede. Quae te cumque domat Venus,
    non erubescendis adurit   15
        ignibus, ingenuoque semper

amore peccas. Quidquid habes, age
depone tutis auribus. A! Miser,
    quanta laborabas Charybdi,
        digne puer meliore flamma.   20

Quae saga, quis te solvere Thessalis
magus venenis, quis poterit deus?
    Vix illigatum te triformi
        Pegasus expediet Chimaera.

I, 27

Isso de lutarem com copos, criados para uso da alegria,
é coisa de Trácio! Deixai lá esse bárbaro costume,
   afastai o recatado Baco
      de tais sanguinolentas rixas.

Fica horrivelmente mal a adaga dos Partos   5
entre o vinho e as candeias! Sossegai
   tal ímpia azoada, camaradas,
      permanecei apoiados sobre o cotovelo.

Quereis que também eu tome um pouco
desse áspero Falerno? Que nos diga então   10
   de que ferida, de que seta,
      feliz morre o irmão de Megila de Opunte.

Falta-te a vontade? Por outro soldo não beberei!
Seja quem for essa Vênus que te domina,
   em ti arde num fogo que não te deve fazer corar: 15
      mesmo nas tuas tropelias

é nobre o teu amor. O que quer que tenhas,
vamos, confia na minha discrição. Ah, pobre de ti,
   como tens sofrido nos braços dessa terrível Caríbdis,
      rapaz digno de uma melhor chama!   20

Que bruxa, que mago com tessálias poções,
que deus te poderá libertar?
   O próprio Pégaso a custo te desenlaçaria,
      unido como estás a tal triforme Quimera.

1-8. Os copos servem para celebrar, e não para lutar! Acalmai-vos, amigos, ponde de parte vossas armas. 9-12. Quereis que também eu beba? Então que o irmão de Megila nos diga por quem está apaixonado. 13-8. Por que hesitas? Seja quem ela for, o teu amor é sempre nobre. Vamos, confia na minha discrição! 18-24. Coitado de ti, como tens sofrido nos braços dessa mulher... Que bruxa ou que mago te poderia salvar? Nem Belerofonte te libertaria de um tal monstro!

1   *Isso de lutarem...*: segundo Porfírio, este poema é uma imitação de Anacreonte (sobre o poeta, cf. nota a I, 17, 18). Talvez o comentador antigo tivesse em mente o fr. 356 PMG: "Vá lá, ó rapaz, traz-me/ uma taça, para que eu beba/ de um trago. Põe dez medidas/ de água e cinco de vinho,/ para que novamente eu faça de bacante,/ mas sem insolência./ Vá lá então: assim com este/ barulho e com esta gritaria/ não bebamos à maneira da Cítia,/ mas bebamos moderadamente/ no meio de belos cantos" (*Poesia grega*, trad. Frederico Lourenço, Lisboa, Cotovia, 2006).

2   *Trácio*: quando, por qualquer motivo, a conversa azedava, os copos serviam frequentemente como arma de arremesso (cf. Propércio, 3, 8, 7-8). Os Trácios eram considerados um povo especialmente dado à bebida (cf., por exemplo, Platão, *Leis*, 637d).

5   *Adaga dos Partos*: não se trata da cimitarra, mas de um punhal longo (*acinaces*), usado pelos Persas e pelos Citas.

6   *Candeias*: não nos esqueçamos de que a hora privilegiada para os banquetes (*symposia*) era a da noite.

8   *Sobre o cotovelo*: no triclínio, o homem romano reclinava-se sobre um leito, apoiando-se no cotovelo esquerdo.

10   *Falerno*: para o vinho de Falerno, cf. nota a I, 20, 11.

12   *Megila de Opunte*: personagem feminina, natural de Opunte, na Lócrida.

19   *Caríbdis*: o monstro que assolava o estreito de Messina, entre a Península Itálica e a Sicília, tragando para dentro da sua gruta tudo o que lhe aparecesse à frente. Para os poetas e para os oradores era o símbolo da voracidade, e aqui em particular a "voracidade" de algumas cortesãs.

21   *Tessálias poções*: a Tessália era conhecida por ser uma terra de feiticeiras e de ervas mágicas (cf. *Epodos*, 5, 45).

24   *Triforme Quimera*: a Quimera era uma parte leão, outra cabra e outra cobra, que lançava fogo pela boca. Foi morta por Belerofonte, com a ajuda do seu cavalo alado Pégaso. Costumava enredar as suas vítimas na sua cauda viperina.

I, 28

Te maris et terrae numeroque carentis harenae
    mensorem cohibent, Archyta,
pulveris exigui prope litus parva Matinum
    munera, nec quicquam tibi prodest

aerias temptasse domos animoque rotundum   5
    percurrisse polum morituro.
Occidit et Pelopis genitor, conviva deorum,
    Tithonusque remotus in auras,

et Iovis arcanis Minos admissus, habentque
    Tartara Panthoiden iterum Orco   10
demissum, quamvis clipeo Troiana refixo
    tempora testatus nihil ultra

nervos atque cutem morti concesserat atrae,
    iudice te non sordidus auctor
naturae verique. Sed omnis una manet nox   15
    et calcanda semel via leti.

Dant alios Furiae torvo spectacula Marti;
    exitio est avidum mare nautis;
mixta senum ac iuvenum densentur funera; nullum
    saeva caput Proserpina fugit.   20

Me quoque devexi rapidus comes Orionis
    Illyricis Notus obruit undis.
At tu, nauta, vagae ne parce malignus harenae
    ossibus et capiti inhumato

I, 28

A ti, que o mar e a terra e a imensurável areia mediste, te encerra,
   Arquitas, junto à costa de Matino,
um modesto tributo, um túmulo feito de um pouco de pó;
   e de nada te vale

teres ousado perscrutar moradas aéreas, percorrendo o rotundo céu
   com tua morredoura alma.
Morreu também o pai de Pélops, conviva dos deuses,
   e Titono, ao alto céu levado,

e Minos, admitido nos arcanos de Júpiter. O Tártaro guarda
   o filho de Pântoo, trazido duas vezes ao Orco,
ainda que, ao retirar o escudo, os dias de Troia
   tomasse como testemunha

de que nada mais do que nervos e pele à negra morte concedera,
   ele, no teu entender, insigne intérprete
da natureza e da verdade. Mas uma mesma noite a todos nos espera,
   condenados a trilhar uma só vez o caminho do exício.

Alguns de nós, espetáculos de circo, as Fúrias ao torvo Marte dão,
   o sôfrego mar é a perdição dos marinheiros.
Acumulam-se e confundem-se enterros de jovens e velhos:
   de nenhuma cabeça foge a cruel Prosérpina.

A mim também nas ilírias ondas Noto, o veloz companheiro de Oríon,
   quando este se deitava me destruiu.
E tu, marinheiro, não te negues maldoso a dar a meus insepultos ossos
   e cabeça um pouco desta areia que erra:

particulam dare: sic, quodcumque minabitur Eurus 25
    fluctibus Hesperiis, Venusinae
plectantur silvae te sospite, multaque merces
    unde potest tibi defluat aequo

ab Iove Neptunoque sacri custode Tarenti.
    Neglegis immeritis nocituram 30
postmodo te natis fraudem committere? Fors et
    debita iura vicesque superbae

te maneant ipsum: precibus non linquar inultis,
    teque piacula nulla resolvent.
Quamquam festinas, non est mora longa; licebit 35
    iniecto ter pulvere curras.

assim, perante qualquer que seja a ameaça do vento Euro
  às ondas da Hespéria,
que as florestas da Venúsia sofram e tu incólume permaneças,
  e grande proveito te chegue de quem pode,

de Júpiter favorável e de Netuno, guardião da sagrada Tarento.
  Não cuidas que cometes um crime
que um dia teus inocentes filhos prejudicará?
  Talvez direitos devidos e uma arrogante recompensa

por ti esperem: se assim for deixado, cumpridas serão as ameaças,
  e nenhum sacrifício te redimirá.
Ainda que estejas com pressa, muito não te há-de demorar:
  lançados três punhados de terra seguirás o teu caminho.

1-6. Arquitas, apesar de todo o teu conhecimento matemático e astronômico, o teu cadáver jaz agora numa sepultura modesta, na costa de Matino. 7-16. Também Tântalo, Titono e Minos morreram, homens que os deuses estimavam. Euforbo, esse grande herói, morreu, e também Pitágoras, que dizia ser a sua reencarnação: uma mesma morte a todos nos espera. 17-20. Alguns morrem na guerra, outros no mar: jovens ou velhos, ninguém escapa a Prosérpina. 21-36. Quanto a mim, morri numa tempestade. Marinheiro que passas: põe um pouco de areia sobre os meus ossos; se o fizeres, os deuses proteger-te-ão para sempre no mar, se não o fizeres, serás castigado.

2   *Arquitas*: estadista e comandante militar de Tarento, amigo de Platão e conhecido filósofo pitagórico (cf. nota ao v. 10). No domínio da ciência, foi um notável matemático, tendo chegado a importantes descobertas no domínio da geometria, da harmonia e da mecânica. Esta ode é reminiscente dos epigramas funerários gregos, que se tornaram uma fórmula literária própria (cf. o Livro VII da *Antologia Palatina* e Propércio, I, 21).

2   *Costa de Matino*: provavelmente uma região perto de Tarento, a terra de Arquitas, onde o matemático foi sepultado. Não se tem a completa certeza sobre qual seria a terra aqui em questão.

5   *Percorrendo o rotundo céu*: Arquitas era também astrólogo.

7   *Pai de Pélops*: Tântalo.

8   *Titono*: o belo irmão mais velho de Príamo, que caiu nas graças da Aurora, que o raptou (*ao alto céu levado*). A deusa pediu a Júpiter que concedesse a imortalidade ao seu amado, mas esqueceu-se de pedir também a juventude eterna. Dessa forma, Titono tornou-se imortal, mas foi envelhecendo até encarquilhar completamente (cf. II, 16, 30). Segundo algumas versões do mito, a Aurora, por fim, transformou-o numa cigarra. Aqui, Horácio parece sugerir que ele acabou por morrer.

9   *Minos*: depois de morto, o rei de Creta tornou-se juiz no Hades, juntamente com Radamanto e Éaco.

10 *Duas vezes*: trata-se de uma dupla alusão; por um lado, ao filho de Pântoo, Euforbo, que foi morto por Menelau (cf. *Ilíada*, XVII, 81); por outro, a Pitágoras, pelo seguinte episódio: Pitágoras, ao entrar no templo Ereu, em Argos, pegou num escudo que não sabia de quem era e disse: "Este é o escudo de Euforbo". Ao desprender o escudo da parede (*ao retirar o escudo*), viu que estava escrito nele o nome do seu proprietário: Euforbo. Para os seguidores e para ele, isto constituiu uma prova de que, na idade homérica, Pitágoras foi, por transmigração, Euforbo (episódio narrado por Ovídio, *Metamorfoses*, 15, 160 ss.). Diz Horácio que Euforbo desceu duas vezes ao Hades: primeiro, quando o herói Euforbo morreu, segundo, quando Pitágoras (a reencarnação de Euforbo) morreu também. Muitos editores veem neste poema uma diatribe contra os ensinamentos pitagóricos; a alusão a esta dupla morte pode somente marcar a inexorabilidade do destino, mesmo para aqueles que acreditam na metempsicose.

10 *Orco*: outro nome para Plutão, o rei dos Infernos.

20   *Cabeça*: Prosérpina cortava uma madeixa de cabelo daqueles que estavam prestes a morrer.

21   *A mim também...*: a primeira pessoa do v. 21 levou alguns estudiosos a considerar que esta ode teria sido concebida como um diálogo, em que um marinheiro desconhecido falaria e interpelaria o filósofo Arquitas (vv. 1-20), e que este lhe responderia no mesmo registro (vv. 21-36). Nisbet e Hubbard (*ad loc.*), porém, apresentam, numa argumentação bastante consistente e que aqui seguimos, uma outra tese bem mais plausível: a de que é sempre o mesmo marinheiro anônimo a falar; na primeira parte interpela Arquitas, e na segunda parte (a partir do v. 21) fala sobre a sua própria morte.

21   *Ilírias ondas*: ou seja, na costa nordeste do Adriático. O Noto é o vento do Sul.

21   *Oríon*: cf. nota a III, 27, 18.

25   *Vento Euro*: vento que sopra do Leste (cf. I, 25, 19).

26   *Hespéria*: a Itália. Em grego, "Hespéria" quer dizer "a ocidente", e é o termo que os gregos usam para designar a Itália. Nas *Odes*, porém, o termo serve em duas ocorrências (I, 36, 4; IV, 15, 16) para designar a Hispânia, vista do ponto de vista romano.

27   *Venúsia*: pequena cidade nos confins da Apúlia. Pode não ser inocente a citação desta região: é que se trata da cidade natal de Horácio (cf. nota a III, 4, 9.

I, 29

Icci, beatis nunc Arabum invides
gazis, et acrem militiam paras
    non ante devictis Sabaeae
        regibus, horribilique Medo

nectis catenas? Quae tibi virginum   5
sponso necato barbara serviet?
    Puer quis ex aula capillis
        ad cyathum statuetur unctis,

doctus sagittas tendere Sericas
arcu paterno? Quis neget arduis   10
    pronos relabi posse rivos
        montibus et Tiberim reverti,

cum tu coemptos undique nobilis
libros Panaeti Socraticam et domum
    mutare loricis Hiberis,   15
        pollicitus meliora, tendis?

I, 29

Ício, agora invejas os ricos tesouros dos Árabes,
e preparas uma impiedosa campanha contra os reis da Sabeia,
    que nunca foram vencidos,
        e urdes os grilhões

para o terrível Medo? Que bárbara virgem,   5
morto o noivo, será tua escrava?
    Que áulico rapaz de perfumados cabelos
        junto do cíato estará,

ele, ensinado a esticar as setas dos Seres
sobre o arco dos pais? Quem negará que os ribeiros   10
    descendo podem para os montes escarpados refluir
        e o Tibre reverter seu curso,

quando tu intentas trocar os livros do grande Panécio,
comprados um pouco por todo mundo,
    e a escola socrática, pela couraça ibérica?   15
    Tu prometeste melhores coisas...

1-5. *Ício, invejas as riquezas dos Árabes e andas a preparar uma campanha contra eles. 5-10. Uma virgem qualquer tornar-se-á tua escrava, e um rapaz vindo dos confins do Oriente deixará a corte arábica para ser teu copeiro. 10-6. Mas o mundo está de pernas para o ar, quando um homem como tu troca a filosofia pela vida militar... tu prometias coisas melhores!*

1 *Ício*: desta personagem pouco sabemos; apenas que foi administrador dos bens de Agripa na Sicília. Na Epístola I, 12, Horácio escreve a este mesmo Ício, referindo-se mais uma vez com ironia aos seus estudos filosóficos.

1 *Árabes*: referência à expedição contra os Árabes, feita por Élio Galo em 26-25 a.C., que não foi bem-sucedida (cf. Díon Cássio, 53, 29, 4).

2 *Sabeia*: região no sudoeste da Arábia (hoje aproximadamente o Iêmen).

8 *Cíato*: vaso com uma asa bastante grande, usado para servir o vinho do pote (onde se misturava o vinho) para os copos. Sugere-se assim um escravo, recrutado de um palácio chinês (para os Seres, cf. nota a I, 12, 55), designado para as funções de copeiro de Ício.

13 *Panécio*: Panécio de Rodes viveu entre Roma, onde pertencia ao círculo de Cipião Emiliano, e Atenas no século II a.C. Panécio é o mais ilustre estoico da sua época; em 129 tornou-se o chefe da escola estoica de Atenas. É largamente responsável pela difusão do estoicismo entre os Romanos.

I, 30

O Venus, regina Cnidi Paphique,
sperne dilectam Cypron et vocantis
ture te multo Glycerae decoram
    transfer in aedem.

Fervidus tecum puer et solutis   5
Gratiae zonis properentque Nymphae
et parum comis sine te Iuventas
    Mercuriusque.

I, 30

Ó Vênus, de Cnido e de Pafo rainha,
deixa o teu querido Chipre,
e muda-te para o belo templo de Glícera,
    que com muito incenso te chama.

Contigo se apresse o teu ardente menino,   5
e as Graças desapertando suas cintas, e as Ninfas,
e a Juventude, menos graciosa sem ti,
    e Mercúrio.

1-4. Vênus, deixa Chipre e vem visitar o templo que Glícera te dedicou. 5-8. Vem com o Cupido, as Graças, as Ninfas, a Juventude e Mercúrio.

1 *Cnido*: na Cária, do lado aposto a Rodes. Vênus tinha neste local três templos; aí se encontrava a célebre estátua de Vênus feita por Praxíteles, escultor grego do século IV a.C. Esta ode poderá estar a dialogar com mais do que uma tradição poética. Por um lado, temos a lírica grega, em que o fr. 2 PLF de Safo é comumente apontado como modelo: "De Creta vem para aqui, até mim, para este templo/ sagrado, onde fica o teu agradável pomar [...]" (*Poesia grega*, trad. Frederico Lourenço, Lisboa, Cotovia, 2006); por outro, o antecedente pode também ser o poeta helenístico Posidipo: "Tu, que recorres Chipre, Citera, Mileto/ e a bela planície da Síria ressonante de cavalos,/ volta-te propícia para Calístio, que a um amante/ jamais fechou as portas da sua casa (*Antologia Palatina*, 12, 131, trad. C. Martins de Jesus, Imprensa da Universidade de Coimbra, 2017).

1 *Pafo*: uma cidade na costa oeste do Chipre, onde Afrodite tinha um antigo culto.

3 *Glícera*: para o nome (*A Doce*), cf. nota a I, 19, 5. Quanto ao templo ou santuário (*aedes*) que Glícera consagrou a Vênus, Horácio poderá estar a sugerir que o próprio quarto da cortesã é um templo dedicado à deusa do amor (é pelo menos essa a interpretação de Nisbet e Hubbard, *ad loc.*).

5 *Ardente menino*: Cupido. Para o cortejo de Vênus, cf. também II, 8, 13-6.

6 *Graças*: cf. nota a I, 4, 6.

I, 31

Quid dedicatum poscit Apollinem
vates? Quid orat de patera novum
    fundens liquorem? Non opimae
        Sardiniae segetes feraces,

non aestuosae grata Calabriae   5
armenta, non aurum aut ebur Indicum,
    non rura quae Liris quieta
        mordet aqua taciturnus amnis.

Premant Calena falce quibus dedit
fortuna vitem, dives et aureis   10
    mercator exsiccet culullis
        vina Syra reparata merce,

dis carus ipsis, quippe ter et quater
anno revisens aequor Atlanticum
    impune. Me pascunt olivae,   15
        me cichorea levesque malvae.

Frui paratis et valido mihi,
Latoe, dones, at, precor, integra
    cum mente, nec turpem senectam
        degere nec cithara carentem.   20

I, 31

Que pede um vate a Apolo, a quem um templo
foi dedicado? Que suplica, derramando da pátera
　　um líquido novo? Nem as férteis colheitas
　　　　da rica Sardenha,

nem o amável gado da ardente Calábria,　　　　　　　　　5
nem o ouro e o marfim da Índia, nem as terras
　　que o silente curso do Líris remordeja
　　　　com sua tranquila água.

Que a vinha seja com calena foice podada
pelos contemplados da fortuna, que em copos de ouro　　10
　　o opulento mercador de um trago beba
　　　　os vinhos trocados por sírias mercadorias,

homem grato aos próprios deuses, pois todos os anos revê
impune três ou quatro vezes o mar atlântico;
　　quanto a mim, alimentam-me as azeitonas,　　　　　15
　　　　a chicória e as leves malvas.

Filho de Latona, faz com que saudável desfrute
daquilo que tenho, e que, rogo-te, de mente sã
　　leve uma velhice nem desagradável,
　　　　nem privada da cítara.　　　　　　　　　　　　20

1-3. Que pedirá um poeta no momento em que a Apolo é consagrado um templo? 3-14. Não suplicará, com certeza, por terras, gado, ouro ou marfim! Que outros se preocupem com tais coisas, como os mercadores que arriscam a vida nos mares... 15-20. Quanto a mim, sou um homem bem mais simples, e peço apenas ao deus que possa ter uma velhice agradável, de preferência acompanhada de música e poesia.

1   *Que pede...*: o termo "vate" em latim (*vates*) sugere mais do que um simples poeta, uma vez que na sua primeira acepção queria dizer algo como "profeta", "vidente", traduzindo a ideia de um poeta divinamente inspirado; a palavra, assim, adequa-se particularmente bem ao contexto religioso da ode. Talvez seja importante apontar que no latim não surge o termo "templo"; literalmente a interrogação inicial traduz-se por algo como "o que pede um vate ao dedicado Apolo?". Muitos comentadores, porém, leem nestes versos iniciais uma alusão ao templo de Apolo, consagrado ao deus em 28 a.C. Este era um dos monumentos mais emblemáticos e celebrados do principado augustano (cf. Propércio, II, 31 e IV, 6), devotado ao deus durante a guerra contra Sexto Pompeio, e erigido depois da vitória na batalha de Áccio (31 a.C.). Foi edificado perto da casa do *princeps* e continha uma biblioteca anexa de autores gregos e latinos.

2   *Pátera*: taça grande usada pelos Romanos nas libações aos deuses.

3   *Líquido*: o vinho, bem entendido. Reproduzimos o *recherché* do original.

7   *Líris*: rio que nasce nos Apeninos e corre através do território marso e do Lácio até desembocar no mar em Minturnas.

9   *Calena foice*: para a região afamada pelo seu vinho, cf. nota a I, 20, 10.

12   *Sírias mercadorias*: segundo Nisbet e Hubbard (*ad loc.*) será, por exemplo, a púrpura, a pimenta e os unguentos. A Síria é, para os Romanos, o paradigma de uma zona exótica e rica.

17   *Filho de Latona*: Apolo. Cf. I, 21, 3.

I, 32

Poscimus si quid vacui sub umbra
lusimus tecum, quod et hunc in annum
vivat et pluris, age dic Latinum,
    barbite, carmen,

Lesbio primum modulate civi,   5
qui ferox bello, tamen inter arma
sive iactatam religarat udo
    litore navim,

Liberum et Musas Veneremque et illi
semper haerentem puerum canebat   10
et Lycum nigris oculis nigroque
    crine decorum.

O decus Phoebi et dapibus supremi
grata testudo Iovis, o laborum
dulce lenimen medicumque salve   15
    rite vocanti.

I, 32

Rogamos-te: se contigo, em lazer,
sob a sombra compusemos leve canção,
vamos, entoa-nos um cântico latino,
    que por este ano e mais perdure,

bárbito meu, primeiro tangido pelo lésbio cidadão   5
que, embora feroz na guerra, entre as armas
ou tendo amarrado o fustigado navio
    à úmida margem

Líbero cantava, e as Musas,
e Vênus, com quem sempre está o menino,   10
e o formoso Lico dos negros olhos
    e dos negros cabelos.

Ó, glória de Febo, lira bem-vinda
nos banquetes do superno Júpiter, doce alívio
e cura para nossos cuidados, a ti te saúdo,   15
    invocando-te segundo o rito.

*1-5. Lira minha, amiga de longa data, ajuda-me a escrever uma ode em latim!
5-12. Com a tua ajuda, Alceu criou um novo gênero de poesia, ele que, embora
sendo um corajoso soldado e marinheiro, cantava Baco, as Musas, Vênus, e também
os seus próprios amores. 13-6. A ti ritualmente te invoco, lira, tu que trazes
um doce alívio às nossas preocupações!*

5   *Bárbito*: cf. nota a I, 1, 34.

5   *Lésbio cidadão*: trata-se de uma referência a Alceu. Este poeta lírico arcaico do
     século VII a.C. participou ativamente na vida política de Lesbos.

10   *O menino*: isto é, Cupido, filho de Vênus.

11   *Lico*: provavelmente um jovem efebo por quem Alceu se enamorou, embora não
     surja em nenhum dos seus fragmentos.

13   *Lira*: traduzimos por "lira", embora no latim se leia *testudo*, "carapaça de tar-
     taruga". É uma referência ao presente de Mercúrio a Apolo (cf. nota a I, 10, 6).

I, 33

Albi, ne doleas plus nimio memor
immitis Glycerae neu miserabilis
decantes elegos, cur tibi iunior
    laesa praeniteat fide,

insignem tenui fronte Lycorida   5
Cyri torret amor, Cyrus in asperam
declinat Pholoen; sed prius Apulis
    iungentur capreae lupis,

quam turpi Pholoe peccet adultero.
Sic visum Veneri, cui placet imparis   10
formas atque animos sub iuga aenea
    saevo mittere cum ioco.

Ipsum me melior cum peteret Venus,
grata detinuit compede Myrtale
libertina, fretis acrior Hadriae   15
    curvantis Calabros sinus.

I, 33

Álbio, não sofras demasiado ao lembrares-te da indócil
Glícera, nem recantes plangentes versos de elegia
perguntando-te, quebrada a confiança que tinhas,
    por que um mais novo te eclipsa...

O amor por Ciro abrasa Licóris, conhecida   5
por sua pequena testa; por sua vez Ciro enamora-se
pela ríspida Fóloe; mas antes que Fóloe caísse no erro
    de amar tal torpe adúltero,

já as cabras-montesas com os lobos da Apúlia casariam.
Assim pareceu bem a Vênus, cujo prazer é,   10
cruel divertimento, pôr brônzeo jugo
    em discordes formas e almas.

A mim próprio, quando uma Vênus mais amiga me chamou,
me prendeu Mírtale com bem-vindos grilhões,
liberta mais fogosa do que as vagas do Adriático   15
    ao curvar os golfos da Calábria.

1-4. Álbio, deixa de escrever elegias, lamentando-te da infidelidade de Glícera. 5-9. Licóris ama Ciro, Ciro ama Fóloe, mas esta última jamais a ele se uniria. 10-6. Este jogo agrada à cruel Vênus, que adora unir pessoas com feitios incompatíveis! Eu sou disso exemplo: embora um melhor amor me tivesse chamado, fiquei preso à fogosa Mírtale.

1   *Álbio*: trata-se provavelmente de Álbio Tibulo (54?-19 a.C.), um dos grandes nomes da poesia elegíaca romana (juntamente com Cornélio Galo, Propércio e Ovídio), que escreveu a sua obra entre 30 e 20 a.C. É um *protégé* de Messala Corvino que, a par com Mecenas, foi um dos maiores patronos das artes na geração de Horácio. Há uma outra referência a *Albius* numa epístola (I, 4) de Horácio, que os comentadores identificam igualmente com Tibulo.

2   *Glícera*: há, em latim, um intraduzível jogo de palavras entre a personagem e o adjetivo que a classifica. De fato *mitis* (de onde *in-mitis*), "doce", lembra o grego γλυκύς (*glykys*, "doce"), de onde deriva o nome Glícera (Γλυκέρα, *Glykera*).

5   *Ciro*: para o nome, cf. nota a I, 17, 25.

5   *Licóris*: nome imortalizado pelo poeta elegíaco Cornélio Galo, considerado o criador (cf. Ovídio, *Tristia*, 4, 10, 53) de um novo gênero de elegia amorosa. Nenhum dos seus quatro livros de elegias chegou até nós.

7   *Fóloe*: nome utilizado igualmente por Horácio em II, 5, 17, associado a uma mulher difícil de conquistar. O seu nome deriva da montanha homônima perto de Élis e da Arcádia.

9   *Lobos da Apúlia*: cf. I, 22, 12-3 e nota a I, 22, 13.

11   *Jugo*: para os poetas elegíacos, o jugo é o símbolo do casamento (cf., por exemplo, Propércio, 3, 25, 8).

14   *Mírtale*: nome comum entre os Romanos, ao contrário de todos os outros referidos nesta ode.

I, 34

Parcus deorum cultor et infrequens
insanientis dum sapientiae
    consultus erro, nunc retrorsum
        vela dare atque iterare cursus

cogor relectos: namque Diespiter,   5
igni corusco nubila dividens
    plerumque, per purum tonantis
        egit equos volucremque currum,

quo bruta tellus et vaga flumina,
quo Styx et invisi horrida Taenari   10
    sedes Atlanteusque finis
        concutitur. Valet ima summis

mutare et insignem attenuat deus,
obscura promens; hinc apicem rapax
    Fortuna cum stridore acuto   15
        sustulit, hic posuisse gaudet.

I, 34

Poucas e raras vezes louvei os deuses
enquanto passeava versado numa louca sabedoria;
    agora, sou forçado a fazer-me à vela num rumo contrário,
      e a encetar um caminho

retraçado. Pois Júpiter, bastas vezes fendendo   5
as nuvens com brilhante raio, conduziu,
    pelo claro céu, seus ribombantes cavalos
      e o seu carro alado:

por ele é a pesada terra sacudida, e os vagantes rios,
e o Estige, e a horrenda morada do odiado Tênaro,   10
    e as fronteiras do Atlas.
      O deus pode transformar

o mais baixo no mais alto, diminui o ilustre,
expondo o obscuro; de um a rapinante Fortuna
    a coroa com agudo silvo retirou,   15
      a outro lha apraz ter colocado.

1-5. *Sou forçado a abandonar os ensinamentos de Epicuro sobre o mundo natural. 5-11. Vi cair de um céu límpido um enorme relâmpago, lançado pelo poderoso Júpiter! 12-6. O deus, de fato, pode transformar o mais pobre no mais rico: a Fortuna reina sobre todos.*

2   *Sabedoria*: referência à escola de Epicuro. Este filósofo, ao dar uma consistência atômica aos deuses, um *quase-sangue* e um *quase-corpo*, acaba por retirar todo e qualquer tipo de intervenção aos deuses, chegando a um quase ateísmo; os seus deuses são insubstanciais e não têm qualquer intervenção sobre os assuntos humanos (para um resumo das ideias do epicurismo sobre os deuses cf. o primeiro livro *Da natureza dos deuses*, de Cícero).

7   *Pelo claro céu*: por palavras simples, Horácio afirma ter visto um raio (simbolizado por Júpiter) cair de um céu límpido. Este era um fenômeno associado a um presságio importante; naturalmente, nem todos os antigos acreditavam que isto pudesse acontecer — os Epicuristas, por exemplo, negavam-no completamente, e Lucrécio, poeta epicurista, na sua *Da natureza das coisas* (VI, 400-4) refere-se ao fato de nunca ter visto um raio cair sem ser de um céu com nuvens, o que era um argumento de peso contra o que aqui é dito. Não devemos no entanto interpretar demasiado à letra o que Horácio aqui diz; o tom é irônico, e a referência ao raio serve como metáfora da imprevisibilidade da Fortuna.

10   *Estige*: um dos rios dos Infernos, junto com o Aqueronte, o Cocito e o Piriflegetonte. Cf. nota a II, 20, 8.

10   *Tênaro*: Tênaro (no sul da Lacônia, no ponto mais meridional do continente grego), tinha uma gruta que se dizia comunicar com os infernos.

11   *As fronteiras do Atlas*: isto é, o limite do mundo conhecido, o parte ocidental da cordilheira do Atlas, já na costa atlântica. No nome temos uma referência a Atlas (cf. I, 10, 1), um titã condenado a sustentar a abóboda celeste depois da titanomaquia, a batalha entre os deuses olímpicos e os titãs, vencida pelos primeiros.

I, 35

O diva, gratum quae regis Antium,
praesens vel imo tollere de gradu
    mortale corpus vel superbos
        vertere funeribus triumphos,

te pauper ambit sollicita prece   5
ruris colonus, te dominam aequoris
    quicumque Bythyna lacessit
        Carpathium pelagus carina.

Te Dacus asper, te profugi Scythae,
urbesque gentesque et Latium ferox   10
    regumque matres barbarorum et
        purpurei metuunt tyranni,

iniurioso ne pede proruas
stantem columnam, neu populus frequens
    ad arma cessantis, ad arma   15
        concitet imperiumque frangat.

Te semper anteit saeva Necessitas,
clavos trabalis et cuneos manu
    gestans aena, nec severus
        uncus abest liquidumque plumbum.   20

Te Spes et albo rara Fides colit
velata panno, nec comitem abnegat,
    utcumque mutata potentis
        veste domos inimica linquis.

I, 35

Ó deusa, que no teu querido Âncio reinas,
capaz de elevar da mais baixa condição
    um homem mortal, e de transformar
      soberbos triunfos em funerais,

a ti te cerca o pobre colono com desassossegada   5
prece, a ti, senhora da terra e do mar,
    te cerca todo aquele que com bitínio barco
      o mar de Cárpato desafia.

Teme-te o cru Daco, e os fugidios Citas,
e as cidades e as raças, e o feroz Lácio,   10
    e as mães dos bárbaros monarcas;
      temem os tiranos vestidos de púrpura

que o firme pilar de seu estado deites por terra
com teu danoso pé, e que o povo ajuntado
    incite às armas os hesitantes, às armas,   15
      e assim quebre o seu poder.

A ti te precede sempre a cruel Necessidade,
seus cravos de trave e suas cunhas na mão de cobre
    trazendo, nem lhe faltam os cruéis ganchos
      e o chumbo fundido.   20

A ti te honram a Esperança, e a rara Lealdade,
coberta por branco tecido, nem recusam acompanhar-te
    cada vez que, mudando tua veste, inimiga
      as casas dos poderosos abandonas:

At vulgus infidum et meretrix retro   25
periura cedit, diffugiunt cadis
    cum faece siccatis amici
        ferre iugum pariter dolosi.

Serves iturum Caesarem in ultimos
orbis Britannos et iuvenum recens   30
    examen Eois timendum
        partibus Oceanoque rubro.

Eheu, cicatricum et sceleris pudet
fratrumque. Quid nos dura refugimus
    aetas? Quid intactum nefasti   35
        liquimus? Unde manum iuventus

metu deorum continuit? Quibus
pepercit aris? O utinam nova
    incude diffingas retusum in
        Massagetas Arabasque ferrum!   40

também o infiel vulgo e a perjura meretriz 25
lhes viram as costas, e, depois de emborcarem
    os barris até à borra, os amigos fogem, demasiado espertos
        para partilharem o duplo jugo da infelicidade.

Protege César, que há-de ir até à Britânia,
última fronteira do mundo, protege a nova hoste de jovens, 30
    terror das regiões do Oriente
        e do Mar Vermelho.

Ah, que vergonhosas são as nossas cicatrizes, o crime,
o nosso próprio fratricídio! Que coisa recusou
    esta nossa impudente geração? Que sacrilégio deixamos 35
        por intentar? Por medo dos deuses,

de que coisa afastou a juventude sua mão?
Que altares deixou intactos? Oh, tomara que reforjes,
    em nova bigorna, a embotada espada
        contra os Masságetas e os Árabes! 40

1-4. *Deusa Fortuna, tu tens o poder de elevar o mais humilde e de derrubar o mais poderoso. 5-16. A ti se dirigem o humilde camponês, o mercador, todos os povos e cidades. E embora governem com mão de ferro, até os tiranos te temem, porque tens o poder de fazer com que os povos se revoltem. 17-28. Contigo sempre estão a fatal Necessidade, a Esperança e a Lealdade, mesmo quando abandonas as casas dos poderosos. 29-40. Deusa, protege César, e as suas campanhas na Britânia e no Oriente! Basta desta barbárie da guerra civil, em que tantos sacrilégios cometemos... Ajuda-nos a reforjar as espadas contra os nossos verdadeiros inimigos.*

1   *Deusa*: esta ode de Horácio é dedicada à Fortuna (a grega Τύχη, *Tychê*), cultuada pelos Romanos, particularmente na região de Âncio (na costa sul de Roma, atual Anzio), onde se considerava que a deusa tinha dons oraculares.

3-4   Os comentadores costumam associar estes versos a duas personagens. O homem mortal que se elevou da mais baixa condição social, a de escravo, é Sérvio Túlio, o sexto rei de Roma. Era filho de uma escrava de Tarquínio, e, quando este foi assassinado, a rainha Tanaquil, ciente de que Sérvio estava destinado a ser rei, tomou providências para que ele chegasse ao trono. Sérvio Túlio tinha uma relação muito próxima com a deusa Fortuna, e narra-se mesmo que chegou a unir-se a ela. Quanto à referência aos triunfos que se transformam em funerais, trata-se de uma alusão a Emílio Paulo, vencedor de Pidna (contra o rei da Macedônia) em 168 a.C. Pouco depois de tão grandiosa vitória, os seus filhos morreram, e mesmo assim o pai celebrou os triunfos devidos, apesar da enorme dor.

7   *Bitínio barco*: a Bitínia era uma zona densamente florestada, a leste do Mar de Mármara (onde desemboca o Bósforo), conhecida pelas suas embarcações. O Mar de Cárpato fica entre Rodes e Creta, e era, como aliás quase todos os mares da Antiguidade, tido como perigoso.

9   *Cru Daco*: os Dacos habitavam, *grosso modo*, ao sul da atual Romênia, e tornaram-se, por altura da batalha de Áccio, um dos perigos para a hegemonia romana. Licínio Crasso liderou contra eles uma vitoriosa campanha, culminada em triunfo em 27 a.C. Mas só foram definitivamente derrotados com Trajano, nas terríveis batalhas de 101-102 e de 105-107 d.C., narradas na coluna de Trajano.

9   *Citas*: cf. nota a I, 19, 10.

17-20   *A ti te precede sempre...*: estes versos são uma metáfora do poder da Necessidade. Os cravos de trave (que chegavam a atingir uns impressionantes 45 cm), as cunhas (usadas para unir blocos de pedra), os ganchos (usados para unir as placas da pedra de boa qualidade, para a fachada, com pedra de pior qualidade), e o chumbo líquido (usado para a chumbagem dos edifícios) representam a fixidez dos desígnios da Necessidade.

21   *Lealdade*: cf. nota a I, 24, 6.

22   *Branco tecido*: os sacerdotes da *Fides* usavam um pano branco à volta da mão. A *Spes* e a *Fides* estão associadas em Roma ao culto da Fortuna.

23   *Mudando tua veste*: para uma veste de luto, bem entendido.

28 *Duplo jugo*: a expressão latina aqui traduzida evoca o *par iugum*, jugo usado por duas bestas de carga. Simboliza a ajuda que os amigos de conveniência se recusam a prestar.

29 *Britânia*: cf. nota a I, 21, 16.

30 *Nova hoste*: depois da guerra civil, os veteranos foram dispensados e as fileiras do exército romano foram preenchidas por gente mais nova.

32 *Mar Vermelho*: aparece aqui como metonímia não só das regiões banhadas pelo Mar Vermelho, como também do Golfo Pérsico e do Mar da Arábia.

34 *Fratricídio*: referência ao *scelus* (crime) fratricida da guerra civil romana.

39 *Embotada*: pelo uso na guerra civil.

40 *Masságetas... Árabes*: os Masságetas eram uma tribo cita que vivia entre o Mar Cáspio e o Mar de Aral (*grosso modo* o atual território a leste do Uzbequistão e ao norte do Turcomenistão). Nunca consistiram uma ameaça para Augusto; o nome parece aqui simbolizar o perigo parto, num processo de hiperbolização característico de Horácio (cf. nota a I, 12, 53). Para os Árabes, cf. nota a I, 29, 1.

I, 36

Et ture et fidibus iuvat
placare et vituli sanguine debito
   custodes Numidae deos,
qui nunc Hesperia sospes ab ultima

   caris multa sodalibus,   5
nulli plura tamen dividit oscula
   quam dulci Lamiae, memor
actae non alio rege puertiae

   mutataeque simul togae.
Cressa ne careat pulchra dies nota,   10
   neu promptae modus amphorae,
neu morem in Salium sit requies pedum,

   neu multi Damalis meri
Bassum Threicia vincat amystide,
   neu desint epulis rosae   15
neu vivax apium neu breve lilium.

   Omnes in Damalin putris
deponent oculos, nec Damalis novo
   divelletur adultero
lascivis hederis ambitiosior.   20

I, 36

Com incenso e com a lira,
com o sangue devido de um vitelo, agrada aplacar
    os deuses protetores de Númida,
que agora, incólume regressando dos confins da Hespéria,

muitos beijos distribui pelos caros camaradas;   5
mas nenhum outro tanto beija
    como o seu querido Lâmia, recordando-se
da infância passada junto dele, o seu rei,

e da toga mudada ao mesmo tempo.
Que a este belo dia não falte a marca de Creta,   10
    que sem limite venha a ânfora,
que os pés não descansem, segundo o sálio costume,

que Dâmalis, grande bebedora,
não vença Basso nos copos, emborcando-os como os Trácios,
    que não faltem no banquete   15
as rosas, nem o duradouro aipo, nem o vólucre lírio.

A Dâmalis, todos lançam
lânguidos olhares, mas ninguém arranca Dâmalis
    do seu novo ilegítimo amante:
ela abraça-o mais do que a lasciva hera.   20

1-9. Ofereçamos sacrifícios em honra de Númida, que regressa são e salvo da Hispânia! Todos o estimam, mas ninguém mais do que Lâmia, que com ele cresceu. 10-20. Festejemos este dia com vinho, dança e flores! Que Dâmalis deixe de competir com Basso, para ver quem bebe mais: já todos os olhos caem sobre ela e o seu novo amante.

3   *Númida*: Pompônio Númida (segundo Porfírio) ou Númida Plócio (segundo vários manuscritos) terá servido na campanha de Augusto na Hispânia (27-25 a.C.). Será o seu regresso desta campanha que aqui é celebrado, provavelmente por comissão (de Lâmia).

4   *Confins da Hespéria*: a Hispânia, "a ocidente" do ponto de vista romano (cf. nota a I, 28, 26).

7   *Lâmia*: cf. I, 26, 8.

9   *Toga*: referência à cerimônia da *toga virilis* (toga viril), rito da passagem à maturidade dos adolescentes romanos, celebrada por alturas dos *Liberalia* (março), em que os jovens deixavam a toga pretexta (*toga praetexta*), caracterizada pela sua faixa púrpura.

10   *Marca de Creta*: confusão humorística entre Creta (a terra) e *Creta* (giz branco). Este verso alude ao costume trácio de marcar de branco os dias que correram bem, e de preto os que correram mal.

12   *Sálio costume*: os Sálios (cujo nome vem de *salire*, "saltar") eram os membros de um colégio sacerdotal romano dedicado a Marte. Eram conhecidos pela sua frenética dança (cf. nota a I, 37, 4).

13   *Dâmalis*: o seu nome vem de δάμαλις (*damalis*), "bezerra", e era um nome respeitável em Roma. No entanto, neste contexto, designa claramente uma cortesã.

14   *Basso*: não sabemos exatamente se esta é uma personagem inventada, pois temos notícia de um coevo Basso em Ovídio (*Tristia*, 4, 10, 47 ss.), escritor de iambos. O seu nome poderá fazer alusão a "Bassareu", epíteto de Baco (cf. I, 18, 11).

14   *Trácios*: referência ao ébrio desenfreamento dos Trácios, algo proverbial (cf. I, 27, 2).

I, 37

Nunc est bibendum, nunc pede libero
pulsanda tellus, nunc Saliaribus
    ornare pulvinar deorum
        tempus erat dapibus, sodales.

Antehac nefas depromere Caecubum 5
cellis avitis, dum Capitolio
    regina dementis ruinas
        funus et imperio parabat

contaminato cum grege turpium
morbo virorum, quidlibet impotens 10
    sperare fortunaque dulci
        ebria. Sed minuit furorem

vix una sospes navis ab ignibus,
mentemque lymphatam Mareotico
    redegit in veros timores 15
        Caesar ab Italia volantem

remis adurgens, accipiter velut
mollis columbas aut leporem citus
    venator in campis nivalis
        Haemoniae, daret ut catenis 20

fatale monstrum; quae generosius
perire quaerens nec muliebriter
    expavit ensem nec latentis
        classe cita reparavit oras;

I, 37

É hora de beber! É hora de sacudir a terra
com o pé livre! Agora é tempo
    de carregar o leito dos deuses
        com sálios banquetes, amigos!

Até agora, os deuses proibiam-nos de retirar   5
o Cécubo da velha adega: uma rainha preparava
    a louca ruína do Capitólio
        e as exéquias do nosso poder,

com a ajuda de uma contaminada súcia de homens
depravados até à doença; descontrolada tudo esperava,   10
    ébria de uma doce fortuna.
        Porém, um só navio

do fogo a custo fugiu, sua demente fúria acalmando:
o seu plano, louco e imerso em vinhos mareóticos,
    César reduziu a reais temores,   15
        quando ela, como se voasse,

de Itália fugiu, e ele, tal como o falcão caça
as dóceis pombas, ou pelos nivosos campos da Hemônia
    o veloz caçador atrás da lebre corre,
        para pôr correntes nesse fatal portento   20

à força dos remos de perto a perseguiu. Ela, procurando morrer
com maior nobreza, não receou com mulíebre medo
    o punhal, nem tentou com sua veloz armada
        uma recessa costa alcançar,

ausa et iacentem visere regiam 25
vultu sereno, fortis et asperas
    tractare serpentes, ut atrum
        corpore combiberet venenum,

deliberata morte ferocior,
saevis Liburnis scilicet invidens 30
    privata deduci superbo
        non humilis mulier triumpho.

antes teve a bravura de ver com sereno gesto   25
seu palácio desmoronar-se, e corajosa pegar com as mãos
    em ferozes serpentes, para que assim negro o veneno
        penetrasse no seu corpo:

decidindo-se pela morte mais intrépida se tornou,
recusando-se certamente, mulher não humilde, a ser levada,   30
    já não mais rainha, pelos cruéis barcos liburnos
        a um soberbo triunfo.

1-4. É hora de beber, dançar e preparar um banquete de agradecimento aos deuses, amigos! 5-11. Até agora não o podíamos fazer: Cleópatra procurava a destruição de Roma, acompanhada por uma corte de homens doentiamente depravados. 12-21. Porém, na batalha final, apenas um barco escapou às chamas; nele fugiu a rainha louca, que César perseguiu para pôr em correntes. 21-32. Ela, porém, teve a coragem de se matar com o veneno de serpentes: a sua arrogância não lhe permitiria ser arrastada num cortejo triunfal.

1   *É hora...*: este cântico de vitória (que lembra um epinício) celebra, em termos assaz peculiares, a morte de Cléopatra, em 30 a.C., na sequência da batalha de Áccio (setembro de 31), que opôs o exército de Otaviano ao de Cleópatra e de Antônio. O gênio político de Augusto foi tal que conseguiu fazer passar em Roma a ideia de que não se tratava de uma guerra civil, mas de uma guerra contra uma ameaça estrangeira, simbolizada por Cleópatra (daí que esta figura seja tão importante para a propaganda de Augusto), a quem Antônio se uniu, traindo Roma. Ainda não tinha a batalha de Áccio acabado, já Antônio e Cleópatra fugiam

com as suas respectivas armadas. Não é verdade, como diz o nosso poema, que apenas um barco da armada de Cleópatra tivesse sobrevivido, na verdade salvaram-se mais de sessenta barcos; foi sim a armada de Marco Antônio que foi quase por completo incendiada. Também não é verdade que Otaviano em pessoa tivesse seguido no encalço de Cleópatra; é certo que enviou um contingente em perseguição de Antônio e de Cleópatra, mas acabaram por desistir, tendo tomado apenas dois dos navios de Antônio. Quanto ao pretenso nobre suicídio de Cleópatra, a verdade é que as causas da sua morte continuam um mistério; muitos pensam que a rainha egípcia morreu assassinada por ordem de Augusto, outros preferem acreditar na versão do regime, segundo a qual ela se teria suicidado, deixando-se voluntariamente picar por serpentes venenosas, depois de se ter tentado matar com um punhal, confiscado à força por um homem da confiança de Augusto, Proculeio (cf. II, 2, 5). Desta forma recusava-se, por nobre orgulho (largamente celebrado neste poema), a ir a Roma para participar no triunfo de Augusto, após a tomada de Alexandria em 30 a.C., que pôs um ponto final à guerra civil romana, cujo destino ficara definitivamente decidido em Áccio. O início do poema é uma imitação de Alceu, 332: "Agora é preciso embriagar-nos e beber com todas/ as nossas forças: Mírsilo morreu" (tradução nossa).

1-2 *É hora de sacudir a terra/ com o pé livre*: isto é, é hora de dançar. O termo "livre" sugere que Roma finalmente se libertou das correntes de Cleópatra (cf. Nisbet e Hubbard, *ad loc.*).

3 *O leito dos deuses*: nos *lectisternia* (banquetes solenes dedicados aos deuses, como sinal de reconhecimento), havia um leito almofadado (*pulvinar*) onde se punham as estátuas dos deuses.

4 *Sálios banquetes*: além das danças guerreiras deste colégio sacerdotal de Marte (cf. I, 36, 12), estes sacerdotes eram também conhecidos pelos seus opíparos banquetes. Mas há outra razão para o citar deste colégio; por tradição, eram os Sálios que declaravam guerra aos inimigos. Otaviano, respeitando e cumprindo a tradição, deixou que fossem os sacerdotes a declarar guerra a Cleópatra (e não a Marco Antônio, para todos os efeitos um cidadão romano), dando com isto a aparência de que não se tratava de uma guerra fratricida.

6 *Cécubo*: vinho afamado da região do Lácio (cf. nota a I, 20, 9-11).

9 *Uma contaminada súcia*: os comentadores veem aqui uma referência à licenciosa corte de Cleópatra, em especial aos eunucos. É o lado lânguido e depravado do oriente que se põe em relevo: na perspectiva do poema, seria essa desregrada corte que mandaria no império, não fora Augusto.

14 *Vinhos mareóticos*: era o vinho mais famoso do Egito, produzido na zona do lago Mareótis, perto de Alexandria.

18 *Hemônia*: outro nome para Tessália.

31 *Barcos liburnos*: pequenos barcos de guerra usados pelos Liburnos (povo da Ilíria), com grande capacidade de manobra. Foram uma grande ajuda para os exércitos de Otaviano na batalha de Áccio (cf. *Epodos*, 1, 1).

I, 38

Persicos odi, puer, apparatus,
displicent nexae philyra coronae;
mitte sectari, rosa quo locorum
    sera moretur.

Simplici myrto nihil allabores   5
sedulus curo: neque te ministrum
dedecet myrtus neque me sub arta
    vite bibentem.

I, 38

Dos Persas, rapaz, odeio os requintes,
desagradam-me as coroas entrelaçadas
com a fibra da tília. Desiste de procurar os lugares
    onde tardia a rosa se demora.

De nada me interessa que tu, zeloso, te esforces   5
por algo ao simples mirto acrescentar. Não te fica mal o mirto,
nem a ti, meu servo, nem a mim, que agora
    à sombra da videira bebo.

1-8. *Não gosto de grandes requintes nos meus banquetes. A mim e ao meu escravo basta-me uma simples coroa de mirto.*

1   *Persas*: o luxo persa era proverbial no mundo antigo, não só nas indumentárias e objetos cotidianos, como nos costumes da corte, o que de certa forma marcava o antagonismo oriente/ocidente da Antiguidade.

6   *Mirto*: esta planta é muitas vezes para Horácio símbolo da simplicidade (I, 4, 9; II, 15, 6; III, 4, 19); no contexto do banquete, cf. II, 7, 25.

8   *À sombra da videira*: note-se que, ao contrário dos Livros II e III, este Livro I não termina com um poema sobre o poeta e a sua imortalidade, mas com uma das odes mais breves de Horácio, que celebra um tópico que lhe é particularmente caro: o elogio da simplicidade, simbolizada no vinho (cf. nota a I, 20, 9-11).

LIBER SECVNDVS

LIVRO II

II, 1

Motum ex Metello consule civicum
bellique causas et vitia et modos
    ludumque Fortunae gravisque
        principum amicitias et arma

nondum expiatis uncta cruoribus,   5
periculosae plenum opus aleae,
    tractas, et incedis per ignis
        suppositos cineri doloso.

Paulum severae Musa tragoediae
desit theatris: mox ubi publicas   10
    res ordinaris, grande munus
        Cecropio repetes cothurno,

insigne maestis praesidium reis
et consulenti, Pollio, curiae,
    cui laurus aeternos honores   15
        Delmatico peperit triumpho.

Iam nunc minaci murmure cornuum
perstringis auris, iam litui strepunt,
    iam fulgor armorum fugaces
        terret equos equitumque vultus.   20

Videre magnos iam videor duces
non indecoro pulvere sordidos,
    et cuncta terrarum subacta
        praeter atrocem animum Catonis.

II, 1

A agitação civil, iniciada no consulado de Metelo,
as causas da guerra, os seus males, os seus processos,
    o jogo da Fortuna, a funesta
        amizade dos próceres, as armas

embebidas em sangue ainda não expiado,   5
obra repleta dos perigos de um jogo de dados,
    tudo isso investigas tu, avançando sobre fogos
        que se escondem sob enganadora cinza.

Que a Musa tua da austera tragédia por pouco tempo
longe esteja do teatro: pois assim tenhas narrado e organizado   10
    os públicos acontecimentos, voltarás,
        com o coturno de Cécrops, ao teu sublime encargo,

tu, dos tristes réus e do Senado que te consulta
insigne baluarte, tu, Polião, a quem a coroa de louros
    sempiternas honras trouxe   15
        no triunfo da Dalmácia.

Agora contudo nossos ouvidos afliges com o minaz retumbo
das trombetas de chifre, agora trovejam os lítuos,
    agora o brilho das armas o rosto dos cavaleiros
        e os cavalos que fogem aterroriza.   20

Parece-me que vejo já os grandes generais,
sujos de um não inglório pó,
    e toda a terra subjugada,
        exceto o indômito espírito de Catão.

Iuno et deorum quisquis amicior   25
Afris inulta cesserat impotens
    tellure victorum nepotes
        rettulit inferias Iugurthae.

Quis non Latino sanguine pinguior
campus sepulcris impia proelia   30
    testatur auditumque Medis
        Hesperiae sonitum ruinae?

Qui gurges aut quae flumina lugubris
ignara belli? Quod mare Dauniae
    non decoloravere caedes?   35
        Quae caret ora cruore nostro?

Sed ne relictis, Musa procax, iocis
Ceae retractes munera neniae,
    mecum Dionaeo sub antro
        quaere modos leviore plectro.   40

Impotentes, Juno e os deuses protetores de África   25
de tal terra não vingada se afastaram,
    em sacrifício entregando ao espectro de Jugurta
      os netos dos vencedores.

Que campo não engordou com o sangue latino,
que campo não testemunhou, com seus túmulos, ímpios combates,
    que campo não experimentou o estrondo da ruína da Hespéria,
      ouvido pelos próprios Medos?

Que marítimos abismos ou que rios ignoram
esta lúgubre guerra? Que mar não foi manchado
    pelo massacre dos Dáunios?   35
      Que costa não está suja com o nosso sangue?

Mas tu, Musa travessa, não abandones os teus jogos,
retomando os deveres do treno de Ceos,
    antes procura comigo sob a gruta de Dione
      melodias para um mais leve plectro.   40

1-8. *Meu amigo, dedicas-te agora a escrever a história da guerra entre César e Pompeu, uma tarefa arriscada, uma vez que as feridas ainda estão abertas...* 9-16. *Que por pouco tempo deixes de escrever tragédias, Polião, tu, um orador exímio, um político reputado e com um carreira militar invejável.* 17-28. *Parece-me que já vejo diante dos olhos os generais que subjugaram o mundo inteiro; só Catão não foi dominado. Vejo também a derrota de Cartago e de Jugurta, embora vingados na nossa sangrenta guerra civil.* 29-40. *Em que terra ficou sangue romano por derramar, neste conflito ímpio e fratricida? Em que mar, em que rio, em que praia? Mas enfim, a minha poesia não é espaço para temas tão sérios; fico-me por aqui.*

1   *Agitação civil*: esta ode é dedicada a Asínio Polião, cônsul no ano de 40, nascido em 76 a.C. Foi legado de César na África e na Hispânia, lutando com ele nas guerras civis de 49 a 45 a.C. Pouco depois da sua vitória contra os Partinos em 39 (pela qual recebeu um triunfo) retirou-se, dedicando-se a partir daí exclusivamente à literatura. Recusou inclusive o convite de Augusto para se lhe juntar na batalha de Áccio, recusa justificada pelo seu anterior envolvimento com Marco Antônio. Na literatura, nomeadamente no domínio da historiografia, distinguiu-se pelas suas *Historiae*, hoje perdidas, que narravam a guerra civil em que ele próprio participou, começando na aliança de 60 a.C. entre César e Pompeu.

1   *Consulado de Metelo*: Quinto Cecílio Metelo Célere, cônsul em 60 a.C. É o ano que determina o início das *Historiae* de Polião: o triunvirato de César, Pompeu e Crasso (a *funesta amizade dos próceres* dos vv. 3-4, criticada já por Cícero na sua Carta 6, 6, 4, amizade que acabou por degenerar numa guerra civil).

6   *Perigos de um jogo de dados*: Plínio, o Jovem (na sua Carta 5, 8, 12), comenta o fato de que, quando um historiador decide escrever a História sua contemporânea, se fazem muitas ofensas e quase nunca se incorre nas boas graças de alguém (*graves offensae, levis gratia*). O perigo de se aventurar em tal tarefa, cujo bom ou mau sucesso depende grandemente do acaso, é simbolizado no fortuito que representam os dados (*aleae*). Horácio devia ter bem presente na memória o fato de Polião ter atravessado com Júlio César o Rubicão, em 49 a.C., quando este último proferiu as suas célebres palavras, *alea iacta est*, "o dado (a sorte) está lançado", citando aliás Menandro (ἀνερρίφτω κύβος).

9   *Tragédia*: Polião escreveu também tragédias (cf. *Sátiras*, I, 10, 42 ss.; Virgílio, *Éclogas*, 8, 10), hoje perdidas. O poeta delicadamente sugere que será uma grande perda para o teatro romano o período em que Asínio estiver ocupado com as suas *Historiae*.

12 *Coturno*: é um tipo de calçado normalmente usado pelos atores; por metonímia designa aqui a própria tragédia. Cécrops é o lendário fundador de Atenas; "coturno de Cécrops" é o equivalente a dizer "coturno ateniense", ou seja, "tragédia ática".

13 *Réus... Senado*: Asínio Polião foi um famoso orador e advogado do seu tempo, comparado até a Cícero (cf. Quintiliano, *Instituição oratória*, 10, 1, 113). Há uma referência hiperbólica aqui; obviamente, o Senado romano nunca consultava ninguém: era consultado.

16 *Triunfo*: referência ao supracitado triunfo de Polião sobre os Partinos, em 25 de outubro de 39 ou 38 a.C. Os Partinos eram um povo ilírico (no nordeste da Grécia) que habitava no limite meridional da Dalmácia, por baixo de Dirráquio.

18 *Trombetas de chifre... lítuo*: "trombeta de chifre" é o instrumento romano (*cornu*), provavelmente de origem etrusca, mais importante a seguir à *tuba* (cf. nota a I, 1, 23-4). Consistia num longo tubo de bronze, recurvado na forma da letra G. Tinha uma boquilha amovível e um pavilhão na extremidade superior, de forma a distribuir melhor o som. À medida que a república se foi expandido, o *cornu* tornou-se quase exclusivamente um instrumento militar, a par com a *tuba*. Para o instrumento militar "lítuo", cf. o final da nota I, 1, 23-4.

24 *Catão*: o indômito Catão de Útica (cf. I, 12, 36), estoico, foi sempre celebrado, pelos republicanos, como o último resistente, preferindo suicidar-se a viver sob o domínio de Júlio César. É ele, por exemplo, o verdadeiro herói da *Farsália*, escrita por Lucano no principado de Nero, numa altura em que já não era aceitável falar de Catão em termos elogiosos (ao contrário dos primeiros tempos de Augusto) — tal era considerado um ataque pessoal ao *imperium* de Nero.

25 *Juno*: referência à deusa cartaginesa Tanit, identificada com a deusa romana.

27-8 *Jugurta... netos dos vencedores*: em 146 a.C. Cartago foi destruída por Cornélio Cipião Africano Emiliano, marcando o fim da Terceira Guerra Púnica. O seu neto, Quinto Cecílio Metelo Numídico, teve igualmente grande influência na guerra contra Jugurta, rei da Numídia. Impõe-se um breve resumo desta guerra. Este rei africano, ao tomar Cirta em 112, massacrou barbaramente negociadores romanos e itálicos. O senado respondeu com lentidão, provavelmente corrompidos muitos senadores pelo próprio Jugurta. A despeito da vontade do senado, o neto de Cipião, Quinto Metelo, foi afastado da província da Numídia, sendo esta atribuída a Mário, que assim se tornou o senhor da guerra contra Jugurta. Mário, grande militar romano, cônsul em 107, de 104 a 100 e em 86, conclui a guerra com sucesso; conquistou Cirta em 106, e, em 104, celebrou o seu triunfo sobre Jugurta, executado após a cerimônia. Temos, pois, dois Cipiões que estiveram ligados à queda de duas potências africanas, Cartago e Numídia, embora não tinha sido Quinto Metelo a dar o "golpe de misericórdia" em Jugurta. Todavia, exatamente um século depois de Cipião Emiliano ter destruído Cartago, em 46 a.C., um descendente seu, Quinto Metelo Cecílio Pio Cipião, ao perder a batalha de Tapso, suicida-se para não se entregar a Júlio César. Este foi o sacrifício (*inferiae*) sugerido por Horácio em honra dos Manes de Jugurta, e, entendemos nós pelo significado das datas (146-46), dos "manes" da própria Cartago.

31 *Hespéria*: neste caso trata-se da Itália, e não da Hispânia (cf. nota a I, 28, 26).

32 *Medos*: enquanto Antônio e Otaviano, ainda aliados, derrotavam em Filipos o último reduto republicano, os Medos (ou Partos) conquistavam a Síria e a costa sul da Ásia Menor. Esta é uma crítica recorrente em Horácio: que a nação estivesse envolvida numa guerra civil, quando o perigo parto batia à porta.

35 *Dáunios*: mais um exemplo do inesgotável vocabulário de Horácio, nomeadamente na designação da sua pátria. A Dáunia, nome grego para a Apúlia, designa aqui por metonímia o povo romano.

38 *Treno de Ceos*: referência ao poeta lírico grego Simônides de Ceos (*c.* 556-468 a.C.), compositor de hinos, elegias e trenos (cantos fúnebres). Neste último particular era especialmente celebrado (cf. IV, 9, 6).

39 *Dione*: a mãe de Afrodite. As grutas estavam normalmente associadas à poesia e às Musas.

40 *Plectro*: quanto mais leve era o plectro (palheta que se usava para tanger a lira), naturalmente mais suave era o som, à semelhança do que acontece com as nossas modernas palhetas (cf. I, 26, 12).

II, 2

Nullus argento color est avaris
abdito terris, inimice lamnae
Crispe Sallusti, nisi temperato
    splendeat usu.

Vivet extento Proculeius aevo,
notus in fratres animi paterni;
illum aget pinna metuente solvi
    Fama superstes.

Latius regnes avidum domando
spiritum, quam si Libyam remotis
Gadibus iungas et uterque Poenus
    serviat uni.

Crescit indulgens sibi dirus hydrops,
nec sitim pellit, nisi causa morbi
fugerit venis et aquosus albo
    corpore languor.

Redditum Cyri solio Phraaten
dissidens plebi numero beatorum
eximit Virtus, populumque falsis
    dedocet uti

vocibus, regnum et diadema tutum
deferens uni propriamque laurum,
quisquis ingentis oculo irretorto
    spectat acervos.

II, 2

Sob a avarenta terra escondida,
Crispo Salústio, a prata não tem cor,
tu a quem o metal não agrada, se não brilhar
    com o uso moderado.

Por longínquas gerações sobreviverá Proculeio,   5
conhecido por amar como um pai os seus irmãos:
a vivedoura Fama o levará nas suas asas
    que se recusam a repousar.

Domando a ganância do teu coração,
será teu reino maior do que se unires   10
a Líbia à distante Gades, e fizeres teus escravos
    os dois povos de Cartago.

A terrível hidropisia alimenta-se a si própria,
nem reprime a sua sede, até que das veias desapareça
a causa da enfermidade, e do pálido corpo   15
    se afaste a aquosa doença.

Fraates, embora reconduzido ao trono de Ciro,
pela Virtude, que da multidão se aparta,
do número dos bem-aventurados excluído foi.
    Ela ensina o povo a não usar   20

palavras falsas, concedendo assim um reino,
diadema seguro e duradouro laurel
somente àquele que, ao passar por um tesouro imenso,
    duas vezes não olhar.

1-8. As riquezas só têm valor quando lhes damos uso; tu bem o sabes, Crispo Salústio. Consideremos o exemplo de Proculeio: a forma generosa como ajudou os seus irmãos tornou-o famoso para sempre. 9-16. Se escaparmos à ganância, teremos o maior reino que possamos imaginar. De fato, a cobiça é uma doença terrível: tal como a hidropisia, só passa quando nos abstemos daquilo que nos faz mal. 17-24. O rei Fraates pode até ter recuperado o trono, mas nunca será feliz: a Virtude ensina-nos que só será verdadeiramente rico e digno de honra aquele que conseguir ignorar os tesouros deste mundo.

1-2   *Sob a avarenta terra...*: era um tópico comum o fato de a prata, antes de polida e tratada, não brilhar: neste contexto sugere-se que o dinheiro só brilha (em termos de moral estoica, para a qual a riqueza fazia parte da categoria dos "indiferentes") quando lhe é dado um bom uso. É importante ter em mente que o cavaleiro era o dono de minas de cobre no moderno Valle d'Aosta. Para um resumo das principais linhas do estoicismo, cf. Cristina Pimentel, *Quo verget furor? Aspectos estoicos na Phaedra de Sêneca*, Lisboa, Colibri, 1993, pp. 11-30.

2   *Crispo Salústio*: Gaio Salústio Crispo, sobrinho-neto e filho adotivo do famoso historiador Salústio. Sucedeu a Mecenas como conselheiro de Augusto. Tal como o patrono de Horácio, era também um *eques* de grande fortuna, detentor dos famosos Jardins de Salústio, provavelmente também grande incentivador da arte em Roma. Segundo o hábito dos poetas líricos gregos de compor um poema de agradecimento ao seu patrono, Horácio poderá estar aqui a agradecer a Salústio um eventual apoio.

3   *Metal*: *lamna* é, mais precisamente, uma lâmina ou chapa fina de qualquer tipo de metal, a partir da qual se cortavam as moedas que seriam posteriormente cunhadas.

5   *Proculeio*: Proculeio Varrão Murena, cunhado de Mecenas, é um dos homens de confiança de Augusto. Tal como o cunhado e Salústio, foi também um patrono das artes (cf. Juvenal, 7, 94). Foi ele que impediu a primeira tentativa de suicídio de Cleópatra (cf. nota a I, 37, 1), retirando-lhe o punhal, ao subir por uma escada até o seu quarto. Contudo, é a sua prodigalidade em relação aos irmãos que é aqui celebrada, pois diz-se que dividiu a sua riqueza com eles depois de estes terem ficado arruinados após a guerra civil.

11   *Líbia*: referência hiperbólica ao hábito dos grandes latifundiários latinos anexarem (*iungere*) continuamente os seus territórios a outros, algo criticado pela moral estoica, na medida em que a cobiça era um sinal de fraqueza. No tempo de Nero, por exemplo, metade da África era possuída por apenas seis proprietários (cf. Plínio, o Velho, 18, 35).

11   *Gades*: hoje Cádiz. Esta terra, durante longo tempo sob o domínio cartaginês, era ainda considerada no tempo de Horácio como uma terra púnica, daí "os dois povos de Cartago".

13   *Hidropisia*: a hidropisia, "derramamento de líquido seroso em tecidos ou em cavidade do corpo" (Houaiss), é uma doença que amiúde os estoicos identificaram com a cobiça ou a avareza. De fato, a hidropisia, segundo os antigos (cf. Celso,

3, 21, 2), era causada pelo desregramento ou descomedimento em relação à alimentação e tudo o mais. A doença causa uma sede terrível, que não passa; a única cura para esta doença era a abstinência e o exercício.

17   *Fraates*: Fraates IV, rei dos Partos, afastado por pouco tempo do trono em consequência da rebelião de Tiridates (cf. nota a I, 26, 6).

17   *Ciro*: Ciro é o rei dos Persas, caído em desgraça, celebrizado por Heródoto no seu primeiro livro das *Historiae*. A "confusão" entre Persas e Partos é recorrente em Horácio (cf. nota a I, 2, 23).

II, 3

Aequam memento rebus in arduis
servare mentem, non secus in bonis
   ab insolenti temperatam
      laetitia, moriture Delli,

seu maestus omni tempore vixeris,   5
seu te in remoto gramine per dies
   festos reclinatum bearis
      interiore nota Falerni.

Quo pinus ingens albaque populus
umbram hospitalem consociare amant   10
   ramis? Quid obliquo laborat
      lympha fugax trepidare rivo?

Huc vina et unguenta et nimium brevis
flores amoenae ferre iube rosae,
   dum res et aetas et sororum   15
      fila trium patiuntur atra.

Cedes coemptis saltibus et domo
villaque flavus quam Tiberis lavit;
   cedes, et exstructis in altum
      divitiis potietur heres.   20

Divesne prisco natus ab Inacho
nil interest an pauper et infima
   de gente sub divo moreris,
      victima nil miserantis Orci.

II, 3

Lembra-te de manter nos maus momentos,
e não menos nos bons, o equilíbrio da tua mente,
    apartando-a dos excessos da alegria,
        tu, Délio, que hás-de morrer,

quer se triste todo o tempo tiveres vivido,   5
quer se, reclinando-te num remoto relvado,
    durante os dias de festa reconfortado te tiveres
        com um seleto vinho falerno.

Por que razão o gigante pinheiro e o alvo choupo
os seus ramos em acolhedora sombra adoram unir?   10
    Por que se envida a fugidia água
        em se agitar no sinuoso leito?

Manda para aqui trazer vinhos, perfumes,
e as demasiado breves flores da amena rosa,
    enquanto o momento, a idade,   15
        e das três irmãs os negros fios o permitirem.

Então deixarás os bosques que compraste, a tua casa,
a tua vila que o flavo Tibre banha, tudo deixarás,
    e um herdeiro senhor se tornará
        das riquezas que até ao cimo amontoaste.   20

De nada interessa que rico, renovo do velho Ínaco,
ou que pobre, de baixa e humilde família,
    sob este céu te tenhas demorado:
        vítima és de Orco, que de nada se apieda.

Omnes eodem cogimur, omnium 25
versatur urna serius ocius
    sors exitura et nos in aeternum
        exsilium impositura cumbae.

Para um mesmo sítio todos nós somos forçados a partir,   25
mais cedo ou mais tarde, agitada na urna, de todos nós
a sorte há-de sair, colocando-nos na barca
rumo a um eterno exílio.

1-8. *Délio, mantém o equilíbrio da tua mente, quer nos bons, quer nos maus momentos; lembra-te de que morrerás de qualquer das formas, quer tenhas uma vida triste, quer feliz. 9-16. Apreciemos a vida enquanto é tempo: a sombra destas árvores e este riacho convidam-nos a festejar a vida com vinho e rosas. 17-28. É que quando morreres, as tuas riquezas de nada te servirão: a morte é o destino de todos nós, quer ricos, quer pobres.*

4   *Délio*: Quinto Délio foi um hábil diplomata e militar do seu tempo (procônsul da Síria em 43 a.C.) e, tal como muitas personagens do seu tempo, conheceu várias facções políticas; iniciou a sua carreira ao serviço de Cássio, para depois tomar o partido de Antônio, a quem serviu durante dez anos, e, finalmente, aliou-se a Augusto. Escreveu uma história da guerra de Antônio contra os Partos.

8   *Vinho falerno*: cf. nota a I, 20, 9-11.

16   *Três irmãs*: as Parcas, Átropo, Cloto e Láquesis, responsáveis pelo tecer e pelo cortar das linhas do destino dos homens.

18   *Vila*: no contexto romano, "vila" refere-se a uma propriedade normalmente rural de uma família com posses; na sua origem dedicava-se fundamentalmente a explorações agrárias, evoluindo paulatinamente para o luxo e a elegância que as caracterizará no imaginário ocidental.

18   *Flavo Tibre*: para o epíteto habitual deste rio, cf. nota a I, 2, 13.

21   *Ínaco*: filho de Oceano e de Tétis, foi o primeiro rei de Argos. Segundo algumas versões do mito, alguns dos seus descendentes colonizaram a Itália.

24   *Orco*: outro nome para Plutão, o deus dos Infernos.

26   *Urna*: Horácio refere-se aqui à urna de voto; o "sorteio" tem a ver com a data precisa da morte de cada um de nós.

27   *Na barca*: particularmente a barca de Caronte, que transporta as almas dos mortos através do Aqueronte, rio dos Infernos.

II, 4

Ne sit ancillae tibi amor pudori,
Xanthia Phoceu, prius insolentem
serva Briseis niveo colore
    movit Achillem;

movit Aiacem Telamone natum 5
forma captivae dominum Tecmessae;
arsit Atrides medio in triumpho
    virgine rapta,

barbarae postquam cecidere turmae
Thessalo victore et ademptus Hector 10
tradidit fessis leviora tolli
    Pergama Grais.

Nescias an te generum beati
Phyllidis flavae decorent parentes:
regium certe genus et penatis 15
    maeret iniquos.

Crede non illam tibi de scelesta
plebe delectam, neque sic fidelem,
sic lucro aversam potuisse nasci
    matre pudenda. 20

Bracchia et voltum teretesque suras
integer laudo; fuge suspicari
cuius octavum trepidavit aetas
    claudere lustrum.

II, 4

Não te envergonhes, Xântias de Fócide,
por amares uma escrava: já antes de ti Briseide,
serva de nívea cor, do arrogante Aquiles
    o coração conquistou;

a formosura da cativa Tecmessa   5
de amores tomou o seu dono, Ájax filho de Télamon;
e o Atrida, enquanto o seu triunfo celebrava,
    de paixão ardia pela virgem raptada,

depois de as bárbaras hostes terem sucumbido
ao poder de um tessálio vencedor, e a morte de Heitor   10
aos cansados Gregos ter oferecido
    uma Troia mais fácil de destruir.

Tu não sabes se a loura Fílis tem pais ricos,
que a ti te honrariam como seu genro:
de certo é sua família real, e lamenta agora   15
    os adversos Penates.

Acredita: a tua amada da criminosa plebe não veio,
nem uma mulher assim fiel,
assim desinteressada, de uma mãe vergonhosa
    nascido poderia ter.   20

Os seus braços, o seu rosto, as suas pernas bem torneadas
louvo, mas sem malícia! Não suspeites de alguém
cuja quarta década o tempo
    se esforçou por selar!

1-12. *Xântias, não te envergonhes por amares uma escrava. O mesmo aconteceu a Aquiles, Ájax e Agamêmnon. 13-20. Não sabes, aliás, se essa escrava, Fílis, não vem de uma família de reis: o seu caráter nobre assim o parece indicar. 21-4. Louvo a sua beleza, mas sem malícia: não suspeites de um homem que já fez quarenta anos!*

1   *Xântias de Fócide*: nome grego do adjetivo grego ξανθός (*xanthos*), que significa "louro", "fulvo". A Fócide é uma região da Ásia Menor.

2   *Briseide*: a escrava que motivou a cólera de Aquiles narrada pela *Ilíada*, pois Agamêmnon confiscou-a ao herói grego, desrespeitando-o.

5   *Tecmessa*: filha de Teleutante, foi raptada da Frígia por Ájax, filho de Télamon, com quem viveu em Troia, até à morte do herói. No *Ájax* de Sófocles, onde tem um papel importante, surge como mulher dedicada e zelosa mãe.

7   *Atrida*: trata-se aqui de Agamêmnon (filho de Atreu). A virgem de que se fala a seguir é Cassandra, feita escrava depois da tomada de Troia.

10   *Tessálio vencedor*: Aquiles.

12   *Troia*: na realidade, no latim lemos Pérgamo, nome dado à cidadela de Troia (não confundir com Pérgamo, a cidade da Mísia).

13   *Fílis*: tal como Xântias, é um nome modelado do grego. O nome vem de φύλλον (*phyllon*), "folha de árvore", "folha", o que sugere a cor presente também no nome Xântias.

16   *Penates*: divindades romanas que protegem o lar.

23   *Quarta década*: em latim lê-se "oito lustros"; o lustro era um sacrifício expiatório feito pelos censores de cinco em cinco anos (5 x 8 = 40).

II, 5

Nondum subacta ferre iugum valet
cervice, nondum munia comparis
    aequare nec tauri ruentis
        in venerem tolerare pondus.

Circa virentis est animus tuae   5
campos iuvencae, nunc fluviis gravem
    solantis aestum, nunc in udo
        ludere cum vitulis salicto

praegestientis. Tolle cupidinem
immitis uvae: iam tibi lividos   10
    distinguet Autumnus racemos
        purpureo varius colore.

Iam te sequetur; currit enim ferox
aetas et illi quos tibi dempserit
    apponet annos; iam proterva   15
        fronte petet Lalage maritum,

dilecta quantum non Pholoe fugax,
non Chloris albo sic umero nitens
    ut pura nocturno renidet
        luna mari, Cnidiusve Gyges,   20

quem si puellarum insereres choro,
mire sagaces falleret hospites
    discrimen obscurum solutis
        crinibus ambiguoque vultu.

II, 5

No seu não domado pescoço não tem ela ainda força
para carregar o jugo, nem para igualar
    o esforço do companheiro, nem para suportar
        o peso de um touro que em amor se lança.

O pensamento dessa tua bezerra nos verdes campos está,   5
ora aplacando nos ribeiros o calor ardente
    ora anelando por brincar
        com os outros bezerros

no úmido salgueiral. Afasta de ti o desejo
pela uva não madura: em breve o variado outono   10
    para ti de cor púrpura pintará
        os cachos agora lívidos;

em breve ela te há-de seguir: indomável corre o tempo,
dando a ela os anos que a ti retirou.
    Em breve Lálage da impudente testa   15
        um marido procurará,

ela, por ti mais amada do que a fugidia Fóloe,
do que Clóris, cujo alvo ombro brilha
    como a pura lua na noite do mar reluz,
        ou do que Giges de Cnido: 20

se numa dança de raparigas este rapaz pusesses,
os mais perspicazes convidados com assombro enganaria,
    de tal modo são sutis as diferenças que existem
        nos seus soltos cabelos e ambíguo rosto.

1-9. Essa tua vitela ainda não está pronta para suportar o peso de um touro ena-morado; é uma bezerra que ainda só pensa em brincar com os da sua idade. 9-16. Deixa-a estar, por agora! É que o tempo passa, e em breve Lálage estará na ida-de certa, à procura de um companheiro. 17-24. Bem sei que tu a amas mais do que a Fóloe, Clóris, ou até do que a Giges, esse rapaz de formas ambíguas que, numa dança de raparigas, não se distinguiria delas.

2   *Nem para igualar...*: no duplo jugo (cf. nota a I, 35, 28) é preciso que os dois ani-mais tivessem forças e tamanhos semelhantes. A metáfora é aqui aplicada à con-vivência *conjugal* (que tem aliás uma etimologia próxima).

15   *Lálage*: para o nome, cf. nota a I, 22, 10.

17   *Fóloe*: para o nome, cf. nota a I, 33, 7.

18   *Clóris*: do grego χλωρός (*chlôros*), "pálido", "de cor clara". Esta personagem surge também em III, 15, em que aparece também Fóloe, ambas no v. 7.

20   *Giges de Cnido*: nome grego, também presente em III, 7, 5; sua cidade de origem (Cnido) é normalmente associada ao culto de Afrodite (cf. nota a I, 30, 1).

22   *Os mais perspicazes convidados*: referência à embaixada de Ulisses e Diomedes a Aquiles, quando este se disfarçava de mulher, tentando escapar à guerra de Troia (cf. nota a I, 8, 14).

II, 6

Septimi, Gadis aditure mecum et
Cantabrum indoctum iuga ferre nostra et
barbaras Syrtis, ubi Maura semper
    aestuat unda,

Tibur Argeo positum colono   5
sit meae sedes utinam senectae,
sit modus lasso maris et viarum
    militiaeque!

Unde si Parcae prohibent iniquae,
dulce pellitis ovibus Galaesi   10
flumen et regnata petam Laconi
    rura Phalantho.

Ille terrarum mihi praeter omnis
angulus ridet, ubi non Hymetto
mella decedunt viridique certat   15
    baca Venafro,

ver ubi longum tepidasque praebet
Iuppiter brumas, et amicus Aulon
fertili Baccho minimum Falernis
    invidet uvis.   20

Ille te mecum locus et beatae
postulant arces; ibi tu calentem
debita sparges lacrima favillam
    vatis amici.

II, 6

Septímio, tu que comigo a Gades irias, e à Cantábria,
que o nosso jugo não aprendeu a carregar,
e às bárbaras Sirtes, onde sempre
    o mar dos Mouros fervilha:

tomara que Tíbur, fundado pelo colono argivo,   5
a última morada seja da minha velhice.
Para mim, que estou cansado, que seja o fim
    dos mares, das estradas, das guerras!

Mas se desfavoráveis as Parcas daí me afastarem
o doce rio Galeso procurarei, com suas ovelhas   10
de couro vestidas, ou as terras onde reinou
    o espartano Falanto.

Este canto do mundo, mais do que nenhum outro,
para mim sorri; onde o mel nada deixa a desejar
ao de Himeto, onde a azeitona rivaliza   15
    com a do verdejante Venafro,

onde Júpiter longas primaveras
e quentes invernos concede, e Áulon,
amado pelo fértil Baco, não inveja
    as uvas de Falerno.   20

Este lugar e estas ditosas colinas
por mim e por ti chamam; aí com lágrima devida
a quente cinza espargirás
    do teu amigo poeta.

1-8. Meu amigo Septímio, bem sei que combaterias a meu lado em qualquer parte do mundo; é meu desejo, porém, retirar-me para Tíbur, cansado que estou de viagens e de guerras. 9-20. Mas se aí não puder passar a minha velhice, então que me possa acolher Tarento, terra fértil, celebrada pelo seu mel, pelas suas azeitonas, pelo seu vinho, terra de clima ameno e suave. 21-4. Aqui me irás visitar, e quando chegar a hora, aqui me prestarás as últimas honras.

1   *Septímio*: numa das suas epístolas (I, 9), Horácio recomenda este mesmo Septímio a Tibério. Sabemos que teve alguma influência no círculo de Augusto, uma vez que o próprio imperador se lhe refere numa carta a Horácio (cf. Suetônio, *Vida de Horácio*, 30 ss.). Além destas referências, pouco mais sabemos sobre esta personagem; Porfírio considera-o cavaleiro.

1   *Gades*: atual Cádiz. A referência neste caso sugere uma grande distância.

1   *Cantábria*: esta região do norte da Hispânia ofereceu notável resistência ao Império Romano. O próprio Augusto lidera em 26-25 a.C. uma campanha contra este povo, mas só em 20 a.C. Agripa logra a sua rendição total.

3   *Sirtes*: referência aos bancos de areia dos dois golfos da Líbia (*Syrtis maior* e *Syrtis minor*). Noutro passo, Horácio refere-se igualmente ao calor intenso que se vive nestas paragens (cf. I, 22, 5).

5   *Tíbur*: para outro poema onde se celebra esta terra a cerca de 24 km a leste de Roma, cf. I, 7.

5   *Colono argivo*: segundo Nisbet e Hubbard (1978) trata-se de Tiburno, e não de Cátilo (cf. I, 18, 2). Tiburno é herói epônimo fundador de Tíbur. É filho de Anfiarau, daí que se diga que ele veio de Argos.

10   *Rio Galeso*: rio (atual Galaso) da zona de Tarento. A estrofe concentra-se agora nesta região.

10-1 *Ovelhas de couro vestidas*: a lã destas ovelhas de Tarento era de tal modo preciosa que os animais eram cobertos como uma espécie de casaco de couro para proteger a lã, o que aliás era um costume ático.

12   *Falanto*: o mítico fundador de Tarento. Durante a guerra da Messênia, os Lacedemônios que se recusaram a participar no confronto foram reduzidos à escravatura. Falanto, que se contava entre eles, liderou então uma malsucedida revolta contra esta situação. Conseguiram no entanto fugir para a Itália, onde ele fundou Tarento, seguindo um oráculo de Delfos.

13   *Este canto do mundo*: continua-se a falar de Tarento.

15   *Himeto*: montanha de Atenas celebrada pelo seu mel.

16   *Venafro*: vila no vale Volturno, na Campânia, particularmente famosa pelas suas oliveiras. Baco é o deus principal desta zona da Itália, e daí a referência a este deus poucos versos à frente.

18   *Áulon*: montanha da região de Tarento.

20   *Falerno*: o mesmo vinho afamado da região da Campânia, celebrado tantas vezes por Horácio (cf. I, 20, 11; I, 27, 10; II, 3, 8).

23 *Quente cinza*: era costume entre os latinos espargir com água ou vinho as cinzas ainda quentes dos defuntos. Repare-se no singular de *lacrima*, "lágrima", e de *favilla*, "cinza", nos versos: marcam não só a sobriedade do ato como também a sua efemeridade.

II, 7

O saepe mecum tempus in ultimum
deducte Bruto militiae duce,
  quis te redonavit Quiritem
    dis patriis Italoque caelo,

Pompei, meorum prime sodalium?   5
Cum quo morantem saepe diem mero
  fregi coronatus nitentis
    malobathro Syrio capillos.

Tecum Philippos et celerem fugam
sensi relicta non bene parmula,   10
  cum fracta virtus, et minaces
    turpe solum tetigere mento.

Sed me per hostis Mercurius celer
denso paventem sustulit aere;
  te rursus in bellum resorbens   15
    unda fretis tulit aestuosis.

Ergo obligatam redde Iovi dapem
longaque fessum militia latus
  depone sub lauru mea, nec
    parce cadis tibi destinatis.   20

Oblivioso levia Massico
ciboria exple; funde capacibus
  unguenta de conchis. Quis udo
    deproperare apio coronas

II, 7

Meu amigo e primeiro de meus camaradas,
com quem tantas vezes sob o comando de Bruto
    por extremos perigos passei, quem te reentregou
        aos deuses dos nossos pais e ao céu de Itália,

e de novo te fez cidadão romano, Pompeu,   5
com quem tantas vezes o lento dia com o vinho
    mais curto tornei, coroando meus luzidios cabelos
        com o malóbatro da Síria?

Contigo Filipos conheci e a célere fuga,
sem honra abandonado o meu escudo, quando,   10
    desfeita toda essa Virtude, de ameaçadores homens
        os queixos sobre o torpe chão caíram.

Mas a mim, tomado de susto, através da linha inimiga
numa densa neblina o ligeiro Mercúrio levou,
    e a ti, uma onda, de novo te arrastando para a guerra,   15
        nas suas estuosas águas te tomou.

Oferece, pois, a Júpiter o banquete devido,
e repousa sob o meu loureiro teu corpo cansado
    da longa campanha; nem poupes os jarros
        que para ti destinei.   20

Enche os polidos copos egípcios com o vinho mássico
que faz esquecer; e verte das volumosas conchas
    os óleos perfumados. Quem cuidará
        de improvisar as coroas

curatve myrto? Quem Venus arbitrum 25
dicet bibendi? Non ego sanius
    bacchabor Edonis: recepto
        dulce mihi furere est amico.

de úmido aipo ou mirto? Quem designará Vênus   25
o senhor do banquete? Entrarei em báquico delírio
    não mais sóbrio do que os Edonos: é-me grato
        ensandecer quando se recupera um amigo.

1-8. Meu amigo Pompeu, com quem partilhei os perigos da guerra civil e os prazeres do banquete: que bom voltares a Roma como cidadão de pleno direito! Quem te concedeu uma tal benesse? 9-16. Estivemos juntos em Filipos, do lado dos republicanos, e vimos os nossos líderes tombarem. Mas enquanto eu escapei da batalha, tu foste arrastado para novos conflitos. 17-28. Façamos, pois, um banquete, e descansa enfim sob o meu loureiro. É hora de beber sem comedimento: assim se celebra o regresso de um amigo!

2   *Bruto*: em 44 a.C., ainda jovem, Horácio tomou o partido dos republicanos, provavelmente devido à presença de Bruto em Atenas nessa altura, onde Horácio se encontrava. Sob a liderança de Bruto lutou na batalha de Filipos (42 a.C.) que opôs o último reduto dos republicanos, Cássio e Bruto, a Otaviano e Antônio. Estes dois últimos venceram, e os líderes republicanos suicidaram-se. As propriedades de Horácio foram confiscadas, mas o poeta pôde voltar a Roma.

5   *Pompeu*: pouco sabemos deste Pompeu Varo, como lhe chama Porfírio, além do que nos diz Horácio nesta ode, ou seja, que foi seu colega na batalha de Filipos, combatendo ao lado dos republicanos. Nisbet e Hubbard (*ad loc.*) conjecturam a partir da quarta estrofe que, depois da derrota em Filipos, o militar romano passou a servir Sexto Pompeu (de quem pode ter recebido o nome), e após a sua derrota em 36 terá apoiado Antônio; mais tarde, depois da batalha de Áccio, regressou a Roma, mercê da anistia dada por Augusto em 30 a.C. Será pois este regresso que Horácio aqui celebra, aproveitando para agradecer a Augusto a sua benevolência, gratidão camuflada na pergunta introduzida por "quem".

8   *Malóbatro*: uma especiaria, provavelmente de origem síria, usada no fabrico de unguentos, perfumes e medicamentos.

10   *Abandonando o meu escudo*: uma imitação de Arquíloco (fr. 6 Diehl): "Algum Saio se ufana agora com o meu escudo, arma excelente,/ que deixei ficar, bem contra a minha vontade, num matagal./ Mas salvei a vida. Que me importa aquele escudo?/ Deixá-lo! Hei-de comprar outro que não seja pior" (trad. M. H. Rocha Pereira). O desprendimento em relação a tal batalha realça a sua indiferença em relação a um combate onde lutava do lado "errado", por arrebatamento de juventude: uma espécie de nota de rodapé para Augusto.

11   *Desfeita toda essa Virtude*: é preciso atentar num certo tom irônico; há aqui uma referência ao inquebrável estoicismo de Bruto (a *Virtus* era um dos pilares do estoicismo), que no entanto acabou por ser derrotado.

21   *Copos egípcios... vinho mássico*: o "copo egípcio", em latim *ciborium* (*cibório*), é um recipiente com a forma da vagem da fava-do-Egito (uma espécie de inhame). Para o vinho mássico, cf. nota a I, 1, 19.

26   *Senhor do banquete*: à letra, o "árbitro do beber". Para a figura, cf. nota a I, 4, 18. É Vênus quem o escolhe pela seguinte razão: depois de todos os convivas lançarem os dados, a quem saísse o "lanço de Vênus" (quando cada dado ficava com uma face diferente das outras) ficava o encargo de ser o "senhor do banquete".

27   *Edonos*: povo da Trácia.

II, 8

Vlla si iuris tibi peierati
poena, Barine, nocuisset umquam,
dente si nigro fieres vel uno
    turpior ungui,

crederem. Sed tu, simul obligasti   5
perfidum votis caput, enitescis
pulchrior multo iuvenumque prodis
    publica cura.

Expedit matris cineres opertos
fallere et toto taciturna noctis   10
signa cum caelo gelidaque divos
    morte carentis.

Ridet hoc, inquam, Venus ipsa, rident
simplices Nymphae, ferus et Cupido,
semper ardentis acuens sagittas   15
    cote cruenta.

Adde quod pubes tibi crescit omnis,
servitus crescit nova, nec priores
impiae tectum dominae relinquunt,
    saepe minati.   20

Te suis matres metuunt iuvencis,
te senes parci, miseraeque nuper
virgines nuptae, tua ne retardet
    aura maritos.

II, 8

Se algum castigo tivesses sofrido
por um falso juramento, Barine,
e se um dente negro ou uma marca na unha
    mais feia te tornasse,

acreditaria. Mas assim que juraste   5
pela tua mentirosa cabeça,
muito mais bela brilhas, passeando-te assim,
    qual público tormento dos jovens.

É-te vantajoso jurar em falso pelas cinzas
cobertas de tua mãe, pelas silentes estrelas   10
da noite com céu e tudo, e pelos deuses
    que desconhecem a fria morte:

disto — eu o digo — se ri a própria Vênus,
riem-se as singelas Ninfas, e o feroz Cupido,
que suas ardentes setas sempre aguça   15
    em cruenta pedra de amolar.

E há mais: todos os rapazes para ti crescem,
crescem novos escravos; e os antigos amantes
não abandonam o teto de tal ímpia senhora,
    mesmo amiúde ameaçados.   20

Temem-te as mães pelos seus filhinhos,
receiam-te os velhos avaros, e as tristes virgens,
recém-casadas, temem que a tua aura
    atrase os seus maridos...

1-8. *Se tivesses sofrido um castigo, Barine, por teres faltado a um juramento, acreditaria. Mas ficas ainda mais encantadora quando juras em falso!* 9-16. *És capaz de jurar pelo que quer que seja, desde que isso te traga vantagem; a própria Vênus e a sua corte se riem disto.* 17-24. *Os jovens crescem para te servir, nem te abandonam os amantes antigos; as mães, os pais sovinas, as recém-casadas, todos te temem.*

2 *Barine*: nome romano, embora "helenizado", talvez indicando uma liberta de Bário (Bari).

3 *Marca na unha*: na época existia a ideia de que quando se mentia cresciam pontos brancos nas unhas.

5-6 *Mas assim que juraste...*: traduzimos pelo sentido; o latim diz algo como "mas tu, assim que ligaste com votos a tua pérfida cabeça"; a ideia é a de que Barine prometeu a própria cabeça, caso fosse apanhada a mentir.

13 *Vênus*: para Vênus e seu cortejo, ver a ode I, 30, em que também é acompanhada pelas Ninfas e pelo Cupido.

II, 9

Non semper imbres nubibus hispidos
manant in agros aut mare Caspium
    vexant inaequales procellae
        usque, nec Armeniis in oris,

amice Valgi, stat glacies iners   5
mensis per omnis aut Aquilonibus
    querqueta Gargani laborant
        et foliis viduantur orni:

tu semper urges flebilibus modis
Mysten ademptum, nec tibi Vespero   10
    surgente decedunt amores
        nec rapidum fugiente solem.

At non ter aevo functus amabilem
ploravit omnis Antilochum senex
    annos, nec impubem parentes   15
        Troilon aut Phrygiae sorores

flevere semper. Desine mollium
tandem querellarum, et potius nova
    cantemus Augusti tropaea
        Caesaris et rigidum Niphaten,   20

Medumque flumen gentibus additum
victis minores volvere vertices,
    intraque praescriptum Gelonos
        exiguis equitare campis.

II, 9

Nem sempre das nuvens corre a chuva
sobre os campos agrestes, nem continuamente
    inconstantes tempestades o mar Cáspio
        fustigam, nem, na costa armênia,

amigo Válgio, se acumula todos os meses   5
o imóvel gelo, e nem sempre os carvalhais de Gargano
    pelos Áquilos são assolados,
        nem o freixo perde suas folhas.

Contudo, dia e noite com plangente música importunas tu
o perdido Mistes, e não te abandonam os amores,   10
    nem quando a Estrela da Tarde surge,
        nem quando ela foge do ligeiro sol.

Mas nem o velho que três gerações viveu
por toda a sua vida chorou o amável Antíloco,
    nem eternas lágrimas verteram   15
        os pais e as frígias irmãs

pelo impúbere Troilo. Renuncia enfim
a tais moles lamentos, cantemos nós antes
    os novos troféus de César Augusto,
        e o gelado Nifates,   20

e o rio Medo, que aos povos vencidos se juntou,
e que agora em menores voragens revolve, e os Gelonos,
    que entre prescritos limites cavalgam
        nos seus exíguos campos.

1-8. *O mau tempo não dura para sempre, Válgio, quer na Itália, quer nos limites orientais do Império. 9-17. Ainda assim, tu não deixas de chorar esse teu Mistes, dia e noite. Mas nem Nestor chorou a morte do seu filho para sempre, nem a família de Troilo lamentou eternamente a morte deste herói troiano... 17-24. Deixa-te desses queixumes: cantemos antes as novas vitórias de César Augusto, na fronteira oriental do Império.*

5   *Válgio*: pertencente ao ciclo de amigos de Horácio, Gaio Válgio Rufo foi um homem influente na sua época, chegando a cônsul sufecto em 12 a.C. Traduziu para o latim um manual de retórica de Apolodoro e escreveu uma obra incompleta sobre ervas medicinais. Foi também poeta, destacando-se nos mais diferentes gêneros; os versos 9-18 reportam-se provavelmente às suas elegias e ao ideário particular do gênero (cf. I, 33). Da sua obra chegaram-nos somente alguns fragmentos de elegias, editados por Courtney (*The Fragmentary Latin Poets*, Oxford, Clarendon Press, 1993, pp. 287-90).

6   *Gargano*: promontório da Apúlia, bem dentro do Adriático.

7   *Áquilos*: ventos do Norte.

10   *Mistes*: o nome vem do grego μύστης (*mystês*), "iniciado nos mistérios", sugerindo a ideia de um certo ritual de iniciação no amor. Suspeitamos que, se conhecêssemos mais da poesia de Válgio, poderíamos acrescentar um pouco mais sobre esta personagem. Ao contrário de outro nomes forjados por Horácio, o nome Mistes é um nome real, e encontra-se atestado em inscrições latinas (CIL 6.13405; 6.16094; 6.46970).

13   *O velho*: Nestor, o mais sábio e velho dos guerreiros aqueus na *Ilíada*, celebrado pelo mundo antigo pela sua prudência e bons conselhos.

14   *Antíloco*: valoroso guerreiro grego, lutou bravamente pelos Aqueus na guerra de Troia, tendo ganhado a corrida de cavalos inserida nos jogos em honra de Pátroclo, no canto XXIII da *Ilíada*. Terá sucumbido às mãos de Mêmnon, filho da Aurora, para salvar a vida de seu pai Nestor.

17   *Troilo*: o filho mais novo de Hécuba e Príamo. Morreu às mãos de Aquiles, pouco depois do início da guerra de Troia.

19   *César Augusto*: é a primeira vez, nas *Odes*, que César Otaviano é referido com o seu título de *Augustus* (Augusto). Foi somente em 27 a.C. que o *princeps* recebeu esta honra do Senado, por proposta de Munácio Planco (cf. nota a I, 7, 17): *Augustus* ("venerável", "respeitado", "sagrado") é, pois, um termo mais honorífico e religioso do que propriamente político.

20   *Nifates*: rio ou cordilheira situada no centro da Armênia.

21   *Rio Medo*: o Eufrates.

22   *Gelonos*: povo cita, que habita a leste do Tánais. A citação de todos estes povos está relacionada com as coevas conquistas diplomáticas de Augusto, em particular as embaixadas de povos distantes.

II, 10

Rectius vives, Licini, neque altum
semper urgendo neque, dum procellas
cautus horrescis, nimium premendo
    litus iniquum.

Auream quisquis mediocritatem   5
diligit, tutus caret obsoleti
sordibus tecti, caret invidenda
    sobrius aula.

Saepius ventis agitatur ingens
pinus et celsae graviore casu   10
decidunt turres feriuntque summos
    fulgura montis.

Sperat infestis, metuit secundis
alteram sortem bene praeparatum
pectus. Informis hiemes reducit   15
    Iuppiter, idem

summovet. Non, si male nunc, et olim
sic erit: quondam cithara tacentem
suscitat Musam neque semper arcum
    tendit Apollo.   20

Rebus angustis animosus atque
fortis appare; sapienter idem
contrahes vento nimium secundo
    turgida vela.

II, 10

Um curso mais reto na vida tomarás, Licínio,
se o mar alto não sempre acometeres, ou se,
por prudente medo de tempestades, da perigosa costa
    não te aproximares demasiado.

Quem quer que a áurea justa medida ame   5
a são e salvo à miséria se esquivará
de uma casa em ruínas, e sóbrio evitará
    o palácio que causa inveja.

Um alto pinheiro é mais frequentemente
pelos ventos fustigado, as excelsas torres   10
de mais alto caem, e os raios ferem
    os montes mais elevados.

Um coração bem prevenido uma outra sorte
na adversidade espera, na prosperidade teme.
Júpiter horrendos invernos traz   15
    e ele mesmo

os afasta. Se agora tudo corre mal,
não será sempre assim: Apolo, por vezes,
com a cítara a tácita Musa acorda, pois nem sempre
    retesa ele a corda do seu arco.   20

Na angústia, mostra-te forte e corajoso,
e do mesmo modo sabiamente recolherás
as enfunadas velas, quando o vento
    for demasiado propício.

1-12. *Levarás uma vida bem melhor, Licínio, se não te aventurares demasiado no mar alto, nem se navegares demasiado perto da costa. A virtude está numa justa medida: nem numa casa em ruínas, nem num palácio. Aliás, estar no topo nem sempre traz vantagem: vê o exemplo das árvores, das torres e das montanhas.* 13-24. *Um sábio espera pela adversidade na prosperidade, e nas alturas difíceis espera tempos melhores. Se agora tudo te parece correr mal, não te aflijas: Apolo não é só um deus destruidor, é também o deus da música e da poesia. Na angústia, sê corajoso, mas quando te parecer que tudo corre de feição, não baixes a guarda.*

1   *Licínio*: provavelmente Licínio Murena, irmão de Terência e de Proculeio (cf. nota a II, 2, 5), e portanto cunhado de Mecenas. Segundo Díon Cássio (54, 3), em 22 a.C., este mesmo Murena desafiou publicamente Augusto, perguntando-lhe diretamente por que razão se apresentava sem ter sido chamado: era costume da parte do imperador apresentar-se no tribunal quando queria apoiar publicamente um determinado réu, e é certo que tal ato se tornava rapidamente uma prova de peso a favor da inocência do acusado. De qualquer forma, o que não é de admirar, no mesmo ano Licínio foi condenado à morte, implicado na conjura de Cépio. Alguns comentadores veem assim neste poema um aviso pessoal ao próprio Murena, bem como um aviso público a todo aquele que desafiasse a autoridade de Augusto; outros preferem defender que o texto adota um tom sentencioso e geral, inspirado nos ensinamentos da Filosofia Antiga.

5   *Áurea justa medida*: a famosa *aurea mediocritas*, expressão que se tornou célebre nos estudos literários e não só. A ideia ecoa na filosofia aristotélica, em particular no conceito de μεσότης (*mesotês*), o estado médio entre dois extremos: para Aristóteles (cf. *Ética a Nicómaco*, 1106a 27s), a virtude residia num ponto intermédio entre dois excessos. A ideia, porém, é bastante comum na cultura grega, como atesta o famoso oráculo de Delfos, μηδὲν ἄγαν (*mêden agan*): "nada em excesso". A tradução de *mesotês* por *mediocritas* parece ter sido cunhada por Cícero (cf. *Brut.*, 149; *Tusc.*, 3, 22; *Off.*, 1, 89).

II, 11

Quid bellicosus Cantaber et Scythes,
Hirpine Quincti, cogitet Hadria
    divisus obiecto, remittas
        quaerere, nec trepides in usum

poscentis aevi pauca: fugit retro   5
levis iuventas et decor, arida
    pellente lascivos amores
        canitie facilemque somnum.

Non semper idem floribus est honor
vernis, neque uno Luna rubens nitet   10
    vultu: quid aeternis minorem
        consiliis animum fatigas?

Cur non sub alta vel platano vel hac
pinu iacentes sic temere et rosa
    canos odorati capillos,   15
        dum licet, Assyriaque nardo

potamus uncti? dissipat Euhius
curas edaces. Quis puer ocius
    restinguet ardentis Falerni
        pocula praetereunte lympha?   20

Quis devium scortum eliciet domo
Lyden? Eburna dic age cum lyra
    maturet incomptam Lacaenae
        more comas religata nodum.

II, 11

Deixa de perguntar, Quinto Hirpino,
o que planeia o belicoso Cântabro,
    e o Cita — o Adriático separa-nos dele!
        E não te preocupes

com o que precisas na vida, que tão pouco pede.   5
Para trás foge a macia juventude, e a beleza,
    e a seca velhice os fogosos amores arreda,
        e o sono fácil.

O encanto das vernantes flores para sempre não dura,
nem a lua corando brilha num só gesto: 10
    por que fatigas tu a alma com eternos pensamentos
        que a excedem?

Por que não antes beber enquanto é tempo, assim sem mais,
deitados sob um alto plátano ou sob este pinheiro,
    perfumando os brancos cabelos   15
        com a rosa,

ungindo-os com assírio nardo? Dissipa Évio
os vorazes cuidados. Que rapaz irá lestamente
    o fogo do vinho falerno extinguir
        com a água que corre?   20

Quem fará sair de sua casa Lide, fugidia cortesã?
Vamos, diz-lhe que se apresse com sua lira de marfim,
    atando seus despenteados cabelos num nó,
        como é hábito de uma Espartana.

1-12. *Não te preocupes, Quinto Hirpino, com o que os nossos inimigos planejam, nem com o que precisas na vida, que pede tão pouco. A beleza e a juventude não duram para sempre: não penses demasiado.* 13-24. *Porque não havemos antes de beber um copo à sombra de uma árvore, perfumando os nossos cabelos já grisalhos? Rapaz, vai buscar água ao ribeiro para misturar com o vinho, e vai chamar a exótica e esquiva Lide, para que nos possa deleitar com a sua presença e com a sua música.*

1   *Quinto Hirpino*: provavelmente o mesmo da Epístola I, 16. Pouco sabemos desta personagem mais do que o que é dito aqui e na epístola citada: é alguém rico, que ocupa um cargo importante na sociedade. Nisbet e Hubbard (*ad loc.*) esforçam-se por identificá-lo com um certo Gaio Quinto, patrono dos Hirpinos, povo da região de Sâmnio (a leste do Lácio), sendo *Hirpine* não um *cognomen*, mas sim uma referência à sua terra.

2   *Cântabro*: cf. nota a II, 6, 1. Para os Citas, cf. nota a I, 19, 10.

17   *Nardo*: perfume feito a partir do nardo, uma planta cultivada no Oriente.

17   *Évio*: Baco, de εὐοῖ, "Evoé", o grito das bacantes.

19   *O fogo do vinho falerno*: na Antiguidade, os vinhos eram quase sempre diluídos em água (cf. nota a I, 4, 18). Para o vinho falerno, cf. nota a I, 20, 9-11.

21   *Lide*: do grego Λύδη (*Lydê*), "mulher da Lídia". Tal como Lídia, o seu nome sugere um certo exotismo.

II, 12

Nolis longa ferae bella Numantiae
nec durum Hannibalem nec Siculum mare
Poeno purpureum sanguine mollibus
    aptari citharae modis,

nec saevos Lapithas et nimium mero   5
Hylaeum domitosque Herculea manu
Telluris iuvenes, unde periculum
    fulgens contremuit domus

Saturni veteris; tuque pedestribus
dices historiis proelia Caesaris,   10
Maecenas, melius ductaque per vias
    regum colla minacium.

Me dulces dominae Musa Licymniae
cantus, me voluit dicere lucidum
fulgentis oculos et bene mutuis   15
    fidum pectus amoribus,

quam nec ferre pedem dedecuit choris
nec certare ioco nec dare bracchia
ludentem nitidis virginibus sacro
    Dianae celebris die.   20

Num tu quae tenuit dives Achaemenes
aut pinguis Phrygiae Mygdonias opes
permutare velis crine Licymniae,
    plenas aut Arabum domos,

II, 12

As longas guerras da feroz Numância, o cruel Aníbal,
o mar da Sicília, púrpuro da cor do sangue púnico:
decerto não queres tu que tais temas adaptados sejam
    aos delicados ritmos da cítara,

nem os cruéis Lápitas, nem os bêbados excessos de Hileu,   5
nem os jovens filhos da Terra pela mão de Hércules vencidos,
perante cujo perigo tremeu a fulgente casa
    do velho Saturno.

E tu, Mecenas, em prosa melhor celebrarás
a história dos combates de César,   10
e de reis ameaçadores, que pelos pescoços
    arrastados foram pelas ruas.

Quanto a mim, a Musa quis que celebrasse
as doces melodias de minha senhora Licímnia,
os seus olhos que radiosos brilham, o seu coração tão fiel   15
    a amores correspondidos.

Não é menor sua graça quando nos coros dança,
quando em jogos e gracejos compete, nem quando,
no sagrado dia de Diana, no seu concorrido templo,
    às resplandecentes virgens os braços dá dançando.   20

Tu não quererias decerto trocar tudo o que o abastado
Aquêmenes possui, as riquezas de Mígdon na fértil Frígia,
as opulentas casas dos Árabes,
    por uma madeixa de Licímnia,

cum flagrantia detorquet ad oscula   25
cervicem aut facili saevitia negat,
quae poscente magis gaudeat eripi,
    interdum rapere occupet?

quando ela o seu pescoço aos beijos ardentes oferece,   25
ou os nega em vencível crueldade, ela que aprecia
os beijos roubados mais do que quem os pede,
　ela, a primeira por vezes a furtá-los?

1-12. *A poesia lírica não é o espaço para temas bélicos ou mitológicos. Tu, Mecenas, celebrarás melhor em prosa os feitos militares de César. 13-20. Quanto a mim, interessa-me mais celebrar a beleza, a fidelidade e a graciosidade de Licímnia. 21-8. Pois não trocarias tu todas as riquezas do Oriente por uma madeixa do seu cabelo, quando ela se inclina para te negar um beijo, ou para to roubar?*

1   *Numância*: região habitada por alguns Celtiberos no Alto Douro. No século II a.C. lutaram aguerridamente com Roma, em guerra que durou desde 195 até 133, data em que Cipião Emiliano (o destruidor de Cartago) dominou este povo. O seu epíteto (*feroz*) tem uma razão de ser: os Romanos horrorizaram-se com os seus costumes canibais, bem como com o seu suicídio em massa depois de terem sido derrotados. Os comentadores costumam igualmente fazer referência às guerras da Cantábria (cf. nota a II, 6, 1), zona que fica não muito longe desta zona.

2   *Mar da Sicília*: particularmente as batalhas de Milas (260 a.C.), a primeira grande vitória naval romana, vencida pelo cônsul Duílio, e a batalha das ilhas Egates (março de 241), vencida também graças ao cônsul Gaio Lutácio Cátulo. Todas estas batalhas passaram-se no contexto da Primeira Guerra Púnica, e travaram-se na zona do mar da Sicília. Por outro lado, a referência a este mar facilmente sugeriria a um romano a recente guerra de Otaviano contra Sexto Pompeu, particularmente uma outra batalha de Milas (em 36 a.C.), vencida por Agripa. "Púnico" é uma outra designação latina para "cartaginês".

5   *Lápitas*: cf. nota a I, 18, 8.

5   *Hileu*: Centauro que participou na guerra entre os Lápitas e os Centauros, tendo sido morto, segundo algumas tradições, por Teseu.

6   *Jovens filhos da Terra*: os Gigantes (cf. Hesíodo, *Teogonia*, 184 ss.), nascidos da Terra (*Terra Mater*, Geia, Telure). Era um mito recorrente o da Gigantomaquia, guerra que opôs os Gigantes aos deuses do Olimpo (*a casa do velho Saturno*), vencida pelos últimos — particularmente Júpiter e Atena. Segundo um oráculo, tal guerra só seria vencida pelos deuses se contassem com o auxílio de um mortal: Hércules foi o homem escolhido para o feito e, segundo algumas versões do mito, matou os gigantes Alcioneu e Porfírion, auxiliando os deuses na empresa.

9   *Mecenas*: não há notícia certa de que Mecenas tenha alguma vez escrito em prosa histórica as façanhas de Augusto (talvez a guerra de Filipos). Para Mecenas, cf. nota a I, 1, 1.

14 *Licímnia*: este nome tem sido alvo das mais diversas polêmicas; tudo depende da interpretação que se faça de *domina*, que tanto pode ser lido como um afetuoso e íntimo "senhora (do meu coração)" ou como "patrona". Se considerarmos a última hipótese, então é bem provável que se trate de Terência, esposa de Mecenas; um dos *nomina* da sua família era efetivamente Licímnia, embora não pareça que o tenha usado muitas vezes. Se seguirmos a primeira interpretação, podemos ler então simplesmente o nome de uma amada de Horácio (pode vir do verbo grego ὑμνεῖν, *hymnein*, "cantar").

22 *Aquêmenes*: o lendário fundador da dinastia com o seu nome, na Pérsia. A riqueza dos reis persas é proverbial.

22 *Mígdon*: um dos aliados de Príamo na guerra de Troia, reinava numa parte da Frígia.

II, 13

Ille et nefasto te posuit die
quicumque primum, et sacrilega manu
    produxit, arbos, in nepotum
        perniciem opprobriumque pagi;

illum et parentis crediderim sui   5
fregisse cervicem et penetralia
    sparsisse nocturno cruore
        hospitis; ille venena Colcha

et quidquid usquam concipitur nefas
tractavit, agro qui statuit meo   10
    te triste lignum, te caducum
        in domini caput immerentis.

Quid quisque vitet numquam homini satis
cautum est in horas: navita Bosphorum
    Poenus perhorrescit neque ultra   15
        caeca timet aliunde fata;

miles sagittas et celerem fugam
Parthi, catenas Parthus et Italum
    robur; sed inprovisa leti
        vis rapuit rapietque gentis.   20

Quam paene furvae regna Proserpinae
et iudicantem vidimus Aeacum
    sedesque discriptas piorum et
        Aeoliis fidibus querentem

II, 13

Quem quer que primeiro te plantou, árvore,
fê-lo em dia nefasto, e com sacrílega mão
    crescer te fez para perdição da descendência
      e para desgraça da comunidade:

acreditaria pois se esse alguém quebrado tivesse   5
o pescoço do pai, e derramado o sangue noturno
    de um hóspede sobre o altar dos Penates.
      Decerto lidou com os venenos da Cólquida,

e com todo o tipo de crimes planeados e conhecidos,
esse mesmo que no meu campo te plantou,   10
    a ti, miserável tronco, tu que sobre a cabeça
      do teu inocente senhor quase caíste.

Hora a hora não pode o homem suficientemente se precaver
daquilo que deve evitar. Tremendo de medo,
    atravessa o púnico marinheiro o Bósforo, e já a salvo   15
      não teme a morte, que não vê vir do outro lado.

O soldado as setas e a rápida fuga do Parto teme,
o Parto as correntes e as masmorras dos Itálicos receia;
    mas é o inesperado golpe da morte
      que o homem rapta e sempre há-de raptar.   20

Quão perto estivemos de ver os reinos
da sombria Prosérpina, e o juiz Éaco
    e as moradas destinadas aos bem-aventurados,
      e Safo à sua eólia lira queixando-se

Sappho puellis de popularibus,   25
et te sonantem plenius aureo,
    Alcaee, plectro dura navis,
        dura fugae mala, dura belli!

Vtrumque sacro digna silentio
mirantur umbrae dicere; sed magis   30
    pugnas et exactos tyrannos
        densum umeris bibit aure vulgus.

Quid mirum, ubi illis carminibus stupens
demittit atras belua centiceps
    auris et intorti capillis   35
        Eumenidum recreantur angues?

Quin et Prometheus et Pelopis parens
dulci laborem decipitur sono,
    nec curat Orion leones
        aut timidos agitare lyncas.   40

das raparigas de sua terra, e a ti, Alceu,   25
com áureo plectro em mais sonantes melodias entoando
    as provações da vida do mar, as provações cruéis
        do exílio, as provações da guerra!

As sombras dos mortos os dois admiram, quando estes
palavras dignas de um sacro silêncio cantam; mas mais atenta,   30
    a turba, encostando-se ombro a ombro, embeber se deixa
        em histórias de batalhas e depostos tiranos.

Que há de admirar, quando a besta das cem cabeças,
encantada por tais cantos, as negras orelhas baixa,
    e voltam à vida as serpentes   35
        que nos cabelos das Eumênides se entrelaçam?

Até Prometeu e o pai de Pélops se esquecem
dos seus sofrimentos, seduzidos por tão mavioso som,
    e Oríon dá sossego aos leões
        e aos tímidos linces.   40

1-12. *Era com certeza um criminoso da pior espécie, habituado a todo tipo de delitos e sacrilégios, aquele que plantou aquela árvore que me caiu em cima.* 13-20. *Ninguém pode evitar o perigo, por mais cautelas que tome. O soldado romano teme o soldado inimigo, e este o romano: mas a morte vem de onde menos esperamos.* 21-8. *Quão perto estive de morrer! Ao menos, já nos Infernos, poderia ter ouvido as belas odes de Safo e Alceu.* 29-40. *Os espíritos dos mortos admiram o seu canto, e até os monstros infernais, como Cérbero e as Eumênides, se deixam encantar por eles. Quando eles cantam, cessam os tormentos eternos de Prometeu, Tântalo e Oríon.*

4   *Comunidade*: provavelmente Mandela, distrito a que a propriedade de Horácio pertencia (cf. Epístola I, 18, 104 ss.).

6   *Sangue noturno*: isto é, à noite.

8   *Cólquida*: a pátria de Medeia, proverbialmente conhecida pela sua feitiçaria, assim como sua tia Circe.

11   *Miserável tronco*: este episódio da vida de Horácio, em que uma árvore caindo na sua propriedade de Sabina quase lhe roubou a vida, foi recuperado em II, 17, 27 ss., III, 4, 27, e também em III, 8, 7-8.

15   *Bósforo*: estreito que separa o Mar Negro do Mar de Mármara, na atual Turquia. Este mesmo estreito é classificado como "insano" em III, 4, 30, uma personificação que sublinha o extremo perigo que era atravessá-lo (cf. também nota a II, 20, 14). "Púnico" deve aqui designar Fenício (os Fenícios estavam associados ao Bósforo, além de serem um exemplo típico de marinheiros).

17   *Parto*: para a estratégia dos Partos de, embora fugindo, conseguirem lançar flechas, cf. nota a I, 19, 11.

22   *Éaco*: o lendário rei dos Mirmidões, celebrado pela sua imparcial justiça, que o levou a condenar ao exílio os próprios filhos, Télamon e Peleu, por terem assassinado o seu meio-irmão Foco. Segundo uma tradição não homérica, depois da sua morte, Éaco passou a figurar ao lado de Radamante e Minos como juiz dos mortos.

24   *Eólia lira*: diz-se porque Safo e Alceu escreveram seus poemas no dialeto eólico (cf. III, 30, 13 e nota a IV, 3, 12).

33   *Besta das cem cabeças*: Cérbero, o cão do Hades, que impedia os mortos de sair e os vivos de entrar nas profundezas. Normalmente, os poetas referem-se-lhe como o cão das três cabeças, que é a versão mais corrente do mito.

36   *Eumênides*: as Fúrias latinas ou Erínias. São das mais antigas divindades da Hélade; não reconhecendo a autoridade do próprio Zeus, obedecem exclusivamente às suas próprias leis. As três Eumênides — Alecto, Tisífone e Megera — são comumente representadas com chicotes na mão, e nos cabelos delas entrelaçam-se serpentes.

37   *Prometeu e o pai de Pélops*: referência a algumas das personagens que sofrem castigos eternos no Hades. Prometeu, cujo suplício é normalmente colocado no Cáucaso e não no Hades, estava preso a um rochedo, onde continuamente uma águia lhe devorava o fígado que sempre se renovava (para outra referência a Prometeu nas *Odes*, ver nota a I, 3, 27). O pai de Pélops, Tântalo, foi condenado a procurar água e comida, que eternamente lhe fugiam (sobre Pélops, cf. nota a I, 6, 8).

39   *Oríon*: Gigante caçador, filho de Euríale e de Posêidon. Segundo algumas versões do mito (cf. III, 4, 70-2), teria sido morto por Ártemis quando a tentou violar, e condenado a penas eternas.

II, 14

Eheu fugaces, Postume, Postume,
labuntur anni nec pietas moram
　　　rugis et instanti senectae
　　　　　adferet indomitaeque morti:

non si trecenis quotquot eunt dies,　　　　　　　5
amice, places illacrimabilem
　　　Plutona tauris, qui ter amplum
　　　　　Geryonen Tityonque tristi

compescit unda, scilicet omnibus,
quicumque terrae munere vescimur,　　　　　　10
　　　enaviganda, sive reges
　　　　　sive inopes erimus coloni.

Frustra cruento Marte carebimus
fractisque rauci fluctibus Hadriae,
　　　frustra per autumnos nocentem　　　　　15
　　　　　corporibus metuemus Austrum:

visendus ater flumine languido
Cocytos errans et Danai genus
　　　infame damnatusque longi
　　　　　Sisyphus Aeolides laboris:　　　　　20

linquenda tellus et domus et placens
uxor, neque harum quas colis arborum
　　　te praeter invisas cupressos
　　　　　ulla brevem dominum sequetur:

II, 14

Ah, Póstumo, Póstumo, quão fugazes
decorrem os anos, nem a devoção dará
    tardança às rugas e à instante velhice,
       e à indômita morte,

nem se a cada dia que passa, amigo,   5
Plutão que não chora com trezentos touros
    aplacares, ele que Tício
       e Gérion dos três corpos aprisiona

com suas sinistras águas que inexoravelmente
todos nós, que das dádivas da terra nos alimentamos,   10
    teremos de atravessar, quer sejamos reis,
       quer pobres agricultores.

Em vão nos guardaremos do cruento Marte,
e das vagas que no rouco Adriático requebram,
    em vão recearemos a cada outono   15
       o Austro, ruína de nossos corpos.

O negro Cocito teremos de visitar, dimanando
no seu lânguido leito, e a infame descendência
    de Dânao, e Sísifo, filho de Éolo,
       condenado a um longo trabalho.   20

A terra teremos de abandonar, e a casa, e a esposa
querida, e dessas árvores que cultivas
    nenhuma te acompanhará, o seu senhor efêmero,
    exceto os execrandos ciprestes.

absumet heres Caecuba dignior   25
servata centum clavibus et mero
    tinget pavimentum superbo,
        pontificum potiore cenis.

Um herdeiro, mais merecedor, o teu Cécubo haurirá   25
guardado a sete chaves, e o chão tingirá
   com o teu soberbo vinho, melhor
      do que o das ceias dos pontífices.

1-12. Póstumo, como o tempo passa depressa... A nossa devoção aos deuses, os nossos sacrifícios, nada nos pode fazer escapar à morte e a Plutão, que nos aprisionará nos Infernos, quer sejamos ricos ou pobres. 13-24. Mesmo que evitemos a guerra, os perigos do mar e as doenças, mais cedo ou mais tarde abandonaremos esta terra e cruzaremos as águas dos Infernos, onde vivem os eternos condenados. Deixaremos, então, a casa e a mulher, e das árvores que cultivaste apenas te seguirá o cipreste. 25-8. Nessa altura, os delicados vinhos que cuidadosamente guardaste serão bebidos pelo teu herdeiro, que os derramará sobre o chão.

1   *Póstumo*: não sabemos com exatidão de quem se trata. Com probabilidade trata-se do mesmo Póstumo a quem Propércio dedica um poema (3, 12). Poderá haver também no nome Póstumo, comum em Roma, um jogo de sentidos com o adjetivo "póstumo", especialmente tendo em conta a temática da ode.

7   *Tício*: Gigante, morto por Diana e Apolo, por ter tentado violar Latona. Para o seu suplício nos Infernos, cf. nota a III, 4, 77.

8   *Gérion*: Gigante que tinha três corpos até à anca (*ter amplum*, à letra, "três vezes grande"). Tinha um rebanho de bois, que foi roubado por Héracles, depois de este ter matado Gérion.

16   *Austro*: vento do Sul.

17   *Cocito*: rio dos Infernos (cf. nota a I, 34, 10).

18-9   *Descendência de Dânao*: para o mito das Danaides, cf. nota a III, 11, 23.

19   *Sísifo*: conhecido pela sua astúcia e impertinência, este rei de Corinto (então Éfira) acabou por ser condenado por Zeus a fazer rolar eternamente uma pedra por um monte acima, para logo esta voltar a cair, assim que chegava ao topo.

24   *Execrandos ciprestes*: o cipreste era uma árvore consagrada a Plutão. É ainda esta a árvore que ornamenta os nossos cemitérios.

25   *Cécubo*: vinho afamado da região do Lácio (cf. nota a I, 20, 9).

28   *Pontífices*: referência ao colégio sacerdotal dos pontífices, que celebravam magníficos banquetes (cf. Macróbio, *Saturnalia*, III, 13, 11).

II, 15

Iam pauca aratro iugera regiae
moles relinquent, undique latius
    extenta visentur Lucrino
        stagna lacu, platanusque caelebs

evincet ulmos; tum violaria et   5
myrtus et omnis copia narium
    spargent olivetis odorem
        fertilibus domino priori;

tum spissa ramis laurea fervidos
excludet ictus. Non ita Romuli   10
    praescriptum et intonsi Catonis
        auspiciis veterumque norma.

Privatus illis census erat brevis,
commune magnum: nulla decempedis
    metata privatis opacam   15
        porticus excipiebat Arcton,

nec fortuitum spernere caespitem
leges sinebant, oppida publico
    sumptu iubentes et deorum
        templa novo decorare saxo.   20

II, 15

Em breve luxuosos palácios umas poucas jeiras
ao arado deixarão, por toda a parte serão visíveis
   viveiros de peixe que mais se estendem
      do que o lago Lucrino, e o plátano celibatário

sobre os olmos triunfará; então os campos de violeta   5
e de mirto, e toda a espécie de plantas perfumadas
   o seu odor sobre as oliveiras espalhará,
      outrora produtivas para o antigo senhor;

então a cerrada ramagem dos loureiros afastará
os ardentes raios do sol. Assim não foi prescrito   10
   pelos auspícios de Rômulo e do intonso Catão,
      e pelas normas dos antepassados.

A sua riqueza privada era pouca, a pública grande:
nessa altura para um cidadão privado não havia pórtico,
   medido com réguas de dez pés,   15
      que a sombra do Norte recebesse.

Não permitiam as leis desprezar os comuns torrões de terra
ordenando que se decorasse, a expensas públicas,
   as cidades e os templos
      com pedra recentemente extraída.   20

1-10. As casas luxuosas, os viveiros de peixe e os jardins já quase não deixam espaço para os campos, vinhas e olivais. 10-20. Não foi isso que os nossos antepassados nos ensinaram, nem foi isso que fazia Catão: a sua riqueza privada era pouca, pois interessava-lhe mais a pública. Nessa altura, os cidadãos não tinham pórticos luxuosos, mas habitações simples feitas com torrões de terra; a pedra recém-talhada ia para as obras públicas e para os templos.

4   *Lago Lucrino*: lago perto de Putéolos, cidade vizinha de Nápoles. Era famoso pelos seus viveiros de ostras.

4   *Plátano*: diz-se "celibatário" porque à volta dele não se entrelaça a vide, como é o caso do olmo, usado como suporte para a videira.

11   *Rômulo*: fundador e primeiro rei de Roma (cf. nota a I, 12, 34), representa, para o saudosismo romano, um tipo de vida mais simples e ligada ao campo, ainda nos tempos do agricultor-soldado (cf., *e.g.*, Propércio, 4, 10, 17-22). Depois da sua morte, foi divinizado como Quirino (cf. nota a III, 3, 16).

11   *Catão*: Marco Pórcio Catão, cônsul em 195, censor em 184 a.C. É o proverbial defensor das antigas tradições romanas, recusando com violência a helenização que se enraizava em Roma no seu tempo. No seu *Sobre a agricultura* dá conceitos práticos acerca do cultivo dos campos, elogiando esta atividade tipicamente romana. Diz-se que ele é intonso porque se recusava a fazer a barba, um costume tipicamente helênico, e adotado primeiramente por Cipião.

17   *Torrões de terra*: era um simples material de construção, usado na edificação de casas simples e despretensiosas.

II, 16

Otium divos rogat in patenti
prensus Aegaeo, simul atra nubes
condidit lunam neque certa fulgent
    sidera nautis;

otium bello furiosa Thrace,   5
otium Medi pharetra decori,
Grosphe, non gemmis neque purpura ve-
    nale neque auro.

Non enim gazae neque consularis
summovet lictor miseros tumultus   10
mentis et curas laqueata circum
    tecta volantis.

Vivitur parvo bene, cui paternum
splendet in mensa tenui salinum
nec levis somnos timor aut cupido   15
    sordidus aufert.

Quid brevi fortes iaculamur aevo
multa? Quid terras alio calentis
sole mutamus? Patriae quis exsul
    se quoque fugit?   20

Scandit aeratas vitiosa navis
Cura nec turmas equitum relinquit,
ocior cervis et agente nimbos
    ocior Euro.

II, 16

Tranquilidade pede aos deuses quem longe da costa
surpreendido foi pelo mar Egeu, pois assim que uma negra nuvem
a lua esconde, não mais as estrelas, seguras guias,
    brilham para os marinheiros;

tranquilidade pede a Trácia, na guerra furiosa,   5
tranquilidade pedem os Medos, ornados de aljava:
mas, Grosfo, tal não pode ser comprado, nem com gemas,
    nem com púrpura, nem com ouro.

Pois nem os tesouros, nem os lictores do cônsul
os infortunados tumultos da alma podem afastar,   10
nem as inquietações que à volta voam
    dos tetos falsos.

Com pouco vive bem aquele a quem reluz
na leve mesa o ancestral saleiro,
nem o medo ou a sórdida cobiça   15
    lhe tiram o sono fácil.

Por que intrépidos na nossa breve vida tanto visamos?
Por que nos mudamos para terras
que outro sol aquece? Quem, exilado da pátria,
    de si próprio fugiu também?   20

Sobe a corrosiva Inquietude a bordo dos navios
com bronze protegidos, e não abandona os esquadrões
da cavalaria, mais rápida do que um veado, mais rápida
    do que o Euro, que as nuvens conduz.

Laetus in praesens animus quod ultra est 25
oderit curare et amara lento
temperet risu; nihil est ab omni
    parte beatum.

Abstulit clarum cita mors Achillem,
longa Tithonum minuit senectus, 30
et mihi forsan, tibi quod negarit,
    porriget hora.

Te greges centum Siculaeque circum
mugiunt vaccae, tibi tollit hinnitum
apta quadrigis equa, te bis Afro 35
    murice tinctae

vestiunt lanae: mihi parva rura et
spiritum Graiae tenuem Camenae
Parca non mendax dedit et malignum
    spernere vulgus. 40

Que a alma, feliz com o presente, odeie preocupar-se 25
com o que é futuro, e que tempere o que é amargo
com um lento sorriso; nada existe que tenha
    apenas um lado feliz.

Uma lesta morte o glorioso Aquiles levou,
uma arrastada velhice diminuiu Titono, 30
e talvez a hora que passa a mim ofereça
    aquilo que te negou.

À volta de ti vacas da Sicília e mais cem manadas
soltam mugidos, para ti relincha a égua própria
para as quadrigas, vestem-te as lãs que duas vezes 35
    com múrice africano foram tingidas.

A Parca que não mente a mim me deu
uma pequena propriedade, e o leve sopro
de uma grega Camena, permitindo-me
    que o malévolo povo desprezasse. 40

1-8. *Os marinheiros pedem tranquilidade no meio da tempestade, assim como os povos em perpétua guerra: mas Grosfo, nenhum dinheiro a pode comprar.* 9-16. *De fato, nenhum tesouro, nenhum luxo pode afastar as inquietações da alma. Pelo contrário, quem vive com pouco vive sem medo e tem um sono fácil.* 17-24. *Por que será que ambicionamos tanta coisa? Por que será que andamos sempre de um lado para outro? Quem consegue fugir de si próprio? Para onde quer que vamos, quer de barco, quer a cavalo, a inquietação perseguir-nos-á.* 25-32. *Que a nossa alma seja capaz de deixar de se preocupar com o futuro, e aprecie o presente, dando um valor relativo à adversidade: não há ninguém que seja inteiramente feliz. Aquiles foi famoso, mas morreu jovem; Titono viveu muito mais, mas de forma infeliz; talvez a mim seja dado algo que a ti foi negado.* 33-40. *Tu vives abastadamente, tens muito gado e vestes-te com luxo; a mim, porém, a fortuna deu-me uma pequena propriedade e a inspiração poética, que me faz desprezar o povo.*

1   *Tranquilidade*: traduzimos aqui *otium*. No contexto da literatura, *otium* traduz o grego σχολή (*scholê*), tranquilidade de alma, descanso de todas as preocupações e desassossegos (*curae*), necessário ao trabalho criativo e intelectual — o *otium litteratum*. O termo não está longe da ataraxia epicurista, aproveitada também pelos estoicos (a convivência do mesmo termo nas duas escolas simboliza bem a tentativa de conciliação de ambas operada por Horácio nas suas odes), que pressupõe o libertar de todas as inquietações que perturbam a mente, as paixões e os desejos, preconizando o ideal da serena felicidade. Não é inocente que Horácio se dirija aqui a um homem de negócios, para quem o *otium* é simplesmente a negação do seu *negotium*, não dando ao termo o valor que o poeta reclama.

5   *Trácia*: esta região da Grécia estava genericamente associada a Ares (o deus da guerra) e a violentos excessos. Talvez haja aqui uma referência à vitoriosa campanha de Marco Licínio Crasso na Trácia, por volta de 29 a.C.

7   *Grosfo*: Pompeio Grosfo, um cavaleiro, segundo Porfírio, referido por Horácio também nas suas *Epístolas* (I, 12, 22 ss.). Sabemos que tinha uma propriedade na Sicília, e que conhecia alguma prosperidade.

9   *Lictores*: os lictores eram os guardas das magistraturas supremas (e por inerência dos cônsules), representando o seu poder; traziam sempre consigo uma machadinha e um feixe de varas, e iam *afastando* (termo que se encontra no verso seguinte) o povo à medida que passavam.

12   *Tetos falsos*: os *laqueata tecta*, tetos cobertos de painéis, eram um símbolo de riqueza e luxúria na poesia romana.

14   *Saleiro*: o sal como único condimento da mesa representa a frugalidade. Aqui o saleiro reluz pois é feito de prata. A tradição mandava que, mesmo nas famílias mais humildes, houvesse em cada casa um saleiro de prata, pois continha o sal para os sacrifícios.

17   *Visamos*: pretendemos com esta tradução não nos afastarmos muito do sentido primeiro de *iaculor*, "lançar o dardo" (*iaculum telum*), o que implica primeiro

"fazer pontaria", "visar"; como habilmente sublinham Nisbet e Hubbard (*ad loc.*), o próprio nome Grosfo vem do grego γρόσφος (*grosphos*), que significa "lança", "dardo".

24   *Euro*: vento que sopra do Leste.

30   *Titono*: cf. nota a I, 28, 8.

36   *Múrice*: molusco gastrópode marinho, da família dos muricídios (Houaiss). Era largamente usado na Antiguidade no fabrico da púrpura.

39   *Camena*: Musa romana (cf. nota a I, 12, 39). O fato de a Musa ser paradoxalmente apelidada de "grega" pretende sublinhar o caráter sincrético da criação literária de Horácio, espaço de encontro entre a lírica antiga grega e uma nova lírica romana.

II, 17

Cur me querelis exanimas tuis?
Nec dis amicum est nec mihi te prius
    obire, Maecenas, mearum
        grande decus columenque rerum.

A! Te meae si partem animae rapit   5
maturior vis, quid moror altera,
    nec carus aeque nec superstes
        integer? Ille dies utramque

ducet ruinam. Non ego perfidum
dixi sacramentum: ibimus, ibimus,   10
    utcumque praecedes, supremum
        carpere iter comites parati.

Me nec Chimaerae spiritus igneae
nec, si resurgat, centimanus Gyas
    divellet umquam: sic potenti   15
        Iustitiae placitumque Parcis.

Seu Libra seu me Scorpios aspicit
formidolosus, pars violentior
    natalis horae, seu tyrannus
        Hesperiae Capricornus undae,   20

utrumque nostrum incredibili modo
consentit astrum: te Iovis impio
    tutela Saturno refulgens
        eripuit volucrisque Fati

II, 17

Por que me mortificas com tuas queixas?
Nem é dos deuses desejo, nem meu, que tu primeiro
    morras, Mecenas, minha grande glória,
        baluarte da minha vida.

Ah! Se um golpe mais cedo te levar a ti, que és parte   5
de minha alma, por que se demoraria a outra,
    sendo eu já não tão amado como antes,
        nem vivendo já completo? Tal dia trará

a ruína de ambos. Um falso juramento não pronunciei:
juntos iremos, iremos pois, no momento em que tu   10
    primeiro seguires, companheiros preparados
        para tomar o último caminho.

A mim, nem o sopro da flamejante Quimera,
nem, se de novo se erguer, Giges das cem mãos
    de ti me hão-de arrancar: assim agrada   15
        à poderosa Justiça e às Parcas.

E quer a Balança para mim se volte,
quer o medonho Escorpião, a parte mais violenta
    do meu horóscopo, quer o Capricórnio,
        tirano do mar do ocidente,   20

nossos astros estão numa incrível harmonia:
o refulgente Júpiter, protegendo-te,
    das mãos do ímpio Saturno te tomou,
        e atrasou as asas do alado Destino,

tardavit alas, cum populus frequens 25
laetum theatris ter crepuit sonum:
    me truncus illapsus cerebro
        sustulerat, nisi Faunus ictum

dextra levasset, Mercurialium
custos virorum. Reddere victimas 30
    aedemque votivam memento:
        nos humilem feriemus agnam.

quando o povo, apinhando-se no teatro,   25
para ti três vezes ledos aplausos fez ressoar.
    Quanto a mim, ter-me-ia levado o tronco
        que sobre minha cabeça quase caiu, se Fauno

com sua destra não tivesse aparado o golpe, ele, guardião
dos homens de Mercúrio. Lembra-te de retribuir   30
    com sacrifícios e com um altar votivo;
        nós ofereceremos uma humilde cordeira.

1-4. As tuas queixas não têm razão de ser, Mecenas: os deuses não querem que morras antes de mim. 5-16. De fato, se morreres primeiro, por que haveria eu de continuar a viver? Juro-te: partiremos juntos para o outro mundo, e nenhum dos seres monstruosos que aí habitam me poderão arrancar de ti. 17-30. Os nossos horóscopos estão em perfeita sintonia: Júpiter salvou-te da tua grave doença, e a mim foi Fauno, que protege os homens de Mercúrio, quem me salvou daquela árvore que me caiu em cima. 30-2. Tu agradecerás ao deus com sacrifícios suntuosos, eu com uma humilde cordeira.

13   *Quimera*: cf. nota a I, 27, 24.

14   *Giges*: Gigante de cem braços, nascido da Terra e do Céu. Participou na luta contra os deuses do Olimpo, e como tal foi encarcerado no Tártaro por Zeus.

17-21   *Balança... Escorpião... Capricórnio*: referência à astrologia (cf. nota a I, 11, 2), baseada, como ainda hoje, na hora em que o sujeito em observação nasceu. Para a presente estrofe, é preciso ter em conta que, entre os antigos, Escorpião, Capricórnio e Saturno davam horóscopos desfavoráveis. Júpiter era, naturalmente, o astro (daí *"refulgindo"*) a quem por excelência se pedia proteção, e a Balança (Libra) era também geralmente tida como benfazeja.

20   *Ocidente*: o latim fala em Hespéria (cf. nota a I, 28, 26).

23   *Ímpio*: Saturno é ímpio pois não hesitou em castrar o seu pai Urano, nem em comer os seus próprios filhos.

24   *Atrasou as asas do alado Destino*: para este episódio da vida de Mecenas, cf. nota a I, 20, 4.

27   *O tronco*: referência ao episódio narrado por Horácio em II, 13, e mencionado em III, 8, 7-8 e III, 4, 27.

28   *Fauno*: para a sua proteção sobre a Sabina, onde Horácio tinha a sua propriedade, cf. I, 17.

30   *Homens de Mercúrio*: Horácio diz-se "um homem de Mercúrio" porque o deus, na sua qualidade de λόγιος (*logios*) e μουσικός (*musikos*) (cf. nota a I, 10, 7), protege naturalmente os poetas, em virtude de ser o inventor da lira.

II, 18

Non ebur neque aureum
mea renidet in domo lacunar,
   non trabes Hymettiae
premunt columnas ultima recisas

   Africa, neque Attali   5
ignotus heres regiam occupavi,
   nec Laconicas mihi
trahunt honestae purpuras clientae:

   at fides et ingeni
benigna vena est, pauperemque dives   10
   me petit: nihil supra
deos lacesso nec potentem amicum

   largiora flagito,
satis beatus unicis Sabinis.
   Truditur dies die,   15
novaeque pergunt interire lunae:

   tu secanda marmora
locas sub ipsum funus et sepulcri
   immemor struis domos
marisque Bais obstrepentis urges   20

   summovere litora,
parum locuples continente ripa.
   Quid quod usque proximos
revellis agri terminos et ultra

II, 18

Nenhum teto falso de marfim
ou de ouro em minha casa resplandece,
   nenhuma arquitrave de Himeto
sobre as colunas talhadas nos confins de África pesa,

   nem, como herdeiro desconhecido,   5
o palácio de Átalo ocupei,
   nem para mim distintas clientes
mantos de lacônica púrpura fiam.

   Sou um homem leal, uma generosa veia
tenho de engenho, e os ricos procuram-me,   10
   a mim pobre. Não importuno os deuses
por nada mais, nem incomodo o poderoso amigo

   mais coisas pedindo, feliz o bastante
com a minha única e singular propriedade na Sabina.
   O dia empurra o dia,   15
novas luas continuam a minguar.

   No entanto, no dia do teu próprio funeral
alguém contratas para cortar mármore, e casas constróis
   esquecendo-te do teu próprio jazigo.
Esforças-te por a margem fazer avançar   20

   do retumbante mar de Baias,
não suficientemente rico com a terra firme.
   E o que dizer quando de teus vizinhos
os marcos agrários arrancas, e,

Ode II, 18

limites clientium   25
salis avarus? Pellitur paternos
     in sinu ferens deos
et uxor et vir sordidosque natos.

     Nulla certior tamen
rapacis Orci fine destinata   30
     aula divitem manet
erum. Quid ultra tendis? Aequa tellus

     pauperi recluditur
regumque pueris, nec satelles Orci
     callidum Promethea   35
revexit auro captus. Hic superbum

     Tantalum atque Tantali
genus coercet, hic levare functum
     pauperem laboribus
vocatus atque non vocatus audit.   40

na tua ganância, os muros saltas   25
de teus clientes, enquanto marido e esposa, desterrados,
    consigo apenas levam, junto ao peito,
as imagens dos deuses paternos e os sujos filhos?

    Porém, nenhum palácio
com mais certeza o seu rico senhor espera   30
    do que a morte que o rapinante Orco destinou.
Aliás, por que aspirar a mais? Imparcial

    abre-se a terra para os pobres
e para os filhos dos reis, e o ministro de Orco,
    nem com ouro seduzido, de novo   35
trouxe o cálido Prometeu. É ele quem preso mantém

    o arrogante Tântalo e sua linhagem,
e é ele quem, chamado ou não chamado,
    ouve e alivia o pobre
que os seus trabalhos cumpriu.   40

1-8. *A minha casa não exibe marfim, ouro, mármore ou púrpura. 9-14. Sou, porém, um homem leal e talentoso, e os poderosos procuram-me, a mim pobre. Não peço aos deuses nada mais, feliz que estou com a minha propriedade na Sabina. 15-28. O tempo vai passando e, no entanto, no dia do teu próprio funeral afadigas-te em construir novas casas e em fazer crescer as tuas propriedades, expulsando os vizinhos e os teus clientes das suas terras. 29-40. E para quê, se a todos nós um mesmo destino nos espera, a morte? O deus dos Infernos recebe imparcialmente quer ricos, quer pobres, e o seu ministro não pode ser comprado com ouro: ele pune os arrogantes e alivia o sofrimento dos pobres.*

1   *Nenhum teto falso*: o poema começa com uma imitação de Baquílides (fr. 21): "De bois não temos os corpos, ouro/ ou carpetes da cor da púrpura,/ apenas um espírito bem-humorado,/ uma Musa glicodoce e, em taças/ da Beócia, um vinho bem docinho" (Baquílides, *Odes e fragmentos*, trad. de Carlos A. Martins de Jesus, Imprensa da Universidade de Coimbra, 2014).

3   *Himeto*: montanha de Atenas, de onde se extraía mármore branco com veios azul-esverdeados. No nordeste da atual Tunísia (daí o retórico "confins da África") também havia pedreiras de mármore.

6   *Átalo*: cf. nota a I, 1, 12.

7   *Clientes*: a figura do *cliens* tem, em Roma, uma conotação diferente da que hoje damos ao termo. De fato, "cliente" era aquele que dependia de um *patronus*, "patrono", e com ele estabelecia uma relação econômica e/ou social baseada numa hierarquia bem definida.

9   *Homem leal*: o latim fala em *Fides* (cf. nota a I, 24, 6).

14   *Propriedade na Sabina*: a propriedade ofertada por Mecenas a Horácio.

21   *Baias*: local de *villae maritimae* (as vilas romanas junto ao mar) na Câmpania, celebrado por diversos escritores (por exemplo, Propércio, I, 11). Os Romanos amiúde ganhavam ao mar terrenos para as suas construções, lançando rochas ao mar, daí que o mar "retumbe" com esse som.

34   *Ministro de Orco*: normalmente identificado com Caronte, o barqueiro dos Infernos. Nisbet e Hubbard (*ad loc.*) defendem que se trata de Mercúrio, na sua qualidade de ψυχαγωγός (*psychagôgos*), pois é ele quem escolta os mortos no submundo. A hipótese é atraente, pois Mercúrio serve melhor como sujeito de "mantém preso" (*coercet*, cf. I, 10, 18) do que Caronte. O tempo passado de *revexit* (*de novo trouxe*) parece implicar que desconhecemos um matiz particular do mito de Prometeu (invulgarmente associado ao Hades, tal como em II, 13, 37).

36   *É ele quem*: segundo as várias leituras possíveis, Caronte, Orco ou Mercúrio. O último parece-nos ser o mais plausível, no contexto das *Odes* (cf. I, 10, em especial a última estrofe).

37   *Tântalo*: cf. nota a II, 13, 37. Da sua descendência fazem parte Atreu, Tiestes, Agamêmnon e Menelau (cf. nota a I, 6, 8).

II, 19

Bacchum in remotis carmina rupibus
vidi docentem — credite posteri —
    Nymphasque discentis et auris
        capripedum Satyrorum acutas.

Euhoe, recenti mens trepidat metu   5
plenoque Bacchi pectore turbidum
    laetatur: Euhoe, parce Liber,
        parce gravi metuende thyrso!

Fas pervicaces est mihi Thyiadas
vinique fontem lactis et uberes   10
    cantare rivos atque truncis
        lapsa cavis iterare mella:

fas et beatae coniugis additum
stellis honorem tectaque Penthei
    disiecta non leni ruina   15
        Thracis et exitium Lycurgi.

Tu flectis amnis, tu mare barbarum,
tu separatis uvidus in iugis
    nodo coerces viperino
        Bistonidum sine fraude crinis: 20

tu, cum parentis regna per arduum
cohors Gigantum scanderet impia,
    Rhoetum retorsisti leonis
        unguibus horribilique mala;

II, 19

Baco vi a ensinar canções em remotos
rochedos — acreditai, vindouros —
  e Ninfas aprendendo-as, e as atentas orelhas
    dos Sátiros de pés de cabra.

Evoé! Treme ainda de medo meu espírito, perturbado   5
no peito pleno de Baco alegra-se o coração.
  Evoé! Poupa-me, Líbero, poupa-me,
    tu temível com teu fatal tirso!

É-me permitido pelos deuses as infatigáveis Tíades cantar,
e tua fonte de vinho, e teus rios úberes em leite,   10
  e o mel celebrar vezes sem conta
    que de ocos troncos mareja.

É-me permitido pelos deuses a glória cantar de tua esposa
bem-aventurada, companheira agora das estrelas, e a casa
  de Penteu, numa terrível ruína derrubada,   15
    e a perdição do trácio Licurgo.

Tu o curso dos rios e do mar dos bárbaros mudas,
tu, em afastadas montanhas, úmido de vinho,
  sem perigo atas os cabelos das Bístones
    com um nó de víboras.   20

Tu, quando uma ímpia coorte de Gigantes
por difícil caminho ao reino de teu pai trepou,
  Reto fizeste recuar, com tuas garras
    e a tua terrível mandíbula de leão.

quamquam choreis aptior et iocis   25
ludoque dictus non sat idoneus
        pugnae ferebaris: sed idem
            pacis eras mediusque belli.

Te vidit insons Cerberus aureo
cornu decorum leniter atterens   30
        caudam et recedentis trilingui
            ore pedes tetigitque crura.

E embora te dissessem mais capaz para as danças,   25
as diversões e o jogo, considerando-te não de todo
    idôneo para o batalha, o centro foste contudo
        não só da guerra como da paz.

Cérbero, para ti inofensivo, vendo-te com áureo corno
ornado, em ti roçou suavemente sua cauda, e,   30
    enquanto partias, com as três línguas
        de sua boca teus pés e pernas lambeu.

1-8. *Vi o deus Baco a ensinar canções a Ninfas e a Sátiros! Evoé! Ainda tremo de medo e de alegria! 9-16. É-me agora permitido cantar a fúria das Bacantes e os prodígios naturais provocados pelo deus, as histórias de Ariadne, de Penteu e de Licurgo. 17-32. Tu tens poder sobre rios e mares, e atas com víboras os cabelos das Bacantes; transformado em leão, lutaste contra o gigante Reto. E embora te considerassem um deus mais de danças e jogos, mostraste-te tão capaz na guerra como na paz. Até Cérbero, quando te viu, se encostou a ti e te lambeu.*

5   *Evoé*: grito dado pelos iniciados nos mistérios de Dioniso, da interjeição grega εὐοῖ (cf. nota a I, 18, 9). Os mistérios, na Antiguidade, eram manifestações religiosas que ocorriam em sítios como Elêusis, Samotrácia e Lemnos, longe do olhar

de quem não tivesse sido iniciado. Devido a este caráter de sigilo, o nosso conhecimento dos mistérios é reduzido, resumindo-se em grande parte à peça *As Bacantes*, de Eurípides. De qualquer modo, sabemos que eles incluíam rituais aparentemente bárbaros, como o decepamento de um animal vivo e a ingestão da sua carne crua. Em traços gerais, era um culto fundamentalmente telúrico, até porque os deuses cultuados nestas cerimônias têm uma referência no mundo natural: Deméter e Dioniso (Ceres e Baco, entre os Romanos) estão desde os primórdios relacionados com a vegetação, com os frutos e com a própria terra. Para conhecer mais sobre a natureza dos mistérios gregos, cf. E. R. Dodds, *The Greeks and the Irrational*, Sather Classical Lectures, Berkeley, University of California Press, 1951 (trad. port.: *Os gregos e o irracional*, Lisboa, Gradiva, 1988).

8   *Tirso*: bastão enfeitado de hera e rematado em forma de pinha, atribuído ao deus Baco, e igualmente às Bacantes, suas seguidoras.

9   *Tíades*: do grego Θυιάδες (*Thyiádes*), "mulheres possuídas, inspiradas", é um outro nome dado às Bacantes. O seu nome está relacionado com o verbo θύω (*thyô*), "precipitar-se com furor".

13 *Esposa*: Ariadne. Depois de ter ajudado Teseu a matar o Minotauro, Ariadne fugiu com o herói. Foi contudo abandonada em Naxos, onde pouco depois chegou Dioniso. Este, apaixonado por sua beleza, desposou-a e levou-a para o Olimpo, oferecendo-lhe um diadema que mais tarde se tornou numa constelação. Para a história, ver o Poema 64 de Catulo.

15 *Penteu*: uma das personagens principais de *As Bacantes* de Eurípides, que se recusa a acreditar ou seguir os mistérios de Dioniso. Como castigo, foi morto e esquartejado pelas Bacantes, lideradas por sua própria mãe Agave.

16 *Licurgo*: rei da Trácia, ousou expulsar Dioniso do seu território, juntamente com o seu séquito. O deus, fugindo espavorido para o mar, foi acolhido pela deusa Tétis. Como castigo por esta afronta, Zeus cegou Licurgo. Na *Ilíada* (VI, 129 ss.) é dado como exemplo de como pode ser funesta a desobediência aos deuses.

17 *Tu o curso...*: referência à viagem feita por Dioniso à Índia, no decurso do qual fez parar os rios Orontes e Hidaspes, para os poder atravessar. Eventualmente atravessou também o Mar Vermelho ("mar dos bárbaros"), embora não tenhamos notícia certa de tal episódio.

19 *Bístones*: os Bístones são uma tribo da Trácia; aqui, as Bístones designam em geral as Bacantes.

23 *Reto*: Gigante que participou na guerra dos Gigantes contra os deuses do Olimpo; foi morto por Dioniso (Baco), transformado em leão. Para a Gigantomaquia, cf. nota a II, 12, 6-8.

29 *Cérbero*: cf. nota a II, 13, 33. Dioniso foi aos Infernos buscar sua mãe Sêmele, para a levar com ele para o Olimpo, onde recebeu o nome de Tione.

29 *Áureo corno*: Dioniso, sendo primordialmente um deus telúrico, era frequentemente representado como um touro, animal símbolo da fecundidade nas culturas mediterrâneas.

II, 20

Non usitata nec tenui ferar
penna biformis per liquidum aethera
    vates, neque in terris morabor
        longius, invidiaque maior

urbis relinquam. Non ego pauperum   5
sanguis parentum, non ego quem vocas,
    dilecte Maecenas, obibo
        nec Stygia cohibebor unda.

Iam iam residunt cruribus asperae
pelles, et album mutor in alitem   10
    superne, nascunturque leves
        per digitos umerosque plumae.

Iam Daedaleo notior Icaro
visam gementis litora Bosphori
    Syrtisque Gaetulas canorus   15
        ales Hyperboreosque campos.

Me Colchus et qui dissimulat metum
Marsae cohortis Dacus et ultimi
    noscent Geloni, me peritus
        discet Hiber Rhodanique potor.   20

Absint inani funere neniae
luctusque turpes et querimoniae;
    compesce clamorem ac sepulcri
        mitte supervacuos honores.

II, 20

Não serão comuns nem débeis as asas que a mim,
poeta de duas formas, pelo líquido éter me levarão,
    nem por muito mais na terra
        me demorarei: superior à inveja

suas cidades hei-de abandonar. Não, eu, do sangue de pobres pais,
eu, por quem tu mandas chamar, querido Mecenas,
    não morrerei, nem me há-de aprisionar
        a água do Estige.

Agora, agora mesmo, já rugosas peles em minhas pernas
se formam, e em cima numa ave branca   10
    me vou transformando, pelos dedos e ombros
        vão nascendo leves penas.

Agora mesmo, mais famoso do que Ícaro, filho de Dédalo,
a costa do gemebundo Bósforo visitarei,
    e as Sirtes dos Getulos, e as planícies hiperbóreas,   15
        eu, ave canora.

O Colco conhecer-me-á, e o Daco que o medo esconde
do exército marso, e os longínquos Gelonos;
    o culto Ibero me há-de estudar,
        e aquele que bebe do Ródano.   20

Que não haja, no meu inútil funeral, trenos,
nem indecorosos prantos e lamentos;
    reprime teus gritos, e deixa
        as vãs honras do sepulcro.

1-8. *Eu, um poeta de origens humildes, não morrerei, Mecenas: superior à inveja, voarei para longe destas terras... 9-12. Agora mesmo me vou transformando numa ave! 13-20. Serei famoso e visitarei os confins da terra; povos longínquos estudarão a minha obra. 21-4. Não quero lamentos no meu funeral: o meu sepulcro será inútil.*

1   *Não serão comuns...*: era uma prática habitual que no final de um livro o poeta deixasse expresso algo sobre si próprio e as expectativas que guardava em relação ao futuro da obra — a chamada *sphragis* (σφραγίς, selo; cf. III, 30).

2   *Poeta de duas formas*: esta ode celebra a metamorfose do poeta em ave (provavelmente o cisne, a ave de Apolo, deus da poesia, que se julgava cantar no momento de sua morte); deixando de lado outras interpretações possíveis, *biformis* indica os dois estados desta transformação: primeiro homem, depois ave.

8   *Água do Estige*: o Estige, um dos rios dos Infernos, nomeadamente o "Rio do Esquecimento": ao atravessar as suas águas, os espectros dos mortos esqueciam-se de tudo o que tinham feito nas suas vidas passadas.

13   *Ícaro*: trata-se de uma referência ao mito de Ícaro. Presos no labirinto de Minos, o seu pai, Dédalo, industrioso inventor, fabricou asas feitas com penas e cera de maneira a que pudessem escapar voando (cf. I, 3, 34-5). Disse, porém, ao filho que não se aproximasse demasiado do sol, pois a cera derreteria. Ícaro desrespeitou as ordens paternas e, entusiasmado com o voo, fez com que os raios solares derretessem as asas, caindo assim ao mar (cf. nota a I, 1, 16) e morrendo.

14   *Gemebundo Bósforo*: por uma falsa etimologia (relacionada com o mito de Io, amante de Zeus transformada em vitela), os antigos associavam o nome deste estreito (cf. nota a II, 13, 15) ao grego βοῦς (*bus*), "boi", daí ele "gemer".

15   *Sirtes*: cf. nota a II, 6, 3. Embora os Getulos sejam normalmente associados ao sul da Numídia, aqui são colocados junto das Sirtes.

15   *Planícies hiperbóreas*: os Hiperbóreos são um povo mítico entre os Gregos: viviam no Norte desconhecido, donde soprava o vento Bóreas (daí o seu nome). Sugerem aqui uma grande distância.

17   *Colco*: habitante da Cólquida (cf. nota a II, 13, 8).

17-8   *Daco... exército marso... Gelonos*: para os Dacos, cf. nota a I, 35, 9; para os Marsos, tomados pelos Romanos, cf. nota a III, 14, 18; para os Gelonos, cf. nota a II, 9, 22.

19-20   *Ibero... e aquele que bebe do Ródano*: há aqui um contraste intencional entre os povos da Hispânia e da Gália (banhada pelo Ródano), há muito romanizados, e os outros povos "bárbaros" supracitados. Atente-se na cumprida profecia de Horácio: volvidos dois milénios, todos estes povos de fato o estudam, incluindo o nosso.

LIBER TERTIVS

LIVRO III

III, 1

Odi profanum vulgus et arceo;
favete linguis: carmina non prius
    audita Musarum sacerdos
        virginibus puerisque canto.

Regum timendorum in proprios greges,   5
reges in ipsos imperium est Iovis,
    clari Giganteo triumpho,
        cuncta supercilio moventis.

Est ut viro vir latius ordinet
arbusta sulcis, hic generosior   10
    descendat in Campum petitor,
        moribus hic meliorque fama

contendat, illi turba clientium
sit maior: aequa lege Necessitas
    sortitur insignis et imos;   15
        omne capax movet urna nomen.

Destrictus ensis cui super impia
cervice pendet, non Siculae dapes
    dulcem elaborabunt saporem,
        non avium citharaeque cantus   20

somnum reducent: somnus agrestium
lenis virorum non humilis domos
    fastidit umbrosamque ripam,
        non Zephyris agitata Tempe.

III, 1

Odeio o vulgo profano, e mantenho-o longe;
guardai um silêncio sagrado: como sacerdote
    das Musas para virgens e rapazes odes
        nunca antes ouvidas canto.

Os temíveis reis dominam o seu povo,   5
Júpiter governa esses mesmos reis,
    ele, glorioso no triunfo sobre os Gigantes,
        com sua sobrancelha tudo fazendo mover.

Pode até ser que um homem nos sulcos suas árvores
disponha mais vastamente que outro; que um candidato,   10
    de sangue mais nobre, até ao Campo desça,
        adversário de um outro melhor no caráter

e na reputação; que outro homem um maior séquito tenha
de clientes; a Necessidade contudo, com imparcial lei,
    a sorte dos grados e dos humildes tira: 15
        a vasta urna agita o nome de todos.

Àquele sobre cujo ímpio pescoço pende
a nua espada, não mais os sicilianos festins
    doces sabores lhe requintarão,
        nem o canto das aves e da cítara   20

lhe trará o sono. O suave sono não despreza
as humildes casas dos homens do campo,
    nem as umbrosas margens de um rio,
        nem Tempe agitada pelos Zéfiros.

Desiderantem quod satis est neque 25
tumultuosum sollicitat mare
    nec saevus Arcturi cadentis
        impetus aut orientis Haedi,

non verberatae grandine vineae
fundusque mendax, arbore nunc aquas 30
    culpante, nunc torrentia agros
        sidera, nunc hiemes iniquas.

Contracta pisces aequora sentiunt
iactis in altum molibus; huc frequens
    caementa demittit redemptor 35
        cum famulis dominusque terrae

fastidiosus: sed Timor et Minae
scandunt eodem quo dominus, neque
    decedit aerata triremi et
        post equitem sedet atra Cura. 40

Quodsi dolentem nec Phrygius lapis
nec purpurarum sidere clarior
    delenit usus nec Falerna
        vitis Achaemeniumque costum,

cur invidendis postibus et novo 45
sublime ritu moliar atrium?
    Cur valle permutem Sabina
        divitias operosiores?

Quem mais do que o suficiente não deseja,   25
não o inquieta o revolto mar, nem o feroz
  ataque do poente Arcturo,
    nem os Cabritos quando surgem,

nem as vinhas pelo granizo zurzidas, nem a traiçoeira
quinta, quando a árvore se queixa ora das águas,   30
  ora das estrelas que queimam os campos,
    ora dos iníquos invernos.

Sentem os peixes que o mar se aperta quando à água
enormes pedras são lançadas; para aqui repetidamente
  arremessa o empreiteiro com seus escravos   35
    o formigão, e o senhor farto de terra:

mas o Medo e as Ameaças escalam por onde
o patrão trepa, e a negra Inquietude a sua posição
  na trirreme de bronze não abandona,
    postando-se atrás do cavaleiro.   40

Mas se nem o mármore frígio, nem as vestes de púrpura,
brilhando mais que uma estrela, nem a vinha
  de Falerno e o costo de Aquêmenes
    podem valer aquele que sofre,

por que hei-de erigir, em novo e sublime estilo,   45
um átrio com invejandas portas?
    Por que hei-de trocar o meu vale sabino
      por mais laboriosas riquezas?

1-8. *Guardai um silêncio sagrado, porque eu, um sacerdote, entoo cânticos nunca antes ouvidos, e até os reis se submetem ao poder de Júpiter. 9-16. Alguns superam os outros em riqueza, prestígio ou popularidade; o destino, porém, trata todos de forma idêntica. 17-24. Apesar de uma vida de luxo, uma espada pende sobre a cabeça dos poderosos, que nunca têm um sono fácil; pelo contrário, os humildes camponeses dormem sempre descansados. 25-32. Alguém que está satisfeito com o que tem não se deixa inquietar pelo mau tempo, que tanto atormenta os mercadores e os proprietários de terras na sua ganância. 33-40. O medo e a inquietação perseguem aqueles que invadem o mar com as suas construções luxuosas, mesmo que tentem escapar, por terra ou por mar. 41-8. Portanto, se nenhum luxo pode aliviar quem está em sofrimento, por que hei de trocar a minha vida humilde na Sabina por riquezas e bens que só me trarão preocupações?*

1   As seis primeiras odes do Livro III são as chamadas "Odes Romanas", escritas todas no mesmo sistema métrico (alcaico), sem destinatário definido (embora o "centro" seja Augusto), e de tema exclusivamente romano.

1   *Odeio o vulgo profano*: encontramos ecos deste poema em António Ferreira, na Ode V do Livro I, "Fuge o vulgo profano", ou na Ode I do Livro I, "Fuja daqui o odioso/ profano vulgo [...]".

7   *Gigantes*: para a Gigantomaquia, cf. nota a II, 12, 6.

9   *Árvores*: trata-se aqui das árvores (especialmente o olmo) usadas para suportar as videiras.

10   *Candidato*: provavelmente a Cônsul ou Pretor, cuja eleição se dava no Campo de Marte (cf. nota a I, 8, 4). Ele "desce" pois vem de uma das colinas de Roma, local onde vivia a gente "de sangue nobre".

14   *Necessidade*: para compreender exatamente o passo, aconselhamos reler II, 3, 25-8, onde o vocabulário é, aliás, extremamente afim.

17   *Àquele sobre cujo ímpio pescoço...*: pela referência à Sicília no verso seguinte, sabemos tratar-se do episódio da espada de Dâmocles, narrado por Cícero nas *Disputações de Túsculo* (5, 61-2): enquanto Dâmocles continuamente elogiava as riquezas, o poder, a abundância e a magnificência da casa de Dioniso de Siracusa, este perguntou-lhe se não quereria ele um dia experimentar o que era ser-se tirano. Dâmocles aceitando foi, no dia seguinte, servido com as melhores iguarias e pelos mais delicados servos, sobre ele, porém, pendia uma espada nua presa apenas por uma cerda de cavalo, que o impediu de apreciar a refeição, deixando de prestar atenção a todas as riquezas que o rodeavam. Cícero conclui do episódio que o tirano mostrou ao seu servo que um rei da sua espécie nunca poderia ter uma vida em paz, por semear continuamente a injustiça, de tal forma que já não podia arrepiar caminho (versão corroborada pelo "ímpio pescoço" de que nos fala aqui Horácio).

24   *Tempe*: cf. nota a I, 7, 4.

24   *Zéfiros*: ventos do Oeste.

27-8 *Arcturo... Cabritos*: Arcturo é o "Protetor da Ursa" (de ἄρκτος, *arktos*, "ursa", e οὖρος, *uros*, "protetor"), a estrela mais brilhante da constelação do Boieiro. No fim de outubro, o seu ocaso estava associado ao mau tempo. Por seu turno, em setembro, o surgimento da constelação dos Cabritos estava também associado à intempérie.

33 *Sentem os peixes...*: referência a Baias, onde as vilas romanas eram construídas em terrenos roubados ao mar (cf. II, 18, 20-2).

43 *Falerno*: vinho afamado da região da Campânia.

43 *Costo... Aquêmenes*: costo é uma planta aromática oriental (provavelmente proveniente da Índia). Para Aquêmenes, cf. nota a II, 12, 22.

47 *Vale sabino*: mais uma referência à propriedade ofertada por Mecenas a Horácio, na Sabina.

III, 2

Angustam amice pauperiem pati
robustus acri militia puer
    condiscat et Parthos feroces
        vexet eques metuendus hasta

vitamque sub divo et trepidis agat   5
in rebus. Illum ex moenibus hosticis
    matrona bellantis tyranni
        prospiciens et adulta virgo

suspiret, eheu, ne rudis agminum
sponsus lacessat regius asperum   10
    tactu leonem, quem cruenta
        per medias rapit ira caedis.

Dulce et decorum est pro patria mori:
mors et fugacem persequitur virum,
    nec parcit imbellis iuventae   15
        poplitibus timidove tergo.

Virtus repulsae nescia sordidae
intaminatis fulget honoribus,
    nec sumit aut ponit securis
        arbitrio popularis aurae.   20

Virtus, recludens immeritis mori
caelum, negata temptat iter via,
    coetusque vulgaris et udam
        spernit humum fugiente penna.

III, 2

Que o jovem, fortalecido pela dura campanha,
de boa mente a difícil pobreza aprenda a suportar,
    que ele, cavaleiro temido por sua lança,
        o terror semeie entre os feros Partos,

e que viva sob o céu aberto em constante perigo.   5
Vendo-o das muralhas inimigas,
    que a mãe, esposa de um rei guerreiro,
        e sua filha virgem já adulta

suspirem, ah, ansiando que o noivo príncipe,
inexperiente na guerra, não provoque um tal leão,   10
    rude e áspero ao toque, cuja sangrenta cólera
        o arrasta pelo meio da chacina.

Doce e belo é morrer pela pátria:
a morte persegue o homem que foge,
    nem se apieda dos joelhos ou das covardes costas   15
        da pusilânime juventude.

A Virtude, desconhecendo o sórdido revés,
refulge em imaculadas honras, e não segura
    ou põe de parte as machadinhas,
        à maré da vontade popular.   20

A Virtude, abrindo aos que não merecem morrer
do céu as portas, aventura-se por negado caminho,
    e, de asas ao vento, a vulgar populaça
        e a úmida terra despreza.

Est et fideli tuta silentio   25
merces: vetabo, qui Cereris sacrum
    vulgarit arcanae, sub isdem
        sit trabibus fragilemque mecum

solvat phaselon: saepe Diespiter
neglectus incesto addidit integrum: 30
    raro antecedentem scelestum
        deseruit pede Poena claudo.

O fiel silêncio tem também segura recompensa: 25
aquele que revelado tiver o culto da misteriosa Ceres
proibirei de viver sob o meu teto,
ou de comigo levantar âncora

no mesmo frágil barco. Tantas vezes Júpiter, desprezado,
o inocente não distinguiu do culpado: raramente o Castigo,   30
com seu pé manco, o criminoso abandonou
que à frente tinha partido.

1-12. *Que o jovem romano aprenda a suportar a vida militar, e semeie o terror entre os Partos. Que as princesas inimigas, ao vê-lo, receiem pelos seus noivos. 13-6. É doce e belo morrer pela pátria: aquele que vira as costas à batalha morrerá covardemente. 17-24. Um homem que procure a Virtude não conhece a desonra. Também não se candidata a nenhum cargo seguindo a vontade popular, nem desiste dele. Para um homem assim abrem-se as portas do céu. 25-32. Também em ser-se discreto e leal há uma grande recompensa: não farei uma viagem nem receberei em minha casa ninguém que não seja capaz de guardar um segredo. Ainda que chegue tarde, o castigo apanha sempre o criminoso.*

6   *Vendo-o das muralhas inimigas*: é difícil não lembrar do episódio da *Ilíada* em que Helena descreve os guerreiros aqueus do alto da muralha de Troia (III, 161 ss.), a τειχοσκοπία (*teichoskopia*).

13   *Doce...*: *Dulce et decorum pro patria mori*: este verso celebrizou-se na história da literatura. A ideia de uma morte gloriosa pela pátria é comum na cultura greco-romana; o verso, aliás, evoca Tirteu: "É belo para um homem valente morrer, caindo/ nas primeiras filas, a combater pela pátria [...]" (fr. 10 W, trad. Maria Helena Rocha Pereira).

15   *Joelhos... covardes costas*: esta é uma imagem frequente na *Ilíada*: o guerreiro foge apavorado, sendo morto por trás pelo herói de quem pretende escapar. Os tendões dos joelhos eram um sítio particularmente vulnerável, uma vez que detinham automaticamente quem fugia. É um covarde, assim, aquele que vira as costas ao combate, morrendo em consequência desse pusilânime gesto.

17-8 *Revés... honras*: o vocabulário sugere um escrutínio público: *repulsa* é o termo usado quando o candidato a um determinado cargo sofre uma derrota, um revés político; *honoribus*, no verso seguinte, está ligado ao *cursus honorum* da carreira política de um homem romano (percurso de magistraturas, ocupando sequencialmente o cargo de questor, edil, pretor e cônsul). A referência integra-se na perspectiva estoica: para esta corrente filosófica, o sábio nunca sofre nenhuma derrota, pois o seu pensamento é superior aos reveses da fortuna e da política.

19   *Machadinhas*: referência aos lictores, que empunhavam uma machadinha junto a um feixe de varas como símbolo do seu poder (*insignia imperii*). Cf. nota a II, 16, 9.

22   *Negado caminho*: para os estoicos, muito poucos homens foram realmente sábios (o exemplo supremo era o de Hércules e, entre os mortais, Catão de Útica e Sócrates): embora segundo esta doutrina todos os seres humanos possam atingir a *Virtus* (virtude), usando para o efeito a *ratio* (razão), almejando assim atingir esse bem supremo.

24   *Úmida terra*: para os estoicos, o éter é a região mais pura do universo, e a terra a mais impura; a terra caracteriza-se pelo seu solo úmido.

25   *O fiel silêncio*: citação das famosas palavras de Simônides (582 ed. Page), "também para o silêncio há uma recompensa sem perigo". "Fiel" é o único elemento estranho à sentença de Simônides: o silêncio é fiel porque nunca compromete ou difama ninguém.

26   *Misteriosa Ceres*: referência aos mistérios de Deméter (cf. nota a II, 19, 5).

29   *Barco*: em latim *phaselon*, pequena embarcação em forma de feijão, especialmente frágil dado o seu calado.

31   *Pé manco*: o Castigo coxeia porque por vezes chega tarde ao prevaricador (que partiu à frente), embora chegue sempre.

III, 3

Iustum et tenacem propositi virum
non civium ardor prava iubentium,
    non vultus instantis tyranni
        mente quatit solida neque Auster,

dux inquieti turbidus Hadriae,   5
nec fulminantis magna manus Iovis:
    si fractus illabatur orbis,
        impavidum ferient ruinae.

Hac arte Pollux et vagus Hercules
enisus arces attigit igneas,   10
    quos inter Augustus recumbens
        purpureo bibet ore nectar.

Hac te merentem, Bacche pater, tuae
vexere tigres indocili iugum
    collo trahentes; hac Quirinus   15
        Martis equis Acheronta fugit,

gratum elocuta consiliantibus
Iunone divis: "Ilion, Ilion
    fatalis incestusque iudex
        et mulier peregrina vertit   20

in pulverem, ex quo destituit deos
mercede pacta Laomedon, mihi
    castaeque damnatum Minervae
        cum populo et duce fraudulento.

III, 3

O homem justo e tenaz no seu propósito,
em sua firme mente não se perturba
    com o furor dos cidadãos impondo a injustiça
        nem com o vulto do ameaçador tirano

nem com o Austro, o inquieto senhor do revolto Adriático,   5
nem com a poderosa mão do fulminante Júpiter;
    e se o céu em pedaços sobre ele cair,
        impávido o hão-de atingir suas ruínas.

Foi com esta virtude que Pólux e o errante Hércules,
ascendendo, as cidadelas do fogo alcançaram;   10
    entre eles, reclinado, beberá Augusto
        o néctar com seus lábios de púrpura.

Foi com esta virtude e por mérito teu, pai Baco,
que a ti te levaram os teus tigres, nos indomáveis pescoços
    um jugo trazendo; com esta virtude do Aqueronte fugiu   15
        Quirino nos cavalos de Marte,

quando Juno tais palavras pronunciou,
gratas ao concílio dos deuses: "Ílion, Ílion,
    um juiz devasso pelo destino trazido,
        e uma mulher estrangeira a pó te reduziram.   20

No dia em que Laomedonte os deuses ludibriou
com a promessa de um pagamento, condenada foste
    por mim e pela casta Minerva,
        junto com teu povo e mentiroso senhor.

Iam nec Lacaenae splendet adulterae 25
famosus hospes nec Priami domus
    periura pugnaces Achivos
        Hectoreis opibus refringit,

nostrisque ductum seditionibus
bellum resedit. Protinus et gravis 30
    iras et invisum nepotem,
        Troica quem peperit sacerdos,

Marti redonabo; illum ego lucidas
inire sedes, ducere nectaris
    sucos et adscribi quietis 35
        ordinibus patiar deorum.

Dum longus inter saeviat Ilion
Romamque pontus, qualibet exsules
    in parte regnato beati;
        dum Priami Paridisque busto 40

insultet armentum et catulos ferae
celent inultae, stet Capitolium
    fulgens triumphatisque possit
        Roma ferox dare iura Medis.

Horrenda late nomen in ultimas 45
extendat oras, qua medius liquor
    secernit Europen ab Afro,
        qua tumidus rigat arva Nilus,

aurum irrepertum et sic melius situm,
cum terra celat, spernere fortior 50
    quam cogere humanos in usus
        omne sacrum rapiente dextra.

Quicumque mundo terminus obstitit,
hunc tanget armis, visere gestiens,
    qua parte debacchentur ignes, 55
        qua nebulae pluviique rores.

Já não resplandece o infame hóspede   25
da adúltera espartana, nem a perjura casa de Príamo
    sem o auxílio de Heitor
        pode já suster os aguerridos Aqueus,

e esmorece a guerra prolongada
pelos nossos conflitos. De agora em diante a Marte   30
    minha grave ira, e meu odiado neto,
        nascido da sacerdotisa troiana,

abandonarei. Suportarei que ele
nas luzentes moradas entre, que do néctar beba
    o sumo, que inscrito seja   35
        nas serenas ordens dos deuses.

Enquanto entre Ílion e Roma furioso se agitar
o imenso mar, que felizes reinem esses exilados,
    em qualquer que seja a parte do mundo.
        E enquanto o gado o túmulo pisar   40

de Príamo e Páris, e aí impunemente esconderem as feras
seus filhotes, que o Capitólio refulgindo de pé permaneça,
    e possa a feroz Roma prescrever suas leis
        aos Medos derrotados em triunfo.

Que Ela, ao longe e ao largo temida, o seu nome espalhe   45
pelas mais distantes margens, lá onde a água, entrepondo-se,
    a Europa separa da África, lá onde o Nilo
        inchando os campos irriga.

E que corajosa seja em desprezar o ouro não descoberto
(pois é melhor assim, quando a terra o esconde)   50
    mais do que em amontoá-lo para uso do homem,
        que com sua mão tudo o que é sagrado devasta.

E seja qual for a fronteira que se oponha ao mundo,
que Ela com suas armas a alcance, anelando por ver
    o sítio onde o fogo, as nuvens e o orvalho da chuva   55
        suas báquicas orgias têm.

Sed bellicosis fata Quiritibus
hac lege dico, ne nimium pii
    rebusque fidentes avitae
        tecta velint reparare Troiae.   60

Troiae renascens alite lugubri
fortuna tristi clade iterabitur,
    ducente victrices catervas
        coniuge me Iovis et sorore.

Ter si resurgat murus aeneus   65
auctore Phoebo, ter pereat meis
    excisus Argivis, ter uxor
        capta virum puerosque ploret."

Non hoc iocosae conveniet lyrae:
quo, Musa, tendis? Desine pervicax   70
    referre sermones deorum et
        magna modis tenuare parvis.

Mas tais fados sob condição aos belicosos Romanos
vaticino: que piedosos ou confiantes demasiado
    refazer não queiram
        os tetos da ancestral Troia: 60

renascendo, sob lúgubre augúrio, de Troia
a fortuna, de novo em terrível desgraça acabará,
    conduzindo eu própria, esposa de Júpiter
        e sua irmã, os vitoriosos esquadrões.

E se, por obra de Febo, três vezes reconstruído for   65
seu brônzeo muro, três vezes será destruído e arrasado
    pelos meus Argivos: três vezes chorará
        a cativa mulher seu marido e filhos."

Tal canto não convém a minha jocosa lira:
Musa, para onde vais? Deixa, teimosa, de contar   70
    as conversas dos deuses, e de reduzir
        grandes temas a pequenos metros.

1-8. *Um homem justo e tenaz não se deixa perturbar pela injustiça, nem pelos fenômenos naturais. 9-18. Foi assim que heróis como Pólux e Hércules se tornaram imortais: Augusto juntar-se-á a eles. Também assim eram Baco e Rômulo. Este último confirmou o seu estatuto imortal quando Juno pronunciou este discurso no concílio dos deuses: 18-44. "Desgraçada Troia! Páris e Helena trouxeram consigo a tua ruína, que já se prenunciava a partir do momento em que Laomedonte enganou os deuses para construir as tuas muralhas! Agora que terminou a guerra, abandonarei o meu ódio pelo meu neto Rômulo, e permitirei que ele se junte à companhia dos imortais. Os seus descendentes, os Romanos, reinarão sobre o mundo, desde que Troia não se eleve de novo. 45-68. Que Roma seja temida pelo mundo inteiro, de ocidente a oriente, e que o seu império se estenda de norte a sul, sabendo desprezar o acumular de riquezas, que leva os homens ao sacrilégio. Vaticino tudo isto, porém, sob uma condição: que Troia nunca seja reconstruída. Se o fizerem, os Romanos conhecerão a minha ira: se três vezes reconstruírem os seus muros, três vezes os destruirei." 69-72. Mas enfim, já chega! A poesia lírica não tem a grandeza suficiente para este tipo de temas.*

1   No contexto das "Odes Romanas", os estudiosos esforçam-se por ler neste poema uma alegoria. Podemos ler Troia aqui como uma alegoria de Alexandria, e Páris e Helena são Antônio e Cleópatra; pode igualmente tratar-se de um poema de elogio a Augusto, identificado com Rômulo; ou pode simplesmente não existir nenhuma alegoria, sendo o poema um exercício literário, centrado no discurso de Juno.

5   *Austro*: vento do Sul.

6   *Fulminante Júpiter*: referência aos trovões de Júpiter, um dos seus principais instrumentos. Augusto, a 1° de setembro de 22 a.C., consagrou no Capitólio um templo a *Iupiter Tonans*.

9-16   *Pólux... Hércules... Baco... Quirino*: a citação de Pólux, Hércules, Baco e Rômulo (Quirino) insere-se num argumento fortemente estoico: "a vivência cotidiana e os costumes comuns aos homens fizeram com que se elevassem ao céu, mercê da fama e do reconhecimento, homens que trouxeram grandes benefícios. São exemplo disso Hércules, Castor e Pólux, Esculápio, Líbero [...] e Rômulo, que alguns dizem Quirino" (Cícero, *Da natureza dos deuses*, II, 62). Note-se que Líbero foi o deus latino assimilado ao grego Baco. O argumento é também evemerista: Evêmero de Messina (*c*. IV-III a.C.), mitógrafo grego, defendia que os deuses são divinizações feitas pelas próprias comunidades dos homens que se notabilizaram pelos seus feitos e virtudes (cf. também *Epístolas*, II, 1, 5-6).

10   *Cidadelas do fogo*: isto é, as estrelas.

14   *Tigres*: Baco era amiúde representado num carro puxado por panteras ou tigres provenientes da Índia.

16   *Cavalos de Marte*: não nos esqueçamos de que Rômulo (Quirino) nasceu de Marte e da vestal Reia Sílvia (cf. nota a I, 2, 17).

19   *Juiz devasso*: Páris. Ele é "juiz" pois coube-lhe a tarefa de julgar qual das deusas era a mais bonita, Afrodite, Hera ou Atena (escolheu Afrodite em troca de Hele-

na). É igualmente *fatalis*, "trazido pelo destino", pois foi Páris quem ditou a destruição de Troia, e *incestus*, "impudico", "devasso", pois violou as leis sagradas do matrimônio, ao raptar Helena, "a mulher estrangeira". Repare-se que nem Páris nem Helena são diretamente citados por Juno, o que marca a sua terrível ira (a *saeva ira* da *Eneida*, I, 22-32).

21   *Laomedonte*: pai de Príamo. Para construir as muralhas de Troia, Laomedonte requisitou os serviços de Posêidon e de Apolo, a troco de um soldo. Porém, quando a obra estava concluída, o rei recusou-se a entregar a quantia acordada.

26   *Adúltera espartana*: Helena.

26   *Perjura casa de Príamo*: a casa de Príamo, rei de Troia, desrespeitou Ζεὺς Ξένιος (*Zeus Xenios*, "Zeus Hospitaleiro"), quando Páris (Alexandre), um hóspede na casa de Menelau, raptou Helena. Toda a família de Alexandre cometeu assim um sacrilégio.

31   *Odiado neto*: não esqueçamos que Rômulo (Quirino) é ainda descendente de Eneias, um troiano e como tal odiado por Juno. A deusa chama "neto" a Rômulo porque ele é filho de Marte, por sua vez filho de Juno.

32   *Sacerdotisa*: a vestal Reia Sílvia.

35-6 *Inscrito seja... ordens*: o vocabulário destes dois versos é retirado dos censos feitos em Roma, que visavam inscrever (*adscribere*) na sua respectiva ordem (*ordines*, como por exemplo, a de cavaleiro ou senador) cada cidadão, tomando como base a sua fortuna pessoal. O termo "ordem" sugere aqui uma hierarquia entre os próprios deuses.

46   *Lá onde a água...*: o estreito de Gibraltar.

55   *O sítio*: Horácio refere-se aos extremos do mundo conhecido pelos Romanos, associados a climas inóspitos e estranhos.

64   *E sua irmã*: na qualidade de filha de Crono e de Reia, Hera é igualmente irmã de Zeus.

65   *Obra de Febo*: Apolo (Febo) ajudou a construir as muralhas de Troia (cf. nota ao v. 21).

67   *Argivos*: nome dado aos habitantes de Argos; aqui, por extensão, designa os Gregos em geral.

72   *Grandes temas a pequenos metros*: tal como em II, 12, Horácio reafirma a sua convicção de que temas nobres (mitológicos ou históricos, cantados no metro da epopeia, o hexâmetro dactílico) não devem ser adaptados à poesia lírica e aos seus metros (neste caso o alcaico). Este tópico é comum na poesia helenística e nos poetas latinos, e é conhecido como a *recusatio* (cf. também I, 6; I, 19).

III, 4

Descende caelo et dic age tibia
regina longum Calliope melos,
    seu voce nunc mavis acuta
        seu fidibus citharave Phoebi.

Auditis an me ludit amabilis 5
insania? Audire et videor pios
    errare per lucos, amoenae
        quos et aquae subeunt et aurae.

Me fabulosae Vulture in Apulo
nutricis extra limen Apuliae 10
    ludo fatigatumque somno
        fronde nova puerum palumbes

texere, mirum quod foret omnibus,
quicumque celsae nidum Acherontiae
    saltusque Bantinos et arvum 15
        pingue tenent humilis Forenti,

ut tuto ab atris corpore viperis
dormirem et ursis, ut premerer sacra
    lauroque collataque myrto,
        non sine dis animosus infans. 20

Vester, Camenae, vester in arduos
tollor Sabinos, seu mihi frigidum
    Praeneste seu Tibur supinum
        seu liquidae placuere Baiae.

III, 4

Desce do céu, Calíope rainha, e, vamos,
um longo canto entoa com tua tíbia,
    ou, se preferires, com tua aguda voz,
        ou com a lira ou cítara de Febo.

Ouvis? Ou alguma amável loucura   5
comigo brinca? Parece-me que já te ouço,
    que já passeio por entre os pios bosques,
        que amenas águas e brisas visitam.

A mim menino as lendárias pombas no apúlio Vúlture,
fora dos limites da Apúlia, minha ama,   10
    pelo recreio e sono vencido, me cobriram
        com frescas folhas.

Foi motivo de espanto para aqueles
que o ninho da altaneira Aquerôncia habitam,
    e os bosques de Bância, e os férteis campos   15
        da planície de Forento,

que eu com o corpo a salvo das negras serpentes dormisse,
e dos ursos, e que encoberto fosse pelo sacro louro
    e pelo ajuntado mirto, eu, um animoso
        petiz pelos deuses inspirado.   20

Sou vosso, Camenas, vosso, quando levado sou
aos elevados campos de Sabina, ou se o gélido
    Preneste me deleita, ou as encostas de Tíbur,
        ou a límpida Baias.

Vestris amicum fontibus et choris 25
non me Philippis versa acies retro,
    devota non exstinxit arbos,
        nec Sicula Palinurus unda.

Utcumque mecum vos eritis, libens
insanientem navita Bosphorum 30
    temptabo et urentis harenas
        litoris Assyrii viator,

visam Britannos hospitibus feros
et laetum equino sanguine Concanum,
    visam pharetratos Gelonos 35
        et Scythicum inviolatus amnem.

Vos Caesarem altum, militia simul
fessas cohortis abdidit oppidis,
    finire quaerentem labores
        Pierio recreatis antro. 40

Vos lene consilium et datis et dato
gaudetis almae. Scimus ut impios
    Titanas immanemque turbam
        fulmine sustulerit caduco,

qui terram inertem, qui mare temperat 45
ventosum, et umbras regnaque tristia
    divosque mortalisque turmas
        imperio regit unus aequo.

Magnum illa terrorem intulerat Iovi
fidens iuventus horrida bracchiis 50
    fratresque tendentes opaco
        Pelion imposuisse Olympo.

Sed quid Typhoeus et validus Mimas,
aut quid minaci Porphyrion statu,
    quid Rhoetus evulsisque truncis 55
        Enceladus iaculator audax

De vossas fontes e coros amigo,   25
nem me fez perder, em Filipos, a debandada
    do exército, nem a maldita árvore,
        nem Palinuro na água da Sicília.

Sempre que comigo estiverdes, de boa vontade
acometerei, como marinheiro, o insano Bósforo,   30
    e, como viandante, as ardentes
        areias da costa assíria;

visitarei os Bretões, cruéis para os estrangeiros,
os Côncanos, que se deleitam com o sangue de cavalo,
    incólume visitarei os Gelonos   35
        com suas aljavas e o rio cita.

Vós, assim que o subido César nas fortalezas aquartelou
seus exércitos cansados da campanha, numa gruta da Piéria
    a ele, que repousar procurava de seus trabalhos,
        novo ânimo lhe destes.   40

Vós, almas divindades, suaves conselhos dais,
e neles alegria tendes. Sabemos
    como os ímpios Titãs e uma monstruosa hoste
        com cadente raio repelidos foram

por aquele que a inerte Terra regula, e o ventoso mar,   45
e que sozinho as sombras e os lúgubres reinos,
    e os deuses, e a multidão dos mortais
        com justa autoridade rege.

Grande terror essa medonha juventude,
confiante na sua própria força, em Júpiter infundiu,   50
    tal como os irmãos que se esforçaram por pôr
        o Pélion sobre o umbroso Olimpo.

Mas que poderiam Tífon e o possante Mimas fazer,
e Porfírion com ameaçadora pose,
    e Reto e o audacioso Encélado,   55
        árvores arrancando e lançando,

contra sonantem Palladis aegida
possent ruentes? Hinc avidus stetit
    Vulcanus, hinc matrona Iuno et
        numquam umeris positurus arcum,   60

qui rore puro Castaliae lavit
crinis solutos, qui Lyciae tenet
    dumeta natalemque silvam,
        Delius et Patareus Apollo.

Vis consili expers mole ruit sua: 65
vim temperatam di quoque provehunt
    in maius; idem odere viris
        omne nefas animo moventis.

Testis mearum centimanus Gyas
sententiarum, notus et integrae   70
    temptator Orion Dianae,
        virginea domitus sagitta.

Iniecta monstris Terra dolet suis
maeretque partus fulmine luridum
    missos ad Orcum; nec peredit   75
        impositam celer ignis Aetnen,

incontinentis nec Tityi iecur
reliquit ales, nequitiae additus
    custos; amatorem trecentae
        Perithoum cohibent catenae.   80

que poderiam fazer ao investir contra a retumbante
égide de Palas? De um lado se ergueu o ávido Vulcano,
   de outro a matrona Juno, e o deus que nunca
      há de descansar nos ombros o arco,   60

que seus soltos cabelos na pura água lava
de Castália, que os matagais da Lícia
   e o seu bosque natal habita:
      Apolo Délio e Patareu.

Sob o próprio peso rui a força falha de sabedoria;   65
a força equilibrada da razão também os deuses fazem crescer,
   da mesma forma com que odeiam as forças
      que no espírito movem tudo o que é nefasto.

Giges das cem mãos é de minhas palavras testemunha,
e também o famigerado Oríon,   70
   que tentando violar a casta Diana,
      pela seta da virgem foi dominado.

Chora a Terra, lançada sobre seus monstruosos filhos,
e sua prole lamenta, que um raio ao lúrido Orco
   lançou; e nem o célere fogo devorou   75
      o Etna que sobre eles pesa,

nem abandonou o fígado do devasso Tício
a ave, carcereira imposta à sua luxúria,
   e trezentas correntes aprisionam
      o licencioso Pirítoo.   80

1-8. *Desce do céu, Musa Calíope, e entoa um longo cântico ao som do instrumento que preferires! Também ouvis? Parece-me que já te ouço nos bosques sagrados.* 9-20. *Quando era menino adormeci no monte Vúlture, na Apúlia, e as lendárias pombas cobriram-me de louro e mirto, sinal da proteção de Apolo e Vênus. Protegeram-me assim das serpentes e dos ursos, para grande espanto das gentes locais.* 21-36. *Na vossa companhia, Musas, visito os montes da Sabina, Preneste, Tíbur e Baias. Sob a vossa proteção escapei aos perigos da guerra, em Filipos e no Cabo Palinuro, e àquela árvore que me caiu em cima. Na vossa companhia visitarei de bom grado os confins do Império.* 37-48. *Terminada a guerra, fostes vós quem animastes César e lhe aconselhastes a clemência. O onipotente Júpiter deu o exemplo contrário: destruiu os Gigantes sem misericórdia.* 49-64. *Por um momento, estes monstruosos e poderosos seres ainda assustaram Júpiter, mas que podiam fazer contra Atena, Vulcano, Juno ou Apolo?* 65-80. *A força bruta, usada sem sensatez, é meio caminho para a desgraça. Disso temos muitos exemplos: Giges, Oríon, os próprios Gigantes; e também Tício e Pirítoo, condenados a penas eternas.*

1   *Calíope*: propriamente a Musa da poesia lírica, embora Horácio nem sempre pareça atribuir características específicas a cada uma das Musas, seguindo a prática arcaica grega (cf. nota a I, 24, 3). A invocação da Musa no princípio do poema é não só característica da poesia épica, como também da lírica. A particularidade deste poema está no fato de a Musa responder à invocação do poeta, como as Musas de Hélicon em Hesíodo (cf. *Teogonia*, 22 ss.), embora estas tenham interpelado diretamente o poeta.

2   *Tíbia*: para a tíbia, cf. nota a I, 1, 33-4.

5   *Amável loucura*: trata-se aqui do *tópos* do ἐνθουσιασμός (*enthusiasmos*, em português "entusiasmo"): o poeta é possuído por uma loucura divina que o inspira. Esta ideia vem já de Platão (*Fedro*, 245a: "um terceiro gênero de possessão divina e de loucura provém das Musas; quando encontra uma alma delicada e pura, desperta-a e arrebata-a, levando-a a exprimir-se em odes e outras formas de poesia, embeleza as inúmeras empresas dos antigos e educa os vindouros", trad. José Ribeiro Ferreira), e foi recuperada pelo Romantismo.

9   *Lendárias pombas*: na Antiguidade, tendia-se a narrar episódios da infância que serviam de prenúncio ao destino da personagem em questão. Conta-se, por exemplo, que, na infância, Estesícoro foi visitado por um rouxinol que pousou sobre os seus lábios e cantou (cf. Plínio, o Velho, *História natural*, 10, 82). Aqui, foram as pombas, conhecidas das fábulas e das lendas, que cobriram o corpo do poeta, ainda menino, com folhas recém-caídas, com as quais se faziam as coroas dos poetas; mais abaixo (vv. 18-9), protegeram-no também com louro, sinal da proteção de Apolo, e com mirto, sinal da proteção de Vênus.

9   *Vúlture*: monte a cerca de 15 km de Venúsia (na Apúlia), terra natal de Horácio.

14-7   *Aquerôncia... Bância... Forento*: Aquerôncia (atual Acerenza) é uma localidade 21 km ao sul de Venúsia. Bância, região montanhosa cuja floresta foi desbastada para dar lugar a campos de pastio (*saltus*), fica 19 km a nordeste de Venúsia. Quanto à Forento, deve igualmente pertencer à região de Venúsia.

21   *Camenas*: para estas Musas romanas, cf. nota a I, 12, 39.

23   *Preneste*: região a 37 km de Roma, de uma altitude considerável, celebrada pelo seu templo da Fortuna, mandado construir por Sula. Dado o seu clima fresco, era um local aprazível no verão. Para Baias, cf. nota a II, 18, 21.

26   *Filipos*: referência à batalha de Filipos, que opôs Bruto e Cássio a Otaviano e Antônio, na qual Horácio participou pelo lado dos republicanos, saindo derrotado (cf. nota a II, 7, 2).

27   *Maldita árvore*: para a árvore que quase matou Horácio, cf. nota a II, 13, 11.

28   *Palinuro*: o Cabo Palinuro (existe ainda a localidade homônima na atual Itália), na Lucânia, banhado pelo Mar Tirreno (daí talvez a referência a *água da Sicília*, região banhada pelo mesmo mar); aqui em 36 a.C., na guerra contra Sexto Pompeu, Otaviano perdeu muitos barcos numa tempestade. Sabemos que Mecenas esteve presente nesse episódio, e pelo que aqui se diz, também Horácio.

30   *Bósforo*: para os perigos deste mar, cf. II, 13, 14-6 e nota a II, 13, 15.

32   *Costa assíria*: provavelmente o deserto ao longo do Golfo Pérsico, segundo E. Romano (*ad loc.*).

33   *Bretões*: cf. nota a I, 21, 16.

34   *Côncanos*: povo da Cantábria (norte de Espanha). Para este seu bárbaro costume, cf. Sílio Itálico, 3, 360 ss.

35   *Gelonos*: cf. nota a II, 9, 22. O rio da Cítia é o Tánais (atual Don).

37-8 *Vós, assim que...*: Horácio refere-se ao descanso dado aos combatentes depois da batalha de Áccio.

38   *Gruta da Piéria*: esta região da Macedônia está associada à poesia e às Musas, tal como a gruta de Dione (cf. nota a II, 1, 39). O verso sugere que Augusto (César) pode agora relaxar, ouvindo ou compondo cânticos, pondo assim um fim aos seus trabalhos da guerra (*labores*, "trabalhos", no plural, identifica Augusto com o próprio Hércules).

41   *Conselhos*: segundo alguns comentadores, referência à anistia dada por Augusto depois de Áccio aos que lutavam do lado de Antônio e Cleópatra; segundo outros, Horácio comenta a nova ordem social e política que Augusto inaugurava.

43   *Monstruosa hoste*: os Gigantes. Para a Gigantomaquia, cf. nota a II, 12, 6-8.

46   *As sombras e os lúgubres reinos*: referência ao Hades. Para as "sombras" dos mortos, cf. nota a I, 24, 14.

49   *Medonha juventude*: de novo os Gigantes.

51   *Os irmãos*: os Aloídas, Oto e Efialtes, dois gigantes que, na ânsia de fazerem guerra aos deuses, puseram os montes Pélion e Ossa, da Tessália, sobre o monte Olimpo, para assim poderem chegar ao Céu e lutar com os deuses. Como castigo por esta afronta, entre outras, Zeus, ou Ártemis, matou-os.

53   *Tífon*: Gigante filho de Tártaro e Geia, o maior de todos os filhos desta deusa. Tinha um corpo monstruoso, metade homem, metade dragão. Empreendeu sozinho uma luta contra os deuses que acabou por perder, dominado por Zeus.

53-5 *Tífon... Mimas... Porfírion... Reto... Encélado*: nomes de Gigantes que participaram na Gigantomaquia. Mimas foi morto por Hefesto, que lançou sobre ele metal em brasa. Porfírion foi morto pelas flechas de Apolo. Para Reto, cf. nota a II, 19, 23. Encélado combateu contra Atena e foi enterrado no Etna.

58 *Ávido Vulcano*: provavelmente ávido de guerras, de sangue.

62 *Castália*: fonte da Beócia consagrada às Musas.

64 *Apolo*: Apolo tinha um oráculo sagrado em Pátaros, na Lícia (no sudoeste da Ásia Menor). Daqui deriva o seu epíteto Apolo Patareu. Era também famoso o seu oráculo de Delos, a sua terra natal (o "bosque natal"), que lhe deu o seu epíteto de Délio.

69 *Giges*: para este monstro, cf. nota a II, 17, 14. Para Oríon, gigante caçador, cf. nota a II, 13, 39.

73 *Chora a Terra*: os Gigantes são filhos de Geia (Terra).

76 *Etna*: após perderem a guerra, os Gigantes foram enterrados sob este monte.

77 *Tício*: Gigante enviado por Atena contra Leto, com o intuito de a violar. Foi lançado ao Hades por Zeus, onde continuamente duas aves (ou uma, como é o caso) lhe devoravam o fígado, que ininterruptamente renascia, um castigo semelhante ao sofrido por Prometeu.

80 *Pirítoo*: rei dos Lápitas, tentou com Teseu raptar Prosérpina do Hades. Conseguiram descer aos infernos, mas ficaram lá presos. Só mais tarde Héracles conseguiu libertar Teseu, não conseguindo fazer o mesmo a Pirítoo: os deuses consideravam-no o principal responsável pelo crime cometido.

III, 5

Caelo tonantem credidimus Iovem
regnare: praesens divus habebitur
    Augustus adiectis Britannis
        imperio gravibusque Persis.

Milesne Crassi coniuge barbara   5
turpis maritus vixit et hostium —
    pro curia inversique mores! —
        consenuit socerorum in armis

sub rege Medo Marsus et Apulus,
anciliorum et nominis et togae   10
    oblitus aeternaeque Vestae,
        incolumi Iove et urbe Roma?

Hoc caverat mens provida Reguli
dissentientis condicionibus
    foedis et exemplo trahentis   15
        perniciem veniens in aevum,

si non periret immiserabilis
captius pubes. "Signa ego Punicis
    adfixa delubris et arma
        militibus sine caede" dixit   20

"derepta vidi; vidi ego civium
retorta tergo bracchia libero
    portasque non clausas et arva
        Marte coli populata nostro.

III, 5

Acreditamos que no céu reina o trovejante Júpiter,
e Augusto como um deus na terra será tido,
    logo que os Bretões e os terríveis Persas
        ao império forem anexados.

Viveu o soldado de Crasso na desgraça,   5
marido de uma esposa bárbara, e
    — pela Cúria, pelos transviados costumes! —
        o Marso e o Apúlio envelheceram

sob o domínio do rei parto, as armas empunhando
dos sogros inimigos, esquecidos dos ancis, do nome, da toga,   10
    da eterna Vesta, quando intactos estavam
        o templo de Júpiter e a urbe de Roma?

Disto se precavera a próvida mente de Régulo,
quando às infames condições se opôs,
    pois com tal precedente a desdita   15
        aos tempos vindouros traria,

se não morressem os jovens cativos,
indignos de pena: "Penduradas
    nos templos púnicos as nossas insígnias,
        e as armas aos soldados arrancadas   20

sem sangue derramado vi", disse ele, "vi de cidadãos livres
os braços torcidos atrás das costas, e as portas não fechadas
    de Cartago, e os campos, pelo nosso Marte
        devastados, sendo de novo cultivados.

Auro repensus scilicet acrior 25
miles redibit. Flagitio additis
    damnum: neque amissos colores
        lana refert medicata fuco,

nec vera virtus, cum semel excidit,
curat reponi deterioribus. 30
    Si pugnat extricata densis
        cerva plagis, erit ille fortis

qui perfidis se credidit hostibus,
et Marte Poenos proteret altero,
    qui lora restrictis lacertis 35
        sensit iners timuitque mortem.

Hic, unde vitam sumeret inscius,
pacem duello miscuit. O pudor!
    O magna Carthago, probrosis
        altior Italiae ruinis!" 40

Fertur pudicae coniugis osculum
parvosque natos ut capitis minor
    ab se removisse et virilem
        torvus humi posuisse vultum,

donec labantis consilio patres 45
firmaret auctor numquam alias dato,
    interque maerentis amicos
        egregius properaret exsul.

Atqui sciebat quae sibi barbarus
tortor pararet; non aliter tamen 50
    dimovit obstantis propinquos
        et populum reditus morantem

quam si clientum longa negotia
diiudicata lite relinqueret,
    tendens Venafranos in agros 55
        aut Lacedaemonium Tarentum.

Sem dúvida o soldado pelo ouro resgatado mais corajoso   25
voltará! À vergonha ajuntais o dano:
    nem a lã de vermelho tingida
        as cores perdidas recupera,

nem a verdadeira excelência, quando escapa,
aos corações enfraquecidos se preocupa em voltar.   30
    Se a fêmea do veado luta, quando libertada
        das densas redes, então corajoso será

aquele que ao pérfido inimigo se entregou,
e numa nova guerra, o Púnico será esmagado
    por quem passivamente sentiu as correias   35
        nos braços presos, e a morte temeu!

Este homem, não sabendo como salvar a vida,
a paz com a guerra confundiu. Ó vergonha!
    Ó magna Cartago, em cima elevada
        das desonrosas ruínas de Itália!"   40

Diz-se então que Régulo de si apartou o beijo
de sua casta esposa, e os seus pequenos filhos,
    como alguém nos direitos de cidadão diminuído,
        e torvo, voltou seu viril rosto para o chão,

enquanto a decisão dos vacilantes senadores não firmou,   45
com a autoridade de um conselho nunca antes dado,
    e entre queixosos amigos se apressou
        por partir, ele, um egrégio exilado.

E contudo ele sabia o que lhe preparava o bárbaro algoz;
apesar disso afastou a sua família   50
    que lhe barrava o caminho, e o povo
        que lhe atrasava o regresso,

como se, decidido o litígio, abandonasse
os arrastados processos dos seus clientes,
    dirigindo-se para os campos de Venafro,   55
        ou para Tarento na Lacedemônia.

1-4. Acreditamos que Júpiter reina nos céus por causa do seu trovão; mas na terra também Augusto será considerado um deus, quando triunfar sobre os Bretões e os Persas. 5-12. Como pudemos tolerar que soldados nossos fossem feitos cativos pelos Partos, e junto deles envelhecessem e lutassem, esquecidos dos costumes romanos? 13-8. Séculos atrás, Régulo precaveu-se de uma situação como esta, quando os seus soldados foram tomados pelos Cartagineses. Voltando a Roma para negociar os termos do resgate, disse assim ao Senado: 18-40. "Vejo um futuro negro à nossa frente, se cedermos às exigências do nosso inimigo: vejo o povo romano acorrentado e os seus campos devastados. Portanto, nem penseis em resgatar os nossos soldados: perderam para sempre a sua dignidade e coragem." 41-56. Afastou, então, de si os filhos e a esposa, e não saiu do seu lugar sem que tivesse a certeza de que o Senado seguiria o seu conselho, mesmo sabendo o que o esperava. Voltou de seguida para Cartago, onde o aguardava a tortura e a morte; quem o visse, porém, pareceria que partia para mais uma viagem de negócios.

3 *Bretões*: para a ameaça conjunta dos Bretões e dos Partos (os Persas, tal como em I, 2, 23), cf. nota a I, 21, 16.

5 *Soldado de Crasso*: referência ao desastre de Carras (53 a.C.), onde era general Crasso (cf. nota a I, 2, 22). As seguintes duas estrofes centram-se nos cerca de 10 mil soldados que se tornaram prisioneiros dos Partos, até 20 a.C., data em que voltaram a Roma, juntamente com as insígnias perdidas. Como apontam Nisbet e Rudd (2004), é interessante observar como pouco se fala deles na altura do seu regresso; a grande vitória diplomática foi de fato a recuperação das insígnias, o que demonstra o pouco apreço que os Romanos tinham pelos soldados que se deixavam capturar, o que aliás é bem visível neste poema.

8 *Marso e o Apúlio*: por metonímia, o povo romano. Para o povo marso, cf. nota a III, 14, 18.

10 *Ancis*: no reinado de Numa Pompílio, diz-se que caiu do céu em Roma um pequeno escudo (*ancil*), que foi associado a Marte. O escudo estava ligado ao destino da Urbe: enquanto ele existisse, Roma seria soberana. Por segurança, foram feitas onze cópias, confiadas à custódia dos sacerdotes Sálios (cf. nota a I, 36, 12).

11 *Vesta*: a deusa Vesta tinha um templo no Fórum; nele ardia continuamente um fogo, que representava a eterna sobrevivência da Urbe.

13 *Régulo*: Régulo foi um grande militar romano na Primeira Guerra Púnica, afamado especialmente pela sua vitória na atual Túnis, em 256 a.C. Foi, porém, mais tarde derrotado e feito prisioneiro pelos Cartagineses, juntamente com quinhentos dos seus homens (no texto, "os jovens cativos"). Segundo esta ode, quando os Cartagineses o obrigaram a ir a Roma para negociar o resgate dos prisioneiros, impondo "infames condições", Régulo aconselhou Roma a continuar a guerra, ignorando o pedido de resgate. Fê-lo para que Roma, cedendo, não pusesse em causa a sua hegemonia, acabando por cair às mãos dos Púnicos. Quando voltou voluntariamente a Cartago, pois tinha dado a sua palavra que voltaria, foi morto e o seu cadáver mutilado, isto em 250 a.C.

25 *Sem dúvida...*: naturalmente irônico.

29 *Excelência*: *virtus* aqui traduz não a Virtude estoica, mas a excelência heroica do soldado romano, que prefere morrer a tornar-se prisioneiro do inimigo.

34 *Numa nova guerra*: literalmente "com um outro Marte".

43 *Direitos de cidadão...*: lemos *ut capitis minor*, expressão adaptada de *deminutio capitis maxima*, figura da jurisprudência romana; quem era feito prisioneiro de guerra perdia automaticamente os seus direitos de cidadão e de família (cf. Lívio, 22, 60, 15, sobre os prisioneiros de Canas).

46 *Com a autoridade*: traduzimos *auctor*. O vocabulário jurídico abunda nestes últimos versos (*consilium, auctor, patres, diiudicata lite, longa negotia*). Sobre o sentido específico de cliente, cf. nota a II, 18, 7.

55 *Venafro*: cf. nota a II, 6, 16. É provável que Régulo tivesse nessa vila da Campânia uma propriedade.

56 *Tarento*: afamado nos tempos de Horácio como um aprazível local de férias (cf. nota a II, 6, 10). Com esta última estrofe, o poeta realça outra faceta do caráter de Régulo: a sua impavidez perante a desgraça, tal como o sábio estoico.

III, 6

Delicta maiorum immeritus lues,
Romane, donec templa refeceris
    aedesque labentis deorum et
        foeda nigro simulacra fumo.

Dis te minorem quod geris, imperas: 5
hinc omne principium, huc refer exitum:
    di multa neglecti dederunt
        Hesperiae mala luctuosae.

Iam bis Monaeses et Pacori manus
non auspicatos contudit impetus   10
    nostros et adiecisse praedam
        torquibus exiguis renidet.

Paene occupatam seditionibus
delevit urbem Dacus et Aethiops,
    hic classe formidatus, ille   15
        missilibus melior sagittis.

Fecunda culpae saecula nuptias
primum inquinavere et genus et domos;
    hoc fonte derivata clades
        in patriam populumque fluxit.   20

Motus doceri gaudet Ionicos
matura virgo et fingitur artibus
    iam nunc et incestos amores
        de tenero meditatur ungui;

III, 6

Inocente, pelas faltas dos teus pais pagarás,
Romano, enquanto não restaurares os templos,
 dos deuses os altares que ruem,
  e suas imagens sujas de negro fumo.

Tu imperas porque inferior te consideras aos deuses. 5
Faz derivar deles o princípio, para eles o fim.
 Os deuses, desprezados, muitos males
  à enlutada Hespéria trouxeram.

Por duas vezes Moneses e a mão de Pácoro
nossos ataques feitos sem auspícios repeliram, 10
 radiantes por terem acrescentado
  aos seus magros colares o saque.

Em guerras civis absorta, a nossa Urbe
quase destruíram o Daco e o Etíope,
 um temido por sua frota, o outro 15
  melhor em lançar setas.

Gerações em culpa fecundas primeiro poluíram
as núpcias, a família, as casas; desta fonte
 correu a desgraça, que se espalhou
  pela pátria e pelo povo. 20

Regozija-se a madura virgem ao aprender
os movimentos das danças jônias, agora já treinada
 na artimanha, desde a tenra infância
  planeando devassos amores.

mox iuniores quaerit adulteros   25
inter mariti vina, neque eligit
        cui donet impermissa raptim
                gaudia luminibus remotis,

sed iussa coram non sine conscio
surgit marito, seu vocat institor   30
        seu navis Hispanae magister,
                dedecorum pretiosus emptor.

Non his iuventus orta parentibus
infecit aequor sanguine Punico,
        Pyrrhumque et ingentem cecidit   35
                Antiochum Hannibalemque dirum,

sed rusticorum mascula militum
proles, Sabellis docta ligonibus
        versare glaebas et severae
                matris ad arbitrium recisos   40

portare fustis, sol ubi montium
mutaret umbras et iuga demeret
        bobus fatigatis, amicum
                tempus agens abeunte curru.

Damnosa quid non imminuit dies?   45
Aetas parentum, peior avis tulit
        nos nequiores, mox daturos
                progeniem vitiosiorem.

Em breve, enquanto bebe vinho o marido,   25
já ela amantes mais jovens procura: e não será
    nem à pressa nem ao acaso, que, de luzes apagadas,
        suas proibidas delícias há-de oferecer:

antes, às claras, quando lhe ordenam levanta-se,
não sem a conivência do marido, quer por ela chame   30
    vendedor, quer hispânico capitão de navios,
        comprando caro a vergonha dela.

Não foi destes pais que nasceu a juventude
que com o sangue púnico o mar tingiu,
    e que baquear fez Pirro, o grande   35
        Antíoco e o cruel Aníbal:

foi sim uma máscula prole de rústicos soldados,
ensinada a revolver a gleba com a enxada
    dos Sabelos, e a transportar os troncos cortados
        às ordens da mãe severa,   40

sempre que o sol as sombras dos montes variava,
e tirava o jugo dos cansados bois,
    trazendo a hora amiga
        ao partir em seu carro.

Que coisa não destruiu o danoso tempo?   45
A geração dos nossos pais, pior do que a dos avós,
    a nós, mais desprezíveis, nos criou, e em breve
        uma mais viciosa cepa havemos de gerar.

1-16. *Romano, continuarás a pagar pelas faltas dos teus pais, enquanto não restaurares os templos dos deuses. A tua devoção aos deuses é a razão da tua grandeza; quando os desprezaste, muitas desgraças aconteceram: veja-se como os generais partos repeliram os ataques de Antônio, realizados sem os devidos auspícios. Aliás, as alianças dele com Cleópatra e os Dacos quase destruíram Roma, envolvida numa guerra civil. 17-32. Geração após geração deixamos os nossos costumes corromperem-se. As nossas virgens aprendem desde novas a mexerem-se de forma sensual, e a insinuarem-se entre os homens; já casadas, não hesitarão em trair os seus maridos, nem sequer tentarão disfarçar. Serão os próprios maridos, aliás, que venderão os seus favores sexuais a um qualquer vendedor ou capitão. 33-44. Não foi desta estirpe que nasceu aquela juventude que derrotou Pirro, Antíoco ou Aníbal. Não, nessa altura os Romanos eram másculos soldados-agricultores, habituados à lavoura e a acatar as ordens de uma mãe severa. 45-8. O tempo destrói tudo: cada geração revela-se pior do que a anterior.*

4   *Negro fumo*: o fumo acumulado pela cidade ao longo dos anos.

8   *Hespéria*: a Itália (cf. nota a I, 28, 26).

9   *Por duas vezes*: isto é, alternadamente; cada um dos generais é responsável por apenas uma vitória sobre os Romanos.

9   *Moneses*: em 37 a.C. este proeminente general parto aliou-se a Antônio, para pouco depois retornar ao exército pátrio, desta vez sob a proteção de Fraates. Em 36 a.C. Antônio liderou um ataque à Pártia; o seu ímpeto foi sustido por homens como Moneses, que ajudou a aniquilar duas legiões inteiras, lideradas pelo legado Ópio Estaciano. Foi mais um agravo a juntar-se ao desastre de Carras.

9   *Pácoro*: também ele um general parto, foi fundamental para a vitória meda sobre o exército do legado Decídio Saxa, em 40 a.C., algo que permitiu aos vencedores tomar conta da Síria e de grande parte da Ásia Menor.

14   *Daco e o Etíope*: os Dacos (cf. nota a I, 35, 9) aliaram-se a Antônio antes da batalha de Áccio, daí a sua referência conjunta com os Etíopes, termo usado aqui depreciativamente como sinônimo de "egípcio", resultando daqui uma alusão ao exército de Cleópatra e Antônio.

22   *Danças jônias*: as danças (à letra "os movimentos jônios") desta zona da Grécia eram consideradas indecentes.

35   *Pirro*: cf. nota a I, 12, 40-1. Para a batalha das ilhas Egates, no contexto da Primeira Guerra Púnica, cf. nota a II, 12, 2.

36   *Antíoco*: Antíoco, o Grande, rei da Síria de 223 a 167 a.C., restaurou o império selêucida, conquistando a Trácia e depois a Grécia. Foi derrotado pelos Romanos em Termópilas, em 191, e na Magnésia Lídia, em 189. Junto deste rei procurou refúgio Aníbal, o cartaginês que por pouco não subjugou Roma.

39   *Sabelos*: segundo Nisbet e Rudd (*ad loc.*), povo samnita que habita no centro sul da Itália, os primeiros habitantes de Venúsia, e não um povo sabino, como defendem alguns editores.

44   *Carro*: para o carro do Sol, cf. nota a I, 22, 21.

III, 7

Quid fles, Asterie, quem tibi candidi
primo restituent vere Favonii
    Thyna merce beatum,
        constantis iuvenem fide

Gygen? Ille Notis actus ad Oricum   5
post insana Caprae sidera frigidas
    noctes non sine multis
        insomnis lacrimis agit.

Atqui sollicitae nuntius hospitae,
suspirare Chloen et miseram tuis   10
    dicens ignibus uri,
        temptat mille vafer modis.

Ut Proetum mulier perfida credulum
falsis impulerit criminibus nimis
    casto Bellerophontae   15
        maturare necem refert:

narrat paene datum Pelea Tartaro,
Magnessam Hippolyten dum fugit abstinens;
    et peccare docentis
        fallax historias monet.   20

Frustra: nam scopulis surdior Icari
voces audit adhuc integer. At tibi
    ne vicinus Enipeus
        plus iusto placeat cave;

III, 7

Por que choras, Astéria, por aquele que os límpidos
Favônios, mal chegue a primavera, te devolverão,
    rico com as mercadorias dos Tínios,
        esse teu jovem de constante fidelidade,

Giges? A Órico o levou o Noto, e agora,   5
depois de surgirem as insanas estrelas da Cabra,
    noites geladas passa sem dormir
        desfeito em lágrimas.

Entanto o mensageiro de sua inquieta anfitriã,
diz-lhe que ela, Cloe, por ele suspira,   10
    e infeliz arde em fogos iguais aos teus,
        e tenta-o, ardiloso, de mil formas.

Conta-lhe como uma mulher mentirosa,
com falsas acusações, levou o crédulo Preto
    a apressar a morte de Belerofonte,   15
        casto demasiado.

Narra como por pouco Peleu ao Tártaro não foi dado
enquanto por pudor de Hipólita de Magnésia fugia;
    insidioso avisa-o com histórias,
        ensinando-o a prevaricar: 20

em vão! Pois, mais surdo do que os rochedos de Ícaro
ouve suas palavras, ainda íntegro no coração. Mas tu,
    cuida para que Enipeu, teu vizinho,
        te não agrade mais do que é justo,

quamvis non alius flectere equum sciens   25
aeque conspicitur gramine Martio,
    nec quisquam citus aeque
        Tusco denatat alveo.

Prima nocte domum claude neque in vias
sub cantu querulae despice tibiae,   30
    et te saepe vocanti
        duram difficilis mane.

embora outro homem não se veja tão hábil ao guiar 25
o cavalo sobre o relvado do Campo de Marte,
    nem ninguém que tão rápido nade
        pelo rio etrusco abaixo.

Mal chegue a noite, fecha a casa, e não olhes para baixo,
para as ruas, ao som de sua lamuriante tíbia; 30
    e com ele, que tantas vezes dura te chama,
        inflexível permanece.

*1-8. Astéria, por que choras pelo teu Giges? Mal chegue a primavera, ele voltará
da Bitínia carregado de mercadorias. Acredita que também ele chora por ti, reti-
do no porto de Órico, à espera que a época das tempestades passe. 9-20. E isto
apesar de a sua anfitriã o tentar seduzir, por meio do seu mensageiro. Este chega
ao ponto de o ameaçar, dando-lhe exemplos mitológicos: de como Estenebeia,
enamorada por Belerofonte, o acusou falsamente por este a recusar, ou de como,
pela mesma razão, Hipólita acusou Peleu de a ter tentado violar; ambos os heróis
iam sendo mortos. 21-32. Mas os esforços do mensageiro são vãos: ele é-te fiel.
Quanto a ti, tem cuidado para não caíres nos encantos do teu vizinho Enipeu,
um homem atlético. Mal chegue a noite, tranca a casa e não ouças as suas sere-
natas; permanece dura para com ele.*

1   *Astéria*: nome grego, de ἀστήρ (*astêr*, "estrela"), sugerindo uma beleza sideral.

2   *Favônios*: ventos do Oeste.

3   *Tínios*: povo da Bitínia (cf. nota a I, 35, 7), região que desempenhava um papel
    importante no comércio do Mar Negro. Embora Bitínios e Tínios sejam a prin-
    cípio distinguidos pelo próprio Heródoto (cf. I, 28), cedo passam a designar um
    mesmo povo.

5   *Giges*: personagem já presente em II, 5, 20 (cf. nota), aqui ressoa como o nome do rei lídio Giges, cuja história, narrada em Heródoto (I, 8-12), se assemelha em alguns pormenores àquela aqui sugerida, nomeadamente na relação com a mulher do rei Candaules.

5   *Órico*: lugar costumeiro de passagem para quem viajava do Oriente para a Itália, Órico (atual Erikho) é um porto na costa do Epiro.

5   *Noto*: vento do Sul.

6   *Insanas estrelas*: a Cabra é a estrela mais brilhante da constelação do Auriga; depois do seu surgir, a meio de setembro, a navegação era interrompida. O plural, "estrelas", refere-se, segundo Porfírio, às outras estrelas vizinhas da constelação dos Cabritos, que acompanham de perto o seu nascimento. O adjetivo, "insanas", refere-se à loucura metafórica das tempestades que surgem nesta altura do ano.

10   *Cloe*: para o nome, cf. nota a I, 23, 1.

14   *Preto*: Preto era o rei de Tirinto. Junto dele procurou refúgio Belerofonte, depois do homicídio involuntário de Belero (segundo algumas versões). Contudo, a mulher de Preto, Estenebeia, enamorada pelo seu hóspede, tentou seduzi-lo sem grande resultado: o herói recusou-se sempre, por respeito ao anfitrião. Como vingança, Estenebeia levantou-lhe falsas acusações, que fizeram com que o rei de Tirinto ordenasse a morte de Belerofonte, o que não chegou a suceder. Para interpretar o epíteto "casto demasiado", é preciso ter em conta que, apesar do discurso indireto, é a perspectiva do mensageiro que prevalece: este ameaça veladamente Giges, se este recusar as investidas amorosas de Cloe, a sua anfitriã, e por isso aduz ainda o mito de Peleu.

17   *Peleu*: num dos episódios da vida de Peleu, este achou-se refugiado na corte de Acasto, rei da Magnésia. Tal como no mito da estrofe anterior, a mulher de Acasto, Hipólita, enamorou-se do jovem. Como Peleu recusasse qualquer tipo de relação, a rainha, despeitada, difamou-o dizendo que este a tentara violar. Acasto, procurando vingar-se, levou-o ao monte Pélion para uma caçada, acabando por o abandonar lá, escondendo a espada de Peleu enquanto este dormia. Quando acordou, viu-se rodeado dos terríveis Centauros; se não fosse Quíron, o mais amigável dos Centauros, que o salvou da situação, não poderia ter chegado a conceber Aquiles, e teria sido enviado para o Tártaro (o inferno da mitologia grega).

21   *Rochedos de Ícaro*: referência aos rochedos banhados pelo mar de Ícaro (cf. nota a I, 1, 16).

23   *Enipeu*: nome dado a partir do rio Enipeu, na Tessália. Era costume dar a personagens fictícias nomes de rios (cf. Nisbet e Rudd, *ad loc.*).

26   *Campo de Marte*: cf. nota a I, 8, 4.

28   *Rio Etrusco*: o Tibre, pois nasce na Etrúria.

30   *Tíbia*: para a tíbia, cf. nota a I, 1, 33-4.

III, 8

Martiis caelebs quid agam Kalendis,
quid velint flores et acerra turis
plena miraris positusque carbo in
    caespite vivo,

docte sermones utriusque linguae?   5
Voveram dulcis epulas et album
Libero caprum prope funeratus
    arboris ictu.

Hic dies anno redeunte festus
corticem adstrictum pice dimovebit   10
amphorae fumum bibere institutae
    consule Tullo.

Sume, Maecenas, cyathos amici
sospitis centum et vigiles lucernas
perfer in lucem: procul omnis esto   15
    clamor et ira.

Mitte civilis super urbe curas:
occidit Daci Cotisonis agmen,
Medus infestus sibi luctuosis
    dissidet armis,   20

servit Hispanae vetus hostis orae
Cantaber sera domitus catena,
iam Scythae laxo meditantur arcu
    cedere campis.

III, 8

Que faço eu, um solteiro, nas calendas de março,
o que significam as flores, a caixa cheia de incenso,
e o carvão pousado sobre o verde tufo,
    tudo isso perguntas admirado,

tu, um perito nos diálogos das duas línguas?   5
É que a Líbero um magnífico banquete prometera,
e um bode branco, quando o golpe daquela árvore
    quase me trouxe o funeral.

Este festivo dia, sempre que passe um ano,
saltar fará a rolha selada com a resina do pinheiro   10
de uma ânfora ensinada a beber o fumo
    no consulado de Tulo.

Bebe, Mecenas, cíatos cem, pelo teu ileso amigo
e as candeias, mantém-nas acordadas
até ao romper do dia: que longe esteja   15
    todo o clamor e a ira.

Deixa, como cidadão, de te afligir com a Urbe:
caiu o exército de Cotisão, o Daco,
os Medos, encarniçados, com lutuosas armas
    lutam entre si,   20

o Cântabro, velho inimigo da costa hispânica,
é nosso escravo, tarde pelas correntes dominado;
e já os Citas, desapertando seus arcos, das planícies
    planeiam retirar-se.

Neglegens ne qua populus laboret
parce privatus nimium cavere et
dona praesentis cape laetus horae ac
    linque severa.

O que quer que angustie o povo romano, não te preocupes,   25
poupa-te, cidadão privado, e não te atormentes demasiado:
colhe, feliz, os dons da hora presente,
    e deixa as coisas sérias!

1-12. *O que faz um solteiro como eu a preparar um sacrifício num dia dedicado às matronas romanas, perguntas tu? Agradeço a Baco ter-me salvado da queda daquela árvore que quase me matou: todos os anos celebrarei o evento com um vinho produzido nesse ano.* 13-6. *Bebe a noite inteira, Mecenas, pelo fato de o teu amigo ter sobrevivido!* 17-24. *Já não tens com que te preocupar; estás livre dos compromissos de Estado e todos os nossos inimigos foram derrotados: os Dacos, os Partos, os Cântabros e os Citas.* 25-8. *Deixa de te preocupar com o povo romano e aprecia a vida!*

1	*Que faço eu...*: no primeiro dia de março (calendas de março), celebravam-se os *Matronalia*, ocasião em que as matronas romanas subiam ao monte Esquilino, em direção ao templo de Juno Lucina, a deusa que assiste aos partos. Mecenas, o destinatário desta composição, admira-se com o fato de neste preciso dia encontrar o seu amigo Horácio a preparar um sacrifício; os *Matronalia* são reservados a mulheres, como ele bem sabe, pois na sua qualidade de erudito, versado em latim e em grego (*as duas línguas*), Mecenas conhece os pormenores etiológicos do povo romano, e as particularidades de cada dia festivo. Horácio desfaz de seguida o equívoco: não são os *Matronalia* que ele celebra, mas sim o fato de se ter salvado da queda de uma árvore na sua propriedade na Sabina (cf. II, 13).

2	*Caixa cheia de incenso*: a chamada acerra, caixa ou cofre onde se guarda o incenso usado para os sacrifícios. Para uma outra descrição de um sacrifício improvisado, reler I, 19 (estrofe final).

6	*Líbero*: é a este deus (Líbero é outro nome para Baco, cf. I, 18, 7) que Horácio consagra um bode, pois é o deus da poesia e do vinho. Como os bodes destruíam amiúde as videiras, acreditava-se que o sacrifício de um destes animais agradaria a Dioniso.

11	*Beber o fumo*: os Romanos acreditavam que o vinho ganhava qualidade quando guardado na despensa do telhado (*apotheca*), onde era exposto ao fumo.

12	*Tulo*: Lúcio Volcácio Tulo, cônsul em 33 a.C., segundo Nisbet e Rudd (*ad loc.*), e não o seu homônimo, cônsul em 66 a.C. Os Romanos etiquetavam os seus vinhos com o nome do cônsul em cujo ano o vinho fora produzido (cf. III, 21, 1).

13	*Cíatos*: para este vaso usado para servir vinho, cf. nota a I, 29, 8.

17	*Deixa, como cidadão*: em março de 28 a.C., data provável para esta ode, dadas as diversas referências a campanhas de Augusto, já Mecenas tinha sido libertado da sua função de *Curator Urbis*: na ausência de Augusto, Mecenas foi administrador de Roma. É tempo pois, segundo Horácio, de aproveitar o momento presente, na qualidade de cidadão privado, libertado das exigentes tarefas que a viagem do *princeps* lhe impôs.

18	*Cotisão, o Daco*: comandante derrotado por Crasso (cf. nota a I, 35, 9).

19-20	*Os Medos, encarniçados...*: a alusão à guerra civil entre os Partos aponta para a rebelião de Tiridates (cf. nota a I, 26, 6), na primavera de 26 a.C.

21	*Cântabro*: cf. nota a II, 6, 1.

23	*Citas*: cf. nota a I, 19, 10.

III, 9

Donec gratus eram tibi
nec quisquam potior bracchia candidae
    cervici iuvenis dabat,
Persarum vigui rege beatior.

"Donec non alia magis   5
arsisti neque erat Lydia post Chloen,
    multi Lydia nominis,
Romana vigui clarior Ilia."

Me nunc Thraessa Chloe regit,
dulcis docta modos et citharae sciens,   10
    pro qua non metuam mori,
si parcent animae fata superstiti.

"Me torret face mutua
Thurini Calais filius Ornyti,
    pro quo bis patiar mori,   15
si parcent puero fata superstiti."

Quid si prisca redit Venus
diductosque iugo cogit aeneo,
    si flava excutitur Chloe
reiectaeque patet ianua Lydiae?   20

"Quamquam sidere pulchrior
ille est, tu levior cortice et improbo
    iracundior Hadria,
tecum vivere amem, tecum obeam libens."

III, 9

Enquanto te agradava,
nenhum outro jovem mais amado seus braços passava
   à volta de teu cândido pescoço,
e floresci, mais ditoso do que o rei dos Persas.

"Enquanto por outra não ardeste,   5
mais que por mim, nem Lídia estava depois de Cloe,
   eu, Lídia, grande glória tive
e floresci, mais famosa do que a romana Ília."

Sobre mim reina agora a trácia Cloe,
versada em doces cadências, exímia na cítara;   10
   por ela não recearei morrer,
se assim os fados pouparem minha amada.

"Incendeia-me, em mútua chama,
Cálais, filho de Órnito de Túrio;
   por ele duas vezes aceitarei morrer,   15
se assim os fados pouparem meu jovem."

E se uma antiga Vênus volta,
cingindo-nos com seu brônzeo jugo, a nós ora separados;
   se a loura Cloe é posta fora,
e a porta se abre para a rejeitada Lídia?   20

"Embora ele seja mais belo
que uma estrela, e tu mais leve que a cortiça,
   mais irascível que o raivoso Adriático,
contigo adoraria viver, e de bom grado contigo morreria."

1-4. *Quando eu te agradava, não tinhas mais ninguém, e era mais feliz do que o rei dos Persas. 5-8. "Antes de te teres apaixonado por Cloe, eu, Lídia, era mais famosa do que Reia Sílvia." 9-12. Sim, é verdade que sobre mim reina a bela Cloe; por ela era capaz de morrer. 13-6. "Pois eu e Cálais estamos profundamente apaixonados, e também eu morreria por ele." 17-20. E se o nosso antigo amor voltar, e eu mandar embora Cloe e voltar para os teus braços? 21-4. "Nesse caso, embora Cálais seja belo e tu inconstante, contigo adoraria viver, e contigo de bom grado morreria."*

1   *Enquanto...*: esta ode resulta num *carmen amoebaeum* ("canção de resposta"), em que a cada estrofe responde uma outra, numa estrutura de diálogo, neste caso entre o poeta e Lídia. As origens do gênero seriam populares, e fazem lembrar a nossa própria tradição das cantigas ao desafio ou à desgarrada.

8   *Romana Ília*: cf. nota a I, 2, 17.

14   *Cálais, filho de Órnito de Túrio*: o nome Cálais faz lembrar a personagem homônima que participou na *Argonáutica* (cf. Apolônio de Rodes, I, 211), o filho alado de Bóreas; diz-se que o seu nome deriva de καλός (*kalos*, "belo"). O nome Órnito sugere o som da passagem do vento, do verbo ὄρνυμι (*ornymi*, "agitar"), e é também citado na *Argonáutica* (I, 207). Túrio é uma cidade do Golfo de Tarento, perto de Síbaris (cf. nota a I, 8, 3).

17   *Antiga Vênus*: isto é, um antigo amor.

18   *Brônzeo jugo*: para o jugo como metáfora do amor, cf. nota a I, 33, 11.

III, 10

Extremum Tanain si biberes, Lyce,
saevo nupta viro, me tamen asperas
porrectum ante foris obicere incolis
    plorares Aquilonibus.

Audis quo strepitu ianua, quo nemus   5
inter pulchra satum tecta remugiat
ventis, et positas ut glaciet nives
    puro numine Iuppiter?

Ingratam Veneri pone superbiam,
ne currente retro funis eat rota.   10
Non te Penelopen difficilem procis
    Tyrrhenus genuit parens.

O quamvis neque te munera nec preces
nec tinctus viola pallor amantium
nec vir Pieria paelice saucius   15
    curvat, supplicibus tuis

parcas, nec rigida mollior aesculo
nec Mauris animum mitior anguibus.
Non hoc semper erit liminis aut aquae
    caelestis patiens latus.   20

III, 10

Mesmo se a água do longínquo Tánais bebesses, Lice,
esposa de um cruel marido, chorarias ainda assim,
por me veres prostrado ante tua cruel porta,
    exposto aos Áquilos que aqui habitam.

Ouves como geme tua porta em resposta aos ventos,   5
assim como o bosque no pátio plantado de tua bela casa,
e como Júpiter no puro céu
    gela a neve que cai?

Essa soberba, ingrata a Vênus, deixa-a
ou a corda acompanhará a solta roldana.   10
Não concebeu teu pai tirreno uma Penélope
    inacessível aos pretendentes.

Oh, e embora nem as prendas, nem as preces,
nem a palidez de violeta tingida de teus amantes,
nem o amor de teu marido por uma meretriz da Piéria   15
    te façam vacilar, poupa os teus suplicantes.

Tu não és nem mais mole do que o duro carvalho,
nem no coração mais terna do que as mauras serpentes.
Este meu corpo não sofrerá para sempre
    tua soleira nem a água dos céus.   20

1-4. Mesmo se fosses uma bárbara, Lice, ainda assim chorarias por me veres aqui desabrigado, diante da tua porta. 5-12. Não vês que mau tempo está? Como passo frio? Deixa de ser tão arrogante: a minha paciência não durará para sempre! O teu pai era etrusco, e portanto tu não és uma nova Penélope... 13-20. E se nem as prendas nem as súplicas dos teus amantes, nem as traições do teu marido te fazem vacilar, o meu último apelo é à tua misericórdia. Mas tu és tão dura como o carvalho, e tão fria como as serpentes. Pois eu não ficarei para sempre aqui à tua porta.

1   *Tánais*: atual rio Don (nasce em Moscou e deságua no Mar de Azov). Na Antiguidade delimitava o espaço geográfico da Europa, confinando com o território dos Citas, provavelmente a nacionalidade desse "cruel marido". O argumento simplificado é o seguinte: mesmo se fosses uma mulher bárbara, ainda assim te deixarias comover comigo.

1   *Lice*: nome grego, de λύκη (*Lykê*), forma feminina formada a partir de λύκος (*lykos*, "lobo"). O seu nome sugere crueldade.

3   *Tua cruel porta*: este poema é um *paraklausithyron*, uma espécie de serenata à porta da mulher amada, que se recusa a receber o amante; este tópico comum já na lírica grega é muito explorado na elegia romana (cf. nota a I, 25, 2).

4   *Áquilos*: ou "Aquilões", ventos do Norte.

10   *Ou a corda...*: a roldana, juntamente com a corda, é usada para levantar pesos; se se larga a corda a roldana corre com ela. Metaforicamente, o poeta avisa Lice do seguinte: ela tem nas mãos o amor do poeta, simbolizado pela corda; se ela se descura e larga o roldana, os sentimentos do seu amante desaparecerão.

11   *Penélope*: a mulher de Ulisses, que durante anos afastou os pretendentes à sua mão esperando o regresso do herói.

15   *Piéria*: região da Macedônia. Nisbet e Rudd (*ad loc.*) defendem que a referência a esta cidade sugere que o marido de Lice está de viagem, o que justifica a alusão a Penélope e aos pretendentes nos vv. 11-2.

18   *Mauras Serpentes*: o norte de África era conhecido no mundo antigo pelas suas perigosas serpentes.

III, 11

Mercuri — nam te docilis magistro
movit Amphion lapides canendo —
tuque testudo resonare septem
    callida nervis,

nec loquax olim neque grata, nunc et   5
divitum mensis et amica templis,
dic modos, Lyde quibus obstinatas
    applicet auris,

quae velut latis equa trima campis
ludit exsultim metuitque tangi,   10
nuptiarum expers et adhuc protervo
    cruda marito.

Tu potes tigris comitesque silvas
ducere et rivos celeris morari;
cessit immanis tibi blandienti   15
    ianitor aulae,

Cerberus, quamvis furiale centum
muniant angues caput eius atque
spiritus taeter saniesque manet
    ore trilingui.   20

Quin et Ixion Tityosque vultu
risit invito, stetit urna paulum
sicca, dum grato Danai puellas
    carmine mulces.

III, 11

Mercúrio — pois ensinado por ti
o dócil Anfíon cantando moveu as pedras —
e tu, tartaruga, perita em fazer ressoar
    as sete cordas,

tu que outrora nem loquaz nem graciosa eras,   5
e que agora amiga és dos templos e das mesas dos ricos,
faz soar ritmos aos quais Lide possa aplicar
    os seus obstinados ouvidos.

Ela, qual jovem égua de três anos, brinca
saltitando pelos vastos campos, e teme ser tocada,   10
desconhecendo o casamento, imatura ainda
    para os ímpetos do marido.

Contigo podes levar bosques
e tigres, e atrasar os céleres rios;
e até aos teus encantos se rendeu   15
    o porteiro do medonho átrio,

Cérbero, embora cem serpentes protejam
sua cabeça semelhante a uma Fúria,
e um repugnante hálito e podridão morem
    na sua boca de três línguas.   20

Até Ixíon e Tício de má vontade riram,
e, enquanto com teu doce canto deleitavas
as filhas de Dânao, por um instante ficou seca
    a urna que seguram.

Ode III, 11

Audiat Lyde scelus atque notas   25
virginum poenas et inane lymphae
dolium fundo pereuntis imo,
    seraque fata,

quae manent culpas etiam sub Orco.
Impiae — nam quid potuere maius? —   30
impiae sponsos potuere duro
    perdere ferro.

Una de multis face nuptiali
digna periurum fuit in parentem
splendide mendax et in omne virgo   35
    nobilis aevum,

"Surge", quae dixit iuveni marito,
"surge, ne longus tibi somnus, unde
non times, detur; socerum et scelestas
    falle sorores,   40

quae velut nactae vitulos leaenae
singulos eheu lacerant: ego illis
mollior nec te feriam neque intra
    claustra tenebo.

Me pater saevis oneret catenis,   45
quod viro clemens misero peperci:
me vel extremos Numidarum in agros
    classe releget.

I pedes quo te rapiunt et aurae,
dum favet nox et Venus, i secundo   50
omine et nostri memorem sepulcro
    scalpe querelam."

Que ouça Lide destas virgens o crime   25
e o castigo conhecido, a água que se escapa
pelo fundo do pote vazio
      e os fados tardios

que, mesmo no Orco, esperam os culpados.
Ímpias — pois que pior poderiam ter feito?   30
ímpias foram capazes de matar seus esposos
      com o cruel ferro.

Apenas uma, de muitas, foi digna
do facho nupcial, com brilho mentindo
ao pai perjuro, virgem nobre   35
      para todo o sempre;

"Levanta-te", disse ela ao jovem marido,
"Levanta-te, ou um longo sono te será dado
por quem tu menos temes; engana teu sogro
      e minhas criminosas irmãs,   40

que, como leoas procurando vitelos,
ai!, um a um os vão dilacerando. Eu,
mais branda que elas, não te hei-de ferir,
      nem te farei prisioneiro.

Sobre mim que meu pai faça pesar cruéis correntes,   45
porque clemente poupei meu infortunado esposo,
e que a mim para os longínquos campos da Numídia
      num barco me expulse.

Vai, para onde te levarem teus pés e os ventos,
enquanto a noite e Vênus te forem propícias,   50
vai sob bom presságio, e no meu sepulcro
      grava um lamento em memória de nós."

1-12. *Mercúrio, tu que ensinaste Anfíon e inventaste a lira, faz soar uma música que chame a atenção da teimosa Lide, que como uma jovem égua foge ainda de um companheiro. 13-24. O teu poder é imenso: os tigres seguem-te, fazes parar os rios, e com a tua música encantaste Cérbero e os condenados dos Infernos, como Ixíon, Tício e as Danaides. 25-32. Que Lide ouça o exemplo destas últimas, e deixe de rejeitar os homens: as Danaides mataram os seus esposos no dia do casamento; não perderam a virgindade, mas foram condenadas a um suplício eterno. 33-52. Apenas Hipermnestra foi misericordiosa para com o seu jovem marido, dizendo-lhe: "As minhas irmãs têm planos terríveis para vos matar. Mesmo sabendo que o meu pai me castigará por isso, o meu amor por ti não me permite fazer-te mal. Peço-te que te vás embora e que guardes para sempre a memória do nosso amor".*

2   *Anfíon*: Anfíon e Zeto, seu irmão, são filhos de Zeus e Antíope. Enquanto Zeto se dedicava à luta e à agricultura, Anfíon dedicava-se à música, numa lira oferecida por Mercúrio. Os dois construíram as muralhas de Tebas, e em algumas versões do mito Anfíon atraía as pedras necessárias à sua construção apenas com o som de sua música (daí "cantando moveu as pedras"). Para Anfíon como fundador de Tebas e hábil tocador da lira, movendo com ela as pedras, cf. *Arte poética*, 394-6.

3   *Tartaruga*: para a associação deste animal à lira, em que funciona como caixa de ressonância, cf. nota a I, 21, 12.

7   *Lide*: para o nome, cf. nota a II, 11, 21. De acordo com a interpretação de Nisbet e Rudd (*ad loc.*), embora tal não seja óbvio numa primeira leitura da ode, este poema forma um todo coerente, pois mais não é, do princípio ao fim, do que uma tentativa sofisticada de convencer Lide a se entregar ao poeta. Depois de invocar Mercúrio e de dar exemplos mitológicos de como o canto pode seduzir o mais empedernido dos seres, Horácio aponta a Lide o exemplo das Danaides, sugerindo que estas mulheres podem não ter perdido a virgindade, mas acabaram por ser condenadas a duras penas nos Infernos: assim também Lide se deve entregar ao amor, por receio de um destino semelhante. Por outro lado, Hipermnestra serve de exemplo de compaixão e de sentimentos amorosos para com um homem, podendo servir de inspiração a Lide para se entregar aos prazeres da carne.

13-24   *Contigo podes...*: Horácio refere atributos mais característicos de Orfeu (cf. I, 12, 7-12), do que propriamente de Mercúrio. O propósito é simples: chegar rapidamente ao Hades, onde a atenção do poeta se centra nas Danaides, o mote deste poema.

21   *Ixíon*: por ter assassinado o seu sogro, Ixíon incorreu na ira divina. Zeus purificou-o sem sucesso: pouco depois o rei dos Lápitas tentou violentar Hera. Como castigo, foi amarrado, no Hades, a uma roda em chamas que eternamente girava. Para Tício e o seu tormento no inferno, cf. nota a III, 4, 77.

23   *Filhas de Dânao*: referência às Danaides, as cinquenta filhas de Dânao que fugiram com o seu pai do Egito, ameaçadas pelos cinquenta sobrinhos de Dânao. Uma vez em Argos, os primos visitaram-nas para com elas se casarem, e assim

colocarem um termo à discórdia da família. Nas bodas, porém, as Danaides, instruídas por seu pai, assassinaram todos os seus respectivos maridos, exceto Hipermnestra, que poupou Linceu. Este, porém, mais tarde, matou as Danaides e o seu pai, vingando os seus irmãos. No Hades eram obrigadas a recolher eternamente água com um recipiente furado (uma urna), como castigo do seu terrível crime.

34 *Facho nupcial*: Himeneu, o deus do casamento, surgia sempre no dia das núpcias acompanhado por uma tocha.

III, 12

Miserarum est neque amori dare ludum neque dulci
mala vino lavere, aut exanimari metuentis
    patruae verbera linguae.

Tibi qualum Cythereae puer ales, tibi telas
operosaeque Minervae studium aufert, Neobule,   5
    Liparaei nitor Hebri,

simul unctos Tiberinis umeros lavit in undis,
eques ipso melior Bellerophonte, neque pugno
    neque segni pede victus:

catus idem per apertum fugientis agitato   10
grege cervos iaculari et celer arto latitantem
    fruticeto excipere aprum.

III, 12

Infelizes aquelas jovens cuja sorte é não brincar ao amor,
nem as mágoas lavar com o doce vinho, ou quase morrer
   com medo das chicotadas da língua do tio.

Afasta-te o alado filho de Citereia do teu cesto de lã, Neobule,
afasta-te o esplendor de Hebro de Lípara do tear e do teu gosto
   pelos lavores de Minerva,

assim que ele os ombros cobertos de azeite nas águas do Tibre lava,
cavaleiro melhor que o próprio Belerofonte, na agilidade invencível
   de seus punhos e pés,

e igualmente hábil, quando se assusta a manada, em arremessar a lança
sobre o veado que pelo campo aberto foge, e rápido em surpreender
   o javali que no denso matagal se esconde.

1-3. *Infelizes as jovens que não se podem dedicar ao amor, nem beber vinho, cheias de medo do que o tio possa dizer. 4-12. Cupido não te deixa dedicares-te à tecelagem, Neobule, enamorada que estás pelo belo Hebro, cavaleiro e atleta exímio, para além de hábil caçador.*

1   *Infelizes aquelas jovens...*: esta ode começa com uma imitação de um poema de Alceu, que nos chegou em estado muito fragmentário: "como sou eu uma mulher infeliz, eu que partilho inteiramente, em toda a desgraça [...]" (fr. 10 L-P, tradução nossa). O poema de Alceu foi escrito no sistema métrico jônico, tal como esta ode (é aliás a única de Horácio composta neste sistema).

3   *Do tio*: em Roma, o tio paterno, por ausência ou morte do pai, é a pessoa da família que mais ativamente pode censurar os comportamentos das sobrinhas (cf. Horácio, *Sátiras*, 2, 2, 97; 2, 3, 88), por questões de heranças e de patrimônio.

4   *O alado filho*: Cupido. Para Vênus Citereia, cf. nota a I, 4, 5.

4   *Neobule*: nome usado somente uma vez por Horácio. O seu nome, do grego νέος (*neos*) e βουλή (*bulê*), sugere alguém que tomou uma "nova decisão". Uma certa Neobule é também cruelmente atacada por Arquíloco nos seus iambos (o modelo para os *Epodos* de Horácio), mas não parece que exista uma relação entre essa personagem e a desta ode.

5   *Hebro de Lípara*: Horácio dá por vezes o nome de rios (Hebro é um rio da Trácia) às suas personagens, cf. nota a III, 7, 23. Lípara é uma ilha da costa norte da Sicília (atual Lipari); a sua etimologia, λιπαρός (*liparos*), sugere algo reluzente de óleo, como o corpo de Hebro, oleado com azeite, prática comum entre os atletas antes de se lavarem.

6   *Minerva*: deusa ligada aos lavores femininos, nomeadamente à tecelagem. A divindade romana adotou esta característica da correspondente grega Atena. É um tópico comum na literatura clássica o da mulher que, dominada por Eros, se distrai das suas ocupações costumeiras. A temática, aliás, faz lembrar o fr. 102 L-P de Safo: "Doce mãe, não sou capaz de urdir esta trama! Estou subjugada/ pelo desejo por um rapaz, graças à esbelta Afrodite" (*Poesia grega*, trad. Frederico Lourenço, Lisboa, Cotovia, 2006).

8   *Belerofonte*: para este poderoso herói grego, cf. nota a IV, 11, 27 e III, 7, 15.

III, 13

O fons Bandusiae splendidior vitro
dulci digne mero non sine floribus,
    cras donaberis haedo,
        cui frons turgida cornibus

primis et venerem et proelia destinat;   5
frustra: nam gelidos inficiet tibi
    rubro sanguine rivos
        lascivi suboles gregis.

Te flagrantis atrox hora Caniculae
nescit tangere, tu frigus amabile   10
    fessis vomere tauris
        praebes et pecori vago.

Fies nobilium tu quoque fontium,
me dicente cavis impositam ilicem
    saxis, unde loquaces   15
        lymphae desiliunt tuae.

III, 13

Ó fonte de Bandúsia, mais resplendente que o vidro,
digna de doce vinho puro, e de flores:
    amanhã ser-te-á ofertado um cabrito,
        cuja testa, túrgida de cornos

recém-nascidos, se prepara para o amor e para a guerra,   5
em vão: pois com seu rubro sangue tingirá
    tuas gélidas águas, este rebento
        de um lascivo rebanho.

A ti, não te pode atingir a atroz estação
da ardente Canícula: tu aprazível frescura ofereces   10
    aos touros cansados do arado,
        e ao vagante gado.

Também tu te tornarás uma das celebradas fontes,
pois eu canto a azinheira em cima plantada
    de tua rochosa gruta, de onde dimanam   15
        tuas murmurantes águas.

1-8. Fonte da Bandúsia, mais brilhante do que o vidro, amanhã sacrificar-te-ei um cabrito. 9-12. Por mais quente que esteja, tu ofereces sempre frescura ao gado que por ti passa. 13-6. Com o meu canto também tu te tornarás uma fonte famosa.

1 *Bandúsia*: a localização desta fonte tem sido largamente disputada; segundo os comentadores antigos, ficaria na Sabina, provavelmente perto da propriedade de Horácio. Segundo outros, ficaria no território da atual San Gervasio, a 11 km de Venúsia. Também acerca do festival a que este poema faz referência há alguma controvérsia; comumente, os comentadores referem os *Fontanalia*, celebrados a 13 de outubro, altura em que se lançavam coroas de flores às nascentes e fontes, fazendo-se igualmente sacrifícios de sangue em honra de *Fons*. No entanto, principalmente pela referência à Canícula (que não coincide com a altura dos *Fontanalia*), Nisbet e Rudd (*ad loc.*) inclinam-se para outra hipótese: os *Neptunalia*, festivais celebrados a 23 de julho, originalmente relacionados com as nascentes, e não com o mar.

10 *Canícula*: a Canícula, que nasce no dia 18 de julho, marca a altura mais quente do ano (cf. nota a I, 17, 18).

13 *Uma das celebradas fontes*: fontes famosas como por exemplo a Castália (cf. nota a III, 4, 62) ou a Aretusa (na Sicília, homônima de uma Ninfa) ou Hipocrene (no monte Hélicon, consagrada às Musas).

III, 14

Herculis ritu modo dictus, o plebs,
morte venalem petiisse laurum
Caesar Hispana repetit penatis
    victor ab ora.

Unico gaudens mulier marito   5
prodeat iustis operata divis,
et soror clari ducis et decorae
    supplice vitta

virginum matres iuvenumque nuper
sospitum. Vos, o pueri et puellae   10
iam virum expertae, male ominatis
    parcite verbis.

Hic dies vere mihi festus atras
eximet curas; ego nec tumultum
nec mori per vim metuam tenente   15
    Caesare terras.

I pete unguentum, puer, et coronas
et cadum Marsi memorem duelli,
Spartacum si qua potuit vagantem
    fallere testa.   20

Dic et argutae properet Neaerae
murreum nodo cohibere crinem;
si per invisum mora ianitorem
    fiet, abito.

III, 14

Até há pouco se disse, ó povo romano,
que César o louro procurou ao preço da morte,
mas ei-lo que vitorioso regressa, qual Hércules,
    da costa hispânica aos seus Penates.

Que avance a esposa orgulhosa deste incomparável   5
marido, e que os justos deuses honre com sacrifícios,
junto com a irmã de nosso preclaro guia,
    e, adornadas com as fitas das suplicantes,

com as mães das virgens e dos jovens recentemente salvos.
Vós, rapazes, e raparigas que já conhecem   10
seu homem, abstende-vos de palavras
    de mau agouro.

Este dia para mim verdadeiramente festivo
dos negros cuidados me há-de eximir:
não temerei nem a guerra civil nem a morte violenta   15
    sendo César senhor da Terra.

Vai, rapaz, e procura perfumes, e grinaldas,
e um pote de vinho que se lembre da Guerra Marsa,
se porventura algum jarro escapar conseguiu
    ao errante Espártaco.   20

E diz à melodiosa Neera que se apresse em prender
com um nó seus cabelos perfumados com mirra;
mas se o seu odioso porteiro te causar tardança,
    vai-te embora:

Lenit albescens animos capillus   25
litium et rixae cupidos protervae;
non ego hoc ferrem calidus iuventa
    consule Planco.

o cabelo grisalho apazigua o ânimo   25
ávido outrora de querelas e violentas rixas;
no consulado de Planco, no calor de minha juventude,
  tal afronta não haveria de permitir.

1-12. *Dizia-se que César Augusto estava morto, mais eis que ele regressa vitorio-*
so da Hispânia. Que a sua esposa, irmã e as mães daqueles que com ele retornam
ofereçam sacrifícios em sua honra. 13-6. Este é um dia festivo; nada temerei sen-
do César o senhor da Terra. 17-28. Rapaz, vai buscar um vinho velho, os perfu-
mes e as grinaldas, e vai buscar a bela Neera. Mas se o seu porteiro te der pro-
blemas, vai-te embora: já não tenho o sangue quente da juventude, nem idade
para chatices.

1   *Até há pouco*: desde 27 a.C. não voltava Augusto à Urbe: em 26 liderou uma
     campanha contra os Cântabros (cf. nota a II, 6, 1), e pouco depois, em 25, caiu
     doente em Tarragona, para só regressar a Roma no verão de 24 a.C. No nosso
     poema, Horácio celebra o regresso de Augusto, de quem se receava pela vida
     (provavelmente corria o rumor de que ele tinha mesmo morrido), como podemos
     ler no segundo verso.

3   *Qual Hércules*: a comparação é a seguinte: tal como Hércules voltou da Hispânia (onde combateu o centauro Gérion) para a sua terra, a Grécia, assim também voltou Augusto da Hispânia para a sua terra, Roma. Na época de Horácio notou-se um esforço de identificar o *princeps* com este herói (cf. Virgílio, *Eneida*, VI, 801 ss.), na sua qualidade de civilizador do mundo.

5   *A esposa*: Lívia, casada com Augusto em 39 a.C., com quem viveu mais de cinquenta anos. A irmã de Augusto é Octávia. Casou por volta de 54 a.C. com Marcelo, de quem enviuvou em 40. Casou posteriormente com Marco Antônio para selar o pacto de Brundísio; em 32, porém, divorciou-se dele.

8   *Fitas das suplicantes*: a *vitta* era uma fita que cingia o cabelo das matronas romanas quando estas se dirigiam aos templos para pedir algo aos deuses, ou para agradecer, como é o caso.

10-1   *Raparigas que já conhecem seu homem*: se o texto é correto (há muitos manuscritos que atestam a lição seguida), as raparigas eram ainda noivas dos rapazes que partiram um ano antes de Augusto chegar, e que agora, quando o *princeps* chega, são já casadas — e é a essas que Horácio se dirige. Mas tal interpretação não é minimamente satisfatória, pelo contexto em que as palavras *pueri* e *puellae* costumam ocorrer neste autor, sugerindo rapazes e raparigas de tenra idade (cf., por exemplo, I, 21). Bentley (um dos mais importantes autores da história da crítica horaciana, nascido no século XVII) propôs *non* em vez de *iam*, e portanto a frase traduz-se por "raparigas que não conhecem o homem". Este é apenas um exemplo das dificuldades que por vezes a tradição manuscrita aduz.

18   *Guerra Marsa*: referência à Guerra Social (91-87 a.C.), que opôs Roma aos seus aliados itálicos. O primeiro povo a insurgir-se contra o poderio romano foi de fato os Marsos, daí o nome dado por Horácio à guerra. O principal comandante das tropas itálicas, Q. Pompédio Silão, era igualmente marso. Os itálicos, altamente organizados (com um senado, capital e moeda próprias), causaram aos Romanos dissabores semelhantes aos de Canas. Foram derrotados pelos Romanos com dificuldade, auxiliados pela Etrúria e por mercenários bárbaros.

20   *Espártaco*: o famoso gladiador que liderou a revolta dos escravos, a custo contida por Roma, entre 73 a 71 a.C. As suas tropas, que chegaram a atingir os 60 mil elementos (de diversas origens), foram derrotadas por Crasso em finais de 72, na Apúlia. No ano seguinte, Pompeu derrubou o último reduto do contingente de Espártaco. A terrível guerra deixou, porém, marcas no povo romano.

21   *Neera*: Do grego Νέαιρα (*Neaira*), provavelmente um nome composto a partir de νέος (*neos*, "novo"), sugerindo assim uma mulher jovem. É um nome comum de cortesã (cf. *Epodos*, 15, 11).

27   *Planco*: Lúcio Munácio Planco, cônsul em 42 e 41 a.C. (cf. nota a I, 7, 17), na altura da batalha de Filipos, em que Horácio participou (cf. nota a II, 7, 2).

III, 15

Uxor pauperis Ibyci,
tandem nequitiae fige modum tuae
   famosisque laboribus:
maturo propior desine funeri

   inter ludere virgines   5
et stellis nebulam spargere candidis.
   Non, si quid Pholoen satis,
et te, Chlori, decet: filia rectius

   expugnat iuvenum domos,
pulso Thyias uti concita tympano.   10
   Illam cogit amor Nothi
lascivae similem ludere capreae:

   te lanae prope nobilem
tonsae Luceriam, non citharae decent
   nec flos purpureus rosae   15
nec poti vetulam faece tenus cadi.

III, 15

Mulher do pobre Íbico,
põe de vez um fim à tua devassidão
e aos teus escandalosos esforços:
agora mais próxima de teu iminente funeral,

deixa de dançar entre as virgens   5
e de espalhar o nevoeiro sobre a luz dessas estrelas.
O que a Fóloe convém, Clóris,
a ti não te fica bem: é mais correto que tua filha

dos jovens as casas tome de assalto,
qual tíade excitada pelo bater do tímpano.   10
É o amor de Noto que a faz brincar
como uma lasciva cabra-montês.

A ti, velhota, fica-te bem
a lã cortada perto da nobre Lucéria: não as cítaras,
nem a flor púrpura da rosa,   15
nem os barris bebidos até à borra.

1-6. *Mulher do pobre Íbico, tem vergonha! Já estás velha, e a tua presença entre as jovens não permite apreciar a sua beleza. 7-10. É à tua filha Fóloe que convém andar atrás dos homens; para ti, Clóris, tal já não é apropriado. 11-6. Ela, por ser nova, ainda se pode comportar como uma cabra-montês perante Noto: quanto a ti, não te ficam bem as flores nem as bebedeiras; fazes melhor em te dedicares à tecelagem.*

1   *Íbico*: o nome faz lembrar o poeta arcaico grego homônimo do século VI a.C., conhecido pelos seus comportamentos libertinos. "Pobre" sugere não só infelicidade como também pobreza material, motivada pelos gostos dispendiosos da mulher.

7   *Fóloe*: o seu nome deriva da montanha homônima perto de Élis e da Arcádia. Esta personagem surge igualmente em I, 33, 7.

7   *Clóris*: para o nome, "A Pálida", cf. nota a II, 5, 18. Não é de desprezar o fato de Clóris ser também o nome da mãe de Nestor, o que sugere uma mulher já muito velha. Sobre "as canções do despeito", cf. nota a IV, 13, 1.

10   *Tíade... tímpanos*: para tíades como nome dado às Bacantes, cf. nota a II, 19, 9. Para os tímpanos, associados ao culto de Dioniso, cf. nota a I, 18, 13.

11   *Noto*: do grego νόθος (*nothos*), "filho ilegítimo".

14   *Lucéria*: cidade da Apúlia, região celebrada pela qualidade de suas lãs.

III, 16

Inclusam Danaen turris aenea
robustaeque fores et vigilum canum
tristes excubiae munierant satis
    nocturnis ab adulteris,

si non Acrisium virginis abditae   5
custodem pavidum Iuppiter et Venus
risissent: fore enim tutum iter et patens
    converso in pretium deo.

Aurum per medios ire satellites
et perrumpere amat saxa potentius   10
ictu fulmineo: concidit auguris
    Argivi domus ob lucrum

demersa exitio: diffidit urbium
portas vir Macedo et subruit aemulos
reges muneribus; munera navium   15
    saevos illaqueant duces.

Crescentem sequitur cura pecuniam
maiorumque fames. Iure perhorrui
late conspicuum tollere verticem,
    Maecenas, equitum decus.   20

Quanto quisque sibi plura negaverit,
ab dis plura feret: nil cupientium
nudus castra peto et transfuga divitum
    partis linquere gestio,

III, 16

Uma brônzea torre, sólidas portas de carvalho,
e a sinistra sentinela de cães de guarda
assaz teriam protegido a prisioneira Dânae
    dos amantes noturnos,

se de Acrísio Júpiter e Vênus não tivessem rido,   5
o aterrado carcereiro da reclusa virgem,
pois sabiam que um seguro caminho se abriria
    ao deus em ouro transformado.

O ouro adora passar por entre os guardas
e deitar abaixo as pedras, mais poderoso   10
do que o golpe do trovão. Pelo lucro
    se arruinou a casa do argivo áugure,

esmagada pela desgraça; com ofertas,
arrombou o homem macedônio as portas das cidades
e seus reis rivais minou; as ofertas amarraram   15
    cruéis capitães de navios.

A fome por mais e a inquietude acompanham
a fortuna que cresce. Fiz bem em ter horror
de à vista de todos levantar a cabeça, Mecenas,
    glória dos cavaleiros.   20

A quanto mais se negar o homem,
mais dos deuses receberá. Procuro nu as muralhas
dos que nada desejam, e anseio por deixar,
    qual desertor, as fileiras dos ricos.

contemptae dominus splendidior rei   25
quam si quidquid arat impiger Apulus
occultare meis dicerer horreis,
    magnas inter opes inops.

Purae rivus aquae silvaque iugerum
paucorum et segetis certa fides meae   30
fulgentem imperio fertilis Africae
    fallit sorte beatior.

Quamquam nec Calabrae mella ferunt apes
nec Laestrygonia Bacchus in amphora
languescit mihi nec pinguia Gallicis   35
    crescunt vellera pascuis,

importuna tamen pauperies abest
nec, si plura velim, tu dare deneges.
Contracto melius parva cupidine
    vectigalia porrigam,   40

quam si Mygdoniis regnum Alyattei
campis continuem. Multa petentibus
desunt multa: bene est, cui deus obtulit
    parca quod satis est manu.

Daquilo que desprezei, sou mais glorioso senhor 25
do que se a fama tivesse de esconder nos celeiros
tudo o que o infatigável Apúlio lavra,
    um pobre entre tantas riquezas.

De pura água um ribeiro, de poucas jeiras um bosque,
e uma segura fé na minha colheita: tudo isso escapa 30
ao homem que sobre a fértil África o seu poder irradia —
    na sorte sou mais feliz.

E embora nem as abelhas da Calábria me tragam mel,
nem envelheça meu vinho nas ânforas dos Lestrigões,
nem cresçam para mim espessos velos 35
    nos pastos da Gália,

de mim está longe a importuna pobreza,
e o que mais quisesse não te negarias a dar.
Retraindo o desejo faço melhor em esticar
    o meu pequeno rendimento, 40

do que se unir o reino de Aliates aos campos
da Migdônia. Àqueles que muito pedem
muito falta. Está bem aquele a quem o deus
    com frugal mão o suficiente doou.

1-8. *Uma torre teria protegido Dânae se Júpiter, enamorado por ela, não se tivesse transformado numa chuva de ouro.* 9-16. *O ouro corrompe tudo; temos muitos exemplos, da história e da mitologia.* 17-20. *Mas quanto mais se tem, mais se quer. Eu não caio nesse erro, caro Mecenas: mantenho a cabeça baixa.* 21-32. *Quanto mais recusarmos, mais receberemos dos deuses. Há maior glória em desprezar os bens materiais do que em acumular todas as colheitas da Apúlia, e sou mais feliz com a minha pequena e pacata propriedade na Sabina do que alguém que possua uma província africana inteira.* 33-44. *E embora não viva rodeado de grandes luxos, não sou pobre, nem me negarias algo que te pedisse. Contendo, porém, a minha ambição, farei melhor em fazer esticar o meu rendimento do que em alimentar caprichos megalômanos: àquele que muito pede, muito falta. Está bem aquele que se contenta com o suficiente.*

3   *Dânae*: Acrísio, rei de Argos, tendo sabido por um oráculo que seria morto pelo filho de sua filha Dânae, aprisionou-a numa torre, fortemente vigiada. Zeus, porém, enamorado pela jovem (daí a referência a Vênus no v. 5), desceu sobre a torre numa chuva de ouro ("o deus transformado em ouro"), e possuiu Dânae, que deu à luz Perseu. Este último, cumprindo o oráculo, acabou mesmo por matar acidentalmente o seu avô Acrísio.

12   *Argivo áugure*: subornada por Polinices, Erifile, esposa de Anfiarau, convenceu o seu marido a participar numa expedição contra Tebas, os "Sete contra Tebas", algo a que ele se recusava, pois na sua qualidade de adivinho sabia quais as funestas consequências da sua participação na guerra: a sua própria morte, a da sua esposa, Erifile, e a de seu filho, Alcméon.

14   *Homem macedônio*: Filipe II da Macedônia, pai de Alexandre Magno. Algumas das suas conquistas foram atribuídas a subornos.

27   *Apúlio*: habitante da Apúlia, terra natal de Horácio.

33   *Abelhas da Calábria*: mais precisamente de Tarento (que antigamente pertencia à Calábria), terra famosa pelo seu mel e vinho (cf. II, 6, 14 ss.).

34   *Vinho*: literalmente "Baco".

34   *Lestrigões*: dizia-se que este povo referido na *Odisseia* (cf. X, 80 ss.) habitava na zona de Fórmias. Esta região, na costa sul do Lácio, era afamada pelo seu vinho, como podemos ler em I, 20, 11.

36   *Gália*: referência à Gália Cisalpina, afamada pela qualidade de suas lãs.

41   *Aliates*: rei da Lídia, pai de Creso, era conhecido pela sua enorme fortuna.

42   *Migdônia*: a Frígia. O nome deriva de Mígdon, o nome do lendário rei da Frígia (cf. nota a II, 12, 22).

III, 17

Aeli vetusto nobilis ab Lamo, —
quando et priores hinc Lamias ferunt
    denominatos et nepotum
        per memores genus omne fastus,

auctore ab illo ducit originem,   5
qui Formiarum moenia dicitur
    princeps et innantem Maricae
        litoribus tenuisse Lirim

late tyrannus: — cras foliis nemus
multis et alga litus inutili   10
    demissa tempestas ab Euro
        sternet, aquae nisi fallit augur

annosa cornix. Dum potes, aridum
compone lignum: cras Genium mero
    curabis et porco bimestri   15
        cum famulis operum solutis.

III, 17

Élio, nobre descendente do vetusto Lamo
(pois é dele — diz-se — o nome dos primeiros Lâmias:
    e toda a descendência de seus netos
        pelo registro dos fastos

a sua origem conhece neste antepassado,   5
de quem se diz ter sido o primeiro rei
    das muralhas de Fórmias e de Líris,
        que banha a costa de Marica,

senhor de um vasto território), amanhã, uma tempestade
pelo Euro lançada o bosque cobrirá de numerosas folhas,   10
    e a costa de inúteis algas,
        isto se a gralha não erra,

velha profetisa da chuva. Enquanto podes, ajunta lenha seca.
Amanhã, com teus escravos libertos de tarefas,
    teu Gênio reconfortarás com vinho puro   15
        e com um leitão de dois meses.

1-9. *Meu caro Élio, descendente de Lamo (deste primeiro rei de Fórmias provém toda a tua família, os Lâmias): 9-13. uma gralha anuncia que amanhã haverá uma tempestade; está na hora de juntar lenha seca. 14-6. Será a altura ideal para te reconfortares com uma simples refeição, já que os teus escravos não poderão trabalhar.*

1   *Élio*: muito provavelmente Lúcio Élio Lâmia (cf. nota a I, 26, 8).

1   *Lamo*: rei lendário dos Lestrigões, associados à terra natal dos Lâmias, Fórmias (cf. nota a III, 16, 34). Horácio sugere que o *cognomen* Lâmia conhece a sua origem neste lendário rei; o tom é, porém, irônico: os Lestrigões eram conhecidos por serem canibais.

4   *Fastos*: calendário oficial onde se registravam os dias sagrados, os nomes dos cônsules e os triunfos. Fatos mitológicos não eram aqui registrados, esta é apenas uma nota de humor por parte de Horácio.

7-8   *Fórmias... Líris... Marica*: Fórmias fica a cerca de 14 km do estuário do rio Líris, que deságua no mar através dos pântanos de Minturnas. Aqui havia um templo e um bosque sagrado em honra da deusa Marica, que Virgílio (cf. *Eneida*, VII, 47) diz ser a mãe do rei Latino e mulher de Fauno. Marica foi também identificada com Circe divinizada.

10   *Euro*: vento que sopra do Leste.

12   *Gralha*: o grito da gralha era, entre os antigos, considerado um prenúncio de chuva. Segundo a lenda, a gralha viveria nove gerações humanas (daí ser "velha profetisa"; cf. ainda IV, 13, 25).

15   *Gênio*: os Romanos acreditavam que cada homem tinha o seu próprio Gênio, uma divindade semelhante ao *daimôn* (δαίμων) grego, que com ele nascia. Especialmente nos dias de aniversário (parece pois que Horácio celebra aqui o dia de anos de Lâmia, o chamado genetlíaco), era oferecido a esta divindade um sacrifício, embora não de sangue, como sugerido no nosso texto. Considerando que o Gênio de cada um se confunde com o próprio sujeito, talvez o poeta esteja apenas a convidar o seu amigo a ter um bom repasto, com que gratifique o seu gênio pessoal.

III, 18

Faune, Nympharum fugientum amator,
per meos finis et aprica rura
lenis incedas abeasque parvis
    aequus alumnis,

si tener pleno cadit haedus anno,   5
larga nec desunt Veneris sodali
vina craterae, vetus ara multo
    fumat odore.

Ludit herboso pecus omne campo,
cum tibi Nonae redeunt Decembres;   10
festus in pratis vacat otioso
    cum bove pagus;

inter audaces lupus errat agnos;
spargit agrestis tibi silva frondis;
gaudet invisam pepulisse fossor   15
    ter pede terram.

III, 18

Fauno, amante de fugidias Ninfas,
que docemente avances pelos meus muros
e ensolarados campos, e ao partir sê benévolo
    com as pequenas crias,

se todos os anos um tenro cabrito te sacrifico,   5
se vinho em abundância não falta
na ânfora companheira de Vênus,
    e se muitos incensos ardem no velho altar.

Brinca no ervoso campo todo o gado,
quando as Nonas de dezembro para ti regressam;   10
a povoação em festa nos pastos vaga
    junto com o ocioso boi,

erra o lobo por entre audazes cordeiros,
a floresta suas agrestes folhas para ti espalha,
e o cavador alegra-se em bater três vezes   15
    com o pé na odiada terra.

1-8. Fauno, percorre com benevolência os meus campos, e protege as crias dos meus rebanhos, pois todos os anos te sacrifico um cabrito. 9-16. Quando chega dezembro, celebramos os teus festivais: os cordeiros não temem os lobos e os camponeses dançam.

1   *Fugidias Ninfas*: são proverbiais na mitologia as investidas de Fauno (neste caso assimilado ao deus arcádico Pã) sobre as Ninfas, procurando satisfazer o seu insaciável apetite sexual. Estas procuravam sempre fugir-lhe, daí o "fugidias".

10   *Nonas de dezembro*: o poema celebra os *Faunalia* (segundo Nisbet e Rudd, *ad loc.*, embora não haja muito consenso acerca da festividade a que Horácio aqui alude), celebradas a 5 de dezembro, agradecendo a proteção outorgada por Fauno aos rebanhos. Estas festas têm características semelhantes aos *Lupercalia* (celebrados a 15 de fevereiro).

11   *Povoação*: provavelmente Mandela (cf. nota a II, 13, 4).

15   *Cavador*: o cavador, que durante o ano inteiro trabalha a terra (daí ela ser odiada por ele), alegra-se agora em dançar neste dia festivo.

III, 19

Quantum distet ab Inacho
Codrus pro patria non timidus mori,
 narras et genus Aeaci
et pugnata sacro bella sub Ilio:

 quo Chium pretio cadum 5
mercemur, quis aquam temperet ignibus
 quo praebente domum et quota
Paelignis caream frigoribus, taces.

 Da lunae propere novae,
da noctis mediae, da, puer, auguris 10
 Murenae: tribus aut novem
miscentur cyathis pocula commodis.

 Qui Musas amat imparis,
ternos ter cyathos attonitus petet
 vates; tris prohibet supra 15
rixarum metuens tangere Gratia

 nudis iuncat sororibus.
Insanire iuvat: cur Berecyntiae
 cessant flamina tibiae?
Cur pendet tacita fistula cum lyra? 20

 Parcentis ego dexteras
odi: sparge rosas: audiat invidus
 dementem strepitum Lycus
et vicina seni non habilis Lyco.

III, 19

Os anos que distam entre Ínaco
e Codro, que pela pátria não receou morrer,
    e a estirpe de Éaco, e as guerras travadas
junto da sagrada Ílion, tudo isso nos contas;

    mas quanto ao preço com que compraremos   5
o jarro do vinho de Quios, sobre quem aquecerá
    a água com o fogo, em que casa e a que horas
escaparei deste frio peligno, nem uma palavra.

    Serve-nos vinho, rapaz, depressa!
Serve-nos, pela lua nova! Serve-nos, pela meia noite!   10
    Serve-nos, pelo áugure Murena! Preparam-se
os copos com três ou nove cíatos, ao gosto de cada um.

    Quanto ao vosso atordoado poeta,
que as ímpares Musas ama, três cíatos vezes três há-de pedir:
    de tocar em mais de três   15
a Graça com suas desnudas irmãs nos proíbe,

    por recear as rixas.
Agrada-me ensandecer. Por que cessa o sopro
    da tíbia de Berecinto?
Por que penduradas na parede se calam a siringe e a lira?   20

    Odeio mãos avaras!
Espalha as rosas! Que Lico ouça invejoso
    este demente barulho,
e a nossa mal casada vizinha, esposa desse velho Lico.

Spissa te nitidum coma,   25
puro te similem, Telephe, Vespero,
    tempestiva petit Rhode:
me lentus Glycerae torret amor meae.

A ti, de brilhante e espesso cabelo,   25
a ti, Télefo, semelhante à pura Estrela da Tarde,
    te procura a tempestiva Rode;
a mim me incendeia o lento amor de minha Glícera.

1-8. *Esquece-te lá dessas tuas cronologias mitológicas, e dá-nos algum pormenor acerca do banquete que nos vais oferecer!* 9-17. *É que tu, Murena, foste eleito áugure! Vamos celebrar o mês em que tal acontece!... Cada um beberá três ou nove copos; por mim, prefiro os nove, o número das Musas.* 18-28. *Por que não se ouve ainda música? Comecem os preparativos! Que o som dos nossos festejos chegue a casa de Lico, esse velho invejoso, e da sua pobre esposa. Nesse banquete, Rode insinuar-se-á a Télefo, e eu desejarei Glícera.*

1 *Ínaco*: para o rei, cf. nota a II, 3, 21. Este rei determinava normalmente o princípio das cronologias. Sugere-se assim que o amigo de Horácio está preocupado em compor uma cronologia, em vez de se ocupar do banquete próximo, algo que o poeta critica.

2 *Codro*: o último rei dos Atenienses. Seguindo um oráculo de Delfos, sacrificou a própria vida para que o seu povo saísse vitorioso contra os Espartanos. A sua morte era igualmente uma baliza importante nas cronologias.

3 *Estirpe de Éaco*: Peleu, Aquiles e Neoptólemo; os dois últimos participaram na guerra de Troia (Ílion), de que se fala no verso seguinte (para Éaco, o pai de Peleu, cf. nota a II, 13, 22).

6 *Vinho de Quios*: vinho especialmente celebrado na Antiguidade (cf. Plínio, o Velho, 14, 73).

7 *Água com o fogo*: segundo Pseudo-Ácron, a água era aquecida para depois a misturar com o vinho.

8 *Peligno*: era proverbial o frio do país dos Pelignos, no vale de Corfínio, rodeado pelos Apeninos.

11 *Áugure Murena*: a ode celebra a nomeação de um certo Murena a áugure, sacerdote que pertencia a uma das quatro mais importantes instituições religiosas romanas, que governava a observação e a aplicação dos auspícios. Ou se trata do mesmo Licínio Murena de II, 10 (cf. nota a II, 10, 1), ou do seu irmão, Aulo Terêncio Varrão Murena, cônsul em 23 a.C., substituído pouco depois. Nisbet e Rudd (*ad loc.*) defendem esta última hipótese.

14 *Três cíatos vezes três*: os versos são de difícil interpretação. Segundo uma possível leitura, o "presidente do banquete" (*symposiarchos*, cf. nota a I, 4, 18) terá imposto a regra de se servir, por convidado, três medidas (cíatos/conchas) de vinho, ou o seu múltiplo nove, provavelmente de acordo com o número total de convivas. Horácio prefere humoristicamente a proporção de nove, pois é este o número das Musas, as suas preferidas, ao contrário das Graças, que são apenas três. O cíato era um vaso usado para servir o vinho (cf. nota a I, 29, 8).

16 *Graça*: as três Graças (as gregas Cárites), Eufrósina, Talia e Aglaia, acompanham normalmente Dioniso nos banquetes, e aí desempenham um papel moderador.

19 *Tíbia de Berecinto*: a tíbia frígia descrita na nota a I, 18, 14.

20 *Siringe*: para esta flauta de Pã, cf. nota a I, 17, 10.

22 *Lico*: Horácio envereda agora pelo *tópos* do vizinho rezingão, que inveja a felicidade e a alegria experimentada pelos jovens no banquete. Lico é um nome genuinamente grego, sugerindo um lobo (λύκος, *lykos*) solitário.

26 *Télefo*: para o nome, "o que brilha ao longe", cf. nota a I, 13, 2.

27 *Tempestiva Rode*: diz-se que Rode é tempestiva (*vem a tempo*) pois tem a idade certa para Télefo. O nome Rode vem do grego ῥόδον (*rhodon*), "rosa".

28 *Glícera*: para o nome, cf. nota a I, 19, 5.

III, 20

Non vides quanto moveas periclo,
Pyrrhe, Gaetulae catulos leaenae?
Dura post paulo fugies inaudax
    proelia raptor,

cum per obstantis iuvenum catervas   5
ibit insignem repetens Nearchum,
grande certamen, tibi praeda cedat
    maior an illi.

Interim, dum tu celeris sagittas
promis, haec dentis acuit timendos,   10
arbiter pugnae posuisse nudo
    sub pede palmam

fertur et leni recreare vento
sparsum odoratis umerum capillis,
qualis aut Nireus fuit aut aquosa   15
    raptus ab Ida.

III, 20

Não vês, Pirro, quão perigoso é perturbar
as crias de uma getúlica leoa?
Bem depressa de sangrentas lutas fugirás,
    pusilânime raptor,

quando ela, uma multidão de jovens afastando,   5
reclamar vier o seu belo Nearco.
Grande duelo! Quem tomará
    o maior saque, tu, ou ela?

Entretanto, enquanto tuas ágeis flechas sacas,
e ela seus temíveis dentes afia,   10
diz-se que o árbitro deste combate
    sobre a palma já pôs o seu pé nu,

refrescando numa doce brisa o seu ombro
por onde os perfumados cabelos se espalham,
semelhante a Nireu, ou àquele que raptado foi   15
    do Ida fértil em água.

1-8. Pirro, não vês como é perigoso andares atrás de Nearco? É que uma mulher já tem as suas garras sobre ele, e não penses que essa leoa enfurecida deixará de oferecer luta. Quem ganhará o duelo? 9-16. Para Nearco, porém, é por demais indiferente quem será o vencedor; a sua beleza é equiparável a um Nireu ou a um Ganimedes.

1   *Pirro*: o masculino de Pirra (cf. nota a I, 5, 2); sugere alguém de cabelo averme-lhado ou ruivo.

2   *Getúlica leoa*: para a Getúlia, região conhecida pelos seus leões, cf. nota a I, 23, 9.

6   *Nearco*: nome grego formado a partir de νέος (*neos*, "jovem") e ἀρχός (*archos*, "chefe").

11   *O árbitro deste combate*: Nearco é o árbitro porque a decisão final será sempre dele. Mas a sua indiferença por esta luta é bem visível; em vez de acompanhar com interesse a batalha que por ele travam Pirro e a mulher, entregando no fim a palma (símbolo da vitória) a quem conseguir eliminar o seu adversário, prefere pisá-la, como sinal do seu desdém por esta luta.

15   *Àquele que*: Ganimedes. Apaixonado por sua beleza, Zeus raptou-o do monte Ida (na Trôade) e levou-o para o Olimpo, onde se tornou o copeiro dos deuses.

III, 21

O nata mecum consule Manlio,
seu tu querelas sive geris iocos
      seu rixam et insanos amores
         seu facilem, pia testa, somnum,

quocumque lectum nomine Massicum   5
servas, moveri digna bono die,
      descende, Corvino iubente
         promere languidiora vina.

Non ille, quamquam Socraticis madet
sermonibus, te negleget horridus: 10
      narratur et prisci Catonis
         saepe mero caluisse virtus.

Tu lene tormentum ingenio admoves
plerumque duro; tu sapientium
      curas et arcanum iocoso   15
         consilium retegis Lyaeo;

tu spem reducis mentibus anxiis,
virisque et addis cornua pauperi
      post te neque iratos trementi
         regum apices neque militum arma.   20

Te Liber et, si laeta aderit, Venus
segnesque nodum solvere Gratiae
      vivaeque procucent lucernae,
         dum rediens fugat astra Phoebus.

III, 21

Ó comigo nascida no consulado de Mânlio,
tragas tu queixas ou diversão,
    rixas ou loucos amores,
        ou ainda o sono fácil,

seja qual for o nome com que guardas o seleto Mássico,   5
desce daí, ó amável ânfora, digna de ser servida
    num dia propício: é que Corvino manda trazer
        os vinhos mais suaves.

Ele, apesar de embebido nos diálogos socráticos,
não será tão sisudo que te despreze: 10
    até a virtude do velho Catão — assim se conta —
        amiúde se aquecia com o vinho puro.

Tu por um momento doces tormentos trazes
aos duros corações. Tu, com o alegre Lieu,
    as angústias dos sábios revelas   15
        e os seus secretos pensamentos.

Tu devolves a esperança às almas ansiosas,
e ao pobre dás força e coragem: depois de te provar,
    ele não treme perante as iradas coroas dos reis
        e as armas dos soldados.   20

A ti te fará durar Líbero, e Vênus, se feliz a nós se juntar,
e as Graças, lentas em desatar seu nó,
    e as vivas candeias, até que Febo, voltando,
        em fuga ponha as estrelas.

1-8. *Ó ânfora, que guardas um vinho do mesmo ano em que nasci, chegou o momento de te ir buscar: é que Corvino pede um vinho suave. 9-12. Ele, apesar de entendido nos diálogos socráticos, há de te apreciar: até o sisudo Catão gostava do seu copinho. 13-20. O vinho traz conforto ao mais duro coração, e revela as angústias e os segredos dos sábios. Dá esperança às almas ansiosas e coragem aos pobres para pegar em armas contra os tiranos. 21-4. Com a ajuda de Baco, Vênus e das Graças, o vinho há de durar até de madrugada!*

1   *Mânlio*: Lúcio Mânlio Torquato, cônsul em 65 a.C., ano em que nasceu Horácio.

5   *Seja qual for o nome*: estes versos, de difícil interpretação, estão imbuídos do estilo hínico, embora com um tom paródico, uma vez que o destinatário (o recipiente...) da ode é uma ânfora (*testa*). Nos hinos, era comum invocar-se o deus com o nome ou epíteto apropriado à situação, ou salvaguardar-se de não o ter feito corretamente, dizendo algo como "como quer que queiras ser chamado" (cf. *Cântico Secular*, 15-6). Neste caso, Horácio poderá estar a referir-se aos diversos nomes gregos compostos com que Dioniso, o deus do vinho, era conhecido (cerca de 98, segundo a *Antologia Palatina*, 9, 524), como o "O que Gera Brigas", "O que Cura as Mágoas", etc. Para o vinho mássico, cf. nota a I, 1, 19.

6   *Desce daí*: a ânfora desce pois está guardada na despensa do sótão (cf. nota a III, 8, 11).

7   *Corvino*: Marco Valério Messala Corvino, nascido em 64 a.C., e por tal contemporâneo de Horácio, foi um homem muito influente quer na política quer na literatura. Combateu em Filipos em 42 a.C., pelos republicanos, mas mais tarde passou para o lado de Otaviano, por quem participou na batalha de Áccio. Em virtude de ter obtido a simpatia do *princeps* logrou uma carreira política invejável; foi cônsul em 31 a.C., foi áugure em 30, celebrou em 27 um triunfo sobre os Aquitanos, e foi, embora por pouco tempo, *praefectus urbi* (magistratura que outorgava ao prefeito o poder de manter a ordem na cidade) no ano de 26 a.C. No domínio da literatura, distinguiu-se pela sua exímia eloquência e pelas suas elegias; nenhuma obra completa dele nos chegou. A par de Mecenas foi dos maiores patronos da literatura augustana, e ao seu círculo literário pertenciam nomes como Tibulo.

11   *Catão*: cf. nota a II, 15, 11.

14   *Lieu*: deus do vinho. O seu nome, de λύω (*lyô*, "libertar") significa "aquele que desprende, que solta", simbolizando o poder libertador do vinho, presente também no nome Líbero (de *liber*, "livre").

22   *Graças*: cf. nota a I, 4, 6. O "nó", segundo a maioria dos comentadores, representa o laço indissolúvel que une as três Graças.

23   *Febo*: Febo, "O Brilhante", epíteto de Apolo aqui identificado com o Sol; ou seja, o banquete há-de durar até o raiar do sol.

III, 22

Montium custos nemorumque, Virgo,
quae laborantis utero puellas
ter vocata audis adimisque leto,
    diva triformis,

imminens villae tua pinus esto,   5
quam per exactos ego laetus annos
verris obliquum meditantis ictum
    sanguine donem.

III, 22

Virgem guardiã dos montes e dos bosques,
tu que ouves, três vezes chamada, as raparigas
em trabalho de parto, e as arrancas à morte,
    ó deusa de três formas,

que teu seja o pinheiro que se eleva sobre minha vila,   5
e que eu feliz te ofereça, completado cada ano,
o sangue de um leitão que por agora pratica
    suas oblíquas arremetidas.

1-4. *Diana, deusa dos bosques e das mulheres que dão à luz. 5-8. Consagro-te este pinheiro que se eleva sobre a minha propriedade; junto a ele sacrificar-te-ei todos os anos um leitão.*

4   *Deusa de três formas*: esta pequena ode é um hino à deusa Diana. Entre as suas várias virtudes o poeta salienta a sua proteção sobre os bosques e sobre os partos, papel que partilha com Juno Lucina (cf. nota a III, 8, 1). O epíteto "triforme" alude ao poder que a deusa exerce sobre o Céu (pois Diana é identificada com a Lua), na Terra (onde ela se chama Diana), e no Hades (onde ela é identificada com Hécate).

5   *Vila*: cf. nota a II, 3, 18.

III, 23

Caelo supinas si tuleris manus
nascente Luna, rustica Phidyle,
   si ture placaris et horna
      fruge Lares avidaque porca,

nec pestilentem sentiet Africum   5
fecunda vitis nec sterilem seges
   robiginem aut dulces alumni
      pomifero grave tempus anno.

Nam quae nivali pascitur Algido
devota quercus inter et ilices   10
   aut crescit Albanis in herbis
      victima pontificum securis

cervice tinget: te nihil attinet
temptare multa caede bidentium
   parvos coronantem marino   15
      rore deos fragilique myrto.

Immunis aram si tetigit manus,
non sumptuosa blandior hostia
   mollivit aversos Penatis
      farre pio et saliente mica.   20

III, 23

Se para o céu voltares a palma de tuas mãos,
rústica Fídile, quando nasce a lua,
    e se aos Lares ofereceres incenso,
        o grão deste ano e uma ávida porca,

nem a fértil videira sentirá o nocivo Áfrico,   5
nem a colheita a estéril ferrugem,
    nem as tenras crias a estação funesta
        em que o ano dá seus frutos.

E porque a destinada vítima, que ora pasta
no nivoso Álgido entre carvalhos e azinheiras,   10
    ou nos albanos prados cresce,
        com seu pescoço há-de tingir

os machados dos pontífices, a ti não te compete
com o muito sangue de ovelhas de dois anos
    tentar esses pequenos deuses; basta-te coroar suas imagens   15
        com o rosmaninho ou com o frágil mirto.

E se uma mão vazia tocou no altar,
que aplaque os ofendidos Penates com o sagrado trigo
    e o crepitante sal: pois mais amável não será
        por trazer suntuosa vítima.   20

1-8. Se tu, Fídile, uma mulher do campo, cumprires todos os rituais devidos aos deuses Lares, as tuas colheitas e os teus animais sobreviverão às pragas que costumam vir no outono. 9-16. Cada um faz a oferenda que deve: os sacerdotes do culto de estado fazem sacrifícios animais; quanto a ti, não deves sacrificar uma ovelha às pequenas estatuetas dos deuses Lares, basta-te que lhes consagrares rosmaninho ou mirto. 17-20. E se vieres de mão vazia perante o altar dos Penates, também te bastará a oferenda de um pouco de trigo consagrado, ou sal.

2   *Fídile*: do grego φείδομαι (*pheidomai*, "poupar"); o nome sugere uma mulher poupada e parcimoniosa.

3   *Lares*: deuses protetores da casa.

5   *Nocivo Áfrico*: o vento Áfrico ou siroco, que sopra do norte da África (sudoeste), era considerado mau, quer para a vegetação, quer para os animais, daí o seu epíteto *pestilens*, "pestífero", "que traz a peste", "nocivo".

6   *Ferrugem*: ferrugem ou míldio é o nome dado à doença causada por fungos, que atacam diversas plantas, tornando-as ao princípio da cor da ferrugem.

7   *Estação funesta*: o outono, particularmente nocivo pelos ventos que arrasta consigo, que traziam doenças, entre as quais a então desconhecida malária (transmitida pelos mosquitos). Cf. igualmente II, 14, 15.

10   *Álgido*: montanha no Lácio (cf. nota a I, 21, 7). "Albano" refere-se a uma zona montanhosa a sudoeste de Roma.

13   *Pontífices*: para o mais importante colégio sacerdotal romano, cf. nota a II, 14, 28.

15   *Pequenos deuses*: diz-se porque as imagens dos deuses Lares, que protegiam a casa, eram literalmente pequenas.

18   *Penates*: também eles deuses protetores do lar (cf. nota a II, 4, 16), muitas vezes confundidos com os próprios Lares.

18-9 *Trigo... sal*: com farinha de *farrum* (espécie de trigo) e sal fazia-se precisamente a *mola salsa*, mistura com que se borrifava a cabeça dos animais vítimas de sacrifício (o verbo português "imolar" vem precisamente de *mola*). Horácio sugere aqui que basta os ingredientes da mistura em si, e não os animais sacrificados, para agradar aos deuses Penates.

III, 24

Intactis opulentior
thesauris Arabum et divitis Indiae
    caementis licet occupes
Tyrrhenum omne tuis et mare Apulicum,

si figit adamantinos   5
summis verticibus dira Necessitas
    clavos, non animum metu,
non mortis laqueis expedies caput.

Campestres melius Scythae,
quorum plaustra vagas rite trahunt domos,   10
    vivunt et rigidi Getae,
immetata quibus iugera liberas

fruges et Cererem ferunt,
nec cultura placet longior annua,
    defunctumque laboribus   15
aequali recreat sorte vicarius.

Illic matre carentibus
privignis mulier temperat innocens,
    nec dotata regit virum
coniunx nec nitido fidit adultero.   20

Dos est magna parentium
virtus et metuens alterius viri
    certo foedere castitas;
et peccare nefas aut pretium est mori.

III, 24

    Embora mais rico
do que os Árabes e seus tesouros, do que a Índia
    e suas riquezas, com formigão cubras
todo o Mar Tirreno e o Apúlio,

    se é verdade que a cruel Necessidade   5
seus adamantinos cravos finca nos mais altos telhados,
    então do medo não libertarás
teu coração, nem dos laços da morte a tua cabeça.

    Os Citas das estepes, que por tradição
nas carroças transportam suas errantes casas,   10
    vivem melhor, e os austeros Getas,
que livres frutos e cereais cultivam

    por hectares sem fronteiras,
nem lhes agrada cultura mais longa que um ano:
    um outro igual na sorte   15
a quem terminou sua labuta dará descanso.

    Lá, a madrasta gentil
poupa os enteados, órfãos de mãe,
    e a mulher segura do dote
não tiraniza o marido, nem se entrega ao meloso amante.   20

    O seu grande dote é a virtude paterna,
e o firme compromisso da castidade
    com que receia outro homem.
Pecar é sacrilégio, o seu preço é a morte.

O quisquis volet impias   25
caedis et rabiem tollere civicam,
    si quaeret Pater Urbium
subscribi statuis, indomitam audeat

    refrenare licentiam,
clarus postgenitis: quatenus — heu nefas! —   30
    virtutem incolumem odimus,
sublatam ex oculis quaerimus invidi.

    Quid tristes querimoniae,
si non supplicio culpa reciditur,
    quid leges sine moribus   35
vanae proficiunt, si neque fervidis

    pars inclusa caloribus
mundi nec Boreae finitimum latus
    durataeque solo nives
mercatorem abigunt, horrida callidi   40

    vincunt aequora navitae,
magnum pauperies opprobrium iubet
    quidvis et facere et pati
virtutisque viam deserit arduae?

    Vel nos in Capitolium,   45
quo clamor vocat et turba faventium,
    vel nos in mare proximum
gemmas et lapides, aurum et inutile,

    summi materiem mali,
mittamus, scelerum si bene paenitet.   50
    Eradenda cupidinis
pravi sunt elementa et tenerae nimis

    mentes asperioribus
formandae studiis. Nescit equo rudis
    haerere ingenuus puer   55
venarique timet, ludere doctior

Oh, quem quer que deseje pôr um fim   25
nestas ímpias chacinas e nesta loucura civil,
    se procura que na base de suas estátuas
gravado seja "Pai das Cidades",

    que ouse refrear a indômita devassidão,
celebrado para a posteridade: pois, oh, o sacrilégio!,   30
    invejosos a Virtude odiamos
enquanto vive, afastada dos nossos olhos a procuramos.

    De que valem tristes lamentos
se a culpa pelo castigo não é ceifada?
    Que podem fazer vãs as leis   35
sem costumes, se nada para o mercador,

    nem o calor ardente
que parte do mundo cerca, nem as terras confins ao Bóreas,
    nem as neves geladas sobre o solo
e se experimentados marinheiros   40

    os horrendos mares vencem,
e se a pobreza, considerada a suprema vergonha, ordena
    que tudo se faça e sofra,
o trilho da árdua Virtude abandonando?

    Ao Capitólio,   45
onde clamam os aplausos e favores do vulgo,
    ao mar mais próximo
lancemos as gemas, as pérolas, o inútil ouro,

    matéria do mal supremo,
se de fato de nossos crimes nos arrependemos.   50
    Urge erradicar os princípios
do depravado desejo, e as almas demasiado brandas

    é preciso formar com estudos mais severos.
O inábil rapaz nascido livre,
    não sabe manter-se firme no cavalo,   55
teme caçar — conhece melhor o jogo do troco grego,

seu Graeco iubeas trocho
seu malis vetita legibus alea,
    cum periura patris fides
consortem et socium fallat et hospites,   60

    indignoque pecuniam
heredi properet. Scilicet improbae
    crescunt divitiae; tamen
curtae nescio quid semper abest rei.

se a isso o convidares,
ou, se preferires, os dados proibidos pelas leis,
   pois já o pai, dando sua falsa palavra,
enrolava o irmão, o sócio, os hóspedes,   60

   apressando-se em amontoar dinheiro
para um imerecido herdeiro. Sim, desonestas
   crescem suas riquezas;
mas sempre qualquer coisa mais lhe há-de faltar.

1-8. *Nem as maiores riquezas nem faustosos edifícios podem salvar o seu dono do medo e da morte: assim dita a Necessidade.* 9-24. *Há bárbaros que vivem bem melhor do que nós, como os Citas e os Getas, povos nômades. Entre estes, a madrasta trata bem os enteados, as mulheres são castas, estimam os seus esposos e não os traem. E se prevaricarem, pagam com a vida.* 25-44. *Quem quer que queira pôr um fim aos distúrbios civis e ser considerado o pai da nossa pátria, que ponha um travão à decadência moral de Roma, e que a culpa não siga sem castigo. Mas que podem as leis fazer contra a ganância humana, que faz tudo o que for preciso para se alimentar a si própria? Os mercadores são disso um bom exemplo.* 45-50. *Deitemos ao mar todas as nossas riquezas, a matéria do mal supremo, ou consagremo-las aos deuses.* 51-64. *É preciso erradicar toda esta depravação. Os jovens devem ter estudos mais severos; veja-se que o jovem romano já nem sabe andar bem a cavalo nem caçar: só sabe jogar ao troco grego e aos dados. Foi ensinado pelo pai a faltar à palavra dada, desde que possa enriquecer com isso. Nunca ninguém, porém, fica verdadeiramente satisfeito com o que tem.*

2   *Árabes... Índia*: para estes dois protótipos de riquezas exóticas, cf..I, 29, 1 (Árabes) e I, 31, 6 (Índia).

3   *Com formigão cubras*: para a prática de conquistar terrenos ao mar com *caementum* ("cimento" ou "formigão", argamassa feita a partir de pedras partidas), símbolo da ambição irracional do homem, cf. II, 15, 1; II, 18, 20; III, 1, 34.

5   *Necessidade*: para a fixidez da Necessidade, metaforizada nos seus cravos e pregos, cf. nota a I, 35, 17-20.

9   *Citas*: para este povo, cf. nota a I, 19, 10.

11   *Getas*: povo que habitava entre o Danúbio e o Borístenes, vizinho dos Dacos.

28   *"Pai das Cidades"*: o texto alude discretamente a Augusto, cujo título *Pater Urbium* (Pai das Cidades) parece aqui um equivalente ao título de *Pater Patriae* (Pai da Pátria), nesta altura ainda não usado oficialmente pelo imperador (foi-lhe oficialmente atribuído somente em 2 a.C.). As reformas sociais, especialmente as leis de 18 a.C., são aqui visadas: a *lex Iulia de maritandis ordinibus*, que obrigava ao casamento a partir de certa idade, aplicando sanções a quem não fosse casado e dando benefícios a famílias numerosas (como estratégia para combater as perdas de população das sucessivas guerras do século I a.C.) e a *lex Iulia de adulteriis coercendis*, que pretendia conter a crescente promiscuidade e desrespeito pelos laços do matrimônio que se faziam notar nesta época; embora tais leis ainda não tivessem sido promulgadas quando esta ode foi composta, a verdade é que já se "preparavam" (daí o conjuntivo *audeat*, "que ouse", no v. 28).

38   *Bóreas*: vento do Norte.

45   *Ao Capitólio*: com esta expressão, o poeta sugere que os tesouros se tornem oferendas a Júpiter, no seu templo no Capitólio, ao invés de usadas para enriquecimento pessoal; talvez haja aqui uma sutil referência ao fato de Otaviano ter consagrado os tesouros capturados a Cleópatra neste mesmo templo (cf. Nisbet e Rudd, *ad loc.*).

50   *Crimes*: o crime da guerra civil de que também fala o v. 26. Cf. também I, 2.

56   *Troco*: jogo grego (τροχός) que consistia em rolar um aro de metal com uma vara de ferro.

III, 25

Quo me, Bacche, rapis tui
plenum? Quae nemora aut quos agor in specus
  velox mente nova? Quibus
antris egregii Caesaris audiar

  aeternum meditans decus　　　　　　　　　　5
stellis inserere et consilio Iovis?
  Dicam insigne recens adhuc
indictum ore alio. Non secus in iugis

  exsomnis stupet Euhias
Hebrum prospiciens et nive candidam　　　　　10
  Thracen ac pede barbaro
lustratam Rhodopen, ut mihi devio

  ripas et vacuum nemus
mirari libet. O Naiadum potens
  Baccharumque valentium　　　　　　　　　15
proceras manibus vertere fraxinos,

  nil parvum aut humili modo,
nil mortale loquar. Dulce periculum est,
  o Lenaee, sequi deum
cingentem viridi tempora pampino.　　　　　　20

III, 25

Para onde me roubas, Baco, a mim pleno de ti?
Para que bosques ou cavernas veloz me leva
   este novo estado de alma?
Em que grutas me ouvirão ensaiar o cântico

da eterna glória do egrégio César,   5
nas estrelas colocado e no concílio de Júpiter?
   Algo novo e insigne cantarei,
algo nunca antes dito. Assim como no alto das montanhas

sem dormir a Évia atônita contempla
o Hebro, e a Trácia com neve brilhando,   10
   e Ródope por bárbaro pé trilhada,
assim também a mim, errante,

me apraz mirar as margens
e os bosques solitários. Ó senhor das Náiades,
   e das Bacantes, que nas mãos   15
têm a força de vergar os mais altos freixos,

nada de pequeno ou de baixo estilo,
nada de mortal direi. É um doce perigo,
   ó Leneu, seguir o deus
que a testa cinge com o ramo verde da videira.   20

1-6. Para onde me levas, Baco? Estou possuído por ti! E em que gruta hei de cantar a eterna glória de Augusto, e a sua apoteose? 7-14. Cantarei algo de novo: tal como uma Bacante contempla os montes da Trácia e o rio Hebro, assim também eu olho para estes locais desertos. 14-20. Poderoso deus das Náiades e das Bacantes, direi coisas grandiosas. É um bem-vindo perigo seguir-te.

9   *Évia*: o mesmo que "Bacante", de Εὐοῖ, "Evoé", o grito das Bacantes. Cf. notas a I, 18, 9 e II, 19, 5.

10   *Hebro*: atual rio Maritza, um dos grandes rios da Trácia. Mitologicamente, tornou-se conhecido por ter sido nas suas margens que as Mênades esquartejaram o corpo de Orfeu.

11   *Ródope*: grande cordilheira situada no norte da Trácia (atual Despoto-Dagh). A expressão "bárbaro pé" refere-se ainda às Bacantes, e não aos Trácios em geral.

14   *Náiades*: ninfas do elemento líquido associadas, enquanto ninfas, ao cortejo báquico (cf. II, 19, 3), pois foram elas que criaram Dioniso no monte Nisa.

19   *Leneu*: outro nome para Baco, a partir do grego Λῆναι (*Lênai*) de ληνός (*lênos*, "vaso de vinho"), que designa não o deus, mas as Bacantes. "Leneias" era também o nome dado ao festival dionisíaco celebrado no mês de janeiro.

III, 26

Vixi puellis nuper idoneus
et militavi non sine gloria;
    nunc arma defunctumque bello
        barbiton hic paries habebit,

laevum marinae qui Veneris latus   5
custodit. Hic, hic ponite lucida
    funalia et vectis securesque
        oppositis foribus minaces.

O quae beatam diva tenes Cyprum et
Memphin carentem Sithonia nive,   10
    regina, sublimi flagello
        tange Chloen semel arrogantem.

III, 26

Quanto a raparigas, até agora fui idôneo soldado,
e campanha fiz não sem glória;
   agora, as armas e o bárbito,
      que terminou sua guerra, guardará esta parede

que o lado esquerdo de Vênus marinha protege.   5
Aqui, colocai aqui as luminosas tochas,
   os pés de cabra e os machados
      que ameaçaram as portas fechadas.

Ó deusa, senhora do bem-aventurado Chipre,
e de Mênfis que não conhece a neve sitônia,   10
   ó rainha: levanta bem alto o teu chicote
      e fere uma vez só a arrogante Cloe.

1-8. *Até agora fui um soldado capaz nas guerras amorosas; deponho, porém, as minhas armas: a lira, as tochas e os machados que usava para derrubar portas. Penduro-os no templo de Vênus, como sinal de que me reformei. 9-12. Mas antes, deusa do amor, faz com que a arrogante Cloe se apaixone por mim.*

1   *Idôneo soldado*: este pequeno hino está impregnado, desde o princípio, do vocabulário da *militia amoris* (a campanha do amor), tópico da poesia elegíaca em que o poeta compara o amor a uma dura campanha militar. Com este tópico, Horácio combina o da *renuntiatio amoris* (renúncia ao amor), em que o poeta abandona o amor.

3   *Bárbito*: para o instrumento, cf. nota a I, 1, 33-4.

4   *Esta parede*: era costume votar ao deus da profissão exercida (neste caso Vênus, pois a profissão do poeta é o amor) os objetos com que se desenvolve a atividade (neste caso o bárbito), pendurando-os no seu respectivo templo. Isto sucedia quando se abandonava a atividade, ou quando se tinha sobrevivido a alguma desgraça (cf. I, 5, 13-6).

5   *Lado esquerdo*: segundo alguns comentadores, porque o lado esquerdo é protegido pelo escudo, que o bárbito simboliza na presente retórica amorosa. Segundo Nisbet (discordando de Rudd, *ad loc.*), poderá aqui haver uma referência ao templo de *Mens*, construído paredes-meias com o templo de Vênus no Capitólio.

5-6   *Vênus marinha*: diz-se que Vênus, segundo algumas versões do mito, nasceu da espuma do mar.

7   *Aqui, colocai aqui*: sugerem-se aqui as incursões noturnas do poeta à casa da sua amada, procurando arrombar a porta.

10   *Mênfis*: cidade do Egito, perto do Cairo, onde Afrodite tinha um templo. O local, proverbialmente conhecido pelo calor, contrasta com a neve da Trácia (Sitônia).

III, 27

Impios parrae recinentis omen
ducat et praegnans canis aut ab agro
rava decurrens lupa Lanuvino
    fetaque vulpes:

rumpat et serpens iter institutum   5
si per obliquum similis sagittae
terruit mannos: ego cui timebo
    providus auspex,

antequam stantis repetat paludes
imbrium divina avis imminentum,   10
oscinem corvum prece suscitabo
    solis ab ortu.

Sis licet felix ubicumque mavis,
et memor nostri, Galatea, vivas,
teque nec laevus vetet ire picus   15
    nec vaga cornix.

Sed vides quanto trepidet tumultu
pronus Orion. Ego quid sit ater
Hadriae novi sinus et quid albus
    peccet Iapyx.   20

Hostium uxores puerique caecos
sentiant motus orientis Austri et
aequoris nigri fremitum et trementis
    verbere ripas.

III, 27

Os ímpios, que os conduza o presságio de uma coruja
repetindo seu grito, uma grávida cadela, ou uma fulva loba,
correndo pelos campos lanuvinos abaixo,
    e uma cheia raposa,

e que logo uma serpente lhes interrompa o caminho,   5
com seu rastejar oblíquo de flecha,
aterrorizando os pôneis. Eu, providente áuspice
    daquela por quem temerei,

antes que a ave profetisa das iminentes chuvas
para os estagnados pântanos volte,   10
com uma prece despertarei o áugure corvo
    voltado para o sol nascente.

Por mim, sê feliz onde desejes,
e de nós lembra-te sempre, Galateia:
que nem um pica-pau vindo da esquerda   15
    nem uma errante gralha te impeçam de partir.

Mas vê com quanto tumulto se agita
o inclinado Oríon! Conheço bem como se comporta
o sombrio golfo do Adriático, e quais as faltas
    do alvo Iápix.   20

Que sejam as mulheres e filhos de nossos inimigos
a sentir os ocultos movimentos do Austro que se levanta,
e o rugido do negro mar, e as margens tremendo
    vergastadas pelas ondas.

Sic et Europe niveum doloso   25
credidit tauro latus et scatentem
beluis pontum mediasque fraudes
  palluit audax.

Nuper in pratis studiosa florum et
debitae Nymphis opifex coronae,   30
nocte sublustri nihil astra praeter
  vidit et undas.

Quae simul centum tetigit potentem
oppidis Creten, "Pater, o relictum
filiae nomen, pietasque" dixit   35
  "victa furore!

Unde quo veni? Levis una mors est
virginum culpae. Vigilansne ploro
turpe commissum, an vitiis carentem
  ludit imago   40

vana, quae porta fugiens eburna
somnium ducit? Meliusne fluctus
ire per longos fuit, an recentis
  carpere flores?

Si quis infamem mihi nunc iuvencum   45
dedat iratae, lacerare ferro et
frangere enitar modo multum amati
  cornua monstri.

Impudens liqui patrios Penatis,
impudens Orcum moror. O deorum   50
si quis haec audis, utinam inter errem
  nuda leones!

Antequam turpis macies decentis
occupet malas teneraeque sucus
defluat praedae, speciosa quaero   55
  pascere tigris.

Assim também confiou Europa seu níveo corpo   25
ao doloso touro, e destemida empalideceu
perante um mar fervilhando de monstros, e perigos
    que com ela se cruzavam.

Ainda há pouco nos prados colhia flores,
esmerada artesã de grinaldas às Ninfas votadas,   30
e agora na bruxuleante noite mais já não via
    do que ondas e estrelas.

Ela, assim que à poderosa Creta chegou
das cem cidades, disse: "Oh! A filha
abandonou o nome paterno: o respeito   35
    foi vencido pela loucura!

De onde, e para onde vim? Uma só morte
é leve para a culpa das virgens. Bem desperta choro
um hediondo crime? Ou ainda pura e inocente,
    comigo brinca ilusória imagem,   40

que fugindo pela porta de marfim
ora conduz meu sonho? Foi melhor
percorrer longínquos pélagos, ou colher
    frescas flores?

Se alguém me entregar esse infame novilho,   45
esforçar-me-ei na minha ira por dilacerá-lo
com uma espada, e por desfazer os cornos
    desse monstro amado ainda agora.

Impudente, abandonei os pátrios Penates.
Impudente, faço esperar o Orco. Oh, se algum   50
dos deuses me ouve, peço-te, tomara
    que nua erre por entre os leões!

Antes que a horrenda secura tome conta
de minha bela face, e escorra o suco
desta tenra presa, quero, formosa,   55
    ser pasto de tigres!

"Vilis Europe", pater urget absens:
"quid mori cessas? Potes hac ab orno
pendulum zona bene te secuta
    laedere collum.   60

Sive te rupes et acuta leto
saxa delectant, age te procellae
crede veloci, nisi erile mavis
    carpere pensum

regius sanguis, dominaeque tradi   65
barbarae paelex." Aderat querenti
perfidum ridens Venus et remisso
    filius arcu.

Mox, ubi lusit satis: "Abstineto"
dixit "irarum calidaeque rixae,   70
cum tibi invisus laceranda reddet
    cornua taurus.

Uxor invicti Iovis esse nescis:
mitte singultus, bene ferre magnam
disce fortunam; tua sectus orbis   75
    nomina ducet."

"Vil Europa", urge meu pai, lá longe,
"por que tardas em morrer? Podes quebrar teu pescoço,
enforcando-te neste freixo com a cinta
    que felizmente te seguiu,   60

ou, se te agradam os penhascos e os rochedos,
mortalmente afiados, vai, confia-te a uma veloz
tempestade! Ou preferes tu, de sangue real,
    fiar até à morte a lã de teu dono,

ser sua concubina, e escrava de sua bárbara esposa?"   65
Junto de quem assim se queixava
estava Vênus, perfidamente rindo, e seu filho
    com o arco desapertado.

Depois, quando já o suficiente se tinha divertido, disse:
"Deixarás de parte a ira e qualquer fogosa resistência,   70
quando o odiado touro te vier dar os cornos
    para que tu os desfaças.

Não sabes, mas és já mulher do invencível Júpiter.
Deixa os soluços, aprende a suportar
o teu grandioso destino: parte do mundo   75
    terá teu nome."

1-16. *Aos que não respeitam os deuses, desejo uma série de maus augúrios, e que tenham uma má viagem. Mas quanto a ti, estimada Galateia, desejo-te apenas os melhores auspícios, e que chegues bem ao teu destino. 17-24. Estamos, porém, no tempo das tempestades, e receio que o mau tempo te surpreenda... conheço bem o Adriático e a viagem entre Brundísio e a Grécia. Que sejam os nossos inimigos a sentir a ansiedade perante a fúria dos elementos. 25-32. A princesa Europa não imaginava tais perigos quando subiu para o dorso daquele touro traiçoeiro... tão depressa estava a colher flores nos prados, como atravessava os mares infestados de monstros, durante a noite, montada naquele animal. 33-44. Chegada a Creta disse: "Meu pai, que fui eu fazer? Estaria louca? Onde vim parar? Será isto um sonho, ou estou bem acordada e choro agora pelos meus pecados? 45-56. Ah, se vejo esse touro, hei de o fazer em pedaços. Quem me dera morrer logo, dilacerada por feras, para não ter de envelhecer aqui. 57-65. Quase que ouço o meu pai a perguntar-me por que não me enforco, se corro o risco de me tornar uma concubina ou uma escrava!" 66-76. Junto, porém, estavam Vénus e Cupido, rindo-se dela. Quando acabaram de fazer troça da princesa, a deusa do amor disse: "Quando vier esse touro, não lhe resistas. É que esse animal é o próprio Júpiter metamorfoseado! Deixa-te de lamúrias: um continente terá o teu nome!"*

1   *De uma coruja*: não se sabe ao certo que ave é a *parra*; trata-se provavelmente da coruja. O poema inicia-se dando vários exemplos de maus presságios, que deverão conduzir o caminho dos que não respeitam os deuses (*os ímpios*). Para os Romanos, além da observação das aves, do seu voo e do seu canto, os chamados *pedestria auspicia* (os *auspícios pedrestes*) eram também fulcrais para a arte da divinação. Estes incluíam a observação de raposas, lobos, serpentes, cavalos e alguns outros animais quadrúpedes.

3   *Campos lanuvinos*: Lanúvio é uma localidade situada numa colina a cerca de 32 km de Roma. Por ela passava quem quer que viajasse na Via Ápia para Brundísio (Brindisi), destino de quem quisesse seguir para a Grécia.

7   *Pôneis*: os Romanos usavam pôneis fortes e velozes (originários da Gália) para puxarem as suas carruagens.

9   *Ave profetisa*: a gralha (cf. nota a III, 17, 12).

11   *Áugure corvo*: Festo (197M = 214L) apresenta-nos a seguinte distinção entre dois tipos de aves: "as aves *oscines* são aquelas que fornecem auspícios por meio do canto, como o corvo, a gralha e a coruja, e são aves *alites* aquelas que oferecem auspícios por meio do seu voo, como o busardo, o xofrango, a águia, o pigargo e o abutre".

14   *Galateia*: a personagem, provavelmente fictícia, sugere o nome de uma das Nereides, ninfas dos mares. Propércio (I, 8, 17 ss.) usara já o nome Galateia num outro *propemptikon* (para este gênero de composição, cf. nota a I, 3, 6), pedindo a esta Ninfa a sua proteção numa viagem. "Galateia" vem do grego γάλα (*gala*, "leite"), sugerindo assim a alvura e pureza de uma mulher.

18 *Inclinado Oríon*: a constelação de Oríon começa a declinar no início de novembro, altura em que tinham início as grandes tempestades.

20 *Alvo Iápix*: diz-se que é "alvo" porque sopra as nuvens e deixa o céu claro. O Íapix é o vento que sopra de Nordeste, vindo da Iapígia (cf. nota a I, 3, 4). O Austro é o vento do Sul.

25 *Europa*: o poema toma a partir deste verso um outro sentido, narrando o mito de Europa, filha de Agenor e Telefaassa. Zeus, enamorado desta princesa, transformou-se num touro de rara beleza e veio para junto de Europa. Ela, maravilhada por tamanha beleza, aproxima-se do touro e, temerariamente, sobe para o dorso do animal. Mal Zeus sente a donzela em cima de suas costas, levanta voo, e atravessa os mares em direção a Creta, onde consuma o seu amor. Neste poema, Europa lamenta a sua sorte e a sua impudência por se ter deixado levar por este "doloso touro".

41 *Porta de marfim*: os sonhos falsos vinham de uma porta de marfim, os verdadeiros de uma porta de chifre (cf. *Odisseia*, XIX, 564 ss.).

59 *A cinta*: a cinta é normalmente tida como um símbolo da virgindade.

68 *Com o arco desapertado*: porque acabara de lançar sua flecha amorosa.

III, 28

Festo quid potius die
Neptuni faciam? Prome reconditum,
    Lyde, strenua Caecubum
munitaeque adhibe vim sapientiae.

Inclinare meridiem   5
sentis ac, veluti stet volucris dies,
    parcis deripere horreo
cessantem Bibuli consulis amphoram.

Nos cantabimus invicem
Neptunum et viridis Nereidum comas;   10
    tu curva recines lyra
Latonam et celeris spicula Cynthiae,

summo carmine, quae Cnidon
fulgentisque tenet Cycladas et Paphum
    iunctis visit oloribus;   15
dicetur merita Nox quoque nenia.

III, 28

Que melhor poderia fazer
neste festivo dia de Netuno? Rápido, Lide,
   traz o escondido Cécubo,
e deita abaixo a fortaleza dessa tua sabedoria.

Vês como o sol, passado o meio-dia,   5
se inclina, e ainda assim, como se quieto estivesse
   o vólucre dia, poupas-te preguiçosa
a trazer da despensa a ânfora do cônsul Bíbulo?

Eu, por minha vez, cantarei
Netuno e os verdes cabelos das Nereides;   10
   tu em resposta com a curva lira
Latona celebrarás e os dardos da ágil Cíntia

e, na última canção, aquela que reina
em Cnido e nas fulgentes Cíclades, e que Pafo
   visita no seu carro de cisnes;   15
por fim será a Noite com merecida nênia cantada.

1-4. *Que dia melhor do que este para beber vinho? Vai buscá-lo, Lide, e deixa de estar tão séria. 5-8. Não vês como o dia caminha para o fim? Por que estás para aí especada? 9-12. Cantaremos os dois: eu, Netuno e as Nereides; tu, Latona e Diana. 13-6. A última canção será dedicada a Vênus e à Noite.*

2 *Festivo dia de Netuno*: provavelmente os *Neptunalia*, celebrados a 23 de julho. Netuno recebeu novas honras no tempo de Augusto, pois foi associado às vitórias navais de Augusto sobre Antônio (cf. Virgílio, *Eneida*, VIII, 699).

2 *Lide*: para o nome, cf. nota a II, 11, 21.

3 *Cécubo*: para este famoso vinho do Lácio, cf. nota a I, 20, 9-11.

8 *Cônsul Bíbulo*: Marco Calpúrnio Bíbulo, cônsul com César em 59 a.C.; era um hábito romano datar os vinhos de acordo com o coevo cônsul (cf. III, 21, 1). A citação deste nome parece ser apenas um trocadilho, pois *bibulus* em latim, tal como em português, quer dizer "aquele que gosta de beber bem".

10 *Nereides*: filhas de Nereu, as Nereides são ninfas marinhas que fazem parte do cortejo de Netuno. Diz-se que têm cabelos verdes porque estes tomam a cor do mar.

12 *Cíntia*: para o epíteto, que aqui diz respeito a Diana, cf. nota a I, 21, 2.

13 *Aquela que*: Vênus. Para Cnido e Pafo, cf. nota a I, 30, 1; para as Cíclades, cf. nota a I, 14, 20.

16 *Nênia*: a nênia é uma canção fúnebre de despedida ou de tristeza, talvez aqui uma canção de despedida à noite.

III, 29

Tyrrhena regum progenies, tibi
non ante verso lene merum cado
    cum flore, Maecenas, rosarum et
        pressa tuis balanus capillis

iamdudum apud me est. Eripe te morae,   5
nec semper udum Tibur et Aefulae
    declive contempleris arvum et
        Telegoni iuga parricidae.

Fastidiosam desere copiam et
molem propinquam nubibus arduis;   10
    omitte mirari beatae
        fumum et opes strepitumque Romae.

Plerumque gratae divitibus vices
mundaeque parvo sub lare pauperum
    cenae sine aulaeis et ostro   15
        sollicitam explicuere frontem.

Iam clarus occultum Andromedae pater
ostendit ignem, iam Procyon furit
    et stella vesani Leonis,
        sole dies referente siccos: 20

iam pastor umbras cum grege languido
rivumque fessus quaerit et horridi
    dumeta Silvani, caretque
        ripa vagis taciturna ventis.

III, 29

Tirreno descendente de reis, por ti,
num jarro ainda não vertido, doce vinho
    com rosas em flor, Mecenas,
        e um óleo perfumado para teus cabelos

há muito em minha casa te esperam. Não te demores: 5
não contemples para sempre o úmido Tíbur,
    e os inclinados campos de Éfula,
        e as montanhas do parricida Telégono.

Abandona a fastidiosa riqueza,
e o teu edifício vizinho das elevadas nuvens,   10
    deixa de admirar o fumo, as riquezas,
        o ruído da bem-aventurada Roma.

É comum o gosto dos ricos pela mudança:
uma simples e boa refeição no modesto lar de um pobre,
    sem tapeçarias nem púrpura,   15
        desenruga um semblante inquieto.

Já o resplendente pai de Andrômeda mostra
sua oculta chama, já Prócion se enfurece,
    e a estrela do delirante Leão,
        quando o sol secos dias de novo traz.   20

Já o pastor cansado procura com seu lânguido
rebanho a sombra e um riacho; nos matagais
    do hirsuto Silvano e na silente margem
        já não sopram ventos errantes.

Tu civitatem quis deceat status   25
curas et Vrbi sollicitus times
    quid Seres et regnata Cyro
        Bactra parent Tanaisque discors.

Prudens futuri temporis exitum
caliginosa nocte premit deus,   30
    ridetque si mortalis ultra
        fas trepidat. Quod adest memento

componere aequus; cetera fluminis
ritu feruntur, nunc medio alveo
    cum pace delabentis Etruscum   35
        in mare, nunc lapides adesos

stirpesque raptas et pecus et domos
volventis una non sine montium
    clamore vicinaeque silvae,
        cum fera diluvies quietos   40

irritat amnis. Ille potens sui
laetusque deget, cui licet in diem
    dixisse "Vixi: cras vel atra
        nube polum Pater occupato

vel sole puro; non tamen irritum,   45
quodcumque retro est, efficiet neque
    diffinget infectumque reddet,
        quod fugiens semel hora vexit."

Fortuna saevo laeta negotio et
ludum insolentem ludere pertinax   50
    transmutat incertos honores,
        nunc mihi, nunc alii benigna.

Laudo manentem; si celeris quatit
pennas, resigno quae dedit et mea
    virtute me involvo probamque   55
        pauperiem sine dote quaero.

E tu inquietas-te com o regime que melhor convém   25
à nossa cidade, e, aflito com a Urbe, os planos receias
    dos Seres, da Báctria, onde reinou Ciro,
        e do desavindo Tánais.

Prudente, o deus esconde em caliginosa noite
o resultado do tempo futuro, e ri,   30
    se o mortal se inquieta mais
        do que permitido. Lembra-te de ordenar

com serenidade o teu presente: tudo o resto se arrasta
como num rio, que ora em paz desliza
    pelo meio do seu leito até ao mar etrusco,   35
        ora revolve em tumulto

as rochas erodidas, os troncos arrancados, o gado,
as casas, ressoando seu clamor nos montes
    e nas vizinhas florestas,
        assim que o iracundo dilúvio   40

as quietas águas enfurece. Será dono de si
e viverá feliz aquele que pode, no final de cada dia,
    dizer: "Vivi. Amanhã, que o Pai cubra
        o céu com negras nuvens,

ou com os puros raios do sol; contudo,   45
aquilo que para trás já ficou não há-de anular,
    nem alterar ou desfazer
        aquilo que fugidia já trouxe a hora."

A Fortuna, feliz no seu cruel negócio,
insistindo em jogar seu arrogante jogo,   50
    suas incertas honras transfere
        ora para mim, ora favorável para outro.

Louvo-a enquanto permanece; se céleres
bate suas asas, resigno-me ao que ela me deu,
    cubro-me com minha virtude, e procuro   55
        sem dote uma honesta pobreza.

Non est meum, si mugiat Africis
malus procellis, ad miseras preces
    decurrere et votis pacisci
        ne Cypriae Tyriaeque merces   60

addant avaro divitias mari.
Tunc me biremis praesidio scaphae
    tutum per Aegaeos tumultus
        aura feret geminusque Pollux.

Se numa tempestade africana o mastro geme,
não sou pessoa que recorra a miseráveis preces,
	fazendo promessas e pactos
		para que as mercadorias cipriotas ou tírias 60

as riquezas do ávido mar não aumentem:
se assim acontecer, ajudado por um bote de dois remos,
	o gêmeo Pólux e uma brisa me hão-de levar
		incólume pela tormenta do mar Egeu.

1-16. *Mecenas, convido-te para um banquete em minha casa; tenho tudo prepa-*
rado. Não fiques a contemplar da tua torre, ao longe, a paisagem rural de Tíbur
e Túsculo: abandona o bulício de Roma e vem para o campo ter comigo. Espera-
-te uma modesta refeição; para um homem rico como tu, porém, uma mudança
de cenário às vezes é bem-vinda. 17-28. É a altura mais quente do ano, os cam-
pos convidam ao descanso, e ainda assim tu não te paras de afligir com a nossa
Roma e com os seus inimigos! 29-41. Ainda bem que os deuses não nos deixam
conhecer o futuro: inquietar-nos-íamos ainda mais. Vive o presente com sereni-
dade: a vida é como o rio Tibre, que ora desliza suavemente, ora jorra numa tor-
rente violenta de águas. 41-8. Será feliz aquele que no final de cada dia puder
dizer: "Vivi! Amanhã, o que terá de acontecer, há de acontecer, e quanto ao que
já aconteceu, já ninguém mo pode tirar." 49-56. A Fortuna é volúvel, e tanto ho-
je me favorece, como amanhã um outro; resigno-me ao que ela me der: se for
minha amiga, agradeço-lhe, se me abandonar, contento-me com uma honesta po-
breza. 57-64. Perante um naufrágio, não sou daqueles que faz promessas aos
deuses para que se salvem as mercadorias: sou dos que pega num pequeno bote
e rema até terra, com a ajuda dos Dióscoros.

4　Óleo perfumado: o latim faz referência ao *balanus*, trata-se provavelmente da semente da árvore moringa, espremido para fazer óleo ou bálsamos (em português "bem", do árabe *bān*).

7　*Éfula*: pequena cidade ao sul de Tíbur, terra vizinha de Roma.

8　*Parricida Telégono*: quando Telégono, filho de Ulisses e Circe, chegou à idade adulta, quis conhecer o pai, dirigindo-se com esse propósito a Ítaca. Uma vez lá, começou por roubar uma parte do gado de Ulisses. O rei, naturalmente, quis lutar com o ladrão (que desconhecia ser seu filho), e acabou por morrer às mãos de Telégono. Segundo algumas tradições, terá sido este herói o fundador de Túsculo (atual Frascati), vila localizada a cerca de 24 km a sudoeste de Roma, numa região montanhosa.

10　*O teu edifício*: temos notícia de que Mecenas possuía no jardim da sua casa no Esquilino uma enorme torre (cf. Suetônio, *Nero*, 38, 2), a célebre *turris Maecenatiana* donde se diz que Nero assistiu ao incêndio de Roma.

17　*Já o resplendente pai*: esta estrofe descreve fenômenos astrológicos que acompanham o período mais intenso do verão. O "pai de Andrômeda" é a constelação de Cefeu. Prócion é uma constelação situada sob os Gêmeos, e em grego quer dizer "que vem antes do Cão (constelação)" (para uma descrição dos astros no mundo antigo, cf. Cícero, *Da natureza dos deuses*, 103-114). O período em que o Sol entra em conjugação com a constelação do Leão (a 30 de julho) corresponde ao período mais quente do ano (a Canícula, cf. nota a I, 17, 18).

25　*Com o regime*: traduzimos *status*, tendo em conta que Mecenas, na altura, se esforçou por ver reforçados alguns dos estatutos do *princeps* (mormente legitimando o seu poder no *imperium proconsulare*, "poder proconsular" e na *tribunicia potestas*, "poder tribunício"), havendo mesmo notícia de que Mecenas fez um discurso tecendo elogios ao governo monárquico (cf. Díon Cássio, 52, 14-40).

27　*Seres*: cf. nota a I, 12, 55.

27　*Báctria*: região, *grosso modo*, do atual Afeganistão. Ciro, o famoso rei persa (cf. nota a II, 2, 17), conquistou a região da Báctria e sua capital, Bactra. Estamos igualmente perante uma metonímia do império parto, hiperbolicamente dito "persa".

28　*Desavindo Tánais*: para o rio, cf. nota a III, 10, 1. Aqui designa os Citas (cf. nota a I, 19, 10), e o adjetivo *discors* sugere as constantes dissensões internas vividas por estes povos, particularmente os Medos.

60　*Mercadorias cipriotas ou tírias*: do Chipre vinha o cobre e de Tiro vinham os tecidos de púrpura; ambos os produtos, especialmente o último, representam o fausto e a riqueza.

63　*Pólux*: para Castor e Pólux, os Dióscoros, como protetores dos marinheiros, cf. nota a I, 3, 2.

III, 30

Exegi monumentum aere perennius
regalique situ pyramidum altius,
quod non imber edax, non Aquilo impotens
possit diruere aut innumerabilis

annorum series et fuga temporum. 5
Non omnis moriar, multaque pars mei
vitabit Libitinam: usque ego postera
crescam laude recens, dum Capitolium

scandet cum tacita virgine pontifex.
Dicar, qua violens obstrepit Aufidus 10
et qua pauper aquae Daunus agrestium
regnavit populorum, ex humili potens

princeps Aeolium carmen ad Italos
deduxisse modos. Sume superbiam
quaesitam meritis et mihi Delphica 15
lauro cinge volens, Melpomene, comam.

III, 30

Erigi um monumento mais duradouro que o bronze,
mais alto do que a régia construção das pirâmides
que nem a voraz chuva, nem o impetuoso Áquilo
nem a inumerável série dos anos,

nem a fuga do tempo poderão destruir.   5
Nem tudo de mim morrerá, de mim grande parte
escapará a Libitina: jovem para sempre crescerei
no louvor dos vindouros, enquanto o pontífice

com a tácita virgem subir ao Capitólio.
Dir-se-á de mim, onde o violento Áufido brama,   10
onde Dauno pobre em água sobre rústicos povos reinou,
que de origem humilde me tornei poderoso,

o primeiro a trazer o canto eólio aos metros itálicos.
Assume o orgulho que o mérito conquistou
e benévola cinge meus cabelos,   15
Melpômene, com o délfico louro.

1-5. Erigi um monumento literário mais duradouro do que o bronze e mais elevado do que as pirâmides do Egito, que nem os elementos nem o tempo poderão destruir. 6-9. Não morrerei completamente: uma parte de mim viverá no louvor dos vindouros, enquanto Roma subsistir. 10-3. Na terra onde nasci, na Apúlia, dir-se-á que um homem como eu, humilde, me tornei famoso, por ter sido o primeiro a escrever, em latim, poesia nos metros de Alceu e Safo. 14-6. Deves ficar orgulhosa de ti, musa Melpômene; coroa-me com o louro de Apolo!

1   *Erigi um monumento...*: sobre a *sphragis* ou o "selo final" do livro, cf. nota a II, 20, 1.

3   *Áquilo*: vento do Norte.

7   *Libitina*: deusa romana que assistia às cerimônias funerárias.

8   *Pontífice*: para o mais importante colégio sacerdotal romano, cf. nota a II, 14, 28.

9   *Capitólio*: o Capitólio é, para os Romanos, símbolo da eternidade de Roma (cf. Virgílio, *Eneida*, IX, 448 ss.): enquanto estiver de pé, Roma sobreviverá. A "Virgem" é a vestal que sobe ao Capitólio para orar pelo bem da cidade; está em silêncio devido à sua solene tarefa.

10 *Áufido*: o maior rio da Apúlia (atual rio Ofanto), região onde Horácio nasceu. O poeta sutilmente vaticina que na sua terra será para sempre celebrado.

11 *Dauno*: o mítico fundador da Dáunia (cf. nota a I, 22, 13), mais uma referência à terra natal de Horácio. O rei é "pobre em água" devido à aridez e à secura da região.

13 *O Primeiro*: Horácio foi de fato (excetuando dois *carmina* de Catulo, escritos no metro sáfico, nomeadamente o 11 e o 51) o primeiro poeta latino a escrever sistematicamente nos metros da lírica grega eólia, representada por Safo e Alceu.

16 *Melpômene*: esta Musa foi por Horácio associada à poesia lírica (cf. I, 24, 3), e não à tragédia, como é costume. Sobre as funções vagas que por vezes as Musas assumem na poesia lírica de Horácio, cf. nota a III, 4, 1.

LIBER QVARTVS

LIVRO IV

IV, 1

Intermissa, Venus, diu
rursus bella moves? Parce precor, precor.
 Non sum qualis eram bonae
sub regno Cinarae. Desine, dulcium

 mater saeva Cupidinum,   5
circa lustra decem flectere mollibus
 iam durum imperiis: abi
quo blandae iuvenum te revocant preces.

 Tempestivius in domum
Pauli purpureis ales oloribus   10
 comissabere Maximi,
si torrere iecur quaeris idoneum:

 namque et nobilis et decens
et pro sollicitis non tacitus reis
 et centum puer artium   15
late signa feret militiae tuae,

 et, quandoque potentior
largi muneribus riserit aemuli,
 Albanos prope te lacus
ponet marmoream sub trabe citrea.   20

 Illic plurima naribus
duces tura, lyraeque et Berecyntiae
 delectabere tibiae
mixtis carminibus non sine fistula;

IV, 1

De novo moves, Vênus, guerras
há tanto interrompidas? Poupa-me, rogo-te, rogo-te.
   Já não sou quem era, no reinado
da boa Cínara. Deixa de vergar,

   desapiedada mãe dos doces Desejos,   5
com suaves ordens um homem empedernido
   que já quase cinco décadas viveu.
Vai, para onde te reclamam as doces preces dos jovens.

   Mais a tempo te irás divertir
para casa de Paulo Máximo,   10
   nos teus purpúreos cisnes voando,
se inflamar procuras um coração que te convenha.

   Ele é nobre e gracioso,
e não se cala em defesa dos réus angustiados;
   jovem de cem artes,   15
as insígnias de tua milícia longe levará.

   E depois de assaz se ter rido
ao triunfar sobre os presentes do generoso rival,
   perto dos lagos albanos
uma estátua de mármore colocará sob um telhado de cedro.   20

   Aí, ao nariz te há-de chegar
o perfume de muitos incensos, deleitar-te-ás
   com as melodias conjuntas da lira,
da tíbia de Berecinto, sem faltar a siringe.

illic bis pueri die   25
numen cum teneris virginibus tuum
    laudantes pede candido
in morem Salium ter quatient humum.

Me nec femina nec puer
iam nec spes animi credula mutui   30
    nec certare iuvat mero
nec vincire novis tempora floribus.

Sed cur heu, Ligurine, cur
manat rara meas lacrima per genas?
    Cur facunda parum decoro   35
inter verba cadit lingua silentio?

Nocturnis ego somniis
iam captum teneo, iam volucrem sequor
    te per gramina Martii
campi, te per aquas, dure, volubilis.   40

Aí, duas vezes por dia, 25
rapazes com gentis virgens, louvando tua divindade,
três vezes no chão hão-de bater
com o cândido pé, como é costume dos Sálios.

Quanto a mim, nem mulheres,
nem rapazes, nem a crédula esperança num amor recíproco 30
me agradam, nem as ébrias rixas,
nem cingir a testa com frescas flores.

Mas então por que, ah, Ligurino,
por que escorre por minha face uma rara lágrima?
Por que, a meio de uma palavra, 35
cai minha eloquente língua no indecoroso silêncio?

Em noturnos sonhos
ora te tenho cativo, ora a ti voando te sigo
através da relva do Campo de Marte,
a ti, cruel, através das volúveis águas. 40

1-8. Vênus, atormentas-me de novo com o amor? Já não sou o mesmo jovem que amava Cínara! Deixa, deusa, de importunar um homem já de cinquenta anos... 9-28. Vai para onde os mais novos te reclamam! Procura antes Paulo Máximo; ele sim é um jovem gracioso, um advogado brilhante, que poderá levar longe as tuas insígnias. Depois de ter triunfado sobre o seu rival, dedicar-te-á uma estátua no Lago Albano, celebrando um banquete em tua honra, com música e dança. A juventude aí te honrará duas vezes por dia, com danças rituais. 29-40. Quanto a mim, já não me agradam os banquetes, nem tenho já esperança num amor recíproco. Mas então, Ligurino, o que significam estas lágrimas e este indesejado silêncio, sempre que te vejo? Sonho contigo, e persigo-te através do Campo de Marte e das águas, mas tu sempre me foges.

1 *De novo moves...*: este poema, que alguns estudiosos enquadram dentro da fórmula da *recusatio* (a recusa, neste caso ao amor), e outros consideram um hino *apopemptikos* (ἀποπεμπτικός, de despedida) tem, como Thomas (2011) sublinha, uma ligação intertextual com o fr. 287 PMG do poeta grego Íbico: "o amor de novo sob pálpebras azuis/ com seus lânguidos olhos me contempla,/ e com toda a espécie de encantos/ me lança para as malhas inelutáveis de Cípris [Vênus]./ Na verdade tremo à sua chegada,/ como o cavalo portador de jugo e arrebatador de prêmios, já velho,/ que entra contrariado com o rápido carro na corrida" (*Poesia grega*, trad. Frederico Lourenço, Lisboa, Cotovia, 2006).

4 *Cínara*: figura presente também nas *Epístolas* (I, 7, 28; I, 14, 33) e na ode IV, 13, 21, representa a mulher jovem e bela, provavelmente um primeiro amor de Horácio. Os comentadores associam-na à Glícera da ode I, 19 (especialmente tendo em conta a repetição de "cruel mãe dos desejos", referindo-se a Vênus) e da ode I, 30 (a referência ao incenso do v. 4, comparado com os vv. 21-2 deste poema). O seu nome vem do grego κινάρα (*kinara*), "alcachofra". Como sublinha Thomas (*ad loc.*), esta planta estava associada ao contexto do banquete na lírica grega, a julgar pelo fr. 357 L-P de Alceu, que aconselha o banquete enquanto a "alcachofra está em flor".

7 *Cinco décadas*: o latim fala em dez lustros (cf. nota a II, 4, 23).

10 *Paulo Máximo*: representante da mais alta aristocracia romana, Paulo Fábio Máximo foi cônsul em 11 a.C. e um dos homens de confiança de Augusto, tendo-se talvez suicidado pouco depois da morte deste. Na altura em que Horácio escreve esta ode (provavelmente 15 a.C., se levarmos em conta o v. 7), Paulo Máximo é ainda um jovem (talvez dos seus trinta anos) a quem Horácio augura uma promissora carreira. Pouco depois do momento em que esta ode foi escrita, casou-se com Márcia, parente de Augusto.

12 *Coração*: em latim lê-se *iecur* (fígado); para os Romanos, o fígado (θυμός, *thymos* entre os Gregos), mais até do que o coração, era o centro anímico das paixões e dos desejos.

19 *Lagos albanos*: trata-se do Lago Albano, nos Montes Albanos, a aproximadamente 25 km a sudeste de Roma; Paulo Máximo possuiria presumivelmente uma *villa* nas imediações, daí a referência geográfica. Segundo Thomas (*ad loc.*), o

plural "lagos" talvez sugira a vizinhança do Lago Albano com o Lago Nemorense (*Lago di Nemi*).

24 *Tíbia de Berecinto*: para o instrumento, cf. nota a I, 18, 14.

24 *Siringe*: para o instrumento, cf. nota a I, 17, 10.

28 *Sálios*: para as danças dos sacerdotes Sálios, cf. nota a I, 36, 12. O numeral "três" sugere uma dança ternária (como a nossa valsa), o *tripudium* ritual característico destes sacerdotes.

33 *Ligurino*: o fato de este nome ser atestadamente romano, e não grego (cf. Lícidas em I, 4, 19, Giges em II, 5, 20, Nearco em III, 20, 6), parece ser um indicativo de que esta personagem não é imaginária, pois trata-se de um *cognomen* real. Thomas (*ad loc.*) considera a hipótese altamente improvável, e lê no nome uma possível relação com *ligurrio* ou *liguritio* ("gosto por iguarias"), o que está de acordo com a leitura "simpótica" que se pode fazer também do nome Cínara (v. 4). Ligurino surge de novo em IV, 10. Esta passagem imita o famoso poema de Safo: "Mas a minha língua quebra-se/ e logo um amável fogo corre sobre minha pele [...] e o suor espalha-se por mim" (31, 9-10, 13, imitado também por Catulo, 51).

39 *Campo de Marte*: para este local de exercícios militares, cf. nota a I, 8, 4.

IV, 2

Pindarum quisquis studet aemulari,
Iule, ceratis ope Daedalea
nititur pennis vitreo daturus
    nomina ponto.

Monte decurrens velut amnis, imbres   5
quem super notas aluere ripas,
fervet immensusque ruit profundo
    Pindarus ore,

laurea donandus Apollinari,
seu per audaces nova dithyrambos   10
verba devolvit numerisque fertur
    lege solutis,

seu deos regesque canit, deorum
sanguinem, per quos cecidere iusta
morte Centauri, cecidit tremendae   15
    flamma Chimaerae,

sive quos Elea domum reducit
palma caelestis pugilemve equumve
dicit et centum potiore signis
    munere donat,   20

flebili sponsae iuvenemve raptum
plorat et viris animumque moresque
aureos educit in astra nigroque
    invidet Orco.

IV, 2

Quem com Píndaro se esforça por rivalizar,
Julo, fia-se em asas com cera unidas
pelo engenho de Dédalo, e o seu nome dará
    a um límpido mar.

Tal como da montanha dimana um rio, que as chuvas   5
para além das conhecidas margens engrossam,
assim fervilha o imenso Píndaro, e irrompe
    com sua profunda voz,

ele, merecedor do louro de Apolo,
quando novas palavras faz rolar   10
nos seus audazes ditirambos
    em metros libertos de grilhões,

ou quando os deuses canta, e os reis
do sangue dos deuses que aos derrubados Centauros
uma morte merecida deram, e que a chama   15
    da medonha Quimera fizeram cair,

ou quando o pugilista canta ou o auriga
a casa reconduzidos como seres celestes
pela palma de Élide, dando-lhes um presente
    mais precioso do que cem estátuas,   20

ou quando chora o jovem raptado à sua flébil
noiva, e às estrelas eleva a sua força,
o seu ânimo, os seus áureos costumes,
    roubando-o ao negro Orco.

Multa Dircaeum levat aura cycnum,   25
tendit, Antoni, quotiens in altos
nubium tractus: ego apis Matinae
    more modoque

grata carpentis thyma per laborem
plurimum circa nemus uvidique   30
Tiburis ripas operosa parvus
    carmina fingo.

Concines maiore poeta plectro
Caesarem, quandoque trahet feroces
per sacrum clivum merita decorus   35
    fronde Sygambros,

quo nihil maius meliusve terris
fata donavere bonique divi
nec dabunt, quamvis redeant in aurum
    tempora priscum.   40

Concines laetosque dies et Vrbis
publicum ludum super impetrato
fortis Augusti reditu forumque
    litibus orbum.

Tum meae, si quid loquar audiendum,   45
vocis accedet bona pars, et, "O Sol
pulcher! O laudande!" canam, recepto
    Caesare felix.

Tuque dum procedis, io Triumphe,
non semel dicemus, io Triumphe,   50
civitas omnis, dabimusque divis
    tura benignis.

Te decem tauri totidemque vaccae,
me tener solvet vitulus, relicta
matre qui largis iuvenescit herbis   55
    in mea vota,

Ventos suaves levam o cisne de Dirce,   25
sempre que voa pelas altas nuvens fora.
Quanto a mim, Antônio, à maneira
    e à medida de uma abelha de Matino,

colhendo com o maior trabalho o deleitoso
tomilho, à volta da floresta e das margens   30
do úmido Tíbur, pequeno moldo
    minhas laboriosas odes.

Tu, poeta de um mais forte plectro,
César cantarás, quando pela sacra encosta acima
os feros Sigambros arrastar,   35
    enfeitado com o merecido louro.

Do que ele nada de maior ou melhor
à terra deram os fados e os benévolos deuses,
nem hão-de dar, ainda que os tempos voltem
    à antiga idade de ouro.   40

Cantarás os dias felizes, e o jogos públicos
da Urbe, pelo suplicado regresso
do bravo Augusto, e o fórum
    liberto de conflitos.

Então, se algo digo que mereça ser ouvido,   45
o melhor da minha voz juntar-se-á à multidão,
e cantarei: "Ó belo Sol! Ó louvável!",
    feliz por receber César.

E enquanto tu avanças, todos nós cidadãos
vezes sem conta cantaremos: "Viva! Triunfo!",   50
"Viva! Triunfo!", e incenso ofereceremos
    aos benignos deuses.

Tu com dez touros e dez vacas cumprirás
tuas promessas, eu com um tenro vitelo,
que agora, abandonada a mãe, nos vastos campos   55
    para meus votos cresce,

fronte curvatos imitatus ignis
tertium lunae referentis ortum,
qua notam duxit, niveus videri,
    cetera fulvus.   60

imitando na fronte os recurvos raios
da lua no seu terceiro nascimento,
da cor da neve numa marca da testa,
de resto, castanho-claro.   60

1-4. *Rivalizar com Píndaro, meu amigo Julo, é uma tarefa muito arriscada, e quase de certeza condenada ao fracasso.* 5-24. *Ele, de fato, foi um enorme poeta; quer escreva ditirambos, hinos, epinícios ou lamentos, a sua voz tem a força de um rio transbordante.* 25-32. *Píndaro é um cisne; eu sou apenas uma abelha trabalhadora.* 33-44. *Tu, pelo contrário, serás capaz de cantar os feitos do nosso César, quando ele celebrar o seu triunfo sobre os Sigambros: os deuses nunca nos deram ninguém melhor do que ele.* 45-60. *Nesse dia feliz, a minha voz juntar-se-á à multidão, e celebraremos os rituais devidos: tu sacrificarás dez touros e dez vacas, eu apenas um tenro vitelo, que já estou a criar para a ocasião.*

1   *Píndaro*: esta ode é escrita em honra de Píndaro (518-438 a.C.), o mais famoso dos poetas arcaicos gregos, influência central não só no estilo como na métrica de algumas odes de Horácio, como é o caso da presente. Neste poema Horácio celebra os principais gêneros em que Píndaro se notabilizou: os ditirambos (em honra de Dioniso), os hinos, os trenos e os epinícios. Possuímos hoje em dia o conjunto completo dos seus epinícios, composições líricas corais em louvor do atleta vitorioso num grande jogo, reunidos em quatro livros, *Olímpicas*, *Píticas*, *Nemeias* e *Ístmicas*, consoante os jogos em questão. Cf. *Ensaios sobre Píndaro*, Frederico Lourenço (org.), Lisboa, Cotovia, 2006.

2   *Julo*: trata-se de Julo Antônio, filho de Marco Antônio e Fúlvia. Mais tarde Augusto casou-o com Marcela, filha de Octávia, sua irmã. Foi pretor em 13 a.C. e cônsul em 10 a.C. No ano 2 a.C., acusado de adultério com a filha de Augusto, Júlia, foi "convidado" ao suicídio. Parece ter sido um homem de letras; Pseudo-Ácron (cf. *ad* v. 33) refere-se sumariamente a uma *Diomedia* em doze livros.

3   *O seu nome dará*: diz-se porque Ícaro, ao desrespeitar os conselhos de seu pai, Dédalo, caiu ao mar, dando-lhe o seu nome, mar de Ícaro (cf. nota a I, 1, 16). Para o mito, cf. nota a II, 20, 13. Quem quer que queira rivalizar (repare-se na expressão *aemulare*, "emular", típica da teoria da literatura antiga) com Píndaro, "voa" alto demais e cairá a um mar, dando-lhe o seu nome.

10   *Novas palavras*: segundo Aristóteles (*Poética*, 22, 1459a), uma das características principais do gênero ditirâmbico é precisamente o uso de neologismos.

12   *Metros libertos de grilhões*: o latim fala em ritmos "libertos de lei", não propriamente a ausência de regras métricas, mas sim a liberdade e a variedade dos ritmos empregues por Píndaro em grande parte das suas odes.

14   *Centauros*: para a guerra dos Centauros, cf. nota a I, 18, 8.

16   *Quimera*: para este monstro, cf. nota a I, 27, 24.

17   *Pugilista... auriga*: referência aos atletas celebrados por Píndaro nas suas composições.

19   *Palma de Élide*: palma ganha por uma vitória nos Jogos de Olímpia, na Élide.

21   *Quando chora*: referência aos trenos de Píndaro (espécie de canto fúnebre), outro gênero em que o poeta se celebrizou.

25   *O cisne de Dirce*: Dirce é uma fonte de Tebas, pátria de Píndaro. Diz-se que ele é o "cisne" de Tebas porque esta ave, mais do que nenhuma outra, está associada a Apolo e às Musas.

28   *Matino*: promontório na Apúlia, terra natal de Horácio. A metáfora do poeta como uma abelha, sendo o néctar que colhe a poesia, é uma ideia recorrente na Antiguidade.

31   *Tíbur*: para a região, cf. I, 7, 12-20.

33   *Plectro*: cf. nota a I, 26, 12.

35   *Feros Sigambros*: povo germânico. Aliando-se aos Usípetes e aos Tencteros, em 16 a.C. atacou a Gália, causando uma grave derrota a Marco Lólio (cf. nota a IV, 9, 33). Augusto vem então em socorro do exército romano, e os povos ger-

mânicos fogem para a sua terra natal. No entanto, o *princeps* permanece por três anos na Gália, onde assegura a proteção das fronteiras e das instituições romanas. O seu regresso triunfal deu-se em 13 a.C.

40   *Antiga idade de ouro*: referência ao mito da idade de ouro. Segundo Hesíodo (cf. *Os trabalhos e os dias*, 109-201), existiram quatro idades do homem: a primeira era a do ouro, uma geração perfeita de homens, onde os campos não precisavam de ser arados; a partir daí, as gerações dos homens principiaram a degenerar, e assim, sucessivamente, o homem passou da idade de ouro para a de prata, da de prata para a de bronze, e da de bronze para a de ferro, onde teve que começar a usar os instrumentos de ferro, e, em particular, o arado. Entre a idade de bronze e a de ferro terá existido uma outra idade: a idade dos heróis, a geração dos grandes heróis troianos, aqueus e tebanos. O encômio de Horácio é o seguinte: mesmo se vivesse na idade de ouro, nenhuma dádiva poderia igualar-se à presença do *princeps*.

58   *Terceiro nascimento*: é na terceira noite de lua nova que o crescente brilha o suficiente para fazer lembrar os cornos de um animal.

IV, 3

Quem tu, Melpomene, semel
nascentem placido lumine videris,
    illum non labor Isthmius
clarabit pugilem, non equus impiger

    curru ducet Achaico   5
victorem, neque res bellica Deliis
    ornatum foliis ducem,
quod regum tumidas contuderit minas,

    ostendet Capitolio:
sed quae Tibur aquae fertile praefluunt   10
    et spissae nemorum comae
fingent Aeolio carmine nobilem.

    Romae principis urbium
dignatur suboles inter amabilis
    vatum ponere me choros,   15
et iam dente minus mordeor invido.

    O, testudinis aureae
dulcem quae strepitum, Pieri, temperas,
    o mutis quoque piscibus
donatura cycni, si libeat, sonum,   20

    totum muneris hoc tui est,
quod monstror digito praetereuntium
    Romanae fidicen lyrae:
quod spiro et placeo, si placeo, tuum est.

IV, 3

Aquele que tu, Melpômene, uma só vez
à nascença com benévolo olhar contemplado tiveres,
    esse, nenhuma esforçada luta em Istmo
o tornará famoso pugilista, nem nenhum infatigável cavalo

num carro aqueu o conduzirá à vitória,   5
nem nenhum feito bélico o fará exibir-se
    no Capitólio, general enfeitado
com as folhas de Delos, por ter deitado por terra

as arrogantes ameaças dos reis.
Contudo, as águas que o fértil Tíbur banham   10
    e as cerradas copas dos bosques
no canto eólio célebre o farão.

A juventude de Roma, primeira
das cidades, digna-se colocar-me
    entre o amado coro dos poetas,   15
e já menos me morde o dente da inveja.

Ó Musa de Píero,
tu que os doces sons da áurea lira moldas,
    tu que, se quisesses,
a voz do cisne até aos mudos peixes darias: 20

tudo isto é dádiva tua,
que os que passem por mim com o dedo apontem
    para o bardo da lira romana. É obra tua
que eu inspirado agrade o mundo, se de fato agrado.

1-12. *Aquele que a Musa Melpômene inspirou não será nem um glorioso pugilista, nem condutor de carros de cavalos, nem um triunfante general; será sim um celebrado poeta lírico. 13-6. Toda a Roma, pois, me conhece, e sou reputado como um dos grandes poetas líricos. 17-24. Tudo isto é obra tua, melodiosa Musa, que toda a gente me aponte como o bardo da lira romana.*

1   *Melpômene*: Musa em Horácio associada à poesia lírica, e não à tragédia, como é costumeiro (cf. I, 24, 3; III, 30, 16).

3   *Istmo*: particularmente o istmo de Corinto, onde de dois em dois anos se celebravam jogos em honra de Posêidon. Como sublinha Thomas (*ad loc.*), mais de metade das *Ístmicas* de Píndaro celebrava vencedores do pancrácio (gênero de luta livre combinada com pugilato).

8   *As folhas de Delos*: ou seja, o louro, consagrado a Apolo e símbolo da vitória e da excelência.

10   *Tíbur*: para a região, cf. 1, 7, 12-20.

12   *Canto eólio*: referência a Safo e Alceu, cf. III, 30, 13 e nota a II, 13, 24-5 (cf. os vv. 24-6).

16   *O dente da inveja*: para o poeta superior à inveja, cf. ainda II, 20, 4.

17   *Píero*: monte da Piéria, zona consagrada às Musas (cf. nota a III, 4, 38).

18   *Lira*: literalmente "tartaruga", cf. nota a I, 32, 13.

IV, 4

Qualem ministrum fulminis alitem,
cui rex deorum regnum in avis vagas
    permisit expertus fidelem
        Iuppiter in Ganymede flavo,

olim iuventas et patrius vigor   5
nido laborum protulit inscium,
    vernique iam nimbis remotis
        insolitos docuere nisus

venti paventem, mox in ovilia
demisit hostem vividus impetus,   10
    nunc in reluctantis dracones
        egit amor dapis atque pugnae,

qualemve laetis caprea pascuis
intenta fulvae matris ab ubere
    iam lacte depulsum leonem   15
        dente novo peritura vidit,

videre Raetis bella sub Alpibus
Drusum gerentem Vindelici — quibus
    mos unde deductus per omne
        tempus Amazonia securi   20

dextras obarmet, quaerere distuli,
nec scire fas est omnia — sed diu
    lateque victrices catervae
        consiliis iuvenis revictae

IV, 4

Tal como o alado ministro do raio,
a quem Júpiter, rei dos deuses, tendo testado
   sua fidelidade no louro Ganimedes,
      o reino das vagantes aves confiou,

(um dia, ignorando as futuras provações,   5
a juventude e um vigor inato empurraram a águia do ninho:
   dissipadas as nuvens, os ventos vernantes
      ensinaram-lhe assombrada

insólitos e enérgicos movimentos, e logo
um vivo ímpeto a fez hostil cair sobre as ovelhas   10
   e agora até sobre as encarniçadas serpentes se lança,
      amante de banquetes e de lutas)

ou tal como o leão recentemente arrancado ao fértil leite
da fulva mãe, avistado nos férteis campos
   por uma cabra fadada a morrer   15
      nos seus dentes ainda novos,

assim pareceu Druso aos Vindélicos, combatendo
no sopé dos Alpes Réticos (desisti de procurar saber
   a origem do imemorial costume deste povo
      de armar a mão direita   20

com o machado das Amazonas;
nem tudo podemos enfim saber). Mas as suas hordas,
   há tanto tempo ao longe e ao largo vitoriosas,
      vencidas pelas táticas deste jovem,

sensere, quid mens rite, quid indoles   25
nutrita faustis sub penetralibus
        posset, quid Augusti paternus
                in pueros animus Nerones.

Fortes creantur fortibus et bonis;
est in iuvencis, est in equis patrum   30
        virtus, neque imbellem feroces
                progenerant aquilae columbam;

doctrina sed vim promovet insitam,
rectique cultus pectora roborat;
        utcumque defecere mores,   35
                indecorant bene nata culpae.

Quid debeas, o Roma, Neronibus,
testis Metaurum flumen et Hasdrubal
        devictus et pulcher fugatis
                ille dies Latio tenebris,   40

qui primus alma risit adorea,
dirus per urbis Afer ut Italas
        ceu flamma per taedas vel Eurus
                per Siculas equitavit undas.

Post hoc secundis usque laboribus   45
Romana pubes crevit, et impio
        vastata Poenorum tumultu
                fana deos habuere rectos,

dixitque tandem perfidus Hannibal
"Cervi, luporum praeda rapacium,   50
        sectamur ultro, quos opimus
                fallere et effugere est triumphus.

Gens, quae cremato fortis ab Ilio
iactata Tuscis aequoribus sacra
        natosque maturosque patres   55
                pertulit Ausonias ad urbis,

sentiram o quanto pode a mente e o caráter,   25
alimentados dentro de uma casa
    amada pelos deuses, e a paternal devoção
        de Augusto pelos jovens Neros.

Dos bons e dos bravos nascem os bravos:
têm os novilhos e os cavalos a coragem dos pais,   30
    e as ferozes águias não dão à luz
        uma pacífica pomba.

Contudo, o estudo aumenta a força inata,
e o culto do que é correto fortalece o espírito;
    sempre que não se observam os costumes,   35
        a culpa desgraça até os bem-nascidos.

Roma, o quanto deves aos Neros,
testemunham-no o rio Metauro, o vencido Asdrúbal,
    e aquele belo dia em que do Lácio
        as trevas fugiram,   40

o primeiro a sorrir de alma glória,
desde que o cruel Africano pelas cidades itálicas
    cavalgou, como uma chama pelos pinheiros
        ou como o Euro pelas águas sicilianas.

Desde então cresceu a romana juventude   45
em bem-sucedidos esforços,
    e pelo ímpio tumulto dos Púnicos devastados
        os templos têm agora seus deuses de pé.

No fim de tudo, disse o pérfido Aníbal: "Como cervos,
presa de vorazes lobos, por nossa vontade   50
    perseguimos homens de quem um grande triunfo
        já seria fugir ao enganá-los.

Essa raça que, mesmo depois de arder Ílion
e de pelos mares etruscos ter sido arrastada,
    às cidades ausônias trouxe corajosa os seus cultos,   55
        os filhos e os velhos pais,

duris ut ilex tonsa bipennibus
nigrae feraci frondis in Algido,
     per damna, per caedis, ab ipso
        ducit opes animumque ferro.   60

Non hydra secto corpore firmior
vinci dolentem crevit in Herculem,
     monstrumve submisere Colchi
        maius Echioniaeve Thebae.

Merses profundo: pulchrior evenit: 65
luctere: multa proruet integrum
     cum laude victorem geretque
        proelia coniugibus loquenda.

Carthagini iam non ego nuntios
mittam superbos: occidit, occidit   70
     spes omnis et fortuna nostri
        nominis Hasdrubale interempto."

Nil Claudiae non perficiunt manus,
quas et benigno numine Iuppiter
     defendit et curae sagaces   75
        expediunt per acuta belli.

tal como a azinheira podada pelos duros machados duplos
no Álgido onde as folhas fazem cerrada sombra,
    pela perda, pela desgraça,
        do próprio ferro tira força e ânimo.   60

Não foi mais persistente a Hidra que renasceu
a cada golpe de Hércules, infeliz por ser vencido,
    nem maior monstro fizeram brotar
        os Colcos ou a Tebas de Equíon.

Afunda essa raça no mar alto: emergirá mais bela.   65
Luta com ela: com grande glória deitará por terra
    o até então intocável vencedor, e travará
        batalhas que as esposas narrarão.

Já não mais a Cartago enviarei
jactantes mensageiros: morreu, morreu   70
    toda a fortuna de nosso nome, toda a esperança,
        no dia em que Asdrúbal mataram."

Não há nada que as mãos dos Cláudios não alcancem,
Júpiter defende-os com divina benevolência,
    levam-nos sábios conselhos   75
        por entre os perigos da guerra.

1-28. Nos Alpes Réticos, Nero Druso deve ter lembrado aos seus inimigos, os Vindélicos, uma jovem águia recém-aprendida a voar e a cair sobre a presa, ou um jovem leão, quase de leite, a despedaçar uma cabra. Posso não saber a origem de alguns dos costumes dos Vindélicos, mas sei que as suas hordas foram vencidas por este jovem, que cresceu na casa de Augusto e foi educado com os melhores valores. 29-36. É que os pais podem até dar aos seus filhos coragem e força, mas é o estudo, o culto e os costumes que constroem o caráter de cada um. 37-44. A história dos Neros é grandiosa; já Gaio Cláudio Nero tinha vencido Asdrúbal junto ao rio Metauro, o primeiro sinal de que finalmente Aníbal seria derrotado, depois de ter devastado a Itália, como um incêndio. 45-60. Mas a juventude romana recuperou as forças e reconstruiu os templos que os Cartagineses destruíram; perante tal teimosia, Aníbal foi forçado a dizer: "Nós, pobres cervos, andamos a perseguir lobos, quando já seria uma sorte conseguir escapar. Esta raça escapou ao incêndio de Troia e fundou uma nova cidade; são como uma azinheira que fica mais forte quando se lhe poda os ramos. 61-72. Nem mesmo Hidra ou outro monstro tem uma tal capacidade de se regenerar. Já não mais poderei enviar boas novas a Cartago, agora que Asdrúbal morreu!" 73-6. Enfim, não há nada que não esteja ao alcance dos Neros, protegidos que são por Júpiter.

1   *Alado ministro do raio*: a águia, fornecedora dos raios de Zeus. Esta ode inicia-se com dois longos símiles, ao gosto de Píndaro, comparando a jovem águia ou o jovem leão com o jovem Druso (cf. nota ao v. 17).

3   *Ganimedes*: segundo algumas versões do mito, Júpiter encarregou a sua ave preferida, a águia, de raptar Ganimedes (sobre o copeiro dos deuses, cf. nota a III, 20, 15).

17   *Druso... Vindélicos*: segundo Suetônio (na breve *Vida de Horácio*), foi o próprio Augusto quem encomendou a Horácio uma ode comemorativa da vitória no verão de 15 a.C. dos seus enteados, Nero Cláudio Druso e Tibério Cláudio Nero sobre os Vindélicos, povo que habitava no norte dos Alpes. Ambos eram filhos de Lívia, mulher de Augusto, e do seu primeiro marido, Tibério Cláudio Nero. Esta ode é, pois, um epinício de Nero Cláudio Druso, enquanto a ode I, 14 é um epinício de Tibério Cláudio Nero (que viria a suceder Augusto).

18   *Desisti de procurar saber...*: tendo em conta que o Livro IV foi publicado muitos anos depois dos três primeiros, Horácio logra neste poema um estilo bastante distinto de grande parte das suas outras odes. Os parênteses e a recusa em falar mais, ao gosto de Píndaro, e a discussão etiológica, ao gosto de Calímaco, não são nada comuns no estilo horaciano, de tal forma que alguns comentadores decidiram considerar espúrios estes versos.

21   *Amazonas*: Porfírio diz-nos que os Vindélicos vieram da Trácia expulsos pelas Amazonas, e conservaram algumas das armas usadas pelas mulheres guerreiras, em especial o machado.

28   *Neros*: não nos esqueçamos dos nomes dos enteados de Augusto: Tibério Cláudio Nero e Nero Cláudio Druso. Um pouco adiante (v. 73), Horácio refere-se-lhes igualmente como os Cláudios. Quanto à expressão "paternal devoção", é

fato que o *princeps* tomou a seu cargo a educação e a proteção dos jovens Tibério e Druso.

33-5   *Estudo... culto... costumes*: no latim lemos os termos *doctrina*, *cultus*, *mores*, impregnados da cultura e da ideologia romanas. *Doctrina* é a instrução intelectual e moral, e não um simples treino que leva a um determinado objetivo; *cultus* é o conjunto de cuidados, hábitos e costumes que, de um ponto de vista social e religioso, são tidos como corretos; finalmente, *mores* são os costumes propriamente ditos, palavra de tão grande importância no contexto romano (*moral* seria uma boa tradução, embora a sua etimologia já não esteja praticamente presente no nosso "consciente linguístico").

38   *Metauro*: a ode foca agora a sua atenção num outro ilustre Nero: Gaio Cláudio Nero teve de fato, pois era cônsul na altura, uma importância decisiva na vitória dos Romanos sobre o contingente cartaginês de Asdrúbal. A batalha deu-se em 206 a.C., na Úmbria, junto ao rio Metauro; Asdrúbal procurava unir o seu exército ao de Aníbal, que se encontrava no centro de Itália, sendo no entanto derrotado e morto nessa batalha decisiva da Segunda Guerra Púnica.

41   *Alma glória*: o termo *adorea* tem um eco muito interessante em latim, que se perde totalmente na tradução. De fato, *adorea* começa por significar uma recompensa de *adoreum far* (trigo candial) dada aos soldados romanos depois de uma vitória, para só depois passar a ter o significado presente de "glória militar", "excelência guerreira".

42   *Cruel Africano*: Aníbal.

44   *Euro*: vento que sopra do Leste.

48   *Deuses de pé*: isto é, as estátuas dos deuses.

55   *Cidades ausônias*: por metonímia, cidades itálicas.

58   *Álgido*: monte no Lácio (cf. nota a I, 21, 7-8).

61   *Hidra*: o segundo trabalho de Hércules consistiu em matar a Hidra de Lerna, animal monstruoso de sete cabeças, renascendo sempre que cortadas. Hércules acabou por matá-la com a ajuda de Iolau, e usou o seu sangue para envenenar suas flechas.

64   *Colcos*: os habitantes da Cólquida, terra de magia e feitiçarias, cujo rebento mais célebre foi Medeia.

64   *Tebas de Equíon*: Cadmo, o mítico fundador de Tebas, depois de matar um dragão, semeou os seus dentes num terreno perto de Tebas, de onde nasceram cinco guerreiros, entre eles Equíon, que mais tarde desposaria a filha de Cadmo, Agave.

69   *Já não mais...*: depois da vitória de Canas (cf. nota a I, 12, 37), Aníbal enviou um mensageiro a Cartago para fazer o relato da vitória, sublinhando as gravíssimas perdas dos Romanos (cf. Tito Lívio, XXIII, 11, 8 a 12, 5).

IV, 5

Divis orte bonis, optime Romulae
custos gentis, abes iam nimium diu;
maturum reditum pollicitus patrum
    sancto consilio, redi.

Lucem redde tuae, dux bone, patriae: 5
instar veris enim vultus ubi tuus
adfulsit populo, gratior it dies
    et soles melius nitent.

Ut mater iuvenem, quem Notus invido
flatu Carpathii trans maris aequora   10
cunctantem spatio longius annuo
    dulci distinet a domo,

votis ominibusque et precibus vocat,
curvo nec faciem litore dimovet:
sic desideriis icta fidelibus   15
    quaerit patria Caesarem.

Tutus bos etenim rura perambulat,
nutrit rura Ceres almaque Faustitas,
pacatum volitant per mare navitae,
    culpari metuit fides,   20

nullis polluitur casta domus stupris,
mos et lex maculosum edomuit nefas,
laudantur simili prole puerperae,
    culpam poena premit comes.

IV, 5

Filho dos bons deuses, insigne protetor
do povo de Rômulo, já por demais te ausentas:
prometeste ao sacro concílio dos senadores
    um rápido regresso — pois regressa.

Devolve a luz, bom comandante, à tua pátria.   5
Pois logo que teu rosto semelhante à primavera
para o povo reluz, o dia mais alegre passa,
    os raios do sol melhor brilham.

Tal como a mãe o olhar não desvia da recurva costa
e com votos e augúrios e preces   10
por seu jovem filho chama
    que o invejoso sopro de Noto

nos confins do mar Cárpato atrasa,
afastando-o por mais de um ano do lar amado,
assim a pátria, ferida por uma fiel saudade,   15
    César procura.

Passeia o boi em segurança pelos pastos,
Ceres e a alma Prosperidade alimentam os campos,
os marinheiros vagam pelo pacato mar,
    a Lealdade não admite ser posta em causa,   20

nenhuma desonra polui o casto lar,
o costume e a lei domaram o sujo vício,
as mães são louvadas pela semelhança de seus filhos,
    o castigo segue de perto a culpa.

Quis Parthum paveat, quis gelidum Scythen,   25
quis Germania quos horrida parturit
fetus, incolumi Caesare? Quis ferae
      bellum curet Hiberiae?

Condit quisque diem collibus in suis,
et vitem viduas ducit ad arbores;   30
hinc ad vina redit laetus et alteris
      te mensis adhibet deum;

te multa prece, te prosequitur mero
defuso pateris et Laribus tuum
miscet numen, uti Graecia Castoris   35
      et magni memor Herculis.

"Longas o utinam, dux bone, ferias
praestes Hesperiae!" dicimus integro
sicci mane die, dicimus uvidi,
      cum sol Oceano subest.   40

Quem receará o Parto, quem o assustado Cita,   25
quem os filhos que a hórrida Germânia deu à luz
estando César a salvo? Quem se inquietará
    com a guerra da feroz Ibéria?

Cada homem passa nas suas colinas o dia inteiro
casando a videira com as árvores despidas,   30
e daí regressa ledo ao seu vinho, convidando-te
    como um deus para a segunda mesa,

e honra-te com muitas preces, vertendo o vinho
das páteras, e louva em conjunto a tua divindade
e a dos seus Lares, tal como a Grécia se lembra   35
    de Castor e do grande Hércules.

"Oh, possas tu, bom comandante, dar à Hespéria
longos dias de festa!", dizemos sóbrios de manhã,
quando o dia começa, dizemos ébrios à noite,
    quando o sol no Oceano imerge.   40

1-8. *Augusto, prometeste ao Senado que voltarias em breve: já é tempo de o fazeres! Devolve à tua pátria a sua luz; é que quando estás entre nós os dias são mais alegres.* 9-16. *Tal como a mãe olha para o horizonte à espera que o mar lhe traga o filho de volta, assim Roma, cheia de saudades, espera por ti.* 17-24. *Vivemos agora em paz; o gado passeia tranquilo pelos férteis campos, o mar já não apresenta perigos e, graças às tuas leis, os nossos antigos valores foram restaurados e estão de novo em vigor.* 25-40. *Que motivo há agora para recear os inimigos de Roma? O camponês passa os seus dias tranquilo; quando chega do trabalho, faz libações em tua honra, celebrando a tua divindade, tal como a Grécia celebra Hércules e outros heróis. "Que nos dês longos dias de festa, bom comandante!", dizemos sóbrios de manhã, e já embriagados à noite.*

1 *Filho dos bons deuses*: esta ode é dedicada a Augusto, que se encontrava ausente provavelmente na campanha contra os Sigambros de que nos fala a ode IV, 2 (cf. nota ao v. 35).

3 *Concílio dos senadores*: literalmente "o concílio dos pais", expressão que designa com solenidade o Senado romano.

12 *Noto*: vento do Sul.

13 *Mar Cárpato*: para o perigo que este mar representa, e a sua localização, cf. nota a I, 35, 7.

20 *Lealdade*: a *Fides*, cf. nota a I, 24, 6.

22 *O costume e a lei*: há nestes versos referências indiretas à *lex Iulia de adulteriis coercendis* (parte da legislação moral de Augusto, cf. III, 24, 25-9, com nota ao v. 28), já promulgada quando esta ode foi publicada.

25 *Parto*: em 20 a.C. o rei Fraates da Pártia devolveu a Roma as insígnias perdidas por Crasso (cf. nota a I, 2, 22), o que resultou numa vitória diplomática celebrada e engrandecida pelo regime augustano, e particularmente por Horácio (cf. especialmente *Cântico Secular*, 53-6).

25 *Cita*: para o povo, cf. nota a I, 19, 10.

26 *Hórrida Germânia*: referência à campanha que Augusto liderava, à data desta composição, contra alguns povos germanos (cf. nota a IV, 2, 35), que nesta altura deveria estar perto de um desfecho vitorioso para o exército romano (em 13 a.C. Augusto regressa triunfalmente a Roma).

28 *Feroz Ibéria*: provavelmente uma alusão às campanhas de Augusto contra a Cantábria (cf. nota a II, 6, 1), e uma revolta dos Cântabros em 19 a.C., suprimida pelo próprio *princeps*.

30 *Árvores despidas*: o olmo é a árvore normalmente usada entre os Romanos para suportar a videira; depois das colheitas o olmo ficava despido da videira (cf. nota a II, 15, 4).

32 *Para a segunda mesa*: depois do primeiro serviço eram feitas libações, para as quais se convidavam os deuses Penates, os deuses do lar entre os Romanos.

34 *Páteras*: taça grande usada pelos Romanos nas libações aos deuses.

36 *Castor... Hércules*: segundo uma tradição evemerista (cf. nota a III, 3, 9-16), mas também por vezes defendida pelos estoicos, Hércules foi um grande homem que se notabilizou pelos seus feitos, e foi consequentemente divinizado, tal como Castor e seu irmão Pólux.

37 *Hespéria*: a Itália (cf. nota a I, 28, 26).

IV, 6

Dive, quem proles Niobea magnae
vindicem linguae Tityosque raptor
sensit et Troiae prope victor altae
    Phthius Achilles,

ceteris maior, tibi miles impar,   5
filius quamvis Thetidis marinae
Dardanas turris quateret tremenda
    cuspide pugnax.

Ille, mordaci velut icta ferro
pinus aut impulsa cupressus Euro,   10
procidit late posuitque collum in
    pulvere Teucro.

Ille non inclusus equo Minervae
sacra mentito male feriatos
Troas et laetam Priami choreis   15
    falleret aulam;

sed palam captis gravis, heu nefas! Heu!
Nescios fari pueros Achivis
ureret flammis, etiam latentem
    matris in alvo,   20

ni tuis victus Venerisque gratae
vocibus divum pater adnuisset
rebus Aeneae potiore ductos
    alite muros.

IV, 6

Deus, cujo poder a prole de Níobe sentiu
quando suas arrogantes palavras castigaste,
e o raptor Tício, e Aquiles de Ftia
    que quase tomou a alta Troia,

(o maior de todos os guerreiros, inferior porém a ti,   5
embora filho da marinha Tétis na sua ânsia guerreira
as torres dos Dárdanos tenha feito tremer
    com sua terrível lança,

ele, como pinheiro cortado pelo afiado ferro
ou como cipreste pelo Euro derrubado,   10
enorme caiu, e o seu pescoço pousou
    sobre o pó dos Teucros.

Ele não se esconderia dentro de um cavalo,
fingida oferta a Minerva, ludibriando os Troianos
desgraçadamente festivos, e a corte de Príamo   15
    que alegre dançava,

mas antes, cruel com os prisioneiros, ah!, o sacrilégio, ah!,
aos olhos de todos nas aqueias chamas queimaria
os meninos ainda não falantes, mesmo aquele
    escondido no ventre materno,   20

isto se o Pai dos deuses não tivesse sido vencido
pelas palavras tuas e da doce Vênus,
dando aos destinos de Eneias muralhas erigidas
    sob um melhor auspício),

Doctor argutae fidicen Thaliae, 25
Phoebe, qui Xantho lavis amne crines,
Dauniae defende decus Camenae,
  levis Agyieu.

Spiritum Phoebus mihi, Phoebus artem
carminis nomenque dedit poetae. 30
Virginum primae puerique claris
  patribus orti,

Deliae tutela deae fugaces
lyncas et cervos cohibentis arcu,
Lesbium servate pedem meique 35
  pollicis ictum,

rite Latonae puerum canentes,
rite crescentem face Noctilucam,
prosperam frugum celeremque pronos
  volvere mensis. 40

Nupta iam dices "Ego dis amicum,
saeculo festas referente luces,
reddidi carmen, docilis modorum
  vatis Horati."

524

Febo, tu que a lira ensinas à melodiosa Talia,   25
tu que lavas teus cabelos no rio Xanto,
defende a glória da dáunia Camena,
    ó imberbe Agiieu —

deu-me Febo a inspiração, deu-me Febo
a arte do canto e o nome de poeta.   30
Primeiras entre as virgens, rapazes nascidos
    de ilustres pais,

protegidos pela deusa de Delos,
que com seu arco fugidios linces e veados caça,
conservai o metro lésbio e a pulsação   35
    do meu polegar,

cantando, segundo o rito, o filho de Latona,
segundo o rito, a Luz da Noite com sua crescente chama,
a deusa que as colheitas faz crescer, e que rápida
    faz rolar os céleres meses.   40

Já casada dirás: "Eu, no século
que de novo trouxe os luminosos dias de festa,
um cântico reproduzi querido aos deuses,
    ensinada pelos ritmos do vate Horácio."

1-4. *Invoco-te a ti, Apolo, que castigas os arrogantes, como eram Níobe, Tício ou Aquiles. 5-24. Este último quase tomou Troia; apesar, porém, de ser o maior de todos os guerreiros e de ser filho de uma deusa, acabou por ser morto, tombando como uma enorme árvore. Se ainda estivesse vivo, não se teria escondido no cavalo de Troia para enganar os Troianos, antes tê-los-ia assassinado, um por um, até os bebês na barriga das mães. Mas Vênus e tu, Apolo, convenceram Júpiter a poupar Eneias, sem o qual Roma não teria existido. 25-30. A ti me dirijo, Febo Apolo, deus da música e da poesia, tu que me deste a inspiração de poeta. 31-40. E vós, rapazes e raparigas, cantai num coro ensinado por mim Apolo e Diana, a deusa caçadora, que faz as colheitas crescer, deusa da Lua. 41-4. Já casada, uma desta raparigas dirá: "Nos Jogos Seculares entoei um cântico aos deuses, composto por Horácio".*

1   *Deus*: Apolo. Tal como o *Cântico Secular*, composição provavelmente coeva a esta, este poema em estilo hínico é dedicado a dois deuses particularmente queridos pela ideologia augustana: Apolo e Diana.

1   *Prole de Níobe*: Níobe, filha de Tântalo, mãe de numerosos filhos (cf. *Ilíada*, XXIV, 599 ss.), teve a audácia de um dia dizer (*arrogantes palavras*) que era superior à deusa Leto, pois esta era apenas mãe de dois filhos. Como castigo, Apolo e Ártemis (Diana) mataram a sua descendência, e ela foi transformada num rochedo, de que eternamente brotavam suas lágrimas.

3   *Tício*: para o Gigante, cf. nota a II, 14, 7. Para o seu suplício nos Infernos, cf. nota a III, 4, 77.

3   *Aquiles de Ftia*: Aquiles nasceu na Ftia, território da Tessália. Foi morto de fato por Páris, orientado pela mão de Apolo, o deus responsável, segundo a *Ilíada*, por sua morte (cf. os terríveis presságios de XXI, 276 ss.; XXII, 358 ss., últimas palavras de Heitor a Aquiles). Esta "digressão" (5-24, destacada no nosso texto pelos parênteses) sobre Aquiles é de gosto marcadamente pindárico. A identificação de Apolo como protetor de Troia é não inocentemente sublinhada pelos poetas romanos do tempo de Augusto, tendo em conta a filiação épica de Roma.

10   *Euro*: vento que sopra do Leste.

12   *Teucros*: sinônimo de "troianos".

22   *Vênus*: também esta deusa é associada à proteção de Troia e, consequentemente, de Roma.

25   *Talia*: uma das Musas, normalmente associada à comédia; Horácio muitas vezes não parece atribuir funções determinadas a nenhuma das Musas (cf. nota a I, 24, 3). Depois de apresentar a face mais "bélica" de Apolo, o poeta celebra agora Apolo μουσηγέτης (*musêgetês*, "condutor de Musas"). Não nos esqueçamos de que no templo de Apolo Palatino, à frente do qual foi cantado o *Cântico Secular* de Horácio, existia uma estátua de Apolo κιθαρῳδός (*kitharôdos*, "que canta acompanhado pela cítara").

26   *Rio Xanto*: rio da Lícia, região referida igualmente em III, 4, 62.

27   *Dáunia Camena*: o adjetivo *daunius* refere-se à Dáunia (cf. nota a I, 22, 13), mas

por metonímia também ao território romano. É igualmente uma forma sutil de Horácio referir a sua terra natal, a Apúlia. Para as Musas romanas, as Camenas, cf. nota a I, 12, 39.

28 *Agiieu*: epíteto grego (Ἀγυιεύς), formado a partir de ἀγυιαί (*agyiai*, "ruas"), denominando o deus como "protetor das ruas", isto é, das populações urbanas.

33 *Deusa de Delos*: Diana, nascida em Delos (cf. nota ao v. 1).

35 *Metro lésbio*: não esqueçamos que este poema está escrito em estrofes sáficas, que toma o seu nome a partir da poetisa Safo, que nasceu em Lesbos.

36 *Meu polegar*: a pulsação (traduzimos *ictum*, golpe, pancada) é dada pelo próprio poeta. Porfírio defende que o poeta exorta o coro a conservar o tempo dado por sua lira (que tange com o polegar). E. Romano (*ad loc.*) defende que Horácio exorta as raparigas e os rapazes a conservarem o tempo estabelecido no início pelo poeta (no meio musical utiliza-se a expressão "manter a pulsação"; para uma discussão mais técnica, cf. Thomas, *ad loc.*). Outra interpretação possível é considerar que o poeta se autodesigna χοροδιδάσκαλος (*chorodidaskalos*, "chefe do coro"), e que bate e mostra o tempo ao coro com o polegar, usando para tal um instrumento de percussão.

37 *Filho de Latona*: Apolo.

38 *Luz da Noite*: traduzimos o epíteto arcaico *Noctiluca*: que significa "aquela que ilumina a noite", isto é, a Lua (Diana).

43 *Um cântico*: as estrofes finais desta ode aludem e comemoram um dos pontos altos da carreira de Horácio, a composição do *Cântico Secular* (cf. introdução a esse poema).

44 *Vate*: "Vate" tem em latim e em português um eco que "poeta" não tem; designa aquele que, como um pontífice entre os mortais e os deuses (a palavra pode mesmo querer dizer "adivinho", "áuspice") canta a poesia com divina inspiração.

IV, 7

Diffugere nives, redeunt iam gramina campis
    arboribusque comae;
mutat terra vices, et decrescentia ripas
    flumina praetereunt;

Gratia cum Nymphis geminisque sororibus audet   5
    ducere nuda choros.
Immortalia ne speres, monet annus et almum
    quae rapit hora diem:

frigora mitescunt Zephyris, ver proterit aestas
    interitura simul   10
pomifer Autumnus fruges effuderit, et mox
    bruma recurrit iners.

Damna tamen celeres reparant caelestia lunae:
    nos ubi decidimus
quo pater Aeneas, quo Tullus dives et Ancus,   15
    pulvis et umbra sumus.

Quis scit an adiciant hodiernae crastina summae
    tempora di superi?
Cuncta manus avidas fugient heredis, amico
    quae dederis animo.   20

Cum semel occideris et de te splendida Minos
    fecerit arbitria,
non, Torquate, genus, non te facundia, non te
    restituet pietas;

IV, 7

Fugiram as neves, já a erva aos campos retorna,
    e as folhas às árvores,
a terra muda e renova-se, e o rios, minguando,
    correm entre as margens;

a Graça, com as suas irmãs gêmeas e as Ninfas,   5
    aventura-se nua a conduzir os coros.
Nada esperes de imortal, é o conselho do ano e da hora
    que o ameno dia rouba.

Os Zéfiros tornam brando o frio, à primavera sucede o verão
    que há-de morrer   10
assim que o frutífero outono trouxer suas colheitas, e então
    lesto voltará o árido inverno.

Céleres recuperam as luas suas mortes no céu:
    nós, quando caímos
onde o pai Eneias, o rico Tulo e Anco estão,   15
    pó e sombra somos.

Quem sabe se os supernos deuses à soma de hoje ajuntarão
    o tempo de amanhã?
Tudo aquilo que ao teu querido coração deres
    às mãos ávidas do herdeiro fugirá.   20

Quando por fim morreres, e sobre ti pronunciar Minos
    sua clara sentença,
de volta não te há-de trazer a linhagem, Torquato,
    nem a eloquência, nem a devoção;

infernis neque enim tenebris Diana pudicum   25
    liberat Hippolytum,
nec Lethaea valet Theseus abrumpere caro
    vincula Perithoo.

pois nem Diana liberta o casto Hipólito   25
    das infernais trevas,
nem tem Teseu força para quebrar as leteias correntes
    que amarram seu amado Pirítoo.

1-6. *Já não há neve, a natureza renova-se, e as Graças e as Ninfas iniciam as suas danças. 7-16. Nada esperes de imortal, é o conselho que o tempo nos dá. Enquanto o mundo vive no eterno ritmo das estações, e a lua continua o seu perpétuo ciclo, nós, mortais, uma vez mortos, somos pó e sombra. 17-28. Quem sabe se estarás vivo amanhã? Não te preocupes em poupar o que tens: o teu herdeiro tratará de o esbanjar. É que já nos Infernos, caro Torquato, de nada interessa a linhagem, a eloquência ou a devoção: nem Diana conseguiu trazer Hipólito do submundo, nem Teseu libertou Pirítoo.*

1   *Fugiram as neves*: repare-se na semelhança com I, 4. Cf. com a bela ode de Camões (IX), "Da brevidade da vida": "Fogem as neves frias/ Dos altos montes, quando reverdecem/ As árvores sombrias;/ As verdes ervas crescem,/ E o prado ameno de mil cores tecem", ou ainda a ode II do Livro II de António Ferreira.

5   *Graça*: cf. nota a I, 4, 6.

9   *Zéfiros*: ventos do Oeste.

15   *Rico Tulo e Anco*: Tulo Hostílio foi o terceiro rei de Roma, em cujo reinado a cidade viveu grande prosperidade. Anco Márcio foi o quarto rei de Roma.

21   *Minos*: para o juiz dos Infernos, cf. nota a I, 28, 9.

23   *Torquato*: pertencente à *gens Torquata*, é difícil precisar com exatidão quem é esta figura também presente na Epístola I, 5.

25   *Hipólito*: filho de Teseu e da amazona Hipólita, Hipólito era devoto de Ártemis mas votava a Afrodite um enorme desprezo. Como vingança, a deusa fez com que sua madrasta, Fedra, se apaixonasse por ele. O jovem, casto como era, recusou as investidas de Fedra e esta acabou por acusar falsamente Hipólito junto de Teseu, dizendo que este intentara violá-la. No seguimento destas acusações, Hipólito morreu.

27-8   *Teseu... Pirítoo*: para a aventura destes heróis no Hades, cf. nota a III, 4, 80.

27   *Leteias correntes*: o adjetivo provém de Letes, o rio do esquecimento no Hades.

IV, 8

Donarem pateras grataque commodus,
Censorine, meis aera sodalibus,
donarem tripodas, praemia fortium
Graiorum, neque tu pessima munerum

ferres, divite me scilicet artium   5
quas aut Parrhasius protulit aut Scopas,
hic saxo, liquidis ille coloribus
sollers nunc hominem ponere, nunc deum.

Sed non haec mihi vis, non tibi talium
res est aut animus deliciarum egens.   10
Gaudes carminibus; carmina possumus
donare et pretium dicere muneri.

Non incisa notis marmora publicis,
per quae spiritus et vita redit bonis
post mortem ducibus, non celeres fugae   15
reiectaeque retrorsum Hannibalis minae,
[non incendia Carthaginis impiae]

eius, qui domita nomen ab Africa
lucratus rediit, clarius indicant
laudes quam Calabrae Pierides: neque,   20
si chartae sileant quod bene feceris,

mercedem tuleris. Quid foret Iliae
Mavortisque puer, si taciturnitas
obstaret meritis invida Romuli?
Ereptum Stygiis fluctibus Aeacum   25

IV, 8

De bom grado a meus amigos daria,
Censorino, valiosas páteras e bronzes,
e trípodes, o prêmio dos corajosos Gregos,
e tu com o pior dos presentes não ficarias,

isto, claro, se fosse rico nas obras de arte   5
que Parrásio ou Escopas criaram,
mestres em representar tanto o homem como o deus,
o primeiro com cores líquidas, o segundo com mármore.

Mas tal não me é possível, nem o teu modo de vida
ou a tua alma têm necessidade de tais luxos.   10
Deleitas-te com odes? Odes podemos nós oferecer-te
e dizer-te desde já qual o seu valor.

Mais do que o mármore gravado com públicas inscrições
que o espírito fazem regressar e a vida
aos bons generais depois da morte, mais do que a rápida fuga   15
de Aníbal, e das suas ameaças lançadas para trás,
[mais do que os incêndios da ímpia Cartago],

mais do que tudo isto, a glória daquele que regressou
com o nome celebrizado pela conquista de África,
quem mais a proclama são as Musas da Calábria: 20
e se as folhas de papiro os teus feitos silenciarem,

que recompensa existiria para ti? O que seria
do filho de Mavorte e de Ília, se um invejoso silêncio
se opusesse aos méritos de Rômulo?
A virtude, o favor, e a língua dos poderosos vates   25

virtus et favor et lingua potentium
vatum divitibus consecrat insulis.
Dignum laude virum Musa vetat mori:
caelo Musa beat. Sic Iovis interest

optatis epulis impiger Hercules,   30
clarum Tyndaridae sidus ab infimis
quassas eripiunt aequoribus ratis,
[ornatus viridi tempora pampino]
Liber vota bonos ducit ad exitus.

arrancando Éaco às ondas do Estige
consagraram-no na ilha dos bem-aventurados.
O varão digno de louvor, a Musa impede-o de morrer:
a Musa torna-o feliz no céu. E assim participa

o incansável Hércules nos desejados festins de Júpiter,   30
assim salva a constelação dos filhos de Tíndaro
os despedaçados navios do fundo do mar, assim Líbero
[enfeitando sua testa com o ramo verde da videira],
as preces conduz a um termo feliz.

1-12. *Censorino, se as tivesse, daria aos meus amigos requintadas e valiosas obras de arte. Não as tendo, posso-te apenas oferecer odes.* 13-34. *A poesia, porém, imortaliza os homens, melhor do que qualquer inscrição no mármore. De fato, mais do que os feitos em si, quem tornou o nome de Cipião Africano Maior famoso foi o poeta Ênio. Se não fosse a poesia, quem saberia quem foi Rômulo? São os poetas que concedem a reis como Éaco uma vida eterna na ilha dos bem-aventurados, libertando-os da lei da morte. Só por causa da poesia é que Hércules, os Dióscoros e Líbero alcançaram a imortalidade.*

2   *Censorino*: Gaio Márcio Censorino, cônsul em 8 a.C., morreu no Oriente em 2 a.C. Veleio Patérculo (II, 106) gaba-lhe o seu caráter dócil e amável. A hipótese de se tratar de seu pai, Lúcio Márcio Censorino, não gera tanto consenso entre os estudiosos (cf. Thomas, *ad loc.*).

6   *Parrásio ou Escopas*: Parrásio foi um pintor grego de Éfeso, importante para o desenvolver de certas técnicas na pintura e a sua atividade teve lugar por volta de 400 a.C. O escultor Escopas de Paros foi seu contemporâneo; Roma tinha algumas estátuas dele, entre as quais a mais famosa era provavelmente aquela que se encontrava no templo de Apolo Palatino.

17   [*mais do que os incêndios da ímpia Cartago*]: o número total de versos de todas as odes de Horácio, exceto esta, é divisível por quatro (a chamada lei de Meineke). Não é consensual, porém, quais os dois versos a eliminar, e sequer se de fato alguma parte do texto é espúria. Aqui propomos como espúrio (tal como Rudd (2004) e West (1997), ao contrário da edição de Wickham) o presente verso (além do v. 33), porque a autoria do incêndio de Cartago não é de Cipião Africano Maior, de que se fala no verso seguinte, mas de Africano Menor.

18   *A glória daquele que*: trata-se de Cipião Africano Maior, grande general que expulsou da Hispânia os Cartagineses, e liderou várias campanhas em África; ganhou o seu *cognomen* (Africano) precisamente na região em que se notabilizou, tal como Cipião Africano Menor.

20   *Musas da Calábria*: em latim lê-se "Piérides da Calábria"; "Piérides" é um epíteto comum das Musas (formado a partir do nome Piéria, região da Macedônia, cf. nota a III, 4, 38). As Piérides são da Calábria pois esta é a pátria de Ênio, o grande épico latino que nos seus *Annales* celebrou a glória de Cipião Africano Maior. O raciocínio do poeta é o seguinte: a poesia é o melhor meio de perpetuar os feitos dos homens, em particular a épica, onde as Musas romanas nada deixam a desejar às Musas gregas.

23   *Do filho*: Rômulo. É filho de Marte (Mavorte é o seu nome arcaico) e de Ília (cf. nota a I, 2, 17).

25   *Vates*: para o significado religioso deste termo e do poeta, cf. nota a IV, 6, 44.

26   *Éaco*: para este rei justo, cf. nota a II, 13, 22.

27   *Ilha dos bem-aventurados*: à letra "ilhas ricas". Traduzimos tendo em conta a tradição dos estudos clássicos lusófonos, que assim traduz o grego μακάρων νῆσοι (*makarôn nêsoi*), as ilhas em que todos aqueles que se notabilizaram durante a sua vida viviam uma eternidade feliz (cf. a humorística descrição de Luciano em *Uma história verídica*, 2, 4-29).

31   *Dos filhos de Tíndaro*: os Dióscoros (Castor e Pólux), ou melhor, a sua constelação auxiliava no mundo antigo a navegação. Hiperbolicamente, diz-se que se a poesia não tivesse celebrado a virtude destes dois homens, não existiria a sua constelação, e por tal muitos navios naufragariam. A hipérbole é continuada no verso a seguir, onde se pode adivinhar que, se não fosse a poesia, nem Líbero (Baco) teria a possibilidade de ouvir as preces dos suplicantes, segundo a corrente evemerista (cf. nota a III, 3, 9-16) que considera Baco igualmente um ser humano divinizado.

33   [*enfeitando sua testa com o ramo verde da videira*]: este verso é também provavelmente espúrio porque praticamente igual a III, 25, 20, algo inusitado nas *Odes* de Horácio.

IV, 9

Ne forte credas interitura, quae
longe sonantem natus ad Aufidum
    non ante vulgatas per artis
        verba loquor socianda chordis:

non, si priores Maeonius tenet   5
sedes Homerus, Pindaricae latent
    Ceaeque et Alcaei minaces
        Stesichorive graves Camenae;

nec, si quid olim lusit Anacreon,
delevit aetas; spirat adhuc amor   10
    vivuntque commissi calores
        Aeoliae fidibus puellae.

Non sola comptos arsit adulteri
crinis et aurum vestibus illitum
    mirata regalisque cultus   15
        et comites Helene Lacaena,

primusve Teucer tela Cydonio
direxit arcu; non semel Ilios
    vexata; non pugnavit ingens
        Idomeneus Sthenelusve solus   20

dicenda Musis proelia; non ferox
Hector vel acer Deiphobus gravis
    excepit ictus pro pudicis
        coniugibus puerisque primus.

IV, 9

Não penses por acaso que hão-de morrer as palavras
que eu, nascido junto do Áufido ao longe ressonante,
    por artes nunca dantes conhecidas
        com minha lira canto:

se o meônio Homero o primeiro lugar ocupa,   5
desconhecidas não são as Musas de Píndaro e de Ceos,
    nem as iradas Camenas de Alceu
        nem as solenes de Estesícoro,

e o tempo não destruiu os leves poemas
que outrora Anacreonte escreveu, e suspira o amor,   10
    vive ainda o fogo que a jovem eólia
        confiou à sua lira.

Helena de Esparta não foi a única a arder de amor,
ao contemplar os cuidados cabelos do amante,
    o ouro tecido nas suas vestes,   15
        o luxo real, e a corte,

nem foi Teucro o primeiro a lançar setas
com arco cidônio, não foi uma vez só
    Ílion atacada, não foram o ingente Idomeneu
        e Estênelo os únicos a travar combates   20

dignos de ser cantados pelas Musas,
nem foram o feroz Heitor e o fogoso Deífobo
    os primeiros a suportar graves golpes
        em nome de suas castas esposas e filhos.

Vixere fortes ante Agamemnona   25
multi; sed omnes illacrimabiles
      urgentur ignotique longa
            nocte, carent quia vate sacro.

Paulum sepultae distat inertiae
celata virtus. Non ego te meis   30
      chartis inornatum silebo,
            totve tuos patiar labores

impune, Lolli, carpere lividas
obliviones. Est animus tibi
      rerumque prudens et secundis   35
            temporibus dubiisque rectus,

vindex avarae fraudis et abstinens
ducentis ad se cuncta pecuniae,
      consulque non unius anni,
            sed quotiens bonus atque fidus   40

iudex honestum praetulit utili,
reiecit alto dona nocentium
      vultu, per obstantis catervas
            explicuit sua victor arma.

Non possidentem multa vocaveris   45
recte beatum: rectius occupat
      nomen beati, qui deorum
            muneribus sapienter uti

duramque callet pauperiem pati
peiusque leto flagitium timet,   50
      non ille pro caris amicis
            aut patria timidus perire.

Antes de Agamêmnon, muitos outros 25
valorosos homens viveram; sobre todos eles, porém,
    não chorados, ignorados, uma longa noite pesa,
        porque lhes falta o sagrado vate.

É pouca a distância entre a virtude que se esconde
e a sepultada covardia. Sobre ti não guardarei silêncio, 30
    minhas páginas não te deixarão por celebrar,
        nem permitirei que o ciúme do esquecimento,

Lólio, corroa impunemente os teus feitos.
O teu espírito conhece bem os assuntos dos cidadãos,
    é honesto quer nos tempos favoráveis 35
        quer nos incertos,

castiga a desonestidade e a ganância,
e mantém-se longe do dinheiro que tudo atrai.
    Não só por um ano foste cônsul,
        mas sempre que, bom e justo juiz, 40

a tua alma colocou o honesto à frente do vantajoso,
e os subornos dos culpados de cabeça erguida rejeitou,
    empunhando suas armas vitoriosa
        através da multidão inimiga.

Não terias razão se chamasses feliz 45
àquele que muito possui: com mais razão
    é considerado feliz aquele que aprendeu
        a usar com sabedoria as dádivas

dos deuses, e a suportar os rigores da pobreza,
e que a desonra teme, pior que a morte: 50
    um tal homem não tem medo de morrer
        pelos amados amigos e pela pátria.

1-12. Não penses que eu, o primeiro poeta lírico romano, serei esquecido: se é certo que Homero ocupa o primeiro lugar, poetas como Píndaro, Simônides, Alceu, Estesícoro, Anacreonte ou Safo ainda hoje são famosos. 13-28. Aliás, Helena não foi a primeira a apaixonar-se; Teucro não foi o primeiro a usar arco e flecha; Troia não foi a única cidade a ser atacada; Idomeneu e Estênelo não foram os únicos guerreiros dignos de louvor; Heitor e Deífobo não foram os primeiros a lutar e a sofrer pela sua família. Antes de Agamêmnon, muitos outros homens corajosos viveram: a única diferença é que não tiveram um poeta que os cantasse, e caíram no esquecimento. 29-44. Portanto, caro Lólio, celebrarei as tuas virtudes para que não te aconteça o mesmo. És um homem honesto e íntegro, capaz de colocar o honesto à frente do vantajoso, e és incapaz de receber um suborno. 45-52. E tiveste razão em o fazer: não é feliz quem muito possui, mas sim quem sabiamente suporta a adversidade, preferindo morrer pelos amigos e pela pátria a cometer atos desonrosos.

2   *Áufido*: para este rio na Apúlia, cf. nota a III, 30, 10.

6   *Píndaro*: para o poeta, cf. nota a IV, 2, 1.

6   *Ceos*: referência ao poeta Simônides de Ceos (cf. nota a II, 1, 38).

7   *Alceu*: para o poeta grego, cf. nota a I, 32, 5.

8   *Estesícoro*: outro poeta lírico grego. As suas Musas são ditas "solenes" pois, segundo um juízo crítico comum na época (cf. Quintiliano, *Instituição oratória*, 10, 62), Estesícoro suportava com mestria o peso da épica nos seus ritmos líricos.

10   *Anacreonte*: para este poeta grego, cf. nota a I, 17, 18.

11   *Jovem eólia*: Safo (para a poetisa, cf. nota a II, 13, 24).

17   *Teucro*: para este herói, cf. nota a I, 7, 21.

18   *Arco cidônio*: Cidoneia é uma cidade de Creta, terra afamada pela qualidade de seus arcos (cf. nota a I, 15, 17).

18   *Não foi uma vez só*: de fato temos notícia de que Troia foi destruída uma primeira vez por Hércules (cf. Virgílio, *Eneida*, VIII, 290 ss.), porque o rei Laomedonte não deu os corcéis prometidos quando Hércules destruiu o monstro marinho que assolava a cidade.

19   *Idomeneu*: herói que se distinguiu na guerra de Troia; era o rei de Creta.

20   *Estênelo*: para este herói, cf. nota a I, 15, 24.

22   *Deífobo*: filho de Hécuba e Príamo, era o irmão preferido de Heitor. Depois da morte de Páris, desposou Helena, mas não por muito tempo; quando os Gregos tomaram Troia, Menelau matou-o e esquartejou-o.

28   *Sagrado vate*: não esqueçamos que a palavra "vate" tem dois sentidos: poeta e áugure, ambiguidade que confere religiosidade ao ofício do poeta.

33   *Lólio*: protegido por Augusto, Marco Lólio foi uma figura importante em Roma, sendo cônsul em 21 a.C. e governador da Gália entre 17 e 16 a.C., altura em que sofreu uma grave derrota contra os Sigambros (cf. nota a IV, 2, 35), de tal forma

importante que ficou conhecida como a *clades Lolliana* (a desgraça de Lólio). Todavia, o seu prestígio junto do *princeps* manteve-se inalterado. Defende-se que foi a propaganda de Tibério, que via em Lólio um inimigo, pois considerava-o um aspirante a sucessor de Augusto, a responsável pela posterior degradação da sua imagem que se lê, por exemplo, em Veleio Patérculo (II, 97, 1), que desenha Lólio como alguém ganancioso, ávido por dinheiro. Acusado de manter relações com os Partos, acabou por suicidar-se em 2 a.C. Talvez estejamos perante um texto que pretende "limpar" a imagem de Lólio, embora alguns estudiosos defendam que Horácio faz aqui um retrato irônico da sua virtude. De qualquer forma, note-se a matriz estoica dos versos seguintes, onde se traça o retrato do *sapiens* (sábio) estoico por excelência, assente em quatro pilares: *prudentia* (prudência, inteligência), *iustitia* (justiça), *temperantia* (temperança) e *fortitudo* (fortaleza, coragem).

IV, 10

O crudelis adhuc et Veneris muneribus potens,
insperata tuae cum veniet pluma superbiae,
et, quae nunc umeris involitant, deciderint comae,
nunc et qui color est puniceae flore prior rosae,

mutatus Ligurinum in faciem verterit hispidam,   5
dices "Heu" quotiens te speculo videris alterum,
"Quae mens est hodie, cur eadem non puero fuit,
vel cur his animis incolumes non redeunt genae?"

IV, 10

Ó tu, que cruel desfrutas ainda dos poderosos dons de Vênus,
quando a inesperada penugem cobrir tua arrogância,
e caírem os cabelos que ora sobre teus ombros adejam,
e quando a tua cor, que agora excede a flor de uma rosa escarlate,

mudar, e te transformares, Ligurino, num homem de áspera face,
dirás, ah, sempre que um outro te vires ao espelho:
"Os pensamentos de hoje, por que não os tive em rapaz,
ou por que não volta o exato rosto que tinha àquilo que hoje sinto?"

1-8. *Tu, Ligurino, que agora ainda desfrutas da tua beleza, quando vires no espelho que te transformaste num homem de barba rija e de cabelo cortado, dirás: "Aquilo que hoje penso, por que não pensei na juventude, e por que já não tenho o rosto que tinha?".*

1   *Ó tu...*: como sublinha Thomas (*ad loc.*), esta ode deve muito ao epigrama grego, em especial aos muitos poemas em que surge um jovem ainda imberbe, posto em contraste com o adulto pouco atraente em que está prestes a transformar-se, como se pode ler na sequência da *Antologia Palatina*, 12, 24-41 — de reparar que quase todos estes poemas se encontravam na famosa antologia de Meleagro, *A Grinalda* (*Stephanos*), há muito acessível aos poetas latinos. O contexto é, portanto, o da pederastia grega.

3   *Caírem os cabelos*: não em resultado da calvície, mas porque Ligurino cortou o cabelo; os rapazes usavam o cabelo longo até o momento em que deixavam de ser crianças, assinalado em Roma pela cerimônia da toga viril (cf. nota a I, 36, 9), altura que coincidia com a consagração do cabelo a uma divindade (cf. E. Romano, *ad loc.*).

5   *Ligurino*: para o nome, cf. nota a IV, 1, 33.

IV, 11

Est mihi nonum superantis annum
plenus Albani cadus; est in horto,
Phylli, nectendis apium coronis;
    est hederae vis

multa, qua crinis religata fulges;   5
ridet argento domus; ara castis
vincta verbenis avet immolato
    spargier agno;

cuncta festinat manus, huc et illuc
cursitant mixtae pueris puellae;   10
sordidum flammae trepidant rotantes
    vertice fumum.

Ut tamen noris quibus advoceris
gaudiis, Idus tibi sunt agendae,
qui dies mensem Veneris marinae   15
    findit Aprilem,

iure sollemnis mihi sanctiorque
paene natali proprio, quod ex hac
luce Maecenas meus adfluentis
    ordinat annos.   20

Telephum, quem tu petis, occupavit
non tuae sortis iuvenem puella
dives et lasciva tenetque grata
    compede vinctum.

IV, 11

Tenho um jarro cheio de vinho albano
com mais de nove anos, e no jardim,
Fílis, tenho aipo para entrelaçar grinaldas,
    e imensa hera

que te faz brilhar quando a prendes no cabelo.   5
A casa tem um sorriso de prata; o altar, coberto
de ervas puras, anseia por ser espargido com o sangue
    de um cordeiro imolado;

toda a criadagem se apressa, para cá e lá
correm raparigas misturadas com rapazes,   10
as chamas agitam-se, fazendo rolar num vórtice
    o negro fumo.

Mas fica a saber para que festejos
és convidada: celebrarás os Idos,
o dia que divide abril, o mês   15
    de Vênus marinha:

com razão é esta data solene para mim,
quase mais sagrada que o meu próprio aniversário,
pois é a partir da luz deste dia que o meu Mecenas
    conta os anos que passaram.   20

De Télefo, que tu desejas, jovem acima
da tua condição, apoderou-se uma rica
e voluptuosa jovem, e mantém-no preso
    em bem-vindos grilhões.

Terret ambustus Phaethon avaras   25
spes, et exemplum grave praebet ales
Pegasus terrenum equitem gravatus
    Bellerophontem,

semper ut te digna sequare et ultra
quam licet sperare nefas putando   30
disparem vites. Age iam, meorum
    finis amorum —

non enim posthac alia calebo
femina — condisce modos, amanda
voce quos reddas: minuentur atrae   35
    carmine curae.

Faetonte, desfeito em chamas, desencoraja 25
os anseios da sofreguidão; o alado Pégaso,
sobre quem pesou o terreno cavaleiro Belerofonte,
    dá-te um sério aviso:

procura sempre aquilo que te é apropriado,
e pensando que é errado esperar mais do que permitido, 30
evita alguém diferente de ti.
    Vamos, último de meus amores —

pois daqui em diante não mais arderei de amor
por nenhuma outra mulher — aprende melodias
que com tua amável voz me possas entoar: o canto mitiga 35
    os negros cuidados.

1-12. *Tudo em minha casa está pronto, Fílis: o vinho, aipo para as grinaldas, a hera, o altar, o cordeiro para o sacrifício; os escravos fazem os últimos preparativos. 13-20. Convido-te, pois, para a festa de anos do meu querido Mecenas, a 13 de abril. 21-36. Continuas apaixonada por Télefo, embora ele esteja acima da tua condição, e uma jovem rica se tenha apoderado dele. Não tenhas ambições desmesuradas: atenta no exemplo de Faetonte e de Belerofonte, e procura apenas o que te é apropriado. Vamos, último dos meus amores, aprende algumas belas melodias e vem cantar-mas: a música faz-nos esquecer os problemas.*

1   *Vinho albano*: vinho cultivado perto dos Montes Albanos (cf. nota a IV, 1, 19), de grande prestígio a par do de Falerno.

3   *Fílis*: para o nome, "folha de árvore", cf. nota a II, 4, 13.

7   *Ervas*: as chamadas *verbenae* (cf. nota a I, 19, 14).

14   *Os Idos*: os Idos de Abril, ou seja, 13 de abril.

16   *Vênus marinha*: Vênus, segundo algumas tradições, nasceu da espuma do mar (cf. I, 5, 16). O mês de abril era consagrado à deusa.

21   *Télefo*: para o nome, "o que brilha ao longe", cf. nota a I, 13, 2.

25   *Faetonte*: para o temerário filho do Sol, cf. nota a I, 22, 21.

27   *Belerofonte*: tomado de vaidade, Belerofonte tentou subir ao Olimpo montado em seu cavalo alado, Pégaso. Júpiter fê-lo precipitar-se sobre a terra e o herói, segundo algumas versões do mito, morreu.

IV, 12

Iam veris comites, quae mare temperant,
impellunt animae lintea Thraciae;
iam nec prata rigent nec fluvii strepunt
    hiberna nive turgidi.

Nidum ponit Ityn flebiliter gemens   5
infelix avis et Cecropiae domus
aeternum opprobrium, quod male barbaras
    regum est ulta libidines.

Dicunt in tenero gramine pinguium
custodes ovium carmina fistula   10
delectantque deum cui pecus et nigri
    colles Arcadiae placent.

Adduxere sitim tempora, Vergili;
sed pressum Calibus ducere Liberum
si gestis, iuvenum nobilium cliens,   15
    nardo vina merebere.

Nardi parvus onyx eliciet cadum,
qui nunc Sulpiciis accubat horreis,
spes donare novas largus amaraque
    curarum eluere efficax.   20

Ad quae si properas gaudia, cum tua
velox merce veni: non ego te meis
immunem meditor tingere poculis,
    plena dives ut in domo.

IV, 12

Já os ventos da Trácia, companheiros da primavera,
acalmam o mar e enfunam as velas;
já os prados degelam, e já não bramam os rios
    túrgidos da neve do inverno.

Em pranto gemendo por Ítis faz o ninho   5
a infeliz ave que, por se ter vingado em funesta hora
da bárbara devassidão de um rei, a eterna vergonha
    da casa de Cécrops se tornou.

Na tenra erva, entoam canções na siringe
os guardadores de gordas ovelhas,   10
deleitando o deus que ama os rebanhos
    e as sombrias colinas da Arcádia.

A estação trouxe a sede, Virgílio;
mas se anseias pelo sumo de Líbero,
pisado em Cales, tu, cliente de nobres jovens,   15
    com nardo merecerás o vinho:

um pequeno frasco de ônix cheio de nardo fará sair
o jarro que agora repousa nos armazéns de Sulpício,
pródigo em dar novas esperanças, e eficaz em lavar
    as amarguras da inquietude.   20

Se tens pressa em chegar aos festejos, vem veloz
com o teu contributo. Não estou a contar
que te banhes nos meus copos de graça,
    como um rico em abastada casa.

Verum pone moras et studium lucri,
nigrorumque memor, dum licet, ignium
misce stultitiam consiliis brevem:
    dulce est desipere in loco.

    25

Vá, não te atrases, e deixa de ter amor ao lucro, 25
lembra-te das chamas negras da morte, e tempera,
enquanto é tempo, a tua prudência com uma breve loucura:
na ocasião certa é doce perder o juízo.

1-12. *De novo chega a primavera; os mares estão mais calmos e os rios já não correm tão violentamente. As andorinhas fazem os seus ninhos, os pastores tocam a siringe, e Pã ouve-os deleitado.* 13-20. *Esta é uma estação em que temos mais sede; mas se queres vir cá beber um bom vinho, não venhas de mão a abanar, Virgílio! Traz-me um frasco de perfume de nardo. Não penses que vens beber de borla a minha casa, como um ricalhaço qualquer.* 21-8. *Vamos, não te atrases, deixa esse teu amor ao lucro! Lembra-te de que não vamos viver para sempre, e de que em certas ocasiões é bom perder o juízo.*

1   *Ventos da Trácia*: a Trácia é, mitologicamente, a pátria de todos os ventos.

1   *Companheiros da primavera*: trata-se provavelmente dos Favônios, ou Zéfiros, associados à primavera em I, 4, 1.

5-6 *Ítis... infeliz ave*: estes versos aludem ao mito de Procne e Filomela. As duas são filhas de Pandíon, rei de Atenas. Como recompensa do auxílio prestado na guerra contra Lábdaco, o rei deu a mão de Procne a Tereu. Destes dois nasceu Ítis. Contudo Tereu, ardendo em luxúria ("bárbara devassidão"), violou a sua cunhada, Filomela, cortando-lhe a língua para que ela não pudesse contar nada. Esta, porém, bordou uma tapeçaria com que deu a conhecer à sua irmã o sucedido; Procne, enraivecida, matou o seu próprio filho, Ítis, cozinhou-o e deu-o de comer a Tereu. Quando este descobriu o que lhe tinha acontecido, perseguiu as duas irmãs, que entretanto fugiram. Quando estavam quase a ser apanhadas, pediram aos deuses que as salvassem daquela aflição; os deuses, apiedando-se, transformaram, segundo a versão latina (cf. Ovídio, *Metamorfoses*, 6, 412-674), Filomela em rouxinol e Procne em andorinha. Esta estrofe alude pois a Procne, "ave triste" (a andorinha que anuncia a primavera).

8   *Casa de Cécrops*: Atenas, pois Cécrops é o seu fundador (cf. nota a II, 1, 12).

9   *Siringe*: para esta flauta de Pã, cf. nota a I, 17, 10.

11   *O deus*: Pã, ou Fauno, protetor do gado e músico por excelência da siringe.

13   *Virgílio*: não se sabe com certeza se se trata ou não do poeta Virgílio (destinatário de I, 3 e I, 24), quer porque este morreu em 19 a.C., data em que Horácio não tinha ainda começado a escrever este Livro IV, quer porque a forma como é caracterizado este Virgílio (como um homem de negócios, ou um mercador) não parece ser coerente com a imagem comum que temos do mantuano; muitos estudiosos defendem no entanto que se trata de uma referência póstuma ao grande poeta latino, uma espécie de convite imaginário de homenagem (para as relações deste com Horácio, cf. nota a I, 3, 6). A questão, porém, da identificação com Virgílio ainda é objeto de intenso debate (para um esquemático resumo do tema, cf. Thomas, *ad loc.*, pp. 226-7).

15   *Cales*: região da Campânia, afamada por seus vinhos (cf. nota a I, 20, 9-11).

15   *Cliente*: para as relações de clientela entre os Romanos, cf. nota a II, 18, 7.

17   *Nardo*: para este tipo de perfume, cf. nota a II, 11, 17.

18   *Sulpício*: Segundo Porfírio e Pseudo-Ácron, trata-se de Porfírio Galba, comerciante que possuía perto do Aventino armazéns que costumavam comercializar óleos perfumados.

26   *Chamas negras*: referência ao fumo negro da cremação.

IV, 13

Audivere, Lyce, di mea vota, di
audivere, Lyce: fis anus, et tamen
    vis formosa videri
        ludisque et bibis impudens

et cantu tremulo pota Cupidinem   5
lentum sollicitas. Ille virentis et
    doctae psallere Chiae
        pulchris excubat in genis.

Importunus enim transvolat aridas
quercus et refugit te, quia luridi   10
    dentes te, quia rugae
        turpant et capitis nives.

Nec Coae referunt iam tibi purpurae
nec cari lapides tempora quae semel
    notis condita fastis   15
        inclusit volucris dies.

Quo fugit Venus, heu, quove color? Decens
quo motus? Quid habes illius, illius,
    quae spirabat amores,
        quae me surpuerat mihi,   20

felix post Cinaram notaque et artium
gratarum facies? Sed Cinarae brevis
    annos fata dederunt,
        servatura diu parem

IV, 13

Ouviram, Lice, os deuses os meus votos, os deuses
ouviram, Lice: tornas-te velha, e no entanto
    queres parecer formosa,
        e brincas e bebes sem vergonha

e bêbeda assedias com um canto trêmulo o deus do Desejo   5
que tarda em chegar. Ele está de guarda
    nas belas faces da viçosa Quia,
        exímia em tanger a lira,

e no seu desprezo por cima de secos carvalhos voa,
e volta-te as costas e foge, que a ti te enfeiam   10
    os lúridos dentes, e as rugas
        e a neve de tua cabeça.

Pois nem púrpuras vestes de Cós, nem pedras preciosas
te podem trazer de volta os tempos
    que os vólucres dias encerraram   15
        e guardaram nos conhecidos fastos.

Para onde fugiu a tua Vênus, ah!, para onde a cor da tua pele,
para onde teus graciosos gestos? Que tens tu daquela,
    daquela que amores suspirava,
        que de mim próprio me raptou,   20

que depois de Cínara foi feliz comigo,
daquele rosto conhecido por suas artes de encanto?
    Os fados, porém, breves anos deram a Cínara,
        e por muito tempo hão-de conservar

cornicis vetulae temporibus Lycen,   25
possent ut iuvenes visere fervidi
    multo non sine risu
        dilapsam in cineres facem.

Lice, que viverá tanto quanto uma idosa gralha,   25
para que os fogosos jovens possam ver,
    não sem muito riso,
       uma tocha desfeita em cinzas.

1-6. *Os deuses ouviram os meus votos, Lide. Tornaste-te velha! E, no entanto, tentas parecer nova, e bêbeda procuras ainda o deus do Desejo. 6-12. Mas ele anda por outras paragens, nas bochechas da jovem Quia, e despreza-te a ti, de dentes amarelos, de cabelos brancos, cheia de rugas. 13-6. Pois nenhum vestido ou pedra preciosa te poderá devolver o tempo que já passou! 17-22. Mas, ah, onde está aquela bela mulher por quem me apaixonei? Que tens tu daquela? Ainda me lembro de ser feliz contigo, depois da minha relação com Cínara. 23-8. Mas esta poucos anos viveu, enquanto a ti os deuses deram muitos anos, só para que os jovens possam ver como uma tocha se desfaz em cinzas.*

1   *Lice*: para o nome, que significa "loba", cf. nota a III, 10, 1. Aqui sugere solidão e não crueldade. Alguns estudiosos leem I, 25, III, 15 e esta ode numa perspectiva intertextual. Pasquali (1964[2]), por exemplo, intitulou-as "as canções do despeito"; de fato, nestes três poemas o envelhecimento da mulher antes amada é imprecado num tom violento e cruel.

1   *Os meus votos*: provavelmente os votos semelhantes àqueles formulados na ode I, 25.

7   *Quia*: o nome desta mulher tem origem num gentílico (relativo à ilha de Quios). Alguns tradutores leem como um gentílico e não como um nome próprio ("nas bonitas faces de uma viçosa habitante de Quios"), mas a verdade é que, segundo E. Romano (*ad loc.*), este nome de liberta encontra-se atestado em algumas inscrições romanas.

8   *Lira*: o latim *psallere* não indica precisamente o instrumento tocado (do grego ψάλλω, *psallô*, "tanger um instrumento de cordas"). O verbo sugere um som suave e delicado, uma vez que o instrumento é tangido com os dedos e não com um plectro.

13 *Púrpuras vestes de Cós*: a púrpura de Cós era tecida em finíssimos filamentos, característica pela sua transparência.

16 *Fastos*: os fastos (cf. nota a III, 17, 4) aqui podem não ser exatamente os registros oficiais do Estado, mas uma espécie de registro histórico (cf. Kiessling e Heinze, 1958[9]) dos feitos amorosos de Lice, perdidos no passado e conhecidos de todos.

21 *Depois de Cínara*: Lice sucedeu a Cínara no coração de Horácio. Para este antigo amor do poeta, cf. nota a IV, 1, 4.

IV, 14

Quae cura patrum quaeve Quiritium
plenis honorum muneribus tuas,
    Auguste, virtutes in aevum
        per titulos memoresque fastus

aeternet, o, qua sol habitabilis   5
illustrat oras, maxime principum?
    Quem legis expertes Latinae
        Vindelici didicere nuper,

quid Marte posses. Milite nam tuo
Drusus Genaunos, implacidum genus,   10
    Breunosque veloces et arces
        Alpibus impositas tremendis

deiecit acer plus vice simplici;
maior Neronum mox grave proelium
    commisit immanisque Raetos   15
        auspiciis pepulit secundis,

spectandus in certamine Martio,
devota morti pectora liberae
    quanti fatigaret ruinis,
        indomitas prope qualis undas   20

exercet Auster, Pleiadum choro
scindente nubes, impiger hostium
    vexare turmas et frementem
        mittere equum medios per ignis.

IV, 14

De que forma poderá o zelo dos senadores e do povo,
Augusto, com pródigas mercês de honra,
eternizar para todo o sempre tuas virtudes,
em inscrições e nos registros dos fastos,

ó maior dos soberanos de todas as regiões habitáveis   5
que o sol ilumina? Ainda há pouco os Vindélicos,
ignorantes da lei latina, às suas custas
aprenderam o quanto vales na guerra.

Com o teu soldado, o feroz Druso
subjugou os Genaunos, inquieta raça,   10
os velozes Breunos, e suas cidadelas
construídas sobre os terríveis Alpes,

algo mais do que uma simples retaliação;
o mais velho dos Neros de seguida travou
uma encarniçada batalha, e sob favoráveis auspícios   15
derrotou os selvagens Retos.

O quão admirável foi ele na contenda de Marte,
com quanta destruição derreou o coração
dos que desejavam uma morte em liberdade!
Quase como o Austro agita   20

as ondas indomáveis, quando o coro das Plêiades rasga
as nuvens, assim ele infatigável assolou
os batalhões dos inimigos, incitando,
no meio do fogo, o seu fremente cavalo.

Sic tauriformis volvitur Aufidus, 25
qui regna Dauni praefluit Apuli,
    cum saevit horrendamque cultis
        diluviem meditatur agris,

ut barbarorum Claudius agmina
ferrata vasto diruit impetu 30
    primosque et extremos metendo
        stravit humum sine clade victor,

te copias, te consilium et tuos
praebente divos. Nam tibi, quo die
    portus Alexandrea supplex 35
        et vacuam patefecit aulam,

fortuna lustro prospera tertio
belli secundos reddidit exitus,
    laudemque et optatum peractis
        imperiis decus arrogavit. 40

Te Cantaber non ante domabilis
Medusque et Indus, te profugus Scythes
    miratur, o tutela praesens
        Italiae dominaeque Romae.

Te, fontium qui celat origines, 45
Nilusque et Hister, te rapidus Tigris,
    te beluosus qui remotis
        obstrepit Oceanus Britannis,

te non paventis funera Galliae
duraeque tellus audit Hiberiae, 50
    te caede gaudentes Sygambri
        compositis venerantur armis.

E assim como o tauriforme Áufido, que banha os reinos   25
do apúlio Dauno, revolve quando se enfurece
    antes de espalhar sobre os campos cultivados
      um horrendo dilúvio,

assim com um violento golpe Cláudio derrubou
as férreas fileiras dos bárbaros,   30
    e ceifando um por um, cobriu o chão
      com seus corpos, vencendo sem perdas,

enquanto tu lhe davas os exércitos, tu, o teu conselho,
e os teus deuses. Pois no mesmo dia
    em que o porto de Alexandria, suplicante,   35
      as portas abriu de seu deserto palácio,

a favorável Fortuna, quinze anos depois,
concedeu-te um outro êxito militar,
    acrescentando esta honra e desejada glória
      às tuas campanhas já vencidas.   40

A ti, admira-te o Cântabro antes invencível,
a ti, o Medo e o Indo, e o fugitivo Cita,
    ó guardião sempre presente
      de Itália e da soberana Roma!

A ti, ouve-te obediente o Nilo, que esconde   45
as nascentes das suas águas, ouve-te o Istro, a ti,
    o rápido Tigre, o Oceano cheio de monstros
      que brama perante os longínquos Bretões,

a ti, ouve-te a Gália que não receia a morte,
e a rude Ibéria, a ti, veneram-te os Sigambros,   50
    esse povo sedento de sangue,
      agora que depuseram suas armas.

1-8. Como poderão os senadores e o povo imortalizar condignamente os teus feitos, Augusto? Ainda há pouco os Vindélicos ficaram a conhecer o teu valor. 9-13. Com os teus soldados, Druso venceu os Genaunos e os Breunos, e o seu irmão mais velho, Tibério, venceu os Retos. 14-32. Tal como o vento fustiga os mares, Tibério assolou os batalhões dos inimigos, e assim como o rio Áufido inunda os campos, assim ele derrubou as fileiras dos bárbaros. 33-40. Foste tu, Augusto, quem lhe deu os exércitos, e exatamente quinze anos depois de derrotares definitivamente Marco Antônio e Cleópatra, obtiveste uma nova vitória militar. 41-52. Todos os povos te temem, dos Cântabros aos Citas! O Nilo obedece-te, assim como o Danúbio e o Tigre, e o Oceano que banha a terra dos Bretões; obedece--te também a Gália e a Ibéria. Até os Sigambros, vencidos, te veneram.

4   *Fastos*: para estes registros oficiais de Roma, cf. nota a III, 17, 4.

5   *Soberanos*: em latim lê-se *principes*, cf. nota a I, 2, 50.

6   *Vindélicos*: para o povo, cf. nota a IV, 4, 17.

8   *Guerra*: literalmente "Marte".

9   *Druso*: para este general romano, cf. nota a IV, 4, 17.

10-1   *Genaunos... Breunos*: os Genaunos e os Breunos eram povos ilíricos que habitavam a região dos Alpes Réticos, no vale do Inn. Combateram Druso na campanha que este liderou contra alguns povos que procuraram desafiar o poderio romano.

14   *O mais velho*: Tibério Cláudio Nero (cf. nota a IV, 4, 17), mais adiante chamado "Cláudio" (v. 29); foi ele quem sucedeu a Augusto. Esta ode seria, pois, a segunda "encomenda" de Augusto (cf. nota a IV, 4, 17). De fato, depois de celebrar Druso em IV, 4, Horácio celebra agora os feitos do seu irmão.

16   *Retos*: vizinhos dos Vindélicos, este povo surge citado lado a lado na guerra rética contra o exército romano.

20   *Austro*: vento do Sul.

21   *Plêiades*: o desaparecer da constelação das Plêiades, mitologicamente as sete filhas de Atlas transformadas em estrelas, acompanhava, em novembro, as grandes tempestades.

25   *Tauriforme Áufido*: para o rio Áufido, cf. nota a III, 30, 10. O epíteto traduz o grego ταυρόμορφος (*tauromorphos*, "da forma de um touro"), que reflete não só a força do animal, mas igualmente a forma dos seus cornos.

26   *Dauno*: para o mítico fundador da Dáunia, cf. nota a III, 30, 11.

35   *Alexandria*: quinze anos (três lustros, cf. nota a II, 4, 23) antes da vitória de Tibério Cláudio Nero, precisamente no dia 1º de agosto de 30 a.C., Augusto aportou em Alexandria, algo que marca a sua definitiva vitória sobre Marco Antônio e Cleópatra; o palácio diz-se "deserto" porque, segundo a versão oficial, a rainha abandonou-o para ir ao mausoléu onde se fez picar por serpentes (cf. I, 37, 25-8).

41   *Cântabro*: cf. nota a II, 6, 1.

42   *Medo... Indo... Cita*: para os Medos, cf. nota a I, 2, 22; para os Indos, cf. nota a I, 12, 55; para os Citas, cf. nota a I, 19, 10.

45-6 *Nilo que esconde as nascentes*: na antiga tradição geográfica não se conheciam as nascentes do Nilo e do Danúbio.

46   *Istro*: outro nome dado ao Danúbio.

47   *Rápido Tigre*: referência à submissão da Armênia.

48   *Bretões*: cf. nota a I, 21, 16.

49   *Gália que não receia a morte*: os Gauleses não receavam a morte porque acreditavam na imortalidade da alma (cf. Lucano, *Farsália*, I, 452-62).

50   *Sigambros*: cf. nota a IV, 2, 35.

IV, 15

Phoebus volentem proelia me loqui
victas et urbis increpuit lyra,
    ne parva Tyrrhenum per aequor
        vela darem. Tua, Caesar, aetas

fruges et agris rettulit uberes,   5
et signa nostro restituit Iovi
    derepta Parthorum superbis
        postibus et vacuum duellis

Ianum Quirini clausit et ordinem
rectum evaganti frena licentiae   10
    iniecit emovitque culpas
        et veteres revocavit artis,

per quas Latinum nomen et Italae
crevere vires, famaque et imperi
    porrecta maiestas ad ortus   15
        solis ab Hesperio cubili.

Custode rerum Caesare non furor
civilis aut vis exiget otium,
    non ira, quae procudit ensis
        et miseras inimicat urbis.   20

Non qui profundum Danuvium bibunt
edicta rumpent Iulia, non Getae,
    non Seres infidive Persae,
        non Tanain prope flumen orti.

IV, 15

Quando eu queria falar sobre batalhas e cidades
vencidas, Febo repreendeu-me batendo na lira,
    não fosse eu navegar através do mar Tirreno
        com minha pequena vela. A tua idade, César,

trouxe de novo aos campos as férteis searas,   5
restituiu ao nosso Júpiter as insígnias,
    arrancando-as das arrogantes portas
        dos Partos, e fechou,

livre de guerras, o templo de Jano Quirino,
e pôs um freio à devassidão que se afastava   10
    do bom caminho, eliminou as nossas culpas,
        e fez reviver o antigo modo de vida,

mercê do qual cresceu o nome latino
e a força da Itália, e a fama e a majestade do Império,
    que se estende donde o sol nasce   15
        até à Hespéria, onde se deita.

Sendo César o protetor do estado, nem a violência
nem o furor civil hão-de afastar o sossego, nem a ira,
    que as espadas forja, e que desgraça as cidades
        ao torná-las inimigas.   20

As Leis Júlias, não as quebram nem aqueles
que da água do profundo Danúbio bebem,
    nem os Getas, nem os Seres, nem os infiéis Persas,
        nem os que nasceram perto do rio Tánais.

Nosque et profestis lucibus et sacris   25
inter iocosi munera Liberi
    cum prole matronisque nostris,
        rite deos prius apprecati,

virtute functos more patrum duces
Lydis remixto carmine tibiis   30
    Troiamque et Anchisen et almae
        progeniem Veneris canemus.

Nós, nos dias de trabalho e nos sagrados, 25
entre os dons do feliz Líbero,
com nossos filhos e esposas, segundo o rito
invocamos primeiro os deuses,

e depois, segundo o costume dos nossos pais, acompanhando
o canto com tíbias da Lídia, os chefes que morreram 30
com honra, Troia e Anquises
e a descendência da alma Vênus cantaremos.

1-4. *Quando eu queria cantar feitos épicos, Apolo repreendeu-me, por eu não ter capacidade para tal.* 4-16. *A tua era, Augusto, trouxe a fertilidade de novo aos campos, devolveu-nos as insígnias roubadas pelos Partos, e deu-nos a paz. Os bons costumes foram recuperados, aqueles que fizeram crescer o Império Romano, que se estende de oriente a ocidente.* 17-24. *Sendo tu o nosso guardião, não haverá mais guerra civil, nem nenhuma cidade se rebelará contra nós. Os que bebem as águas do Danúbio, os Getas, os Seres, os Persas, e os que vivem perto do rio Tánais, todos obedecem às tuas leis.* 25-32. *Nós, nos dias de trabalho e nos festivos, invocamos primeiro os deuses, e depois cantamos os heróis do passado de Troia, Anquises e o seu filho Eneias, de onde descendem os Júlios.*

1 *Quando eu queria...*: sobre a *recusatio*, cf. nota a III, 3, 72.

6 *Insígnias*: para as insígnias militares perdidas pelo exército romano em Carras, cf. nota a I, 2, 22.

9 *Jano Quirino*: em Roma, fechavam-se as portas do templo de Jano Quirino, no Fórum, sempre que a cidade estava em paz, o que quase nunca acontecia. Antes de Augusto, só tinham sido fechadas por duas vezes, no tempo de Numa e depois da Primeira Guerra Púnica. O *princeps* fechou o templo de Jano depois da guerra de Áccio, uma segunda vez em 25 a.C., e uma terceira vez num período entre 6 a 2 a.C.

10 *Devassidão*: tanto aqui como no v. 21 existe uma referência às reformas sociais e morais de Augusto (cf. nota a III, 24, 28).

16 *Hespéria*: desta feita a Hispânia (*a ocidente*, do ponto de vista romano), onde para os antigos o sol se punha (cf. nota a I, 28, 26).

21 *Leis Júlias*: Augusto pertencia, por adoção, à *gens Iulia*, a família de Júlio César.

23-4 *Getas... Seres... Persas... Tánais*: para os Getas, cf. nota a III, 24, 11; para os Seres, cf. nota a I, 12, 55; para os Persas, cf. nota a I, 2, 23; para Tánais, cf. nota a III, 10, 1.

30 *Tíbias da Lídia*: a tíbia (ou *aulos*, cf. nota a I, 1, 33-4) é originária da Frígia, e não da Lídia. A referência à região deve ter a ver com o modo lídio, um modo mais doce do que, por exemplo, o modo dório, mais bélico. Para os Gregos cada modo tinha o seu caráter (*ethos*, cf. por exemplo Platão, *República*, 398e ss.). A referência à Grécia pode também ter a ver com o fato de ter sido Horácio a trazer para o Lácio os ritmos líricos gregos (cf. nota a III, 30, 13).

31-2 *Troia... Anquises... descendência da alma Vênus*: alusão à filiação mítica da *gens Iulia* (a que pertencia Júlio César e Augusto, por adoção) em Eneias e em Vênus, largamente explorada pela *Eneida* de Virgílio. Anquises é o pai de Eneias.

CARMEN SAECVLARE

CÂNTICO SECULAR

Phoebe silvarumque potens Diana,
lucidum caeli decus, o colendi
semper et culti, date quae precamur
    tempore sacro,

quo Sibyllini monuere versus   5
virgines lectas puerosque castos
dis, quibus septem placuere colles,
    dicere carmen.

Alme Sol, curru nitido diem qui
promis et celas aliusque et idem   10
nasceris, possis nihil urbe Roma
    visere maius.

Rite maturos aperire partus
lenis, Ilithyia, tuere matres,
sive tu Lucina probas vocari   15
    seu Genitalis:

diva, producas subolem, patrumque
prosperes decreta super iugandis
feminis prolisque novae feraci
    lege marita,   20

certus undenos decies per annos
orbis ut cantus referatque ludos
ter die claro totiensque grata
    nocte frequentis.

Ó Febo e Diana, rainha das florestas,
luzente glória do céu, vós sempre venerandos
e venerados, concedei aquilo que vos rogamos
    neste tempo sagrado

em que os versos sibilinos exortaram   5
a que virgens escolhidas e castos rapazes
aos deuses, que amam as Sete Colinas,
    entoem um cântico.

Almo Sol, que em teu refulgente carro
o dia fazes surgir e escondes, e que um outro   10
embora o mesmo sempre renasces, possas tu
    nada maior ver do que a urbe de Roma.

Ilitia, tu que graciosa levas a um bom fim
os partos na altura própria, protege as mães,
quer queiras ser chamada de Lucina,   15
    quer de Geradora.

Deusa, faz crescer a nossa prole, e traz sucesso
aos decretos dos Pais sobre o matrimônio,
e sobre a lei marital que nascer fará
    uma nova geração,   20

para que o constante ciclo de onze décadas
de novo traga o canto e os jogos,
apinhados de gente, durante três claros dias
    e outras tantas deleitosas noites.

Vosque veraces cecinisse, Parcae,   25
quod semel dictum est stabilisque rerum
terminus servet, bona iam peractis
    iungite fata.

Fertilis frugum pecorisque tellus
spicea donet Cererem corona;   30
nutriant fetus et aquae salubres
    et Iovis aurae.

Condito mitis placidusque telo
supplices audi pueros, Apollo;
siderum regina bicornis, audi,   35
    Luna, puellas:

Roma si vestrum est opus, Iliaeque
litus Etruscum tenuere turmae,
iussa pars mutare Lares et urbem
    sospite cursu,   40

cui per ardentem sine fraude Troiam
castus Aeneas patriae superstes
liberum munivit iter, daturus
    plura relictis:

di, probos mores docili iuventae,   45
di, senectuti placidae quietem,
Romulae genti date remque prolemque
    et decus omne.

Quaeque vos bubus veneratur albis
clarus Anchisae Venerisque sanguis,   50
impetret, bellante prior, iacentem
    lenis in hostem.

Iam mari terraque manus potentis
Medus Albanasque timet securis,
iam Scythae responsa petunt superbi   55
    nuper et Indi.

E vós, Parcas, verdadeiras no que cantastes,   25
o que uma vez foi dito, que o certo curso
dos acontecimentos o conserve, e uni bons fados
    aos já cumpridos.

Que a Terra, fértil em cereais e em gado,
Ceres presenteie com uma coroa de espigas;   30
e que as salubres águas e as brisas de Júpiter
    alimentem os seus frutos.

Deixando de parte a lança, brando e calmo,
ouve as súplicas dos rapazes, Apolo,
e tu, rainha bicorne das estrelas, Lua,   35
    ouve as raparigas.

Se Roma é vossa obra, e ocuparam a costa etrusca
gentes vindas de Ílion — os sobreviventes a quem
ordenado foi que mudassem de Lares e de cidade,
    numa viagem sem perigo   40

e a quem o casto Eneias, sobrevivendo à pátria,
um livre e seguro caminho mostrou
através de Troia que ardia, ele que daria
    muito mais do que haviam deixado —,

então, deuses, dai à nossa dócil juventude probos costumes,   45
deuses, dai à nossa sossegada velhice descanso,
à raça de Rômulo dai riqueza, descendência
    e toda a glória.

Que aquele do ilustre sangue de Anquises e Vênus
obtenha o que com bois brancos vos suplicou,   50
ele antes guerreiro, agora piedoso
    para com o prostrado inimigo.

Já teme o Medo nossas poderosas mãos
no mar e na terra, e nossos machados albanos,
já os Citas e os Indos, antes arrogantes,   55
    esperam por nossas respostas.

Iam Fides et Pax et Honos Pudorque
priscus et neglecta redire Virtus
audet, apparetque beata pleno
     Copia cornu.   60

Augur et fulgente decorus arcu
Phoebus acceptusque novem Camenis,
qui salutari levat arte fessos
     corporis artus,

si Palatinas videt aequus aras,   65
remque Romanam Latiumque felix
alterum in lustrum meliusque semper
     prorogat aevum.

Quaeque Aventinum tenet Algidumque,
quindecim Diana preces virorum   70
curat et votis puerorum amicas
     applicat auris.

Haec Iovem sentire deosque cunctos
spem bonam certamque domum reporto,
doctus et Phoebi chorus et Dianae   75
     dicere laudes.

Já a Lealdade, a Paz, a Honra, o antigo Pudor,
e a desprezada Virtude ousam voltar,
e a bem-aventurada Abundância surge
    com seu corno cheio.   60

O áugure Febo, enfeitado com o seu fulgente arco,
amado pelas nove Camenas,
ele que com a sua arte medicinal
    alivia os membros cansados do corpo,

se ele de fato benigno olha pelos altares   65
do Palatino, então o poder romano há-de prolongar
e a prosperidade do Lácio por mais um ciclo,
    e por épocas sempre melhores.

Diana, aquela que habita o Aventino e o Álgido,
atende as preces dos Quinze Homens,   70
e ouve com amizade e atenção
    os votos dos rapazes.

Regresso a casa com esta boa e firme esperança,
que são estes os sentimentos de Júpiter e dos deuses todos,
eu, cantando num coro a quem foi ensinado   75
    os louvores de Febo e de Diana.

1-12. Apolo e Diana, concedei aquilo que vos pedimos neste tempo sagrado, em que os oráculos sibilinos exortam a que um coro de raparigas e rapazes entoe um cântico aos deuses da nossa cidade. Sol, que nunca vejas nada de maior do que Roma! 13-24. Ilitia, deusa dos partos, possas tu fazer crescer a nossa prole com a ajuda dos decretos dos senadores, e que de cento e dez em cento e dez anos possamos celebrar os Jogos Seculares. 25-36. E vós, Parcas, continuai a dar-nos bons fados, e que a Terra Mãe nos presenteie com boas colheitas. Apolo, ouve as súplicas dos rapazes, e tu, Diana, as das raparigas. 37-48. Deuses, se de fato Roma é obra vossa, ela que foi fundada por descendentes de refugiados troianos, então dai ao seu povo moralidade, paz, riqueza e glória. 49-60. Que Augusto, descendente de Eneias e Vênus, obtenha aquilo que vos pediu com um sacrifício, ele que agora se mostra clemente para com o inimigo. Já os Medos, os Citas e os Indos nos temem e respeitam. Já as antigas virtudes romanas regressam, juntamente com a Abundância. 61-72. Apolo, deus da guerra, da poesia e da medicina, se de fato olha pela nossa cidade, então há de a manter próspera por mais este ciclo de cento e dez anos, e por épocas sempre melhores. E quanto a Diana, ela ouve as preces dos Quinze Homens e os votos dos rapazes. 73-6. Regresso a casa com a certeza de que Júpiter e todos os deuses me ouviram, cantando num coro ensinado a louvar Apolo e Diana.

1 *Ó Febo e Diana...*: Horácio foi o responsável pela composição deste *Cântico Secular* (*Carmen Saeculare*), o cântico solene que concluiu a atividade religiosa dos Jogos Seculares de 17 a.C. Estes jogos consistiam, antes de Augusto, em festas e jogos de caráter predominantemente expiatório, dedicados a divindades infernais ou ctônicas. Eram realizados de cento e dez em cento e dez anos segundo os Livros Sibilinos, num oráculo conservado em Zósimo (2, 6). Os primeiros jogos de que há notícia segura foram celebrados em 249 a.C. em Tarento, num momento crítico da Primeira Guerra Púnica, e repetidos cem anos mais tarde (o que subentende uma outra noção de "século"). No século I a.C., devido à guerra civil entre César e Pompeu, foram adiados para mais tarde. Foi Augusto, na qualidade de pontífice máximo do Colégio Sacerdotal dos Quinze Homens (*Quindecim Viri Sacris Faciundis*), quem deu continuidade a esta festividade e mandou organizá--la em 17 a.C., com grande pompa. Mas esta festa tinha um caráter bem mais importante do que um mero rito expiatório: o objetivo era celebrar a entrada de Roma numa nova época conduzida por Augusto, e celebrar igualmente a eternidade da Urbe. A par de algumas divindades ctônicas, as Moiras, a Ilitia e *Terra Mater*, honradas durante a noite, durante o dia (com toda a conotação luminosa do termo, presente neste texto) foram cultuados Júpiter, Juno, Diana e Apolo, sendo este último ligado pela propaganda augustana ao grandioso destino do soberano de Roma. O ano de 19 a.C. tinha sido simbolicamente importante para Augusto, que nessa data diplomaticamente recuperou as insígnias e os estandartes romanos saqueados pelos Partos ao exército de Crasso (cf. nota a I, 2, 22), vitória de grande significado e largamente enaltecida pelo próprio Horácio. Pouco tempo antes, Agripa submete finalmente os Cântabros, e os limites ocidentais e orientais estavam seguros. Em 18 já também grande parte das reformas sociais e demográficas de Augusto estavam iniciadas, em especial a *lex Iulia de maritan-*

dis ordinibus (lei sobre o casamento, cf. nota a III, 24, 28), lei a que o cântico de Horácio faz referência (v. 19). Os Jogos foram celebrados entre 31 de maio e 3 de junho, e estão bem documentados mercê das *Actas* descobertas no século XIX (cf. CIL, VI, p. 3237, n. 32323), e envolveram diversos sacrifícios durante três dias e três noites, feitos pelo próprio Augusto e também por Agripa. Nestes atos celebraram-se também jogos cênicos e circenses, e alguns *sellisternia*, enormes banquetes em honra de Juno e Diana, organizados por cento e dez matronas romanas escolhidas pelo Colégio dos Sacerdotes. A 3 de junho, no último dia do festival, depois dos sacrifícios, vinte e sete jovens e vinte e sete raparigas de nobres famílias com os pais ainda vivos (*patrimi et matrimi*) entoaram em coro, provavelmente divididos em dois grupos, o *Cântico Secular* composto por Horácio, primeiro no Palatino, repetido depois no Capitólio.

5   *Versos sibilinos*: alguns destes versos de caráter oracular foram conservados por Zósimo, como referimos na introdução a este poema.

9   *Sol*: Febo Apolo. Ao longo do poema são enumeradas todas as suas funções, enquanto guerreiro, músico e médico.

13   *Ilitia*: deusa que preside aos partos.

15   *Lucina*: deusa que assistia aos partos, aqui assimilada a Diana.

18   *Pais*: isto é, os senadores (cf. nota a IV, 5, 3).

19   *Lei marital*: cf. nota a III, 24, 28.

35   *Rainha bicorne*: Diana ou Lua (daí o epíteto).

38   *De Ílion*: de Troia. Alusão à mítica filiação da *gens Iulia*, de onde descende Augusto, em Eneias e em Vênus.

49   *Que aquele*: Augusto.

53-5   *Medo... Citas... Indos*: para os Medos, cf. nota a I, 2, 22; para os Citas, cf. nota a I, 19, 10; para os Indos, cf. nota a I, 12, 55.

54   *Albanos*: aqui designa os Romanos, uma vez que Roma teve origem na cidade de Alba Longa.

57   *Lealdade*: em latim lê-se *Fides*, cf. nota a I, 24, 6.

59   *Abundância*: para a imagem da Abundância com o seu pródigo corno, cf. I, 17, 14-6.

62   *Nove Camenas*: as nove Musas: Calíope, Clio, Polímnia, Euterpe, Terpsícore, Érato, Melpômene, Talia e Urânia. Todas fazem parte do séquito de Apolo *musêgetês* (cf. nota a IV, 6, 25).

69   *Aventino... Álgido*: Diana possuía um templo muito antigo no Aventino. Para o monte Álgido, no Lácio, cf. nota a I, 21, 7-8.

70   *Quinze Homens*: os Quindecênviros, colégio sacerdotal a que Augusto presidia.

Índice de nomes

Os livros estão assinalados em algarismos romanos, seguidos dos números da ode e do verso em algarismos arábicos. A abreviatura "a." indica que na tradução o leitor encontrará a forma adjetival da expressão. As referências são indiretas quando se encontram entre parênteses. A numeração dos versos baseia-se na versão em português, que raramente se afasta mais de um ou dois versos da posição original no texto latino.

Abundância (*Copia*), C.S. 59
Acrísio, III, 16, 5
Adriático, I, 3, 15; I, 16, 4; I, 33, 15; II, 11, 3; II, 14, 14; III, 3, 5; III, 9, 23; III, 27, 19
África, II, 1, 25; II, 18, 4; III, 3, 47; III, 16, 31; IV, 8, 19; a. II, 16, 36; III, 29, 57; IV, 4, 42 (Aníbal)
Africano (Cipião Africano I), (IV, 8, 19)
Áfrico (vento do Sudoeste), I, 1, 15; I, 3, 12; I, 14, 5; III, 23, 5
Agamêmnon, IV, 9, 25
Agripa, I, 6, 5
Ájax (filho de Oileu), I, 15, 18
Ájax (filho de Télamon), II, 4, 6
Albano, a. III, 23, 11; IV, 1, 19 (lago); IV, 11, 1 (vinho); C.S. 54 (machados)
Álbio, I, 33, 1
Albúnea, I, 7, 12
Alceu, II, 13, 25; IV, 9, 7
Alcides, I, 12, 25
Alexandria, IV, 14, 35
Álgido, I, 21, 7; III, 23, 10; IV, 4, 58; C.S. 69
Alpes, IV, 4, 18; IV, 14, 12
Amazonas, IV, 4, 21
Ameaças (*Minae*), III, 1, 37
Anacreonte, IV, 9, 10
Âncio, I, 35, 1
Anco, IV, 7, 15
Andrômeda, III, 29, 17
Anfiarau ("argivo áugure"), (III, 16, 12)
Anfíon, III, 11, 2
Anião, I, 7, 13

Aníbal, II, 12, 1; III, 6, 36; IV, 4, 49; IV, 8, 16

Anquises, IV, 15, 31; C.S. 49

Antíloco, II, 9, 14

Antíoco, III, 6, 36

Antônio (Júlio), IV, 2, 27

Apolo, I, 2, 30; I, 7, 4; I, 7, 28; I, 10, 10; I, 21, 10; I, 31, 1; II, 10, 18; III, 4, 64; IV, 2, 9; C.S. 34

Apúlia, I, 33, 9; a. III, 4, 9; a. IV, 14, 26

Apúlios (povo), III, 5, 8; III, 16, 27

Aquêmenes, II, 12, 22; III, 1, 43

Aquerôncia, III, 4, 14

Aqueronte, I, 3, 36; III, 3, 15

Aqueus, III, 3, 28; a. I, 15, 35; IV, 3, 5; IV, 6, 18

Aquiles, I, 15, 33; II, 4, 3; II, 16, 29; IV, 6, 3; (filho de Peleu) I, 6, 6

Áquilo (vento do Norte), I, 3, 13; II, 9, 7; III, 10, 4; III, 30, 3

Árabes, I, 29, 1; I, 35, 40; II, 12, 23; III, 24, 2

Arcádia, IV, 12, 12

Arcturo, III, 1, 27

Argivos, III, 3, 67; a. II, 6, 5; a. III, 16, 12

Argos, I, 7, 9

Arquitas, I, 28, 2

Asdrúbal, IV, 4, 38; IV, 4, 72

Assíria, ver Síria

Astéria, III, 7, 1

Átalo, I, 1, 12; II, 18, 6

Atlas, I, 10, 1; I, 34, 11; a. I, 31, 14 ("mar atlântico")

Atrida (filho de Atreu), I, 10, 14; II, 4, 7

Áufido, III, 30, 10; IV, 9, 2; IV, 14, 25

Augusto, II, 9, 19; III, 3, 11; III, 5, 2; IV, 2, 43; IV, 4, 28; IV, 14, 2

Áulon, II, 6, 18

Ausônios, a. IV, 4, 55

Austro (vento do Sul), II, 14, 16; III, 3, 5; III, 27, 22; IV, 14, 20

Aventino, C.S. 69

Babilônia, a. I, 11, 2

Bacantes, III, 25, 15 (ver Tíades)

Baco, I, 7, 3; I, 18, 6; I, 27, 3; II, 6, 19; II, 19, 1; II, 19, 6; III, 3, 13; III, 25, 1 (ver Líbero)

Báctria, III, 29, 27

Baias, II, 18, 21; III, 4, 24

Balança (constelação), II, 17, 17

Bância, III, 4, 15

Bandúsia, III, 13, 1

Barine, II, 8, 2

Bassareu (Baco), I, 18, 11

Basso, I, 36, 14

Belerofonte, III, 7, 15; III, 12, 8; IV, 11, 27

Berecinto (Tíbia), I, 18, 14; III, 19, 19; IV, 1, 24

590

Bíbulo, III, 28, 8
Bístones, II, 19, 19
Bitínia, a. I, 35, 7
Bóreas (vento do Norte), III, 24, 38
Bósforo, II, 13, 14; II, 20, 14; III, 4, 30
Bretões, I, 21, 16; III, 4, 33; III, 5, 3; IV, 14, 48
Breunos, IV, 14, 11
Briseide, II, 4, 2
Britânia, I, 35, 30
Bruto, II, 7, 2
Cabra (estrela), III, 7, 6
Cabritos (estrelas), III, 1, 28
Calábria, I, 31, 5; I, 33, 16; III, 16, 33; IV, 8, 20
Cálais, III, 9, 14
Cales (vinho), I, 20, 10; IV, 12, 15; a. I, 31, 9
Calíope, III, 4, 1
Camena(s), I, 12, 39; II, 16, 39; III, 4, 21; IV, 6, 27; IV, 9, 7; C.S. 62 (ver Musa)
Camilo, I, 12, 42
Campo de Marte, I, 8, 4; I, 9, 18; III, 1, 11; III, 7, 26; IV, 1, 39
Canícula, I, 17, 18; III, 13, 10
Cantábria, II, 6, 1
Cântabros (povo), II, 11, 2; III, 8, 21; IV, 14, 41
Capitólio, I, 37, 7; III, 3, 42; III, 24, 45; III, 30, 9; IV, 3, 7
Capricórnio (constelação), II, 17, 19
Caríbdis, I, 27, 19
Cárpato (mar), I, 35, 8; IV, 5, 13
Cartago, II, 2, 12; III, 5, 23; III, 5, 39; IV, 4, 69; IV, 8, 17 (ver Púnico)
Cáspio, II, 9, 3
Castália, III, 4, 62
Castigo (*Poena*), III, 2, 30
Castor, IV, 5, 36; (os irmãos de Helena: I, 3, 2)
Catão (de Útica), I, 12, 36; II, 1, 24
Catão (M. Pórcio), II, 15, 11; III, 21, 11
Cátilo, I, 18, 2
Cáucaso, I, 22, 6
Cécrops, II, 1, 12; IV, 12, 8
Cécubo, I, 20, 9; I, 37, 6; II, 14, 25; III, 28, 3
Cefeu ("pai de Andrômeda"), (III, 29, 17)
Censorino, IV, 8, 2
Centauro, I, 18, 8; IV, 2, 14
Ceos, II, 1, 38; IV, 9, 6
Cérbero, (II, 13, 33 "besta das cem cabeças"); II, 19, 29; III, 11, 17
Ceres, III, 2, 26; IV, 5, 18; C.S. 30
César (Júlio), I, 2, 44
César (Otaviano, depois Augusto), I, 2, 52; I, 6, 11; I, 12, 51; I, 12, 52; I, 21, 15; I,
    35, 29; I, 37, 15; II, 9, 19; II, 12, 10; III, 4, 37; III, 14, 2; III, 14, 16; III, 25, 5;
    IV, 2, 34; IV, 2, 48; IV, 5, 16; IV, 5, 27; IV, 15, 4; IV, 15, 17

Chipre, I, 3, 1; I, 19, 10; I, 30, 2; III, 26, 9; a. I, 1, 14; III, 29, 60
Cíclades, I, 14, 20; III, 28, 14
Ciclopes, I, 4, 8
Cidoneia (cidade de Creta), a. IV, 9, 18
Cínara, IV, 1, 4; IV, 13, 21
Cíntia (Diana), III, 28, 12
Cíntio (Apolo), I, 21, 2
Circe, I, 17, 19
Ciro (rei persa), II, 2, 17; (III, 9, 4 "rei dos Persas"); III, 29, 27
Ciro, I, 17, 25; I, 33, 5; I, 33, 6
Citas, I, 19, 10; I, 35, 9; II, 11, 3; III, 8, 23; III, 24, 9; IV, 5, 25; IV, 14, 42; C.S. 55; a. III, 4, 36
Citereia (Vênus), I, 4, 5; III, 12, 4
Cláudio (Tibério), IV, 4, 73; IV, 14, 29
Cleópatra, (I, 37, 6 "uma rainha")
Clio, I, 12, 2
Cloe, I, 23, 1; III, 7, 10; III, 9, 6; III, 9, 9; III, 9, 19; III, 26, 12
Clóris, II, 5, 18; III, 15, 7
Cnido, I, 30, 1; II, 5, 20; III, 28, 14
Cocito, II, 14, 17
Codro, III, 19, 2
Cólquida, II, 13, 8
Côncanos, III, 4, 34
Coribantes, I, 16, 7
Corinto, I, 7, 2
Corvino (Messala), III, 21, 7
Cós, IV, 13, 13
Cotisão, III, 8, 18
Crago, I, 21, 8
Crasso, III, 5, 5
Creta, I, 15, 17; I, 26, 3; I, 36, 10 (marca de); III, 27, 33
Crispo, ver Salústio
Cupido (ou Desejo), I, 2, 34; I, 19, 1; II, 8, 14; IV, 1, 5; IV, 13, 5
Cúrio, I, 12, 41
Dacos (povo), I, 35, 9; II, 20, 17; III, 6, 14; III, 8, 18
Dalmácia, II, 1, 16
Dâmalis, I, 36, 13; I, 36, 17; I, 36, 18
Dânae, III, 16, 3
Dânao, II, 14, 19; III, 11, 23
Danúbio, IV, 15, 22
Dárdano, IV, 6, 7; a. I, 15, 10
Dáunia, I, 22, 13; a. IV, 6, 27
Dauno, III, 30, 11; IV, 14, 26
Dédalo, I, 3, 34; II, 20, 13; IV, 2, 3
Deífobo, IV, 9, 22
Delfos, I, 7, 4; I, 16, 5; a. III, 30, 16
Délio, II, 3, 4

Delos, I, 21, 10; IV, 3, 8; IV, 6, 33; a. III, 4, 64
Desejo, ver Cupido
Destino (*Fatum*), II, 17, 24
Devassidão (*Licentia*), I, 19, 3
Diana, I, 21, 1; II, 12, 19; III, 4, 71; IV, 7, 25; C.S. 1, 69, 76
Dindimene, I, 16, 5
Dione, II, 1, 39
Dirce, IV, 2, 25
Druso, IV, 4, 17; IV, 14, 9
Éaco, II, 13, 22; III, 19, 3; IV, 8, 26
Edonos (povo), II, 7, 27
Éfeso, I, 7, 2
Éfula, III, 29, 7
Egeu, II, 16, 2; III, 29, 64
Élide, IV, 2, 19
Élio, III, 17, 1
Encélado, III, 4, 55
Eneias, IV, 6, 23; IV, 7, 15; C.S. 41
Enipeu, III, 7, 23
Eólia, a. II, 13, 24; III, 30, 13; IV, 3, 12; IV, 9, 11
Éolo, a. II, 14, 19
Equíon, IV, 4, 64
Érice, I, 2, 33
Erimanto, I, 21, 8
Escauros, I, 12, 37
Escopas, IV, 8, 6
Escorpião (constelação), II, 17, 18
Espártaco, III, 14, 20
Espartano, II, 6, 12; II, 11, 24; III, 3, 26; IV, 9, 13
Esperança, I, 35, 21
Estênelo, I, 15, 24; IV, 9, 20
Estige, I, 34, 10; II, 20, 8; IV, 8, 26
Estrela da Tarde (Vésper), II, 9, 11; III, 19, 26
Etna, III, 4, 76
Etruscos, a. I, 2, 14; III, 7, 28; III, 29, 35; IV, 4, 54; C.S. 37 (ver Tirrenos)
Eumênides, II, 13, 36
Euro (vento do Leste), I, 25, 19; I, 28, 25; II, 16, 24; III, 17, 10; IV, 4, 44; IV, 6, 10
Europa (continente), III, 3, 47
Europa (princesa), III, 27, 25; III, 27, 57
Euterpe, I, 1, 33
Évia (Bacante), III, 25, 9
Évio (Baco), I, 18, 9; II, 11, 17
Fabrício, I, 12, 40
Faetonte, IV, 11, 25
Falanto, II, 6, 12
Falerno (vinho), I, 20, 11; I, 27, 10; II, 3, 8; II, 6, 20; II, 11, 19; III, 1, 43

Fama, II, 2, 7

Fauno, I, 4, 11; I, 17, 1; II, 17, 28; III, 18, 1

Favônios (ventos do Oeste), I, 4, 1; III, 7, 2

Febo (Apolo), I, 12, 23; I, 32, 13; III, 3, 65; III, 4, 4; III, 21, 23; IV, 6, 25; IV, 6, 29
(*bis*); IV, 15, 2; C.S. 1, 61, 76

Fídile, III, 23, 2

Filipos, II, 7, 9; III, 4, 26

Fílis, II, 4, 13; IV, 11, 3

Fócide, II, 4, 1

Fóloe, I, 33, 7 (*bis*); II, 5, 17; III, 15, 7

Forento, III, 4, 16

Fórmias, I, 20, 11; III, 17, 7

Fortuna (deusa), I, 9, 14; I, 34, 14; II, 1, 3; III, 29, 49; IV, 14, 37

Fraates, II, 2, 17

Frígia, II, 12, 22; a. I, 18, 14; II, 9, 16; III, 1, 41

Frígios, I, 15, 34

Ftia, IV, 6, 3

Fúrias, I, 28, 17

Fusco, I, 22, 3

Gades, II, 2, 11; II, 6, 1

Galateia, III, 27, 14

Galeso, II, 6, 10

Gália, III, 16, 36; IV, 14, 49; a. I, 8, 6

Ganimedes, IV, 4, 3

Gargano, II, 9, 6

Gelonos (povo), II, 9, 22; II, 20, 18; III, 4, 35

Genaunos, IV, 14, 10

Gérion, II, 14, 8

Germânia, IV, 5, 26

Getas (povo), III, 24, 11; IV, 15, 23

Getúlia, a. I, 23, 9; III, 20, 2

Getulos, II, 20, 15

Gigantes, II, 19, 21; III, 1, 7

Giges (monstro), II, 17, 14; III, 4, 69

Giges (nome próprio), II, 5, 20; III, 7, 5

Glícera, I, 19, 5; I, 30, 3; I, 33, 2; III, 19, 28

Graça(s), I, 4, 6; I, 30, 6; III, 19, 16; III, 21, 22; IV, 7, 5

Grécia, I, 15, 7; IV, 5, 35; a. I, 20, 3; II, 16, 39; III, 24, 56

Gregos, II, 4, 11; IV, 8, 3

Grosfo, II, 16, 7

Hebro (nome próprio), III, 12, 5

Hebro (rio), III, 25, 10

Heitor, II, 4, 10; III, 3, 27; IV, 9, 22

Helena, I, 3, 2; I, 15, 2; IV, 9, 13

Hélicon, I, 12, 5

Hemo, I, 12, 6

Hemônia (Tessália), I, 37, 18

Hércules, I, 3, 36; II, 12, 6; III, 3, 9; III, 14, 3; IV, 4, 62; IV, 5, 36; IV, 8, 30
Hespéria (Espanha), I, 36, 4; IV, 15, 16
Hespéria (Itália), I, 28, 26; II, 1, 31; III, 6, 8; IV, 5, 37
Híades, I, 3, 14
Hidaspes, I, 22, 8
Hidra, IV, 4, 61
Hileu, II, 12, 5
Himeto, II, 6, 15; II, 18, 3
Hiperbórios (povo), a. II, 20, 15
Hipólita (da Magnésia), III, 7, 18
Hipólito, IV, 7, 25
Hirpino, II, 11, 1
Hispânia, a. III, 6, 31; III, 8, 21; III, 14, 4
Homero, IV, 9, 5; a. I, 6, 1
Honra, C.S. 57
Horácio, IV, 6, 44
Iápix, I, 3, 4; III, 27, 20
Ibéria, IV, 5, 28; IV, 14, 50; a. I, 29, 15 (ver Hispânia)
Iberos, II, 20, 19
Íbico, III, 15, 1
Ícaro (mar de), I, 1, 16; III, 7, 21
Ícaro, II, 20, 13
Ício, I, 29, 1
Ida, III, 20, 16
Idomeneu, IV, 9, 19
Ília, I, 2, 17; III, 9, 8; IV, 8, 23
Ílion (Troia) I, 10, 14; I, 15, 34; III, 3, 18 (*bis*); III, 3, 37; III, 19, 4; IV, 4, 53; IV, 9,
      19; C.S. 38 (ver Troia)
Ilíria, a. I, 28, 21
Ilitia, C.S. 13
Ínaco, II, 3, 21; III, 19, 1
Índia, I, 31, 6; III, 24, 2
Indos, I, 12, 55; IV, 14, 42; C.S. 55
Inquietude (*Cura*), II, 16, 21; III, 1, 38
Istmo (de Corinto), IV, 3, 3
Istro (Danúbio), IV, 14, 46
Itália, I, 37, 17; II, 7, 4; III, 5, 40; IV, 14, 44; IV, 15, 14; a. II, 13, 18; III, 30, 13; IV,
      4, 42
Ítis, IV, 12, 5
Ixíon, III, 11, 21
Jano, IV, 15, 9
Jápeto, I, 3, 27
Jônia, a. III, 6, 22
Juba, I, 22, 15
Jugurta, II, 1, 27
Júlio, a. I, 12, 47; IV, 15, 21
Juno, I, 7, 8; II, 1, 25; III, 3, 17; III, 4, 59

Júpiter, I, 1, 27; I, 2, 18; I, 2, 29; I, 3, 40; I, 10, 5; I, 11, 4; I, 16, 11; I, 21, 3; I, 22, 20; I, 28, 9; I, 28, 29; I, 32, 14; II, 6, 17; II, 7, 17; II, 10, 15; II, 17, 22; III, 1, 6; III, 3, 6; III, 3, 63; III, 4, 50; III, 5, 1; III, 5, 12; III, 10, 7; III, 16, 5; III, 25, 6; III, 27, 73; IV, 4, 2; IV, 4, 74; IV, 8, 30; IV, 15, 6; C.S. 31, 74

Justiça, I, 24, 7; II, 17, 16

Juventude (*Iuventas*), I, 30, 7

Lacedemônia (Esparta), I, 7, 10; III, 5, 56; (lacônico) a. II, 18, 8

Lácio, I, 12, 53; I, 35, 10; IV, 4, 39; C.S. 67; (latino) a. I, 32, 3; II, 1, 29; IV, 14, 7; IV, 15, 13

Laertes, I, 15, 21

Lálage, I, 22, 10; I, 22, 23; II, 5, 15

Lâmia, I, 26, 8; I, 36, 7; III, 17, 2

Lamo, III, 17, 1

Lanúvio, a. III, 27, 3

Laomedonte, III, 3, 21

Lápitas, I, 18, 8; II, 12, 5

Lares (deuses), III, 23, 3; IV, 5, 35; C.S. 39 (ver Penates)

Larissa, I, 7, 11

Latino, ver Lácio

Latona, I, 21, 3; I, 31, 17; III, 28, 12; IV, 6, 37

Lealdade (*Fides*), I, 24, 6; I, 35, 21; C.S. 57

Leão (constelação), III, 29, 19

Leda, I, 12, 25

Leneu (Baco), III, 25, 19

Lesbos, (vinho) I, 17, 21; (poesia) I, 1, 34; a. I, 26, 12; (Alceu) I, 32, 5; IV, 6, 35

Lestrigões, III, 16, 34

Letes, a. IV, 7, 27

Leucônoe, I, 11, 2

Líbero (Baco), I, 12, 21; I, 16, 7; I, 18, 7; I, 32, 9; II, 19, 7; III, 8, 6; III, 21, 21; IV, 8, 32; IV, 12, 14; IV, 15, 26 (ver Baco)

Líbia, II, 2, 11; a. I, 1, 10

Libitina, III, 30, 7

Liburnos (povo), a. I, 37, 31

Lice, III, 10, 1; IV, 13, 1; IV, 13, 2; IV, 13, 25

Liceu, I, 17, 2

Lícia, III, 4, 62; a. I, 8, 16

Lícidas, I, 4, 19

Licímnia, II, 12, 14; II, 12, 24

Licínio, II, 10, 1

Lico (jovem), I, 32, 11

Lico (velho rabugento), III, 19, 22; III, 19, 24

Licóris, I, 33, 5

Licurgo, II, 19, 16

Lide, II, 11, 21; III, 11, 7; III, 11, 25; III, 28, 2

Lídia (nome próprio), I, 8, 1; I, 13, 1; I, 25, 8; III, 9, 6; III, 9, 7; III, 9, 20

Lídia (região), IV, 15, 30

Lieu (Baco), I, 7, 23; III, 21, 14

Ligurino, IV, 1, 33; IV, 10, 5
Lípara, III, 12, 5
Líris, I, 31, 7; III, 17, 7
Lólio, IV, 9, 33
Lua, C.S. 35
Lucéria, III, 15, 14
Lucina (Diana), C.S. 15
Lucrétilis, I, 17, 2
Lucrino (lago), a. II, 15, 4
Luz da Noite (*Noctiluca*), IV, 6, 38
Magnésia, III, 7, 18
Maia, I, 2, 41
Manes, I, 4, 16
Mânlio, III, 21, 1
Marcelo, I, 12, 45
Mareótico, I, 37, 14
Marica, III, 17, 8
Marsos (povo), a. I, 1, 26; I, 2, 39; II, 20, 18; III, 5, 8; III, 14, 18
Marte, I, 6, 13; I, 17, 9; I, 17, 22; I, 28, 17; II, 14, 13; III, 3, 16; III, 3, 30; III, 5, 23; IV, 8, 23; IV, 14, 17
Masságetas (povo), I, 35, 40
Mássico (vinho), I, 1, 19; II, 7, 21; III, 21, 5
Matino, I, 28, 2; IV, 2, 28
Máximo, ver Paulo
Mecenas, I, 1, 1; I, 20, 4; II, 12, 9; II, 17, 3; II, 20, 6; III, 8, 13; III, 16, 19; III, 29, 3; IV, 11, 19
Medo (*Timor*), III, 1, 37
Medos (povo), I, 2, 51; I, 29, 5; II, 1, 32; II, 16, 6; III, 3, 44; III, 8, 19; IV, 14, 42; C.S. 53; a. II, 9, 21 (rio) (ver Partos)
Megila, I, 27, 12
Melpômene, I, 24, 3; III, 30, 16; IV, 3, 1
Mênfis, III, 26, 10
Meônia (Frígia), IV, 9, 5
Mercúrio, I, 10, 1; I, 24, 16; I, 30, 8; II, 7, 14; II, 17, 30; III, 11, 1
Meríones, I, 6, 14; I, 15, 26
Metelo, II, 1, 1
Micenas, I, 7, 9
Mígdon, II, 12, 22
Migdônia, III, 16, 42
Mimas, III, 4, 53
Minerva, III, 3, 23; III, 12, 6; IV, 6, 14 (ver Palas)
Minos, I, 28, 9; IV, 7, 21
Mírtale, I, 33, 14
Mirto (mar), I, 1, 14
Mistes, II, 9, 10
Mitilene, I, 7, 1
Moneses, III, 6, 9

Morte, I, 4, 13

Mouros, II, 6, 4; a. I, 22, 2; III, 10, 18

Murena, III, 19, 11

Musa(s), I, 6, 10; I, 17, 13; I, 26, 1; I, 32, 9; II, 1, 9; II, 1, 37; II, 10, 19; II, 12, 13; III, 1, 3; III, 3, 70; III, 19, 14; IV, 8, 28; IV, 8, 29; IV, 9, 21; (Piéride) IV, 3, 17; IV, 8, 20 (ver Camena)

Náiades, III, 25, 14

Nearco, III, 20, 6

Necessidade (*Necessitas*), I, 35, 17; III, 1, 14; III, 24, 5

Neera, III, 14, 21

Neobule, III, 12, 4

Netuno, I, 28, 29; III, 28, 2; III, 28, 10

Nereides, III, 28, 10

Nereu, I, 15, 4

Nero (Tibério e Druso), IV, 4, 28; IV, 4, 37; IV, 14, 14

Nestor, I, 15, 22

Nifates, II, 9, 20

Nilo, III, 3, 47; IV, 14, 45

Ninfas, I, 1, 31; I, 4, 6; I, 30, 6; II, 8, 14; II, 19, 3; III, 18, 1; III, 27, 30; IV, 7, 5

Níobe, IV, 6, 1

Nireu, III, 20, 15

Noctiluca, ver Luz da Noite

Nórico, a. I, 16, 9

Noto (jovem), III, 15, 11

Noto (vento do Sul), I, 3, 14; I, 7, 15; I, 28, 21; III, 7, 5; IV, 5, 12

Numa, ver Pompílio

Numância, II, 12, 1

Númida, I, 36, 3

Numídia, III, 11, 47

Olimpo, I, 1, 4; I, 12, 58; III, 4, 52

Opunte, I, 27, 12

Orco (deus dos Infernos), I, 28, 10; II, 3, 24; II, 18, 31; II, 18, 34; III, 4, 74; III, 11, 29; III, 27, 50; IV, 2, 24 (ver Plutão)

Orfeu, I, 12, 8; I, 24, 14

Órico, III, 7, 5

Oríon (constelação), I, 28, 21; III, 27, 18

Oríon (gigante), II, 13, 39; III, 4, 70

Órnito, III, 9, 14

Pácoro, III, 6, 9

Pafo, I, 30, 1; III, 28, 14

Palas (Atena), I, 6, 16; I, 7, 6; I, 12, 19; I, 15, 11; III, 4, 58 (ver Minerva)

Palatino, C.S. 66

Palinuro, III, 4, 28

Panécio, I, 29, 13

Parca(s), II, 6, 9; II, 16, 37; II, 17, 16; C.S. 25

Páris, III, 3, 41

Paros, I, 19, 6

Parrásio, IV, 8, 6

Partos (povo), I, 12, 53; I, 27, 5; II, 13, 16; II, 13, 17; III, 2, 4; IV, 5, 25; IV, 15, 8; a. I, 19, 11; III, 5, 9 (ver Medos)

Pátaros, a. III, 4, 64

Paulo (Emílio), I, 12, 37

Paulo (Fábio Máximo), IV, 1, 10

Paz, C.S. 57

Pégaso, I, 27, 23; IV, 11, 26

Peleu, I, 6, 6; III, 7, 17

Pelignos (povo), a. III, 19, 8

Pélion, III, 4, 52

Pélops, I, 6, 8; I, 28, 7; II, 13, 37

Penates (deuses do lar), II, 4, 16; II, 13, 7; III, 14, 4; III, 23, 18; III, 27, 49 (ver Lares)

Penélope, I, 17, 19; III, 10, 11

Penteu, II, 19, 15

Persas (Partos ou Medos), I, 2, 23; I, 21, 16; III, 5, 3; IV, 15, 23

Persas, I, 38, 1; III, 9, 4

Piéria, III, 4, 38; III, 10, 15

Pilos, I, 15, 22

Píndaro, IV, 2, 1; IV, 2, 7; IV, 9, 6

Pindo, I, 12, 6

Pipleia, I, 26, 9

Pirítoo, III, 4, 80; IV, 7, 28

Pirra (mulher de Deucalião), I, 2, 6

Pirra (uma rapariga), I, 5, 2

Pirro (rei do Epiro), III, 6, 35

Pirro (um rapaz), III, 20, 1

Pitágoras (o filho de Pântoo), I, 28, 10

Planco, I, 7, 17; III, 14, 27

Plêiades, IV, 14, 21

Plutão, I, 4, 17; II, 14, 6 (ver Orco)

Polião, II, 1, 14

Polímnia, I, 1, 34

Pólux, III, 3, 9; III, 29, 63; (os irmãos de Helena: I, 3, 2)

Pompeu, II, 7, 5

Pompílio (Numa), I, 12, 34

Ponto (região), I, 14, 11

Porfírion, III, 4, 54

Póstumo, II, 14, 1 (*bis*)

Preneste, III, 4, 23

Preto, III, 7, 14

Príamo, I, 10, 13; I, 15, 8; III, 3, 26; III, 3, 41; IV, 6, 15

Prócion, III, 29, 18

Proculeio, II, 2, 5

Prometeu, I, 16, 13; II, 13, 37; II, 18, 36

Prosérpina, I, 28, 20; II, 13, 22

Prosperidade (*Faustitas*), IV, 5, 18

Proteu, I, 2, 7

Pudor, I, 24, 6; C.S. 57

Púnico (Cartaginês), I, 12, 38; III, 5, 34; IV, 4, 47; a. II, 12, 2; II, 13, 14; III, 5, 19; III, 6, 34 (ver Cartago)

Quia, IV, 13, 7

Quimera, I, 27, 24; II, 17, 13; IV, 2, 16

Quintílio, I, 24, 5; I, 24, 11

Quinto, ver Hirpino

Quios (vinho), III, 19, 6

Quirino, I, 2, 46; III, 3, 16; IV, 15, 9

Régulo, I, 12, 37; III, 5, 13

Reto, II, 19, 23; III, 4, 55

Retos (povo), IV, 14, 16; a. IV, 4, 18

Ródano, II, 20, 20

Rode, III, 19, 27

Rodes, I, 7, 1

Ródope, III, 25, 11

Roma, III, 3, 37; III, 3, 43; III, 5, 12; III, 29, 12; IV, 3, 13; IV, 4, 37; IV, 14, 44; C.S. 12, 37

Romanos, I, 1, 7; III, 3, 57; III, 6, 2; a. IV, 3, 23; a. C.S. 66; a. II, 7, 5; III, 8, 25; III, 9, 8; III, 14, 1; IV, 4, 45

Rômulo, I, 12, 34; II, 15, 11; IV, 5, 2; IV, 8, 24; C.S. 47

Sabeia, I, 29, 2

Sabelos (povo), III, 6, 39

Sabina, II, 18, 14; III, 4, 22; a. I, 9, 7; I, 20, 1; I, 22, 9; III, 1, 47

Safo, II, 13, 24

Salamina, I, 7, 21; I, 7, 29; I, 15, 23

Sálios (sacerdotes de Marte), IV, 1, 28; a. I, 36, 12; I, 37, 4

Salústio (Crispo), II, 2, 2

Sardenha, I, 31, 4

Sátiros, I, 1, 32; II, 19, 4

Saturno, I, 12, 50; II, 12, 8; II, 17, 23

Sêmele, I, 17, 22; I, 19, 2

Septímio, II, 6, 1

Seres, I, 12, 55; I, 29, 9; III, 29, 27; IV, 15, 23

Séstio, I, 4, 14

Síbaris, I, 8, 3

Sibilinos (versos), C.S. 5

Sicília, II, 12, 2; II, 16, 33; III, 4, 28; a. III, 1, 18; IV, 4, 44

Sigambros, IV, 2, 35; IV, 14, 50

Silvano, III, 29, 23

Síria, II, 7, 8; a. I, 31, 12; a. II, 11, 16 (assírio); a. III, 4, 32 (assírio)

Sirtes, I, 22, 5; II, 6, 3; II, 20, 15

Sísifo, II, 14, 19

Sitônios, I, 18, 9; a. III, 26, 10

Sócrates, a. I, 29, 15; III, 21, 9

Sol, C.S. 9

600

Sulpício, IV, 12, 18

Talia, IV, 6, 25

Taliarco, I, 9, 7

Tánais (rio Don), III, 10, 1; III, 29, 28; IV, 15, 24

Tântalo, II, 18, 37; ("pai de Pélops": I, 28, 7; II, 13, 37)

Tarento, I, 28, 29; III, 5, 56

Tarquínio, I, 12, 35

Tártaro, I, 28, 9; III, 7, 17

Tebas, I, 7, 3; IV, 4, 64; a. I, 19, 2

Tecmessa, II, 4, 5

Télamon, II, 4, 6

Télefo, I, 13, 2 (bis); III, 19, 26; IV, 11, 21

Telégono, III, 29, 8

Tempe, I, 7, 4; I, 21, 10; III, 1, 24

Tênaro, I, 34, 10

Teos, I, 17, 18

Terra, II, 12, 6; III, 4, 73

Teseu, IV, 7, 27

Tessália, a. I, 7, 4; I, 10, 15; I, 27, 21; II, 4, 10

Tétis, I, 8, 14; IV, 6, 6

Teucro, I, 7, 21; I, 7, 27 (bis); I, 15, 23; IV, 9, 17

Teucros (povo), IV, 6, 12

Tíades (Bacantes), III, 15, 10; II, 19, 9

Tibério, ver Cláudio

Tibre, I, 2, 13; I, 8, 8; I, 29, 12; II, 3, 18; III, 12, 7

Tíbur, I, 7, 20; I, 18, 2; II, 6, 5; III, 4, 23; III, 29, 6; IV, 2, 31; IV, 3, 10

Tiburno, I, 7, 13

Tício, II, 14, 7; III, 4, 77; III, 11, 21; IV, 6, 3

Tideu, I, 6, 15; I, 15, 27

Tiestes, I, 16, 17

Tífon, III, 4, 53

Tigre (rio), IV, 14, 47

Tíndaris, I, 17, 10

Tíndaro, IV, 8, 31

Tínio (povo), III, 7, 3

Tiridates, I, 26, 6

Tiro, a. III, 29, 60

Tirrenos (povo), a. I, 11, 5; III, 10, 11; III, 24, 4 (mar); III, 29, 1; IV, 15, 3 (ver
    Etruscos)

Titãs, III, 4, 43

Titono, I, 28, 8; II, 16, 30

Torquato, IV, 7, 23

Trácia, II, 16, 5; III, 25, 10; IV, 12, 1; a. I, 24, 14; I, 25, 11; II, 19, 16; III, 9, 9;
    (habitantes) I, 27, 2; I, 36, 14

Triunfo, IV, 2, 50; IV, 2, 51

Troia, I, 6, 15; I, 8, 14; I, 10, 16; I, 28, 11; II, 4, 12; III, 3, 60; III, 3, 61; IV, 6, 4; IV,
    15, 31; C.S. 43; a. I, 15, 2; I, 15, 36; III, 3, 32 (ver Ílion)

Troianos, IV, 6, 14
Troilo, II, 9, 17
Tulo (cônsul), III, 8, 12
Tulo (Hostílio), IV, 7, 15
Túrio, III, 9, 14
Túsculo, (III, 29, 8)
Ulisses, I, 6, 7
Ustica, I, 17, 12
Válgio, II, 9, 5
Vário, I, 6, 1
Varo, I, 18, 1
Vaticano, I, 20, 7
Venafro, II, 6, 16; III, 5, 55
Vênus, I, 4, 5; I, 13, 15; I, 15, 13; I, 18, 6; I, 19, 9; I, 27, 14; I, 30, 1; I, 32, 10; I, 33,
      10; I, 33, 13; II, 7, 25; II, 8, 13; III, 9, 17; III, 10, 9; III, 11, 50; III, 16, 5; III,
      18, 7; III, 21, 21; III, 26, 5; III, 27, 67; IV, 1, 1; IV, 6, 22; IV, 10, 1; IV, 11, 16;
      IV, 13, 17; IV, 15, 32; C.S. 49
Venúsia, I, 28, 27
Verdade (*Veritas*), I, 24, 7
Vésper, ver Estrela da Tarde
Vesta, I, 2, 16; I, 2, 27; III, 5, 11
Vindélicos, IV, 4, 17; IV, 14, 6
Virgílio, I, 3, 6; I, 24, 10; IV, 12, 13
Virtude (*Virtus*), II, 2, 18; C.S. 58
Vulcano, I, 4, 7; III, 4, 58
Vúlture, III, 4, 9
Xântias, II, 4, 1
Xanto, IV, 6, 26
Zéfiros (ventos do Oeste), III, 1, 24; IV, 7, 9

Índice das *Odes*

Livro I

I, 1. Maecenas atavis edite	55
I, 2. Iam satis terris	61
I, 3. Sic te diva	67
I, 4. Solvitur acris hiems	73
I, 5. Quis multa gracilis	77
I, 6. Scriberis Vario	81
I, 7. Laudabunt alii	85
I, 8. Lydia, dic, per omnis	91
I, 9. Vides ut alta	95
I, 10. Mercuri, facunde	99
I, 11. Tu ne quaesieris	103
I, 12. Quem virum aut heroa	107
I, 13. Cum tu, Lydia	115
I, 14. O navis, referent	119
I, 15. Pastor cum traheret	123
I, 16. O matre pulchra	129
I, 17. Velox amoenum	135
I, 18. Nullam, Vare, sacra	141
I, 19. Mater saeva Cupidinum	145
I, 20. Vile potabis	149
I, 21. Dianam tenerae	153
I, 22. Integer vitae	157
I, 23. Vitas inuleo	161
I, 24. Quis desiderio	165
I, 25. Parcius iunctas	169
I, 26. Musis amicus	173
I, 27. Natis in usum	177
I, 28. Te maris et terrae	181
I, 29. Icci, beatis	187
I, 30. O Venus, regina	191
I, 31. Quid dedicatum	195
I, 32. Poscimus si quid	199
I, 33. Albi, ne doleas	203
I, 34. Parcus deorum cultor	207

I, 35. O diva, gratum.. 211
I, 36. Et ture et fidibus.. 217
I, 37. Nunc est bibendum 221
I, 38. Persicos odi... 227

Livro II
II, 1. Motum ex Metello... 231
II, 2. Nullus argento.. 237
II, 3. Aequam memento... 241
II, 4. Ne sit ancillae.. 245
II, 5. Nondum subacta 249
II, 6. Septimi, Gadis additure.. 253
II, 7. O saepe mecum.. 257
II, 8. Vlla si iuris.. 263
II, 9. Non semper imbres 267
II, 10. Rectius vives 271
II, 11. Quid bellicosus 275
II, 12. Nolis longa ferae.. 279
II, 13. Ille et nefasto... 285
II, 14. Eheu fugaces.. 291
II, 15. Iam pauca aratro 295
II, 16. Otium divos 299
II, 17. Cur me querelis.. 305
II, 18. Non ebur neque aureum 311
II, 19. Bacchum in remotis 317
II, 20. Non usitata... 323

Livro III
III, 1. Odi profanum vulgus.. 329
III, 2. Angustam amice 335
III, 3. Iustum et tenacem... 341
III, 4. Descende caelo 349
III, 5. Caelo tonantem 359
III, 6. Delicta maiorum 365
III, 7. Quid fles, Asterie 371
III, 8. Martiis caelebs.. 377
III, 9. Donec gratus eram.. 383
III, 10. Extremum Tanain 387
III, 11. Mercuri — nam te 391
III, 12. Miserarum est... 397
III, 13. O fons Bandusiae.. 401
III, 14. Herculis ritu 405
III, 15. Uxor pauperis Ibyci 411
III, 16. Inclusam Danaen 415
III, 17. Aeli vetusto... 421
III, 18. Faune, Nympharum... 425
III, 19. Quantum distet.. 429

604

III, 20. Non vides quanto 435
III, 21. O nata mecum 439
III, 22. Montium custos 443
III, 23. Caelo supinas 445
III, 24. Intactis opulentior 449
III, 25. Quo me, Bacche, rapis 457
III, 26. Vixi puellis nuper 461
III, 27. Impios parrae 465
III, 28. Festo quid potius die 473
III, 29. Tyrrhena regum 477
III, 30. Exegi monumentum 485

Livro IV
IV, 1. Intermissa, Venus 491
IV, 2. Pindarum quisquis 497
IV, 3. Quem tu, Melpomene 505
IV, 4. Qualem ministrum 509
IV, 5. Divis orte bonis 517
IV, 6. Dive, quem proles 523
IV, 7. Diffugere nives 529
IV, 8. Donarem pateras 533
IV, 9. Ne forte credas 539
IV, 10. O crudelis adhuc 545
IV, 11. Est mihi nonum 549
IV, 12. Iam veris comites 555
IV, 13. Audivere, Lyce 561
IV, 14. Quae cura patrum 567
IV, 15. Phoebus volentem 573

Cântico Secular
C.S. Phoebe silvarumque 581

Em ordem alfabética do título:

III, 17. Aeli vetusto 421
II, 3. Aequam memento 241
I, 33. Albi, ne doleas 203
III, 2. Angustam amice 335
IV, 13. Audivere, Lyce 561
II, 19. Bacchum in remotis 317
III, 23. Caelo supinas 445
III, 5. Caelo tonantem 359
I, 13. Cum tu, Lydia 115
II, 17. Cur me querelis 305
III, 6. Delicta maiorum 365

III, 4. Descende caelo 349
I, 21. Dianam tenerae 153
IV, 7. Diffugere nives 529
IV, 6. Dive, quem proles 523
IV, 5. Divis orte bonis 517
IV, 8. Donarem pateras 533
III, 9. Donec gratus eram 383
II, 14. Eheu fugaces 291
IV, 11. Est mihi nonum 549
I, 36. Et ture et fidibus 217
III, 30. Exegi monumentum 485
III, 10. Extremum Tanain 387
III, 18. Faune, Nympharum 425
III, 28. Festo quid potius die 473
III, 14. Herculis ritu 405
II, 15. Iam pauca aratro 295
I, 2. Iam satis terris 61
IV, 12. Iam veris comites 555
I, 29. Icci, beatis 187
II, 13. Ille et nefasto 285
III, 27. Impios parrae 465
III, 16. Inclusam Danaen 415
III, 24. Intactis opulentior 449
I, 22. Integer vitae 157
IV, 1. Intermissa, Venus 491
III, 3. Iustum et tenacem 341
I, 7. Laudabunt alii 85
I, 8. Lydia, dic, per omnis 91
I, 1. Maecenas atavis edite 55
III, 8. Martiis caelebs 377
I, 19. Mater saeva Cupidinum 145
I, 10. Mercuri, facunde 391
III, 11. Mercuri — nam te 99
III, 12. Miserarum est 397
III, 22. Montium custos 443
II, 1. Motum ex Metello 231
I, 26. Musis amicus 173
I, 27. Natis in usum 177
IV, 9. Ne forte credas 539
II, 4. Ne sit ancillae 245
II, 12. Nolis longa ferae 279
II, 18. Non ebur neque aureum 311
II, 9. Non semper imbres 267
II, 20. Non usitata 323
III, 20. Non vides quanto 435
II, 5. Nondum subacta 249
I, 18. Nullam, Vare, sacra 141

606

II, 2. Nullus argento	237
I, 37. Nunc est bibendum	221
IV, 10. O crudelis adhuc	545
I, 35. O diva, gratum	211
III, 13. O fons Bandusiae	401
I, 16. O matre pulchra	129
III, 21. O nata mecum	439
I, 14. O navis, referent	119
II, 7. O saepe mecum	257
I, 30. O Venus, regina	191
III, 1. Odi profanum vulgus	329
II, 16. Otium divos	299
I, 25. Parcius iunctas	169
I, 34. Parcus deorum cultor	207
I, 15. Pastor cum traheret	123
I, 38. Persicos odi	227
C.S. Phoebe silvarumque	581
IV, 15. Phoebus volentem	573
IV, 2. Pindarum quisquis	497
I, 32. Poscimus si quid	199
IV, 14. Quae cura patrum	567
IV, 4. Qualem ministrum	509
III, 19. Quantum distet	429
IV, 3. Quem tu, Melpomene	505
I, 12. Quem virum aut heroa	107
II, 11. Quid bellicosus	275
I, 31. Quid dedicatum	195
III, 7. Quid fles, Asterie	371
I, 24. Quis desiderio	165
I, 5. Quis multa gracilis	77
III, 25. Quo me, Bacche, rapis	457
II, 10. Rectius vives	271
I, 6. Scriberis Vario	81
II, 6. Septimi, Gadis aditure	253
I, 3. Sic te diva	67
I, 4. Solvitur acris hiems	73
I, 28. Te maris et terrae	181
I, 11. Tu ne quaesieris	103
III, 29. Tyrrhena regum	477
III, 15. Uxor pauperis Ibyci	411
I, 17. Velox amoenum	135
I, 9. Vides ut alta	95
I, 20. Vile potabis	149
I, 23. Vitas inuleo	161
III, 26. Vixi puellis nuper	461
II, 8. Vlla si iuris	263

Vida de Horácio

Suetônio[1]

Quinto Horácio Flaco, natural de Venúsia,[2] tinha por pai, como ele próprio refere, um liberto que era coletor de dinheiro nos leilões públicos, ou ainda, a crer na verdade, vendedor de peixe salgado, visto que alguém o acusara numa discussão: "Quantas vezes vi teu pai limpar o nariz com o braço!".[3]

Convocado pelo general Marco Bruto, serviu como tribuno militar na batalha de Filipos;[4] com a derrota do seu partido, foi perdoado e obteve o cargo de escriba do questor.

Foi recomendado primeiro a Mecenas e depois a Augusto, e ocu-

---

[1] Tradução e notas de Camila de Moura. Seguimos aqui o estabelecimento de Friedrich Klingner, incluído em sua edição das obras de Horácio (*Opera*, Berlim, Walter de Gruyter, 2008). A *Vida* alcançou o Renascimento como um apêndice às obras do poeta, sem o registro de sua autoria. Petrus Nannius, primeiro editor moderno do texto, no século XVI, atribuiu-a Suetônio, o que é corroborado por uma citação de Porfírio, escoliasta de Horácio, a uma das cartas de Augusto mencionadas na *Vida* (escólio a *Epístolas*, II, 1). Os comentadores contemporâneos, em sua maioria, acreditam tratar-se de uma versão abreviada do texto de Suetônio, que fazia parte da coleção *De viris illustribus* (*Vidas dos homens ilustres*), obra que reunia as biografias de poetas, gramáticos, historiadores e oradores, concluída entre 106 e 113 d.C.

[2] Atual Venosa, província de Potenza, na Itália.

[3] Cf. *Sátiras*, I, 6, 5-6 (a Mecenas): "não torces o nariz para os ignotos, como eu, nascido de pai liberto" ("naso suspendis adunco/ ignotos, ut me libertino patre natum").

[4] Batalha travada em 42 a.C. entre as forças do Segundo Triunvirato, lideradas por Marco Antônio, Otaviano (Augusto) e Lépido, e o exército dos *Liberatores* ("Libertadores"), ligados ao assassinato de César, liderados por Marco Bruto e Cássio. Os combates transcorreram nos arredores da cidade de Filipos, na Macedônia, e terminaram com a derrota dos *Liberatores*. A participação de Horácio na batalha é mencionada na ode II, 7.

pou um lugar nada medíocre na estima de ambos. Mecenas amava-o desmesuradamente, como atesta o famoso epigrama:

> Se eu não te amar mais que às minhas entranhas,
> ó meu Horácio, o amigo adorado
> logo verás definhar de tão magro.

Isso fica ainda mais evidente em seu testamento, nesta cláusula dirigida a Augusto: "Cuida de Horácio Flaco como de mim próprio!".

Augusto ofereceu-lhe ainda o cargo de secretário oficial, como indica numa das cartas escritas a Mecenas: "Antes, eu tinha tempo de escrever cartas de próprio punho aos meus amigos. Agora, estando ocupadíssimo e indisposto, desejo tomar de ti o nosso Horácio. Ele virá, portanto, da tua mesa de comensais para esta digna de reis e nos assistirá escrevendo cartas". Mesmo com a recusa de Horácio, Augusto não se zangou, e tampouco desistiu de conquistar sua amizade. Um número de cartas chegou aos nossos dias, das quais apresento algumas passagens a título de argumento: "Usufrui de plenos direitos em minha casa, como se como se lá vivesses;[5] de fato, é justo, e não descabido, que ajas assim, pois tal é o convívio que gostaria de ter contigo se a tua saúde o permitisse". E ainda: "O quanto te quero bem, também poderás escutá-lo do nosso Septímio,[6] pois ocasionalmente mencionei teu nome em sua presença. Mesmo que por soberba tenhas desprezado a nossa amizade, não por isso retribuiremos o desprezo [ἀνθυπερηφανοῦμεν]".[7] Além disso, chamava-o frequentemente, entre outros gracejos, de "devasso puríssimo" e "homenzinho agradabilíssimo", e deixou-o em excelente situação, por meio de alguns atos de generosidade. De fato, tinha seus escritos em tão alta conta, acreditando que durariam para sempre, que encomendou a ele não apenas o *Cântico Secular*[8] como uma composição sobre a vitória de seus enteados Tibério e Druso con-

---

[5] Possível alusão a *Sátiras*, I, 4, 104-5: "Se eu disser algo de licencioso, ainda que muito jocoso, queira conceder-me tal direito" ("liberius si/ dixero quid, si forte iocosius, hoc mihi iuris/ cum venia dabis").

[6] Trata-se possivelmente do mesmo Septímio (*Septimius*) a quem Horácio dedica uma de suas odes (II, 6) e que é mencionado nas *Epístolas* (I, 9).

[7] Em grego no original.

[8] *Carmen Saeculare*, hino em metro sáfico composto por Horácio em 17 a.C. por

tra os vindélicos,[9] compelindo-o assim a agregar a seus três livros de odes um quarto, após longo intervalo. Porém, depois de ter lido algumas de suas conversações,[10] queixou-se por não haver nelas nenhuma menção a si: "Sabe que estou furioso contigo, pois em teus numerosos escritos desse gênero não te diriges nunca especialmente a mim. Terás medo de que a posteridade te julgue infame, vendo que foste nosso amigo íntimo?". Com isso obteve uma composição a ele dedicada, que começa assim:

> Com tudo o que levas, ó César, sozinho nas costas —
> a Itália de armas guarneces, seus valores renovas,
> com leis e reformas —, contra o bem público atento
> se, alongando a conversa, eu roubar o teu tempo[11]

Quanto à sua compleição, era baixo e gordo, como descrito por ele próprio em suas sátiras e por Augusto nesta carta: "Onísio trouxe a mim o teu livro, o qual aceito de bom grado como pedido de desculpas, ainda que seja diminuto. Pareces cioso de que teus livros não sejam maiores do que tu; porém, ainda que careças de estatura, não careces de consistência. Assim, será justo que escrevas dentro de um barrilete,[12] para que a circunferência da tua obra seja tão generosa [ὀγκωδέστα-τος][13] quanto a tua barriga".

---

ocasião da retomada dos *Ludi Saeculares* (Jogos Seculares), celebrações religiosas que haviam sido interrompidas durante a Segunda Guerra Civil da República Romana.

[9] Povo celta que habitava a Vindelícia, território delimitado ao norte pelo rio Danúbio, a leste pelo rio Inn e a oeste pela Helvécia. O fato é mencionado por Horácio na ode IV, 4.

[10] A palavra *sermones* ("conversações") é usada em sentido geral, podendo referir-se tanto às *Sátiras* (*Sermones*) quanto aos poemas do primeiro livro das *Epístolas*.

[11] *Epístolas*, II, 1.

[12] A provocação é obscura. Trata-se da única ocorrência da palavra *sextariolus* ("barrilete"; diminutivo de *sextarius*, medida equivalente à sexta parte de um côngio) na literatura. Optou-se aqui por seguir os comentadores que enxergam nesta passagem uma alusão à proverbial inclinação de Horácio pelo álcool.

[13] Em grego no original. A palavra ὀγκώδης ("redondo", "pesado", "inflado") remete a Aristóteles, que a utiliza para caracterizar o hexâmetro ou metro heroico ("mais amplo dos metros", *Poética*, 1459b); aqui, ela assume um sentido duplo, sugerindo uma equivalência entre a corpulência do poeta e o volume que se esperaria de

Conta-se que era imoderado nos negócios do amor, a ponto de receber suas visitas num quarto coberto de espelhos, dispondo-os de modo a ver refletida por todos os lados a imagem do coito.

Viveu a maior parte do tempo retirado em sua propriedade rural na Sabina ou em Tíbur,[14] e sua casa pode ser vista perto do bosque de Tiburno.[15]

Chegaram às minhas mãos elegias com seu nome e uma carta em prosa na qual parece apresentar-se a Mecenas; julgo, porém, que ambas são falsas, pois as elegias são vulgares, e a carta, além disso, é obscura, defeito que ele jamais teve.

Nasceu seis dias antes dos idos de dezembro,[16] no consulado de Lúcio Cota e Lúcio Torquato, e morreu cinco dias antes das calendas de dezembro,[17] no consulado de Gaio Márcio Censorino e Gaio Asínio Galo, cinquenta e nove dias depois da morte de Mecenas, aos 57 anos, após nomear Augusto como seu herdeiro diante de testemunhas, já que não teve tempo de selar seu testamento, devido à violência da doença que o acometeu. Foi sepultado e enterrado na parte mais distante do monte Esquilino,[18] junto ao túmulo de Mecenas.

---

sua obra. Esse tipo de comparação entre a obra e a aparência ou caráter de seu autor era muito frequente nas biografias antigas.

[14] Tíbur (atual Tivoli) foi uma antiga cidade a leste de Roma; a Sabina era uma região ao norte de Tíbur, povoada, antes da ocupação romana, pelos sabinos. A propriedade de Horácio na Sabina é descrita em *Epístolas*, I, 16.

[15] Fundador mítico da cidade de Tíbur, cf. *Eneida*, VII, 671. A palavra *Tiburnus* ("de Tiburno") pode aludir tanto ao próprio Tiburno quanto a Tíbur ou ainda ao rio Tibre.

[16] 8 de dezembro de 65 a.C.

[17] 27 de novembro de 8 d.C.

[18] A mais alta das sete colinas sobre as quais foi fundada Roma.

Sobre o autor

Horácio (Quinto Horácio Flaco) nasceu em 65 a.C. em Venúsia, na região da Apúlia, próximo à Lucânia, filho de um ex-escravo liberto. O pai enriqueceu e pôde enviar o filho para estudar nas melhores escolas da época, notadamente em Roma e Atenas. Em 44 Júlio César foi assassinado em uma conspiração liderada por Bruto e Cássio, e dois anos depois Horácio lutou contra Otaviano na batalha de Filipos, na Macedônia, ao lado das tropas de Bruto, que foram derrotadas. Voltando a Roma, Horácio foi perdoado, assumiu uma posição na burocracia imperial, conheceu Virgílio e passou a integrar o círculo de intelectuais patrocinado por Mecenas (Gaio Cílnio Mecenas), que lhe ofereceu em 33 uma vila na Sabina, a leste de Roma, para o escritor morar. Em 31 Otaviano venceu Marco Antônio e Cleópatra na batalha de Áccio e tornou-se o chefe absoluto do Império Romano, "permitindo" que o Senado o passasse a designar também por Augusto em 27 a.C. Horácio publicou o livro I das *Sátiras* (*Sermones*) em 35 a.C., os *Epodos* e o livro II das *Sátiras* em 30, os livros I, II e III das *Odes* (*Carmina*) em 23, o livro I das *Epístolas* em 21, o *Cântico Secular* (*Carmen Saeculare*) em 17 (encomendado por Augusto e declamado nos Jogos Seculares), o livro II das *Epístolas* e o livro IV das *Odes* em 11 e a *Epístola aos Pisões* (conhecida como *Arte poética*) em 10 a.C. (as datas são aproximadas). Faleceu em Roma, em 8 a.C., e seu corpo foi sepultado ao lado do túmulo de Mecenas no monte Esquilino.

Sobre o tradutor

Pedro Braga Falcão nasceu em 1981. É doutor em Estudos Clássicos pela Faculdade de Letras da Universidade de Lisboa e leciona na área de línguas e culturas clássicas e de história das religiões na Faculdade de Teologia da Universidade Católica de Lisboa. No campo da literatura, a sua área de especialização é a poesia clássica, onde tem publicado estudos e traduções, particularmente no âmbito da obra de Horácio, onde se salienta sua tese de mestrado, *Da noite de Tarento à luz de um cântico: o Carmen Saeculare de Horácio, música de um ritual* (2006), sua dissertação de doutoramento, *O clímax nas odes de Horácio: uma análise dinâmica* (2011), e suas traduções das *Odes* (Cotovia, 2008) e das *Epístolas* (Cotovia, 2017). Lançou também uma tradução de *Da natureza dos deuses*, de Cícero (Vega, 2004).

No campo da música, é licenciado em Viola de Arco pela Escola Superior de Música e integrou várias orquestras e agrupamentos portugueses. Nos últimos anos tem-se especializado no campo da música antiga, integrando a orquestra Os Músicos do Tejo. Tem também se dedicado a diversos projetos performativos de diálogo entre a literatura e a música, concebendo e interpretando diversos espetáculos neste domínio, um pouco por todo o Portugal.

Publicou o ensaio *Palavras que falam por nós* (Clube do Autor, 2014) e os livros de poesia *Do princípio* (Cotovia, 2009) e *Os poemas fingidos* (Enfermaria 6, 2018), além de participar de vários projetos editoriais, revistas e blogs portugueses dedicados à poesia.

ESTE LIVRO FOI COMPOSTO EM SABON
PELA FRANCIOSI & MALTA, COM CTP
E IMPRESSÃO DA EDIÇÕES LOYOLA EM
PAPEL PÓLEN SOFT 70 G/M² DA CIA.
SUZANO DE PAPEL E CELULOSE PARA A
EDITORA 34, EM AGOSTO DE 2021.